원문교감 朝陽報 2

점필재연구소
대한제국기 번역총서

# 원문교감 朝陽報 2

## 조양보

2

이강석
전지원
손성준
신지연
이남면
이태희

보고사
BOGOSA

## 차례

# 원문교감 朝陽報 2

## 朝陽報 第七號 … 15

# 원문교감 朝陽報 1

## 朝陽報 第壹號

目次
朝陽報發刊序
朝陽報讚辭
　讀法
剔燈新話
自助論
　國民及個人
教育
　教育의必要

實業
　道德과實業의關係
詞藻
　祝朝陽報發刊
　全
　(仝)
　漢陽
　初夏雜吟
　仁川雜詩
矢吹將軍。頃者掛冠養老。余謂。大
丈夫起爲國家之干城。退爲林泉風月

## 朝陽報 第貳號

# 朝陽報 第五號

# 朝陽報 第六號

# 일러두기

1. 이 책은 『조양보』1-12호의 원본을 구현한 것이다.

2. 이 책은 국립중앙도서관(1-11호)과 고려대 도서관(12호) 소장본을 저본으로 하였다.

3. 원본 잡지의 띄어쓰기, 문장부호, 기호, 단락 등 형식을 그대로 반영하는 것을 원칙으로 하였다.

4. 원본에 작은 크기로 되어 있는 소자주는 글자 크기를 줄이지 않고 앞뒤에 '-'를 표기하여 구분하였다.

5. 원본의 표와 그림 또한 내용과 관련해서 의미가 있다면 입력하되, 내용과 무관한 것은 입력하지 않았다.

6. 원본 잡지의 면수를 기입하되, 해당 면이 끝나는 지점에 문자판의 〈 〉를 써서 표기하였다.

7. 한자 및 한문 중에서 명확한 오자, 탈자, 연문의 경우 교감주로 표기하였다. 한글 조사와 어미는 이상하거나 틀렸다고 판단되어도 교감주를 붙이지 않았다.

8. 한자는 이체자, 약자, 속자가 많으나 가능한 한 원본의 글자대로 구현했으며 전산 상으로 구현되지 않는 이체자는 대표자로 하였다.

9. 원본이 찢어지거나, 흐릿하게 인쇄되어 있거나, 글자가 깨어지는 등의 이유로 훼손되어 읽어내기 어려운 경우에는 훼손된 글자 수만큼 □를 써서 표기하였다.

大韓光武十年
日本明治三十九年
丙午六月十八日第三種郵便物認可

# 朝陽報

## 第七號

**朝陽報第七號**

**新紙代金**

一部新貸　金七錢五厘

一個月　金拾五錢

半年分　金八拾錢

一個年　金壹圓四拾五錢

郵稅每一部五厘

**廣告料**

四號活字每行二十六字一回金拾五錢二號活字依四號活字之標準者

◎每月十日卄五日二回發行◎

京城南署竹洞永禧殿前八十二統十戶

發行所朝陽報社

京城西署西小門內(電話三二三番)

　印刷所日韓圖書印刷株式會社

　編輯兼發行人沈宜性

　印刷人申德俊

# 目次

## 朝陽報第一卷第七號

## 注意

有志하신僉君子의셔或本社로寄書ㄴ詞藻나論述時事等類를寄送하시면本社主意에違反치아니할境遇에ㄴ一々히揭記할터이오니愛讀諸君子난照亮하시옵시고或小說갓튼것도滋味잇게지여셔寄送하시면記載하깃ㄴ이다本社로文字를寄送하실時에著述ㅎ신主人의姓名과居住地名統戶를詳記하야送投하압쇼셔萬若連三次寄送한文字를記載할境遇에난本報롤無代金으로三朔을送呈할터이오니부디氏名과居住를詳錄하시옵소셔

## 本社特別廣告

本社에셔事務所를南署竹洞(永禧殿)前八十二統十戶二層板屋으로移定하고本報에關한一切事務를此處에셔取扱하오니寄書와往復書簡及面議하실事件이有하시거든此所로來顧하심을切望〈1〉

## 廓淸檄

嗚呼라我國이以爲將亡者ㅣ可乎아以爲將興者ㅣ可乎아興亡의機롤可히遽決치못ㅎ깃시니何以然也오ㅎ면人心向背가未定ㅎ故이라若使二百萬民衆이其精神을一致ㅎ며其心血을傾注ㅎ야邁往向上ㅎ야有進無退ㅎ則비록千辛百難의後라도國之興也必矣오若自暴自棄ㅎ야左顧右眄ㅎ야自奮自强의志가無ㅎ면雖强大ㅎ던國이라도終亦歸亡而已니況我韓之弱且不大者乎아我韓의今日時勢가直是將興將亡의岐路에立ㅎ

얏시니凡我有志者는宜張膽明目ᄒ야君國의急에趨ᄒ야扶其將亡ᄒ야
歸於將興케ᄒᆯ지라

竊惟我國이百弊層發ᄒ야此悲境에到ᄒᆫ所以는摠是政治의不理ᄒᆷ을因
ᄒᆷ이오政治의不理ᄒᆫ것은便是公德이發揮치못ᄒᆷ을因ᄒᆷ이니是智者
를不待ᄒ고可知ᄒᆯ不易的定論이라今에數百年積久ᄒᆫ舊弊를矯ᄒ고一
團活潑ᄒᆫ公德을發揮코져ᄒ니固是難事라然이나與其束手不爲而坐待
危亡으론孰若着着進爲ᄒ야求一安於百難之中乎아

兹에各道各郡의讀者及有志者의게檄通ᄒ오니諸君子가萬一害世虐民
의事와寃訴無地의情이有ᄒ거든其官憲이던지窮民이던지不問ᄒ고其
顚末을詳記ᄒ야直筆無憚ᄒ야本社에報來ᄒ면本社로셔禿鈍의筆를呵
ᄒ야其罪를世上에暴白ᄒ야써公德發揮ᄒᄂᆞᆫ一助를供ᄒᆯ터이오니其在
政府大臣이던지觀察郡守이던지統監府員顧問部員이던지或軍人警官
이던지或馬丁樵夫이던지皆不容躊躇ᄒᆯ지라

天이我韓을將興케ᄒᄂᆞᆫ지將亡케ᄒᄂᆞᆫ지天意는測ᄒ기不能ᄒᆯ것이여니
와唯在吾의道를盡ᄒ며在吾의力을效ᄒᆯ而已라國家社稷이固爲重이오
斯道가更爲重ᄒ니乞諸君子는念之念之ᄒᆯ지여다

## 通報注意

一各處에셔通報ᄒᆯ時에其姓名居住와發書時日을詳記ᄒ야使本社로其
　事實에對ᄒ야曖昧ᄒᆫ点이或有ᄒ거든再探ᄒ기에便敏케ᄒᆷ

一通報者의姓名을本社로셔秘密히他人으로知케아니ᄒᆷ

一通報ᄒᆯ處所는左와如ᄒᆷ

京城竹洞永禧殿前八十二統十戶

朝陽報事務所

本社告白


## 論說

### 人々이當注意於權利思想 (前號續)

論者ㅣ或이以爲此等微末은不足道라ᄒᆞᄂᆞ니譬有兩國於此ᄒᆞ니甲國이
用無理之手段ᄒᆞ야乙國의磽确荒蕪之地一方里를奪占ᄒᆞ면此被奪ᄒᆞᆫ乙
國이將默然晏視乎아抑奮起而爭ᄒᆞ다가爭之不得ᄒᆞ면繼之以戰이可乎
아夫戰役이一起ᄒᆞ면則國帑이必弊ᄒᆞ며民財가必殘ᄒᆞ며數十萬壯丁이
必暴骨於原野ᄒᆞ며帝王의瓊樓玉宇와褻民의蓽門圭竇가必同歸一燼ᄒᆞ
며馴致宗社도必至於屋ᄒᆞ며國祀도必至於滅ᄒᆞᆯ지니其所損이豈一方里
의地로可히此較[1]ᄒᆞᆯ者리오假令奪回ᄒᆞ야도一方里의石田에不過ᄒᆞ리니
若以算學上에兩々으로相衡ᄒᆞ면彼爭戰者ㅣ可히大愚라謂ᄒᆞᆯ지라
雖然이나一方里를彼奪ᄒᆞ고도敢히問치못ᄒᆞᄂᆞ者ᄂᆞᆫ卽十里도亦奪ᄒᆞᆯ지
오百里도亦奪ᄒᆞᆯ지오千里도亦奪ᄒᆞᆯ지니其勢ㅣ必也〈2〉全國으로써他人
의게委棄홈에至ᄒᆞᆯ지니然홈으로此避競爭貪姑息的主義ᄂᆞᆫ卽使其國으
로其所以立國의原을表케ᄒᆞᆯ지라是故로數十錢의欺騙과屈辱을受ᄒᆞ고
도默然容忍ᄒᆞᆫ者ᄂᆞᆫ雖自己本身의死刑宣告를ᄒᆞ야도自署其名而不辭ᄒᆞᆯ
者오一方里의地를被奪ᄒᆞ고도發憤치못ᄒᆞᄂᆞ者ᄂᆞᆫ亦必其父母邦의全版
圖를擧ᄒᆞ야外人의게獻賣ᄒᆞ야도甘心홀者니此其左證이不必在遠이라
反觀我國而自省컨디曷勝慚悚而太息哉아

---

1　此較：'比較'의 오자이다.

蓋格魯撒遜人은不待言矣오條頓人도亦不待言矣오歐洲之白種人도亦
不待言矣오試就近日日本而論之컨디當四十年前에美國一軍艦이始到
ᄒ야不過一時測量其海岸이어늘擧國이無論爲官爲士爲農爲工爲商爲
僧爲俗ᄒ고莫不瞋目切齒ᄒ며莫不扼腕攘臂ᄒ야風起水涌에遂能奏尊
攘之功ᄒ며成維新之業ᄒ얏고當日淸交戰之際에俄法德三國이逼日本
還遼홈이不過以其所奪於人者로還歸原主而已어늘擧國이無論爲官爲
士爲農爲工爲商爲僧爲俗ᄒ고莫不瞋目切齒ᄒ며莫不扼腕攘臂ᄒ야風
起水涌에汲々焉擴張軍備ᄒ며臥薪嘗膽ᄒ야寤寐不忘ᄒ다가竟至今日
에戰勝强俄ᄒ고還奪其所占之利權ᄒ야揚國威於列强ᄒ며耀榮名於宇
內ᄒ니此ᄂᆫ無他라人々이皆自不失在我之權利思想故로能如是耳로다
梁啓超氏ㅣ有言曰大抵中國之人은善言仁而泰西之人은善言義ᄒ니仁
者ᄂᆫ人也라我ㅣ利人이면人亦利我ᄒ리니是ᄂᆫ所重이常在人也오義者
ᄂᆫ我也라我不害人ᄒ고亦不許人之害我니是ᄂᆫ所重者ㅣ常在我也라此
二德이果孰爲至乎아在千萬年以後大同太平之世ᄂᆫ吾不敢言이로디若
在今日ᄒ야ᄂᆫ義也者ᄂᆫ誠救時之至德要道라夫出吾仁ᄒ야以仁人者ㅣ
雖非侵人自由나猶待仁於人者則是ᄂᆫ放棄自由也니仁焉者ㅣ多ᄒ면則
待仁於人者도亦必多홀지니其弊ㅣ使人格으로日趨於卑下ᄒ리라若是
乎仁政者ᄂᆫ非政體之至焉者也어늘中國人이惟日望仁政於其君上故로
遇仁焉此則爲之嬰兒ᄒ고遇不仁焉者則爲之魚肉ᄒᄂ니古今仁君이少
而暴君이多故로吾民이自數千年來로祖宗之遺傳이卽以受人魚肉으로
爲天統地義而權利二字之識想이斷絶於吾人腦質中者ㅣ固已久矣라ᄒ
니此固吾東洋諸國之通弊也라
又曰楊朱曰人々이不損一毫ᄒ며人々이不利天下면天下治矣라ᄒ니吾
ㅣ疇昔에ᄂᆫ最深惡痛恨其言이러니由今思之ᄒ니蓋亦有所見焉矣라其
所謂人々이不利天下라홈은固公德之蟊賊이로디人々이不損一毫ᄂᆫ抑

亦權利之保障也라夫人雖至鄙吝至不肖ᄒ나亦何至愛及一毫而顧斷々
焉爭之乎리오非爭此一毫라爭夫人之損我一毫의所有權也니是ᄂᆫ推權
利思想에充類至我之盡者也라一部分之權利를合之면卽爲全體之權利
ᄒ고一私人之權利思想을積之ᄒ면卽爲一國家之權利思想故로欲養成
此思想인티必自個人始니人々이皆不肯損一毫則亦誰敢攖他人之鋒而
損其一毫者리오故曰天下治라ᄒᆷ이非虛言也라就然[2]이나楊朱ᄂᆫ非眞解
權利之眞相者라只知權利之當保守勿失ᄒ고不知權利ᄂᆫ以進取而始生
이니放佚也와婾樂也와任運也와厭世也ㅣ皆殺權利之劊子手也라楊朱
ㅣ曰昌言之ᄒ야以是求權利則何異飮鴆而祈永年也리오

夫權利思想은非徒我가我에對ᄒ야應盡홀義務라實亦一私人이一公羣
에對ᄒ야도應盡홀義務니譬컨디兩陣이交綏ᄒᆷ에同隊의人이皆生命을
賭ᄒ고써公敵을當ᄒ거늘而一人이獨安逸을貪ᄒ며競爭을避ᄒ야曳兵
自走ᄒ면此人은其名譽를犧牲홈은不待更言ᄒ고試思컨디此人이何以
其首領을幸保ᄒ며且其禍가全羣ᄭᅡ지延及홈도有홀지니全軍士卒로ᄒ
야곰皆此等怯夫와同ᄒ야望風爭逃ᄒ면敵의所屠홈이되야同歸於盡ᄒ
後에乃止홀지라彼一私人의權利를自抛棄ᄒᄂᆫ者ㅣ此逃亡ᄒᄂᆫ卒과奚
異ᄒ리오〈3〉

不寧惟是라權利란者ᄂᆫ外界의侵害를常受ᄒᄂᆫ故로亦必內力을常出ᄒ
야抵抗不已호然後에權利가始成立홀지니抵抗力의厚薄이卽權利의强
弱比例라國民된者ㅣ齊心協力ᄒ야其分內競爭의責任을各盡호則自然
侵壓이不得行홀지오設或苟免倖脫로其衝을避호者有라도是ᄂᆫ國民全
體에對ᄒ야叛逆이될ᄯ분아니라是ᄂᆫ使公敵으로其力을增ᄒ야跳梁暴肆
를加케홈이니라

---

2　就然 : 梁啓超의『新民論』에는 '雖然'으로 되어 있다.

彼淺見의流と 以爲一私人의放棄權利홈이不過其本身의受虧被害오影
響이他人에不及혼다ᄒ나니何其謬也오夫權利思想이有혼者と必以立
法權으로第一要義를숨나니凡一輩의有法律이毋論爲善爲要ᄒ고皆立
法權³의人의制定에由ᄒ야以自護其權利者라故로權利思想에强혼者と
必其法律을屢變ᄒ야善良에日進ᄒ리니權利思想이愈發達혼則人々이
自强을務ᄒ야强與强이相遇ᄒ며權與權이相衝ᄒ야於是에平和善美의
新法律이乃成ᄒ도다

雖然이나新法律과舊法律이相遷의際에と常有最劇最慘之競爭ᄒ나니
盖新法律이出則前此舊法律에憑藉ᄒ고特別權利를亨有ᄒ던者ㅣ必異
常혼侵害를受ᄒ는故로動力과與反動力이相搏ᄒ야大爭이起홈은此實
生物天演의公例라此過渡時代에と倚舊者,倡新者ㅣ皆不可不受大損害
ᄒᄂ니試一讀歐美諸國의法律發達史컨디如立憲政의廢奴隷,釋傭農,
努力自由,信敎自由等의諸大法律이無不自血風聞雨⁴中으로薰洛⁵而來
ᄒ니使倡之者로有所艅ᄒ며有所憚ᄒ며有所姑息ᄒ야稍々遷就於其間
이면則此退一步에彼進一步ᄒ야而所謂新權利者ㅣ亦必終歸於減亡而
已리라我國數千年來로人々이不識權利之爲何狀이無⁶未始不由於迂儒
煦々之說이階이厲之屬也라

質而言之ᄒ면權利之誕生이與人類之誕生으로略同ᄒ야分娩柝副之苦
痛은勢所不免이니惟其得之也ㅣ艱故로其護之也ㅣ力ᄒ야遂使國民與
權利之間에其愛情이一如母子之關係ᄒ야母之生子也에實自以其性命
으로爲孤注故로其愛ㅣ有非他人他事의所能易者也니라

---

3  立法權 : 『신민론』에는 '操立法權'으로 되어 있다.
4  血風聞雨 : 『신민론』에는 '血風肉雨'으로 되어 있다.
5  薰洛 : 『신민론』에는 '薰浴'으로 되어 있다.
6  無 : 『신민론』에는 '亦'으로 되어 있다.

嗚[7]乎라歷覽東西古今亡國之史컨디其始는非無一二의抵抗暴制ᄒ야以
來自由者로디一鋤之再鋤之三四鋤之ᄒ면漸萎靡漸衰退漸銷鑠ᄒ야久
之에猛烈沈釀ᄒ權利思想이愈制而愈馴ᄒ며愈冲而愈淡ᄒ야乃至於四
復[8]之望이絶ᄒ고受羈受軛ᄒ다가積數十年數百年ᄒ면愈下愈亡ᄒ니此
는固其人民의能力薄弱之致나其政府의罪를亦烏可逭也리오

夫此等政府는未嘗有一個라도能嗣續屠命ᄒ야以保至今者ᄒ고說[9]有一
二存者라도亦不過風燭殘年ᄒ야以朝夕待死而已라政府ㅣ以此道로殺
人亡國이無乃自殺之利刃乎아政府之自殺은已作之而已受之ᄒ니其又
奚尤리오마는顧所最痛者는其禍乃延及於國家全體而不能救也로다

國民者는一私人의所結集者오國權者는一私人의權利의所團成者也라
故로欲求國民의思想感覺인디其分子된各私人의思想感覺을舍ᄒ고는
終不可得見ᄒ리니其民이强者를請[10]之强國이라ᄒ고其民이弱者를謂
之弱國이라ᄒ며其民이富者를謂之富國이라ᄒ고其民이貧者를謂之貧
國이라ᄒ며其民이有權者를謂之有權國이라ᄒ고其民이無恥著[11]를謂
之無恥國이라ᄒᄂ니夫以無恥國三字로成一名詞ᄒ고猶欲其國之立於
天地ᄒ면有是理耶며有是理耶아其受貪官之禁索[12]一錢而安之者는必
受外國之割一省而亦安之者也오其能現奴顏牌膝[13]ᄒ야昏夜乞情於權
貴之門者는必能懸順民之旗ᄒ고箪食[14]囊漿으로以迎他族之師者也니

---

7　嗚 : '嗚'의 오자이다.
8　四復 : 『신민론』에는 '回復'으로 되어 있다.
9　說 : '設'의 오자이다.
10　請 : 『신민론』에는 '謂'로 되어 있다.
11　著 : 『신민론』에는 '者'로 되어 있다.
12　禁索 : 『신민론』에는 '焚索'으로 되어 있다.
13　牌膝 : 『신민론』에는 '婢膝'로 되어 있다.
14　箪食 : 『신민론』에는 '簞食'로 되어 있다.

譬之器焉에 其完固者는 無論何物ᄒᆞ고 不能滲也어니와 苟有穴焉罅焉이
면 我能滲之ᄒᆞ고 他人도 亦能滲之ᄒᆞᄂᆞ니 安知虐政所從入之門이 乃外寇
所從人之門也오 挑鄰歸[15]而利其從我ᄒᆞ다가〈4〉及爲我歸[16]則欲其爲我
罟人이나 安可得也리오 平日待其民也를 鞭之撻之敲之削之戮之辱之
ᄒᆞ야 積數千年覇者之餘威ᄒᆞ야 以震蕩摧鋤ᄒᆞ야 天下之廉恥가 旣殄旣夷
어늘 一朝敵國之艟艨이 麕被於海疆ᄒᆞ며 寇仇之豼貅가 迫臨於城下ᄒᆞᆫ後
에 欲藉人民之力ᄒᆞ야 以捍衛ᄒᆞ면 是何殊不胎而求子며 蒸沙而求飯也
리오 嗟夫嗟夫라 前車之覆者ㅣ不知幾何矣어늘 獨不解自省自審焉은 何
也오(完)


## 論說

### 論愛國心 (續)

盖所述과 如히 愛國心의 弊害가 其極點을 已達ᄒᆞᆫ즉 反動의 力이 突然而起
ᄒᆞ리니 吾恐其强敵이 將有捲土而來者일가ᄒᆞ노라 然이나 吾所謂强敵者
ᄂᆞᆫ 非迷信的이라 實義理的也며 非中古的이라 實近世的也며 非狂熱的이
라 實組織的也니 其目的인즉 其愛國宗과 愛國的의이른바 事業을 破壞ᄒᆞᆫ
然後에 乃已할지니 是ᄂᆞᆫ 卽近世社會主義를爲ᄒᆞᄂᆞᆫ바이니라

古代野蠻的及光熱的의 愛國主義가 장ᄎᆞ近代高遠文明의 道義與理想
의 壓伏되ᄂᆞᆫ비가 將至ᄒᆞ리니 如此ᄒᆞᆫ時代에ᄂᆞᆫ 俾斯麥과 如ᄒᆞᆫ事業을 行코
져ᄒᆞ야도 再得키不可ᄒᆞ니 盖道義理想의 制勝은 卽在現世紀의 中葉ᄒᆞ야
可決而待也니 故로 德義志의 社會主義가 隆然勃興ᄒᆞ야 將與愛國主義

---

15  歸 : 『신민론』에는 '婦'로 되어 있다.
16  歸 : 『신민론』에는 '婦'로 되어 있다.

로爲激烈之抵抗ᄒ리니卽彼惑於戰勝之虛榮ᄒ고醉於憎惡敵國之愛國心ᄒ야一毫라도其國民을煽揚ᄒ야與之同惰[17]博愛케不能홈을斷可知也로다

嗚呼라極哲學的의國民으로ᄡᅥ各政治的理想을具ᄒ야非哲學的의事態를極演ᄒ면卽俾斯麥의罪人만될분不是라凡德意志를宗ᄒ든歐洲列國의其文學家와美術家와哲學家及道德家의罪人됨을未免ᄒ리니其高尙ᄒ志意가何在而但爲猖猖相噬ᄒ는豺狼의態度ᄒ야尙存於二十世紀之今日也오

吾鑒夫東西古今의愛國主義컨디오즉敵人을憎惡함으로ᄡᅥ目的을作홈으로討伐에從事ᄒ야曰是卽愛國心의發揚ᄒ비라自稱ᄒ니吾所不敢贊美者也로라是以로今日本人民의所謂愛國心이라홈을亦不能不排斥ᄒ노라

吾試以日本前日의伯爵後藤象次郎의一事로擧言之ᄒ리니盖當時全國人民의愛國心을煽揚ᄒ야大聲疾呼曰國家危急存亡之秋를當ᄒ야不敢坐視라ᄒ고突然而起ᄒ야曳裾廊廎ᄒ야大同團結ᄒ든當時愛國士가倏然如春夢之無痕ᄒ니究其事實컨디當時日本之所謂愛國心이其實은爲愛伯心이니是耶아非耶아若否則非愛伯也라憎藩列政府也니其所謂愛國心이直是憎惡心이라可謂홀지로다盖同舟遇風ᄒ면雖吳越이라도如兄弟ᄒ니此兄弟者는眞一歡美者也로다

日本人의愛國心者가至征淸之役ᄒ야其發越坌湧이振古所未曾有者ᄒ니彼等이淸人을憎惡ᄒ야侮蔑疾視ᄒ든狀態는實非言語로所能形容者나然이나其大槪則白髮의翁嫗으로自ᄒ야三尺의嬰孩에至ᄒ도록咸有殲殺四億生靈而後에甘心之慨ᄒ니靜言思之컨디寧非類狂이라如餓虎

---

17　同情 : '同惰'의 오자이다.

然ㅎ며如野獸然ㅎ니寧不悲哉아

彼等이果然日本國家及國民全體의利益幸福을希望ㅎ야眞個同情相憐
의情義를抱含而然歟아否則惟以多殺敵人으로爲快ㅎ고多奪敵財로爲
快ㅎ고多割敵地로爲快ㅎ야其國民의獸力的卓越을世界에誇揚코져홈
이아닌가

然則是役의結果가軍費의重資를富豪에게收恤-或五百金或一千金-ㅎ
고或은兵士가混沙礫而販鑪詰[18]ㅎ고一面則軍人의死期를促ㅎ고又一
面則商人의賄賂을索ㅎ여以是로名爲愛國心이라ㅎ니誠足怪也로다如
斯히野獸的殺伐의天性이其狂熱至極之地位에達흔時는貫盈흔罪惡이
必有할것은亦必至之勢也라是豈仁人君子의所可忍爲哉아

譬言之컨디其父母兄弟의困厄을救ㅎ긔爲ㅎ야或盜賊도되고或娼妓도
되야身危名汚而其父母兄弟의家門에延累ㅎ니此를〈5〉於中古時代에
는或贊美홀빈나然이나文明道德으로規律컨디惟非其心跡而憫其愚昧
ㅎ야決코其非行을不恕ㅎ나니野蠻的愛國心과迷信的忠義心이其孝子
的盜賊娼妓로더부러何異가有ㅎ리오

自吾斷之컨디文明世界의正義人道를維持코져할진디其愛國心의跋扈
를必制흔後에야可得ㅎ리니此를芟除淨盡ㅎ기爲ㅎ야今所謂軍國主義
의罪惡을次號에揭載ㅎ리라(完)


## 黃禍論

### 日本意氣如何

曩時에獨逸皇帝가黃禍를唱出하야以爲日本이大勝흔勢를乘하야將次
東邦民族의大同盟을作하야歐洲를壓迫하리니西人이此時에明目注意

---

18 鑪詰 : '鑵詰'의 오자로 보인다.

치아니함이不可하다하고爾後伯林新聞에도亦同一意見을發表하야黃
色民族의侵襲을被함이不遠하다하고近來回々敎國의騷擾를亦日本暗
援이라言하고其甚한者난日本이將次回敎로써其國敎를한다論하난디
到하니

這等狂愚的臆說이果然眞心으로憂하난디셔出하엿난지或政略上에爲
하난배有하야然함인지비록可知치못하려니와萬一眞心으로憂하얏시
면其硏究의疎笨한것이一笑를不禁할지오萬一政略上으로用하면其運
籌의淺薄한것이兒戲와殆同한지라此等疎笨淺薄의虛語가實地에反響
이生하야日本政治家와及新聞記者가辯論하기를盡力하난지라政治家
가乃低聲耳語하야新聞記者를戒하야曰當今之時하야黃禍文字를揭弄
하면尙且歐米政治家의猜疑를免키不能커든況東方民族이又提撕運動
함이리오맛당히屛息潛聲하야彼의忌憚을避할지라하니新聞記者가乃
愼重把筆하야曰日本이以文明自期하야一擧一動이라도公平을主하니
人의利權을襲하며人의勢力을侵함과如한것은斷行不爲오且回々敎國
과及黃色民族을率하야列强에敵하기를擬하난것은是深溺한人을救코
져하면셔吾亦危險에自陷하난者와恰似하니日本이비록愚하나此無益
의企望을하지아니할지니安心하기를敢乞하노라云하니

噫라是何言也오往年에東洋平和라韓國扶植이라ᄒ난文字를高揭하고
堂々히淸國과俄國을向하야宣戰하니洵是大義之國이러니今也에翻然
히其吻을反하야同種民族을棄하고文明富强을獨樂하난意를發見하니
噫라是何言耶아或獨逸皇帝의淺薄한政略에被中하야自知치못함인가
日俄戰爭後에亞細亞民族의覺醒한것이草木이新雨에浴함과如하야蔚
然히蘇息하야土耳其以東諸邦이皆擡頭東望하야謂호디日本이蕞爾한
島國으로擊碎强俄하기를枯葉을振함과如하니眞是同民族의歡喜하난
것이라乃知文明富强이不必限於白色人種이라吾輩亞細亞人도若能發

奮則坐한可히彼等을凌駕하야自家旗幟를樹하기不難할지라하야覺省
이一到인精神이頓活하야到處마다自强之計를講하야局面을轉開하기
에奔忙ᄒ니一是日俄戰爭兵鼓之聲에驚하야長夜의夢을破한것이라日
本이於此等諸國에先覺後覺의關係가不淺하다可謂할지니日本이此時
에맛당히亞細亞諸邦을扶掖誘導하야文明恩澤을八荒에廣布할지니如
此하여비로소能히往年高揭한語에不愧하고坐大帝國主義雄圖에不背
할지라

天下에何人이自家發達하기를不願하며何人이同種民族發達하기를不
願하리오是正當한志願이며正當한事業이라今亞細亞民族이提携扶助
하야自家發達하기를講하난것이卽是歐洲列强이或同盟하며或協商하
야自家의平和進步를講함과相似하니萬一東洋勃興를指하야黃禍患이
라可言할지면歐米列强連衡을指하야白禍患이라呼함이亦不妨할지라
吾東洋諸國이白禍의患을蒙한지一日ᄲ이아니라日本을除한外에尚히
白人의게制縛함이되야文明曙光을仰視하기不能하니是良可憫이〈6〉라
此時吾人이맛당히獨逸皇帝보담先ᄒ야白禍患이라逆叫ᄒ야쎠同種民
族을警醒ᄒ야亞細亞發達ᄒ기를企圖홀秋라新興이如日本者ㅣ此首倡
을ᄒᄂ것이寧其義務니엇지一皇帝의恐喝ᄒᄂ디戰慄ᄒ리오

人이或曰日本이宿志遠大ᄒ야現狀에甘心치아니ᄒᄂ者로디但外交的
言辭가剛柔虛實이自有ᄒ지라萬一吾의鋒鋩을露出ᄒ야世界로知之케
ᄒᄂ것이外交家의所不取라ᄒ니吾儕가答ᄒ기를左에記ᄒ談話로以홈
이足ᄒ니

　(비스마룩구)가佛國公使되엿실時에英國首相(지스레리-)를訪ᄒ야放
　言ᄒ야曰余의最所欲爲ᄒᄂ事가吾國軍隊룰改造홈이니吾國現今首相
　이因循姑息ᄒ야此事룰不能決行ᄒᄂ故로吾王이此事룰余의게全委ᄒ
　니余가軍隊의力을用ᄒ야同盟諸邦에契約ᄒ야近隣小邦을藉使從屬ᄒ

는□實를破ᄒ고墺太利를對ᄒ야挑戰ᄒ然後에(졔루만)全土의同盟을
吾普魯西指導下에計코져ᄒ기로特來相告ᄒ노라ᄒ엿시니
當時에(지스레리-)가現世外交家로被稱ᄒᄂ者니此人에妨碍홈이一爲
ᄒ면(비스마룩구)의計畫이皆粉碎微塵이될지여놀(비스마룩구)가不顧
ᄒ고一氣肉迫ᄒ야却使英國宰相으로肝膽이覺寒케ᄒ니新興國의意氣
가固不當若是耶아始可囑望於前途也니不知커라日本이亦有此脫兎跳
躍的意氣로姑且那處女的辨䟽를弄出ᄒ얏ᄂ지

# 敎育

## 泰西敎育史

### 第三章　耶蘇敎와與敎育의關係

耶蘇敎ᄂ自第二世紀의末로歐洲에大行ᄒ야其舊來의結習을一變ᄒ고
因以羅馬人의思想을改良케ᄒ니盖能히人의良知에就ᄒ야誘進케ᄒ야
써元質을新케ᄒᄂ故로所以政治의橫戾홈을敵抗ᄒ야其反抗力을增케
ᄒᄂ지라其所敎者ᄂ於人間에其一部를除ᄒ外ᄂ社會에羈志치아니코
肉體에戀情치아니ᄒ야萬若利害의形이有ᄒ즉應히國家에盡忠홀지오
其君政의下에在ᄒ야ᄂ應히其君主에게服從홀지오共和의國民이된즉
應히力을致ᄒ야共和政治의事를成홀지오應히其生命을不惜홀지나至
於人의靈魂ᄒ야ᄂ진실노自由로活潑ᄒ야世의用이되지아니코祇應히
上帝끠盡忠홀지라
故로耶蘇敎의敎義ᄂ希臘羅馬人의所思와如치안코쏘ᄒ才를修ᄒ야써
國用에供치안코肉身을脫離ᄒ야靈魂으로ᄒ야곰乘虛周游ᄒ야天國에
以登케홈에在ᄒ고又謂人生이皆同一의命으로上帝의眷注中에咸在ᄒ

야富貴貧賤의殊가絶無호故로於貧民이나賤호男女의奴隷라도皆一視
同仁호敎育이有호야其自由의觀念으로써加之以平等의觀호니公義와
正道로人의應有호理想을盡케호는者ㅣ皆耶蘇氏敎義의最善最美호者
이로다

耶蘇敎는又現在룰蔑視호고未來의幸福을專祈호야或人身을視호되罪
藪와如히호야謂曰肉體룰加苦호則靈魂이可히神靈의靈에抵호리라호
야神秘의法에傾向호야來世에誇耀코져홈으로一心이天國에期入호야
遂難幸苦홈을能耐호며人世의一切快樂을斷棄호니盖當世에甚히不德
의人을欲推홀진디不得不人에較호야甚히尊高호上帝룰擧호야其模範
을示홀지니以上帝로써神聖完全호다호며人類로써微簿屠劣호다호야
人의思想行事가皆上帝의知識에關홈이라홈이其敎에信從호는者는乃
至僧侶에依賴호야來未의幸福을祈호며未來의宿因을做홈으로僧侶의
權勢가漸漸增大호야哲學과文學이皆神學의域에薶호고學問의思想이
掃地홈에至호도다

盖人類의進化의狀이川流의紆回溪谷호며曲折原野호야以達於海홈과
如호고決코直行者는아니라或流於左호며或瀉於右호야著々進步호者
이니然則耶蘇敎의流傳以前은希臘羅馬人〈7〉이現世의幸福에專注호
야身體의極盡호快樂으로써認做홈으로禍害가相踵호야其慘狀이不忍
見에至호지라

故로耶蘇의說敎는未來의幸福을論호야曰凡人者는皆神의子오其本性
이쏘호神과同一호故로身體는雖死호나靈魂은不滅호야來世까지涉호
며今世의富貴와榮譽는足히貴重치못호것이歷觀自古컨디人이或榮貴
룰得호야도能히永久安樂치못호니是는快意者가禍害룰反蒙홈이라

當希臘羅馬의衰호야人々마다澆季의慘禍룰見호고現世는旣已失望호
야皆恒痛호는餘인故로未來룰希望호는想像力이日大호야遂至天國을

深信ᄒ고敎義에信仰이過甚ᄒ者ᄂ以謂宗敎界에만眞理가有ᄒ고萬物界ᄂ敝履와皆如ᄒ다ᄒ야筆生의實趣가此萬物界를避홈에在ᄒ니因其時에社會의道德이腐敗홈을憎惡ᄒ야浸々히哲學文學까지도惡홈에至ᄒ니矯枉過直홈이라홈이固人情의所不免홈이로다

耶蘇敎의源委ᄂ上의述ᄒ바와如ᄒ야信守에篤홈으로猜忌固執의念이起ᄒ야乃以硏究哲學으로爲界案ᄒ며以文學으로爲異論ᄒ니라

如喀爾達西의僧達偸利安者ㅣ第三世紀의初에異宗의敎育을致惡ᄒ야以謂哲學焉文學은不當硏究니硏究者ᄂ甚히謬誤ᄒ지라此ᄂ驕慢을增長ᄒᄂ道니當然히賤히視홀지오又古文學을修ᄒᄂ者로써上帝의目을盜ᄒ얏다ᄒ야亦以賤業으로斥之ᄒ며如聖奧古宗은牧師의異宗書讀홈을禁ᄒ야凡從前希臘人의言ᄒ바身體强壯이精神을磨鍊ᄒ다ᄂ說을一切摧抑ᄒ야其迹을絶케ᄒ고至曰宜飮食을戒ᄒ며情慾을制ᄒ며肉身을殺ᄒ야此靈魂의仇敵을克케ᄒ다ᄒ며人의精神도坐ᄒ嚴肅으로爲主ᄒ야如聖吉羅倚姆者ᄂ音樂을禁ᄒ며美衣美食을禁ᄒ고日夜로但祈念誦經으로써爲事ᄒ며雖此僞世界에在ᄒ야도坐ᄒ隱遁幽居의生計를多爲ᄒ니라

是時希臘羅馬의文學이闇荒塵晦ᄒ야學校가均度ᄒ니由第五世紀로至第十一世紀히凡諸侯伯이皆以己之無識으로自誇ᄒ야以爲常人의行敎育者ㅣ敎人奢移홈이라ᄒ되惟僧侶ᄂ能히眞理를修ᄒ야敎育의特權을操ᄒ고世人의게布敎혼다ᄒ나然ᄒ나是時僧侶가能히識字作文혼者ㅣ甚少ᄒ니夫中古의時代에人이蒙昧無識에陷혼者ᄂ固宗敎의徒가世務를輕視ᄒ고哲學과文學을排斥홈에由홈이라

然이나亦不可敎徒에게專咎홀지니凡學問을硏究홈에ᄂ安心開暇치아니ᄒ면不能ᄒᄂ니當時歐洲全部의大封建諸侯가日로戰爭을事ᄒ야人民이其居盧를喪ᄒ며其田園을荒ᄒ고婦女小兒의無辜히慘戮혼者ㅣ不

可勝數라擧陷於水火塗炭ᄒ얏슨則奚暇에安心閒暇ᄒ야學問을硏究ᄒ
며敎育의事를依ᄒ리오其稍히安心閒暇를得ᄒ者ᄂ惟僧侶라然則敎育
이不亡ᄒ야上古文學의遺跡이一二留存홈을猶得ᄒ者ᄂ或僧侶의功이
不無ᄒ다謂홀지라雖然이나史籍을試緖ᄒ건디哲學과文學을排斥ᄒ고
人民으로ᄒ야곰無知者에陷ᄒ者ᄂ誰의咎인고區々히遺籍을保存ᄒ功
이엇지足히其責을償홀가

## 第四章  中古歐洲의敎育

(寺院學校)希臘羅馬의敎育을受ᄒ學人은老而死ᄒ야繼續이無ᄒ니哲
學文學의學校가亦漸次消滅ᄒ야泥々梦々[19]에流於戰鬪ᄒ則敎育의任
이僧侶에게自歸ᄒ지라一切敎法을其掌握之內에收ᄒ야細微ᄒ正僞의
事도亦皆敎門에歸ᄒ니當時耶蘇敎內에收ᄒ야細微ᄒ正僞의事도亦皆
敎門에歸ᄒ니當時耶蘇敎寺院의學校에敎授ᄒᄂ學科가大凡七藝에二
類로分ᄒ니一類ᄂ三科라稱ᄒᄂ디羅甸(卽拉丁)文法,論理學,修辭學
也오一類ᄂ稱爲四科ᄒ니算術,幾何,天文,音樂也라至讀書習字則在文
典科中ᄒ니大率七年而卒業이라此學科之期ᄂ盖以羅甸語로爲敎育之
根本ᄒ고自餘諸學科ᄂ亦皆以理會耶蘇經典으로爲主故로論理學修辭
學이皆用攻辨異宗之議論〈8〉也오算術幾何學은則爲經典中에有數度
量與殿堂之事也오音樂學은則爲禮拜也오至於發人之思想과社會之事
業과實在之知識은如地理,史志,物理博物諸科則均無之홈으로雖盡受
七科敎育之人이라도不過爲褊狹隘陋之論理家耳오神學家耳로다
寺院學校之敎授法이其開發心性ᄒ며磨鍊智力이皆虛而無著ᄒ야甚或
使專信一人ᄒ야有時敎師가朗誦其一時意見而令生徒로悉心聽之ᄒ고

---

19  泥々梦々 : '泯泯棼棼'의 오자이다.

且其規罰이甚加嚴酷ㅎ야楚撻이戱行ㅎ니라

(僧庵學校)寺院學校도本自僧庵學校로起ㅎ니耶蘇敎之有僧庵學校가
久矣라然이나眞具學校之規模則起於第六世紀의培那第克達派之僧庵
學校ㅎ니培那第克達氏ᄂᆞ生於紀元四百八十年ㅎ야在羅馬에受敎育爲
名僧ㅎ야於諸處에開設僧庵學校ㅎ니僧庵學校者ᄂᆞ爲委身上帝者의營
生之敎育所也라庵規嚴肅ㅎ야不與外界로接ㅎ고絶交際ㅎ며遠女色ㅎ
며安貧困ㅎ야以從順으로爲貴ㅎ고祈禱誦經ㅎ며損食而强行ㅎ야凡入
學者ㅣ五歲以上으로七歲以下則奉身於僧庵ㅎ야僅以願爲僧者로爲限
ㅎ야一入學校면不問貴賤及尊卑ㅎ고其敎育이專以嚴爲的ㅎ니라

其後世人이漸知敎育之要領則入學者ㅣ不獨限僧侶라平人도亦許入學
ㅎ야生徒之數가益增ㅎ더니自第八世紀時로遂分僧俗爲二種ㅎ야僧은
寄宿庵內ㅎ야專修宗敎之事ㅎ고俗은自外通學而修普通之學科ㅎ니
故로僧庵學校ᄂᆞ但敎僧侶之流ㅎ고寺院學校ᄂᆞ僧與民을倂敎之矣라
至十二世紀ㅎ야僧庵學校와與寺院學校가始衰歇ㅎ다가及武士敎育과
平民敎育이興則漸衰滅ㅎ야所謂中古暗世에耶蘇敎徒之特存敎育者ㅣ
卽在此僧庵學校와及寺院學校의中ㅎ얏ᄂᆞ니라 (未完)

## 敎育學問答

### 第一部 總說 (此部ᄂᆞ敎育의大體를說明홈)

(問)  敎育이라ᄂᆞᆫ것은其意義가如何오

(答)  敎育의意義를知코겨할진디請컨디敎育二字를先釋ㅎ시오
　　　盖敎育二字를吾國語로써譯할진디敎導(日本語ᄂᆞ訓爲)이니其定
　　　義則使人으로人倫學問의前途에進케홈에不外ㅎ니此二字ᄂᆞ實로
　　　支那에源흔者ㅣ라其言에曰敎者(上所施下所効)ᄂᆞ卽在上者가是
　　　로써命令ㅎ고在下者가是로써法則홈을謂홈이오育者(養子使作

善)卽其子를善育홈을謂홈이니然則支那에셔釋意호敎育二字의
定義가先進이後進을覺호야其道에入홈을導호고其善性을涵養케
홈에不過호니라此語가泰西에在호야는其定義가如何오曰英佛兩
國은其語를譯호면卽自暗出明의意와引導의義와相輔相成호는語
가是也오德國은卽引出의意義가是也라故로泰西諸國의敎育을說
호는者ㅣ其意義는皆引出에不外할而已니라

(問) 敎育의意義는旣得其解여니와請컨디其敎育에關호意義를更言호
시오

(答) 人之始生에無智也無能也故로스스로活動키不能호나然호나苟止
於此호면動植物로더부러相距가幾하며所謂萬物의最靈된다는者
ㅣ何在오惟不止於此故로其長成을因호야身體와精神이咸爲發達
호야自然活動의能力이遂호나니自然活動의能力이旣有호면더
욱可히身心의發達을補助호리니人의發達이能히如此者는必非偶
然也ㅣ라其於始生時에可히쎠身體與精神을發達할萌芽가已有호
고쏘호可히쎠此萌芽를發達할勢力의有호야身心外에在호니一은
自然이勢力이오一은人爲勢力이是也ㅣ라만일身心發達의初로自
호야見호면人爲의勢力은暇及지못할者ㅣ有호니不敎而能哺乳호
고不導而能匍匐者ㅣ是라故로自然의勢力이라可〈9〉稱호나雖然
이나若孤立而無依호면不能全其用호나니所以로人爲의勢力으로
쎠助成호然後에야良好호結果롤乃得호리니譬諸小民컨디雖能哺
乳나乃奪乳不與호고雖能匍匐이나而不實地上호면雖有能力이나
何以自伸이리오故로其身心의發達을欲遂홀진디此二種勢力을皆
不可缺이니라旦人爲의勢力이不識不知間에其作用을迯出호는者
ㅣ有호니如父兄母姉等言行云爲를其子其女가必則必効호나니其
漸漬也ㅣ深故로其結果가甚大호니余는以爲整頓과紀律이無호敎

化라ㅎ노니不特良好호結果만難期라且或噬臍의後悔가心有ㅎ리
니凡敎化는一定호目的을必立호后에至良호方法을乃用ㅎ야規則
이井井然後에結果가美備홀것이니然則人爲의勢力을엇지秩序와
紀律이無케ㅎ리오-(以上所陳은卽敎育의意義)-

(問)　敎育의意義는略已聞之어니와才質이不敏ㅎ야其奧旨難解이니願
　　컨디其要領을明示ㅎ시오

(答)　敎育云者는敎員이一定호目的을先立ㅎ고精良호方法을撰擇ㅎ고
　　도精良호手段이有호后에受敎者의性質與精神을復揣호然後에야
　　其目的을得達ㅎ나니라
　　申言之ㅎ면卽敎育의方法과手段은敎員이被敎者의身體精神의所
　　有호萌芽를引導ㅎ야使之發達케ㅎ야써其一定호目的에到達케홈
　　에不外ㅎ니라

(問)　然則一定의目的이라云호者는何事를指定홈인뇨

(答)　敎育의目的은德性을涵養ㅎ고知能을開發ㅎ야遂使身體로能得發
　　達케홈이卽是니盖涵養德性者는意志의作用을整理ㅎ야行爲로ㅎ
　　야곰無一不善케홈이是也오開發知能者는其智力을增拓ㅎ야濬之
　　瀹之ㅎ야使達於能達之點이是也오發達身體者는衛生의學을敎示
　　ㅎ야以保其健全ㅎ고揀練의法을訓誘ㅎ야鍛鍊其骨肉이是也니要
　　之컨디此數事가極度의目的을達치못호다可稱홀지니盖德性을何
　　以須涵養고ㅎ면必曰安全鞏固ㅎ게社會上에存立코져호다ㅎ고知
　　能을何以須開發고ㅎ면又必曰社會의事務를規劃ㅎ야完成호組織
　　을得爲코져호다ㅎ고至於身體之發達ㅎ야는곳勞力社會ㅎ야社會
　　의進步를促進코져ㅎ나니如此호方法手段에有호然後에야終極의
　　目的을可以到達홀지나其所謂終極의目的은猶不在此ㅎ니라
　　然則終極의目的者는何也오必使人人으로社會及國家에對ㅎ야應

盡홀義務롤極盡케홈에在ᄒ니夫德義롤如何ᄒ게涵養ᄒ고知能을何如ᄒ게開發ᄒ고身體롤何如ᄒ게發達ᄒ얏실지라도만일潛蓄而不能用ᄒ면何益이有ᄒ리오必也可用處에用ᄒ然後에야涵養과開發과發達의効力이始顯ᄒ니라

**(問)** 敎育의終極目的은必使人人으로社會國家에對ᄒ야其應盡홀義務롤盡홈에在ᄒ다ᄒᄂ것은是固當然이여니와雖然이나此에達ᄒ랴면何롤以ᄒ야此에及ᄒ고

**(答)** 敎育의事가必使人人으로身体與精神을發達케홈에在ᄒ故로人爲의勢力을必加ᄒ야其開誘의道롤補助ᄒᄂ니然則敎育의目的이最要者ㅣ尤有ᄒ니라其最要者ᄂ何也오卽人의身体精神을斯世에存케홈이是也ㅣ라此에對ᄒ야ᄂ數語로ᄊ說盡키不能ᄒ지라其槪롤左에陳述ᄒ노라

人의身体와精神을斯世에存ᄒᄂ目的을或者誹謗ᄒᄂ니其大旨가人智ᄂ有限ᄒ고斯世ᄂ無限이라ᄒᄂ데不過ᄒ니此非確論也라夫人의智力이必有界限ᄒ야智力外의事理롤雖不能盡知나然이나智力內의事理則皆能諦然貫通矣리니智力內의事理롤旣能貫通이면凡此範圍內에在ᄒ者ᄂ固皆可知홀目的이有ᄒ니盖人類가相團結而成家族ᄒ고由家族而立社會ᄒ고由社會而設國家ᄒᄂ니惟家族과社會와國家에對ᄒ야應盡홀義務가各有ᄒ고其義務가旣有ᄒ故로責任이卽有ᄒ야此義務及責任은卽人類가當盡홀道라人道가旣立〈10〉於此ᄒ면其目的을焉得不傾注於此而求上進乎아然則人之終極目的이雖限於智識而不能盡知나要之컨디凡智識의所能及者ᄂ必至當ᄒ目的이라其知之也ㅣ진실노不難ᄒ리니吾人은惟社會及國家에對ᄒ야各盡其所應盡ᄒ야極終의目的만期達할而已니라

(問)　人性이有善有惡ᄒ야其天然動作의勢力이亦頗强大ᄒ야人爲의勢
力으로는能敵키難ᄒ리니果然이면敎育이不幾徒勞乎아

(答)　理或有之나雖然이나吾嘗徵之於經驗ᄒ야而知其不盡然者ᄒ니何
者오吾見兒童이尊長의訓誡懲責을被ᄒᆫ後에輒能去惡就善ᄒ며又
見兒童이先輩의言行을模範ᄒ며且敬畏의敎師와親愛의父兄의命
令을服從ᄒ야汲々然惟恐不及ᄒ나니然則訓練敎化의勢力이苟得
其宜ᄒ면未有不變頑惡爲善良者ᄂ니以心理而論컨디人心의發育
이外界勢力의動作으로더부러非常ᄒ關係가有ᄒ고其人力이人心
에對ᄒ야可히써外界의一種勢力이되는故로其動作이可及於人心
上ᄒ나니是又不可不知也니라夫天下의事物이其勢力强弱을항상
整齬與否에依ᄒ야表準을作ᄒ나니만일其規律이井々則其勢力의
强大가必遠勝於不整頓及無秩序者ᄒ리니夫以天然의動作으로較
之人爲의勢力이면其整頓與秩序가必遜一等이니然則人爲의勢力
이優於天然之動作ᄒ야敎育의攻効를能奏ᄒ리니何疑가復有ᄒ리
오 (未完)

## 實業

### 日人의農塲盛況

韓國米産地로셔主要의土地는全羅道가耕地도廣ᄒ고荒蕪地未開墾ᄒ
半耕作地의類도到處에有ᄒ니日本人의數가亦不少ᄒᆯ뿐더러其營經은
大端히韓國農事의改良에初聲이될지라今에重要ᄒ經營者를擧論ᄒ면
榮山江下流의榮山浦에農具로盛히開墾에從事홈이有ᄒ야着手後滿一
個年에旣已一百町步를開墾ᄒ고目下一日에約三町步式開墾ᄒᆯ것도有

ᄒᆞ며同所字伏岩에ᄂᆞ福岡縣의浦上正孝가八百町步ᄅᆞᆯ買收ᄒᆞ고伏岩을
距호里餘의龜沼에一萬二千圓의工費ᄅᆞᆯ出ᄒᆞ야防堰工事ᄅᆞᆯ施ᄒᆞ고灌漑
의便利ᄅᆞᆯ開홈에關係村落이凡六村인ᄃᆡ一斗落(約三畝步)에籾米五升
式을收納홀契約을結ᄒᆞ야四百餘町步의田地ᄅᆞᆯ灌漑홀터이오全羅南道
光州에셔ᄂᆞ佐久間農事學士가農事經營에着手ᄒᆞ야十町步ᄅᆞᆯ買入ᄒᆞ고
尙二百町步買收의約이有ᄒᆞ다ᄒᆞ고全羅北道沃溝郡築洞에ᄂᆞ二百町步
가되ᄂᆞ宮崎農場이有ᄒᆞ고同地에二百町步ᄅᆡᆯ山崎農場이又有ᄒᆞ며臨陂
郡下光里에二千町步ᄅᆞᆯ領有호中西大農場이有ᄒᆞ며恩津郡馬九坪에二
百町步의小林農場, 扶餘郡場岩에勸農會農場二百町步, 金堤郡白鷗亭
에百五十町步의吉田農場이有ᄒᆞ고其百町步以下의農場은五六個所가
有ᄒᆞ고郡[20]山附近及榮山江流域에沿ᄒᆞ야日本人의手로셔經營ᄒᆞᄂᆞ良
好의農場이盛ᄒᆞ다고謂ᄒᆞ고木浦附近에셔ᄂᆞ大內暢諸氏의紅華嶋六十
四町步, 自防浦에開墾地六十町步와未墾地四十町步에福岡縣農夫二
百名을移住ᄒᆞ야耕耘에從事홈이有ᄒᆞ고務安附近에셔ᄂᆞ韓國興業株式
會社와岡部子爵의合同事業으로百町步가有ᄒᆞ니從來에有望의地ᄂᆞ旣
皆就業ᄒᆞ니其大部分을日本人의手中에占有買收호지라將來發展이甚
盛홀것이니盖韓國土地의現狀을見홀진ᄃᆡ一部分에不過ᄒᆞ고全羅道內
移住農場을開設호諸氏ᄂᆞ堅固호組合規約을設ᄒᆞ야競爭의弊ᄅᆞᆯ全然除
却ᄒᆞ고各自利益을享受홀지니今其一例ᄅᆞᆯ擧ᄒᆞ건ᄃᆡ該地組合員은自己
의買收홀土地ᄅᆞᆯ先히預想ᄒᆞ기ᄅᆞᆯ幾百町步나千町步던지區域을限定ᄒᆞ
고此ᄅᆞᆯ其人의勢力範圍로ᄒᆞ야他組合員은決코其區域內의地ᄅᆞᆯ買收키
不得ᄒᆞᄂᆞ故로韓人이相手되야其代價ᄅᆞᆯ高騰케ᄒᆞ야此ᄅᆞᆯ他에賣〈11〉却
치안코甲의箸圍內에在호土地ᄂᆞ甲의게만賣却ᄒᆞ게홈으로近日에土地

---

20 郡 : '群'의 오자이다.

가四年前과殆同ㅎ야農事의經營上에便益이甚大ㅎ다ㅎ고又釜山附近
과大邱附近의居留人은田圃를買入홈에無謀히競爭이有홈으로一坪에
二三十錢으로買得ㅎ며一二圓價에도競買홈이均無ㅎ다ㅎ얏더라

**(韓米輸出情況)**群山理事廳의貿易年報를據ㅎ면昨年中群山에셔內外
各地에輸出ㅎ난米의數量을計ㅎ면十五萬七千七百四十六擔(一擔은
百斤)인디此를石數로計算ㅎ면大約六萬四千三百九十石이오又其價
額은六十一萬七千四百五十八圓이라今에此를區別ㅎ면左와如ㅎ니

| 輸出 | | 數量 | 價額 |
|---|---|---|---|
| 日本 | | 一九,五五五 | 一七一,八九四圓 |
| 仁川 | | 三二,二三〇 | 三二〇,五四七 |
| 木浦 | | 二〇一 | 二,〇九五 |
| 釜山 | | 五,三五〇 | 五三,三六〇 |
| 元山 | | 七,〇二〇 | 六七,二〇八 |
| 濟州 | | 三三 | 三五四 |
| 合計 | | 六四,三八九 | 六一七,四五八 |
| 內譯 | 外國 | 一九,五五[21] | 一七,八九四[22] |
| | 沿岸 | 四四,八三四 | 四四五,五六四 |

右난群山海關을運過홈이니此以外에도同海關을通過치아니ㅎ고卽群
山을經由ㅎ야此港의貿易圈內붓터仁川木浦釜山等에向홈도有ㅎ니其
量이幾何에될것은不知ㅎ니小額으로論치못홀것이오又多額에要홈을
統計ㅎ야此를槪算ㅎ면困難홈이되니本邦의輸出은前表에比ㅎ면一萬
九千九百五十五石이되고更히他方面으로붓터日本商人이日本에輸出
혼數量을調查할바에比ㅎ면統計四萬七千七百十俵,石數에槪算ㅎ면二
萬三千八百五十四石에至ㅎ니卽前俵數量의間에三千八百九十石의差

---

21 一九,五五 : '一九,五五五'의 탈자로 보인다.
22 一七,八九四 : '一七一,八九四'의 탈자로 보인다.

가有ᄒ니此差를生ᄒᆫ原因은아직詳치못ᄒ나盖二萬三千八百五十四石
을輸出總額으로見ᄒ고米의品種을示ᄒ면左와如ᄒ니

玄米　　　一三,二二六石

白米　　　一〇,〇四二

米　　　　五八六

又同年中에商船會社의汽船에서本邦에輸出ᄒᆫ總量은三萬八千四百十
六俵인디其港別內譯은左와如ᄒ니

神戸　　　三四,八一三俵

　　　　　三,〇五二

　　　　　五五一

又商船會社의汽船에서沿岸各港에輸出ᄒᆫ總量은六萬四千九百三十八
俵에서其港別은左와如ᄒ니

釜山　　　八,三六二俵

木浦　　　三五八

仁川　　　五〇,七一四

元山　　　五,五〇三

라미種植法　라미ᄂᆞᆫ卽苧니全羅道泰仁郡과其他數郡에特産ᄒᄂᆞ니耕作
은頗히有利ᄒ고其需用이擴大ᄒ니實노可驚ᄒᆯ만ᄒ지라去光武八年에
郡[23]山海關을經ᄒ고仁川地方에輸出ᄒᆫ苧布가八萬五千九百〇六疋이
오金額이二十二萬九千七百九十圓이오他地에도有ᄒ며同地農事組合
日本人도組合ᄒ야耕作을從事ᄒᆷ으로써耕作法을泰仁郡守에게照會ᄒ
얏ᄂᆫ디其回答이左와如ᄒ니

一胎苧(아직刈取ᄒᆫ前은胎苧라云ᄒᆷ)를種植ᄒ면土質膏沃의場所가宜ᄒᆷ

---

23　郡 : ‘群’의 오자이다.

一胎苧의 種植홀시는 二月이 宜홈

一胎苧를 耘草홈에는 三四月間에 兩次肥料를 ᄒ되 腐草其他灰類를 用ᄒ고 培植은 臨時經驗으로써 行홈〈12〉

一胎苧를 刈取홀時에는 其漸長을 俟ᄒ야 五月初一次六月初一次七月初一次卽一個年間에 三次刈取홈

一刈取時에는 鎌을 用ᄒ고 此를 蒸ᄒ야 摘葉後에 汎水ᄒ야 剝皮홈

一苧皮一斗落의 産出額은 一個年을 通ᄒ고 上田二隊中田一隊下田一隊로 計홈(一隊는 一貫一百目)

一刈取 혼後에 空田에는 秋季에 厚草로 盖ᄒ얏다가 至春燒去홈

(備考)胎苧는 一番植혼後에 其株에셔 發芽ᄒ야 丈이 三四尺씀되면 刈取ᄒ나니 其株는 幾年을 亘ᄒ야도 그디로두어셔 日本의 楮耕作方法과 如ᄒ니라

作法은 右와 如ᄒ니 此를 機織홈은 今日ᄭ지도 錦江의 北岸忠淸南道의 韓山, 舒川, 鴻山, 庇仁, 林川, 定山, 藍浦, 苧布의 七處라고 韓人이 稱號ᄒ니라

## 商工業의總論 (前號續)

前號에 論述혼바는 皆米穀의 可以貯蓄홀者에 就ᄒ야 言ᄒ者나 然이나 不必貯蓄而投機가 大起홀者ㅣ 亦有ᄒ니 何者오 凡穀物의 賣買가 其機尤敏ᄒ야 往々其實物의 有無를 不計ᄒ고 遠行交易ᄒ나니 珈琲之於歐洲에 卽然歐洲穀市中央은 德京伯林에 在ᄒ야 其商人等이 本年의 無秋를 預料ᄒ고 翌年三月三十一日을 限ᄒ야 今日價値로 買入ᄒ며 且秋成豊饒를 預料ᄒ고 當日價値로 次年三月을 限ᄒ야 賣渡ᄒ나니 盖預期交易은 乃投機의 常例라 其効力이 逆料時期ᄒ야 物價의 平均을 制限홈에 在혼故로 時價의 降落을 皆可坐視홀진뎌

投機商의預想이未必皆中이나然前後를通觀ᄒᆞ고全体의景況을周察ᄒᆞ
야其預想이往々與實際相合ᄒᆞ나니近世則電信交通의便이愈開ᄒᆞ고收
獲統計의術이日明ᄒᆞ야投機商의預計가亦隨而易中ᄒᆞ나니라

製造品의投機ᄂᆞᆫ穀物과如키不能ᄒᆞ니製造品은人力을隨ᄒᆞ야增減ᄒᆞᄂᆞᆫ
故이라然非絶無者이니如製造品의産地가與用地로相距甚遠ᄒᆞ면其運
輸가須費多日ᄒᆞ리니投機商業이亦可行於其間이니如印度所産黃麻의
穀袋를歐洲에運送ᄒᆞᆯ시其遲速이不定ᄒᆞᆫ故로商人이因之而投機者ㅣ甚
不少ᄒᆞ니라

流通價契(公債契約의類)가行情의起落이亦者[24]ᄒᆞᆫ故로投機가頗易ᄒᆞ
니其類가二種이有ᄒᆞ니라

　第一,은爲准票[25]이니准票[26]의行情은外國款項의多少에付ᄒᆞ야爲準
　ᄒᆞ나니多則昇貴ᄒᆞ고少則降落ᄒᆞ야其始終이搖動不止ᄒᆞᄂᆞᆫ故로投機
　의事가가장其間에易行ᄒᆞ며至於銀行鈔票ᄒᆞ야도利息을不付홈으로
　投機의用이稍窘ᄒᆞ나然以他法으로其市値를爭測ᄒᆞ난者ㅣ亦有ᄒᆞ니
　德人이付款於俄ᄒᆞ야俄의鈔票를須用ᄒᆞᄂᆞᆫ者와如ᄒᆞ니此時를當ᄒᆞ야
　二種投機의事가其間에通行ᄒᆞ니一則俄弊와德弊의差異를推測ᄒᆞᄂᆞᆫ
　것이오則俄國紙弊와硬弊의行情差異를料度홈이오又ᄂᆞᆫ外國貿易之
　間에外國貨幣로써投機를行ᄒᆞᄂᆞᆫ자ㅣ有ᄒᆞ니卽現金을支付홈과地金
　을支付ᄒᆞᄂᆞᆫ디得失의差異가有ᄒᆞᆫ故이니라

　盖用第一種流通價契ᄒᆞ야外國으로더부러貿易ᄒᆞᆯ際에又有所謂「挨
　魯,皮德,拉瑞」者ㅣ起ᄒᆞ리니挨魯皮德拉瑞者ᄂᆞᆫ其意가測量과如ᄒᆞ니
　言商人이甲乙兩地行情의差를稱量ᄒᆞ야賣買에從事ᄒᆞ야射利를希圖

---

24　者 : '多'의 오자로 보인다.
25　准票 : '匯票'의 오자이다.
26　准票 : '匯票'의 오자이다.

호는것이니凡投機者는時勢의差異를由호야起호는것이로되挨魯皮
德拉와如호者는地與地의差異를由호야起見호若이니卽竪測과橫測
이是也라試擧一例而証言호리니設有人이伯林에在호야准款[27]을持
호고巴黎에至호고져홀시其准兌[28]의行情이比之伯林之於倫敦호야
較貴호고倫敦至於伯林의准兌[29]行情이又甚廉호면곳准款[30]을往々先
有호야倫敦에至호고倫敦을由호야轉准[31]巴里호야三地行情의差가
不久에平均에必至호리니然則彼所得者〈13〉가僅히錙銖의微利에不
過호나由是觀之컨딕「挨魯皮彼[32]拉瑞」도亦於經濟上有效之事인故
로各處流通의價契平均이亦賴是而起也라
第二는股票이니其賣買가資本을脫卸홈을爲호야起호는故로其投機
의效力이資本을轉移홈에在호니라
以上投機에關호論述이畧備나然近世의投機를嫌惡호기를蛇蝎보다
甚호者ㅣ有호니是는其內容의是非利害를不問호고一切排却호는故
이라吾儕도亦非盡爲有利라害亦伴生이라호노니今秘魯之於西班牙
에公債가其在世界에受之者少故로賣出之時則投機의效力을常資호
나니投機의事爲가變化無定호行情을湏測호야昨賤今貴의凡百機心
이皆生於此호나니라

是故로投機의事가能히世界로호야곰貴重의資本도作호나其吸收力이
不確實호事勢가有호故로害亦伴生이라호노니普國某相이嘗於議院中

---

27  准款 : '匯款'의 오자이다.
28  准兌 : '匯兌'의 오자이다.
29  准兌 : '匯兌'의 오자이다.
30  准款 : '匯款'의 오자이다.
31  轉准 : '轉匯'의 오자이다.
32  皮彼 : '皮德'의 오자로 보인다.

에셔此事의毒害를痛言ᄒᆞᆫ것도此故를亦因ᄒᆞᆷ이니라 (完)

## 談叢

### 婦人宜讀 第七回 부인이맛당이일글일

**졔오ᄂᆞᆫ유희ᄒᆞᄂᆞᆫ일이니**

소아가유희할ᄯᅢ에가장쥬의할지니ᄃᆡ져아동이겨우지식이잇실만ᄒᆞ면이목의소촉이다신긔ᄒᆞ게ᄉᆡᆼ각ᄒᆞ나니범인이외국에유람ᄒᆞ면반다시그안목을놉게ᄉᆡᆼ각ᄒᆞᄂᆞᆫ거갓트니이것도ᄌᆞ연ᄒᆞᆫ형셰라고로소아유희ᄒᆞᄂᆞᆫᄯᅢ에반다시지혜와덕양과체질의삼죵교휵으로ᄒᆞ야금이문목견이되게ᄒᆞ면ᄌᆞ연뇌근에감입ᄒᆞ기가용이ᄒᆞ야오ᄅᆡ도록이져버리ᄂᆞᆫ폐단이읍시리니그모씨된ᄉᆞ람이결코ᄎᆞ시교휵에유의ᄒᆞ야아녀에쳔셩을완셩케할지니라

**졔눅은작난감이니**

소아의작난감은반다시나무와아교도졔조ᄒᆞᆫ물품을요구할지니혹둥근물건의유리와편철로죠셩ᄒᆞᆫ것은불가ᄒᆞ고ᄯᅩ식々으로졔죠ᄒᆞᆫ물건도금할지니ᄃᆡ져소아의셩질은ᄋᆞ린것을시려ᄒᆞ고ᄉᆡ것을됴와ᄒᆞ난고로ᄒᆞᆫ신긔ᄒᆞᆫ물건을보면반다시가진뒤에야말고긔왕으든뒤에ᄂᆞᆫ곳시려ᄒᆞ다가졈々슈족이ᄌᆞ유를으들만ᄒᆞ면졔일됴와ᄒᆞ기ᄂᆞᆫ무신물건이든지보면반다시ᄭᅴ여치고그ᄂᆡ용을보고져ᄒᆞᄂᆞᆫ항셩이잇나니그러ᄒᆞᆷ으로부귀의집이셔라도갑만은물건을쥬지말고통ᄉᆞᆼ물건을쥬워셔임의ᄃᆡ로작난ᄒᆞ게ᄒᆞ얏다가ᄎᆞ々ᄌᆞ라셔어른의말귀알만ᄒᆞᆫᄯᅢ에쳔물을포진ᄒᆞᆷ이불가ᄒᆞᆫ니유와몸의씨ᄂᆞᆫ것을절죠잇게ᄒᆞ야다른ᄉᆞ랑을구죠ᄒᆞᆫᄂᆞᆫ것이맛당ᄒᆞ다ᄂᆞᆫ말을항ᄉᆞᆼ훈도ᄒᆞ야근검ᄌᆞ혜ᄒᆞᆫ마음을양셩할지니라

소아가즈라셔능히말할만흔찌에는반다시지식을양셩ᄒ고체휵을보죠될
만흔물건을작난감으로쥬고무용건은쥬지마라셔그죽난감을두고가지고
ᄒ는것도맛당히졍당ᄒ고난즙지안케ᄒ야질셔가잇게ᄒ고쏘찌여지면고
치고써무드면씨셔ᄼᄎ츄ᄒ고문난흔것을죠곰도보이지하니ᄒ는것이덕셩
을양셩ᄒ는것이라

## 졔칠은보모이니

보모란즈는그셩모를디신ᄒ야보죠ᄒ는명층이니소아를간호ᄒ는인이라
그보모를줄가리여씨는것에쥬의할지니셔양각국이에셔는보모노릇ᄒ는
학문을졸업ᄒ는흑교가유ᄒ야젼슈이보휵학을비우는즈도유ᄒ고쏘다만
가졍교휵학만비우는즈도유ᄒ거눌지어본국ᄒ야는지금겻여ᄎ문명흔지
경을당ᄒ지못ᄒ야시니슬푸다금일을위ᄒ야계획할진디맛당이면져신체
나강근ᄒ고셤질이나온유ᄒ고쏘국문과흔문이나죠고마치아라셔보통교
가셔나능히희득할만흔부인을션틱ᄒ야시ᄼ로션량흔교휵을베풀게ᄒ면
곳아동을무휵ᄒ는데디ᄒ야과히유감이읍실가ᄒ노라〈14〉

## 졔이장가졍교휵

### 졔일은가졍교휵의요지

디져화쵸를비양코져ᄒ는즈는반다시면져흑을가리고죵즈를가리여셔시
무고거름을후이흔후에야가희싹의됴흔것을바라며그싹이임의즈란후에
는반다시바람과비를막을만치됴셕으로보호ᄒ는것이다방법이잇셔ᄼ게
으르지아니ᄒ도록쥬의ᄒ다가ᄎᄎ지엽이즈라셔흑구분즈가잇시면바로
잡고옹널흔즈가잇시면아람답게ᄒ야흑양긔도쏘이고흑물도디이여셔을
마쯤고싱되고을마나휨든것을모른후에야능히그결실홈을보나니아동을
교휵ᄒ는것도이와다르지아니ᄒ니라그런고로아동써예반다시가졍교휵

을응용홈은의논을더치하니ᄒ고가지할바이니셔국속담에말ᄒ기를남녀
학동의언힝이명졍ᄒ면곳그모씨의어진것과그가졍의엄밀ᄒ것을가희알
깃고그학동의학슐이우등이되면그교ᄾ의어진것과그학교의쥬밀ᄒ것을
반다시안다ᄒ야시니이말노미루쎠보드리도가졍과학교를즁회여기는것
을알지니연즉아녀의교휵션부ᄂ그모씨가훈도ᄒ기를잘ᄒ고잘못ᄒᄂ더
잇심이분명ᄒ도다 (미완)

## 本朝名臣錄의攬要

鄭光弼의字난士勛이니公이幼有器度하야凡兒에異하니翼惠가奇愛之
하야恒常饌案을對함이獨以美味로公을與하야曰此是爾他日의食이라
하더라

李相克均이公을一見하고公輔로期하난지라時에史局을開하얏난더克
均이總裁되고公은學正이되얏더니擢하야都廳을授하고編摩를一委하
니라

燕山時에牙山에謫하얏다가尋又拿推라親舊가涕泣送餞하더니忽然히
廢立으로써來告하난者ㅣ有하니坐中이皆歡呼하난지라公이夷然하야
曰此乃 宗社計也라하고仍하야聞牒을却하야曰故主의生死를未知라하
니見者歎服하더라

일즉經筵에侍하야奏曰桓公이管仲을用함이齊國이治하고竪刀와易牙
를用함이齊國이亂하니君子小人의進退하난것이實노國家의治亂이關
한바니이다是日에禮曹判書를拜하다

淑儀朴氏가寵이後宮에冠하야 章敬의例를援하야陞位코져한디 上이從
코져호디大臣의意를不知하야朴氏로하야금懇辭로求하라하니公이獨
奮然不許하야曰正位를맛당히淑德名門을更求할지오側微로써陞함이
不可하다하고大學衍義齊家之要에范祖禹의擇后하난事를援하야進諫

하니朴氏가意ㅣ遂沮한지라士林이聞하고語하야曰光弼의此擧가비록宋之韓富라도無以過也라하더라

章敬王后上賓하심이金冲庵과朴訥齋가抗疏하야愼氏를請復하더니大司憲權敏[33]이指爲邪論이라하야死罪에擬하거늘公이朝廷을譽하야救解하야曰言이비록不中하나罪之하야써言略를防함은不可하다하더라

일즉 原廟의神版一位를失한지라祭奉及守僕을囚하고鞫問할식公이啓緩之러니後에刑曹에셔偶然히賊人을捕하야前犯을問하니位版을偸하야山巖下에藏하얏노라自服하거늘其言을依하야尋得하니人이其識見의神함을感服하더라

己卯에公이爲首相이러니 中廟ㅣ災異를因하야直言을延訪하신디韓亨允이進하야曰 聖上이비록勵精求治하나鄙夫가首相에敢據하니灾變之作이必有所由니이다右相申應溉ㅣ作色大言하야曰新進이相臣을面斥하니其習을不可長也라한디公은色이自若하야揮手止之하야曰渠가吾輩의不怒할주를知하고此言을敢發함이니萬一忌憚이小有하면勸하야도必不肯할지라於吾에固無害니敢言之風을摧抑함이不宜하니라聞者ㅣ以爲호디大臣之量이有하다하더라 (未完)〈15〉

## 米國現大統領(루ー즈베루도)格言集

○法律이人을支配하난權能이有하나愚者로智者가되며凡俗으로豪傑이되며弱者로强者가되게할權能은絶無하니라

○昔日은戰場에셔弓矢를用하더니今日인則銃을用하니此銃이戰鬪上에甚히必要함이되나銃의背後에立한人은銃에比하면一層必要함을更覺할지라

---

33 權敏: '權敏手'의 탈자이다.

○吾輩의最可注意할것은科學技術及文學을完成하난것이니千百普通
好産物를産出하난것보담一個傑出의作을出하난것이爲優하니此第一
流者가能히第二流者의合同企圖하야成就하기不能하던것을成就하야
國家에大貢獻을寄與하난니라

○永久한時期에見하면愉快한虛妄僞善보담最不快한眞理誠實한것이
一層安全한好伴侶니라

○今也吾人이二十世紀의發程에際하야複雜困難한社會問題와及經濟
問題를接着하얏시니此問題에對하야正當한解決을下코져할진디吾人
의全力을注치아니함이不可하니此時에吾人이常識을用함이不止할지
라常々히心中에個人이世界活動에的廣大精神을當有할것이라懷할지
니此精神을有한後에야비로소能히成功하얏다可謂할지니라

○艱難幸苦의境遇를避하야其子弟를幸福安寧의地에立케코져하난者
난其子弟의一生을誤하난者이라萬一其子弟를成功的生涯에導코져할
진딘價値가有한生涯를教하야價値가有한事業에因함이可하니라

○富人이던지額에汗하고食物를得하난貧人이던지不論하고責任을逃
하며苦痛을避하야重荷를負하기恐하야躊躇浚巡하난人은此世界에반
다시不幸失敗의生涯를見할지니라

○名門子孫이萬一其祖先의勢力을高尙目的에不用하고한갓怠惰의材
料에用하면卽於其人에最大한恥辱이니라

○吾人의眼前에當着한大問題난國家의富榮을保護하고且其富榮이少
數者의支配한바되지아니하고國民多大한數의享有에歸할것을慮하난
디在한지라雖然이나或一種私情이有하야劣等利益으로多數人民을誣
惑하난者ㅣ亦多하니決斷코明白히判決하야錯지아니할지니라

○使吾人으로能히世를害할事實의存在한것을視察하야害惡이何處에
在한지不知하면是난愚痴한人이라吾人은沉着健全한精神及態度로써

其害惡이如何한者인지將次如何하야야其害惡을芟除할난지其方法을
不可不講究할지니라

○吾人이物質的幸福을有하니此幸福은亦人皆有之하야無하기不能한
것이라是文明의基礎되난것이나雖然이나吾人이此基礎만有하고此上
面에善良한物를建築지아니하면此世界가一大惡魔住所되난디不過할
지니吾人이須於此物質的基礎上面에精神的樓臺를建築할지니라

○貧困은固是人의苦한것이ᄂ徒然히虛妄空想의經營에歲月를消費하
야體力智力德力을凋衰하난人이又一層苦하니라

○吾人이正直豪膽한政治와正整完備한法律를不可不兼有할지니其法
律이貧富貴賤賢愚優劣의差別이업시一樣으로正義를保護할機關이라
雖然이나完全하다謂하기不可하니何則고하면各個人의成功하난것은
其努力이던지其忍耐던지其智惠던지其事務에忠實한精神이던지其人
의性品如何한것을因하야要素를삼으이니故政治와法律른비록善美하
나政治法律노난各個人의品性缺乏한것을補하기不能하니라

○人이科學的敎育쑨으로난世에立하기不能할지라普通智識과普通感
情에左之右之하난人士난到底히大國民의資格이無한것이라人이加於
智識에不可不智識以上의品性을添할지니此品性이能히人을善良케하
며쑈能히人을剛健케하나니라
（未完）〈16〉


## 淸國政體의前途

（外交時報）有賀博士

淸國出洋大臣이이믜歸國함이其日本及歐米各國에視察한것으로써兩
陛下의게報하니淸國政治編制에多少革新을加하기不遠한지라出洋大
臣이日本及歐米에視察한것이皆立憲政體인故로淸國今後革新이亦於

立憲政體에採用할것이其進步하난디自然한次序라然하나君主親裁로
自하야猝然히轉하야立憲政體을하난것은是雖如何한國民이라도爲하
기不能할지니淸國今回改革은立憲政體를設立할準備에止할지오急激
한變動은淸國의不取할비오亦憲政確立上에害가有할지라

憲政準備의第一着緊要한것이皇位를繼承順序하기로定함이在하니按
淸朝慣例가長子相續하난法을不用하고天子宗室中에就하야適當한材
를選하야繼嗣하기를擬호디生前에난其姓名을不顯하고天子ㅣ崩한後
에其遺書를見하고重器가何人의게歸한줄을始知하나니此가世襲君主
의制가아니오選擧君主의制에近한데但其選擧者가先帝一人而已니此
制度가果與立憲制度로相容耶否아一疑問也라君位不定이비록憲制로
不相容할닷하나然하나有材를擧한則無能호子를立하난것보담勝하고
且皇位의繼承順序와如한것은반다시慣例를從함이可하다하고人의作
制하난것으로不可ᄒ다ᄒᄂ故로오직此慣例에明하니萬一先帝가繼嗣
를不定하고崩하얏던지或疾病으로選定할能力을失하얏시면何人이代
하야定할난지此件에關하야的確한準則을定하야야一切不便한것을庶
乎除却할지니라

第二重要問題난現在軍機를一變할時에當하야責任內閣의制度를立함
이可使地方總督으로內閣에列할난지否할난지하난것이是也라淸國地
方制度가日本地方制度과로不同하야十八省이各々一個中央官廳이되
야總督巡撫가卽直隷天子라國務大臣對等地位에居하야地方에出張ᄒ
야文武政務를統督한者이니卽彼等이不是地方官이라乃中央政府大臣
이오其地方官이라稱하난바난知府와知州以下라最初에中央政府로自
하야道臺를地方으로派出하야行政事務를督勵하더니其間에調和圓滑
이缺乏한故로後에中央政府大臣을派遣하난디至하니此制度가淸國現
在狀態에容易히改易하기難할쑨이아니라其國土廣大예民情이各異한

것을觀하건디或永히改易하기不可할지니要之컨딘使之調和하야責任
內閣의制度를講하난디在하니總督巡撫가地方에在하야重要政務를專
行하고各部大臣이監督의權이無하면責任內閣의本義에不合한지라故
로各部大臣과與總督巡撫의權限을先明하야其各部權限에屬한者를總
督과巡撫가承而施行하야使各部大臣으로其責을任케하고總督巡撫權
限에屬한者난各部에셔干涉지아니하야使總督巡檢으로其責을任케하
고各部與督撫가協同하야管理할事務난兩者聯坐하야其責을任케할지
니果然此制를採用하난日에난總督巡撫가亦內閣叅列의權이不可無할
지라

第三種重要問題난淸國全部를爲하야國會開하기를准備할난지各地方
을爲하야國會開하기를准備홀느지ㅎ난것이是也라軍事와外交와司法
과交通之事務난是全國에關한者오其費用이亦全國에課한者니此点으
로視하건디支那全國을爲하야國會를開하난것이必要하고地方政府난
卽總督巡撫의管轄한것인則地方的國會를開하난것이亦必要할지니淸
國의地方會議난中央國會一部分을得하얏다可謂할지라故로人民으로
立憲政體에慣케코져할진디몬져地方會議를設하고一數年을經한後에
야國會를始起할지라地方會議々員中에其適當한人材를撰하야國會議
員을定함이是自然의序라此日本元老院에셔官吏及勅選議員으로써中
央立法院을組織함과恰如하니라

出洋大臣이朝에歸한期를際하야一二卑見을述할而已오其委曲의事난
予가知하기不能한바이로라〈17〉


## 伊藤統監의韓國談

　左記한一篇은是淸國牛莊데-리-, 니유-스記者가伊藤統監을訪問하
　고會談한要領이라

侯日予가對韓政策上에干涉主義의一事를不懷하고斷言하기를不憚하
깃노라

韓國經濟狀況이他日에確實改良할時가必有할지니此國이向後에發達
進步하야獨立經營의力이發揮할時에農業과財政과商業과及諸般行政
을韓國이可自運用할것은固不須論이어니와但在今日狀況은到底히自
爲할力이無하야所謂政府行政이一도可稱할것이無한지라予가根本으
로自하야此基礎를築하고져하노라

予가始來此地하야先喫一驚한것은一切施設處分之件에記錄不存한것
이是也라故로處分利權讓與等事件에何人이果是主權인지歐人也米人
也日人也其權利를爭할際에對하야公平히裁決코져하야非常히苦心하
얏노니從前當事者가放漫함이如此한故로最初韓國經營에多少困難을
免키不能이라予난誠實히韓國幸福을希望하난者라他日에大有爲코져
호더但所憂者가韓國民人이是保守的依舊의의人民이오且疑心이甚深
한지라是故로予의政策과經營이彼等의信賴歡迎이되려할진디不可不
多少歲月를要할지라

予가赴任한後에第一大事業이韓國居留日本人을制御하난一事에在하
니近來에日本人渡韓하난者ㅣ一週間에幾千人으로計數하기시니此多
數日人이韓國到處에橫恣暴行하야掣肘하난者가無하면韓民感情이日
로惡하고日人評判이日로非할지라近來制御하난方法이漸次로就緒하
야多少好消息을見得하니前途日韓兩國民親睦同化의力이從而益加하
야感情이亦從此融解할지라

韓國人口가約一千萬인디日本在留者가七萬이오此外에三萬兵士가有
하니今時에日本堅城이라可稱할者ㅣ釜山인디日人이一萬七千人이오
仁川에난日韓人이殆相半이오京城에一萬이오元山에四千이오木浦에
二千이라

韓國皇帝가以前에比함이一層奧深한宮殿에起臥하고其宮門인則韓國
警官과兵士가守護하고現時宮中顧問官은加藤增雄氏가在職한지殆十
年이오目賀田氏가(부라온)氏를代하야財政顧問이되고野津大佐가軍
事顧問이되고常備軍이尙有一萬人인디日本敎官八名이敎練하니在韓
日人의增加함을伴하야日本警吏가亦要增加할지라하얏난디

(데-리-,니유-스)記者가附記하야曰伊藤侯를訪하야談話를交한人은其
志意의堅固와精力의强健한것을認치아니리無하니此力量이有하랴면
韓國位地를高케할것은可期而待할지라韓國土地가開拓지아니한處가
甚多하니萬一文明利器와及資本을用하야開墾과牧畜에從事하면國之
富가昔日에셔十倍할지라商業과工業이自然히勃興할지니伊藤侯가自
己生前에此時期를必達코져하야意氣가太軒昂하더라

統監府事務를舊外務省에서執行케하더니統監府官衙가可히不遠에落
成할지라日本이韓國財政整理에向하야着々히其步를進하고日本財政
家澁澤男爵이韓國紙幣에就하야多大히力을盡ㅎ니

日本이如斯한苦心으로韓國指導에從事하니必也多大한利權을得하야
其報酬를充하리니此에到하야歐米商業家가亦不可不其利益幾分을割
取할지라하얏더라〈18〉

## 內地雜報

○**各領事認準狀** 英俄淸意의駐韓各領事가次第로來駐아얏거니와該委
任狀認準狀이本國과直接交涉할時와不同하야日本에셔假認狀을成給
하얏다더니統監府에셔政府로照會하얏난디正式認準狀을行將施行한
다더라

○**開墾規則** 農商工部에셔開墾規則을編成次로委員을定하야方今議定
ㅎ얏난디 國有官有公有民有地에開墾起業하되國有地난山岳邱陵林藪
原野陂澤河岸海浦等地오官有地난各官廳管轄의屬한土地오公有地난
寺院村里社等의屬한公衆의管理使用하난地오民有地난人民의私有로
契券이有하야互相賣買하난者를謂함이니開墾할時에土地의長廣尺數
를測量圖形하야農部大臣과該地方官의認準이有한後에起工하되紛爭
이有한時에난技師와技手를派送調査하며認許狀을外國人의게潛賣或
讓與하난境遇에난法司로移送照律케ㅎ고開墾不得할地段은如左하니
一國防林及保安林에關한地 一水源涵養及漑用으로貯水ㅎ난陂池堤塘
一各官廳行政施設上에用地 一都會附近及村里에旣設豫設한公同墳墓
의地區 一其他法律命令에個人所有되기를禁制햐난地 以上規則에違反
한者난農商工部大臣이該認許狀을繳消한다더라

○**敕諭大官** 去月晦에 皇帝陛下끠셔宮大李根湘侍從卿朴鏞和를對하사
嚴重한勅語로宮禁肅淸을別로團束하시고旣而오各部大臣을對하사宮
禁肅淸以後에政治制新의如何를下詢하시고施措의實踐을戒飭하셧다
더라

○**地方制度調査案** 地方制度調査案件을得聞한則大小郡面積을平均히
割付하고港口監理와郡守를合하야府尹을두고地方官의月俸을다시磨
鍊하얏다더라

○**拾金還主** 皇城新聞社總務成樂英氏가本月初三日上午에北署諫洞等
地路上에셔紙貨一塊를拾得하고徐行前進하면셔其貨主의來覓하난것
을察하더니忽見何許人이步甚奔忙하야其處에到하야顧眄良久라가又
忽忽歸去하거늘成氏가必是貨主인쥬를料하고其所以를問한則其人이
其失貨의由를言하거늘氏가所其失한貨의額數를又問하니曰一百四十
一圓이라하니氏의所得한貨의額數로的合無疑한지라該貨를卽爲出給

하니其人이無數致謝하고氏의姓名을問ᄒᆞ디氏가不言其名而去하얏시
니氏가簞瓢屢空에朝不連夕하난中인디黃金이其心을黑하기不能하니
不亦賢乎아其失貨還覓한人은孤兒院事務員이라더라

○**地方官制의改正件**　地方調查ᄒᆞᆫ結果로一切官制를改正ᄒᆞᆫ다ᄂᆞᆫ디觀察
府ᄂᆞᆫ觀察道로ᄒᆞ고其俸給과官僚를增減ᄒᆞ고府尹을廢止ᄒᆞ고地面을廢
合ᄒᆞ며各道에參與官을設實ᄒᆞ고警務를擴張ᄒᆞ더라

○**議政府廢止說**　政府者ᄂᆞᆫ國家行政機關인디今番官制改正의結果로議
政府의權限을各部에割讓홈을因ᄒᆞ야廢止ᄒᆞᆫ다ᄂᆞᆫ說이有ᄒᆞ니全國行政
機關은何處에在할ᄂᆞᆫ지不詳ᄒᆞ더라

○**內部顧問權聘**　政治刷新ᄒᆞ기爲ᄒᆞ야內部에셔統監府에囑託ᄒᆞ야龜山
警視로權聘ᄒᆞᆫ다더라

○**判事又設**　各道觀察府에職掌을分張ᄒᆞ기爲ᄒᆞ야裁判官을各設ᄒᆞᆫ다ᄒᆞ
니法律이紊亂치아니할ᄂᆞᆫ지

○**義王渡日說**　義親王殿下게셔日本에啓駕ᄒᆞ신다ᄂᆞᆫ巷說이有ᄒᆞ나其期
限은姑未確定이라더라

○**擴張警務**　警務顧問部에屬ᄒᆞᆫ警務를擴張ᄒᆞᆫ다ᄂᆞᆫ디十月旬間에日本에
셔募集ᄒᆞ야統監府及顧問部와理事廳에採用할豫定인디其全數ᄂᆞᆫ三百
十二名에達ᄒᆞ고明年度에增員할巡査가約二百五十名內外라더라〈19〉


# 海外雜報

### 淸國立憲準備의上諭

本月一日에淸國皇帝믜셔詔諭를發한것이左와如하니
朕이皇太后의懿旨를奉하야爾의有衆에告하노니惟宇內各國이今日의

富强을致한所以난진실노憲法을實行하야萬機를公論에決함으로以함
이니翻하야思하건디我國이今에積弊가已久에綱紀가日노弛하야時運
이祖先의遺憲만遵守키不可함으로以하야曩時에出洋大臣을各國에派
遣하야하여금考査케하엿더니今에其陳奏를因하야憲政을布하야大權
은朝廷에統하고庶政은輿論을廣收하야不可不國家萬年의基를할터인
디內情을深究치아니하고徒然히空文만塗飾함은朕의不取하난비라我
國勢不振하야上下가不相和한것은官民이一致치못함으로以함이니宜
先數年之間에積弊를廓淸하고官制를改革하야各般法律를制定하고更
히敎育을進하며財政을革하며武備를修하며巡警을設하야一般人民으
로憲法을知得케한後에各國憲法을取捨하며實行할期限을倂定하야셔
再可宣布할지니各省督撫난朕의意를體하야人民을諭하야忠君愛國의
大義를明하며進化의利를計하야小忿으로써大謀를破치말고能히秩序
平和를保하야써立憲國民의資格이備하기를期하라하얏더라

## 東京市의騷動

昨年九月五日에日本東京市에셔媾和談判에對하야政府意向에反對하
야未曾有한騷動을演出한것은世人의所共知어니와今年에도亦於同月
同日에前者에不讓할騷動을演出하얏시니是난市街電車賃錢에關하야
內務省處置와及電氣會社의貪暴를憤하난所致也라
同日에電車値上問題에關하야市民大會를開하야反對決議를하고夜에
示威運動을行하니其結果가數萬이輩集하야諸方面에分散하야進行電
車를襲하야瓦石을亂投하야數十臺電車를破壞하니數百人警官憲兵이
必死盡力하야鎭撫코져호디多數暴徒가命令을不奉하고到處에吶喊暴
動하며或街頭에셔電車를燒打하랴난演說을하난者까지有하니車員과
警官과及乘客의負傷한者ㅣ五十餘名인디暴徒의被拘한者ㅣ九十餘名

이라此暴徒中에朝鮮人의入한者도有하다하얏더라

## 露國首相의慘殺

露國首相(스도리빈)氏가友人과親戚을招待하야應接室에셔饗應하난
디窓門으로一個爆裂彈이飛入하야爆發함이首相의身體가寸裂하야
卽死하고其子와來賓덜이亦負傷하고該犯者난逃去하야不知所行이
라더라

○露國革命黨暗殺의手段이甚히危險한故로首相(스도리빈)氏의家族
이皇帝의指示를從하야冬宮展內에隱伏하얏다라더

## 日本外務大臣

日本林外相이前者에病氣療養함으로以하야姑爲賜暇靜居한다云하더
니更聞한則是病氣에止할쑌이아니라滿洲鐵道總裁를撰任하난디閣員
과로議論이不合하기로憤을含하야閣議列席에避함이라구云하니비록
孰是를未知하거니와前日에加藤外相의辭職이有하고今에林外相의事
故가又有하니日本外務部난亦多事하다可謂할지로다

## 女子任官

日本에셔난去月二十七日에京都郵便局에셔女子通信事務員千草,高田
의兩人으로判任官任用式을行하얏다더라

## 米國名士

九月一日電報에米國民主黨의名士(부라이안)氏가(니유一요룩구)에
셔上陸함이米國各部에셔同志一萬人을集하야盛大한歡迎을하얏시니
是於次期大統領을選擧할運動의第一着手라더라〈20〉

# 詞藻

## 海東懷古詩 冷齋[34]柳惠風

### 高句麗 (註解見前號)

句麗錯料下句麗駐蹕山靑老六師爲問西京紅拂妓亂髯[35]客是莫離支

　　下句麗ᄂᆞᆫ 後漢書에 王莽이 更名高句麗王ᄒᆞ야爲下句麗侯ᄒᆞ고尤侗
　　外國竹枝詞에高句麗降下句麗라ᄒᆞ니라

　　駐蹕山은唐書에太宗이自將ᄒᆞ야伐高麗ᄒᆞᆯᄉᆡ次安市ᄒᆞ니北部傉薩
　　高延壽와南部傉薩高惠眞等이擧衆降이어ᄂᆞᆯ帝ㅣ回[36]號所幸山ᄒᆞ
　　야爲駐蹕山이라ᄒᆞ고勒石紀功ᄒᆞ고攻安市ᄒᆞ야未能下라城中見帝
　　旋麾[37]ᄒᆞ고輒乘陴噪어ᄂᆞᆯ帝ㅣ怒ᄒᆞ딕江夏王道宗이以樹枝[38]로裹土
　　積之ᄒᆞ야迫城이不數丈에果毅都尉傳伏愛ㅣ守之ᄒᆞ야自高而排其
　　城ᄒᆞ니城且頹ᄒᆞ거ᄂᆞᆯ伏愛ㅣ私去所部虜兵ᄒᆞ야得自頹城으로出ᄒᆞ
　　야據而塹斷之ᄒᆞ고積火縈盾ᄒᆞ야固守ᄒᆞ니帝斬伏愛ᄒᆞ고有詔班師
　　ᄒᆞ니酋長이登城拜謝ᄒᆞ거ᄂᆞᆯ帝嘉其守ᄒᆞ야賜絹百匹ᄒᆞ다

　　莫離支ᄂᆞᆫ唐書에蓋蘇文者ᄂᆞᆫ或이號ᄅᆞᆯ蓋金이오姓은泉氏라自云生
　　水中이라ᄒᆞ야以惑衆ᄒᆞ므로爲莫離支ᄒᆞ야專國ᄒᆞ니酒[39]唐兵部尙
　　書와中書令職이라貌魁秀美鬚髯ᄒᆞ고冠服을皆飾以金ᄒᆞ고佩五刀
　　ᄒᆞ니左右가莫敢仰視라使貴人으로伏諸地ᄒᆞ고踐以乘馬ᄒᆞ며出入
　　에陳兵ᄒᆞ야長呼禁絶ᄒᆞ니行人이畏竄ᄒᆞ야至投坑谷이러라海東稗

---

34　冷齋 : '泠齋'의 오자이다.
35　亂髯 : 『영재집』에는 '虯髯'으로 되어 있다.
36　回 : 『신당서』에는 '因'으로 되어 있다.
37　旋麾 : 『신당서』에는 '旌麾'로 되어 있다.
38　樹枝 : 『신당서』에는 '樹枚'로 되어 있다.
39　酒 : '猶'의 오자이다.

乘에亂髥客傳[40]은雖唐八[41]이傳奇ㄴ亦必有其人也라按夫餘之地가
爲高氏所統ㅎ야在隋唐之際에更無所謂夫餘國이오南蠻所奏ㅎ海
舡千艘와甲兵十萬이入夫餘國云云은似指高句麗로爲夫餘也라意
者컨디蓋蘇文은以東部大人之子로意氣傑驁러니乘隋季之亂ㅎ야
遊歷中國ㅎ야將有爲也라가及見文皇異表ㅎ고喪氣東返ㅎ야稱兵
作亂ㅎ야做得莫離支ㅎ니라

## 報德

唐書에高宗乾封元年에征高麗홀시以李勣으로爲遼東道行軍大摠
管ㅎ고兼安撫大使러니三年에圍平壤ㅎ야執王藏ㅎ고剖其地ㅎ야
爲都督府者ㅣ九오州ㅣ四十二오縣이百이니復置安東都護府라가
總章二年에大長鉗牟岑이率衆叛ㅎ야立藏의外孫安舜ㅎ야爲王ㅎ
니라三國史新羅文武王十年에高句麗水臨城人牟岑大兄이自窮年
城[42]으로行至西海史治島[43]ㅎ야見高句麗大臣淵淨土子安勝ㅎ고
近[44]致漢城中ㅎ야奉以爲君ㅎ고遣小兄多式等告曰興滅國繼絶世
ㄴ天下之公義也라惟大國을是望이라ㅎ디王이處之國西金馬渚ㅎ
고封安勝爲高句麗[45]러니十四年에改封爲報德王ㅎ고以王妹로
妻之라가神文王二年에徵爲蘇判ㅎ야賜姓金氏ㅎ니라輿地勝覽에
益山郡은本馬韓國이니百濟并之ㅎ야號曰金馬渚라ㅎ니라
春草萋々金馬渚句麗南渡有荒城未知欲報誰家德可惜英風鉗大兄

---

40  亂髥客傳 : '虯髥客傳'의 오자이다.
41  唐八 : '唐人'의 오자이다.
42  窮年城 : '窮牟城'의 오자이다.
43  史治島 : '史冶島'의 오자이다.
44  近 : '迎'의 오자이다.
45  高句麗 : 『삼국사기』에는 '高句麗王'으로 되어 있다.

釖大兄은三國史에高句麗釖牟岑이欲興復國家ᄒ야叛唐ᄒ고立王
外孫安舜爲王이라ᄒ고又云牟岑大兄이收合殘民ᄒ고至浿江南ᄒ
야殺唐官이라ᄒ고摠章二年에詔高侃李謹行ᄒ야爲行軍摠管ᄒ고
討安舜ᄒ디舜이殺牟岑ᄒ고走新羅ᄒ니라

### 秋風嶺                                        結城琢蕾堂

午熱炎蒸鐵路長山々無樹起微凉行人怯過秋風嶺未到秋風亦憶鄉
評曰 雅健雋新有竹添氣味

### 平澤

山開滄海野曠暮雲橫應有龍蛇蟄茫々大澤平〈21〉
評曰 筆力雄健有盛唐骨格渢々乎大家之晉

### 仁川

帆檣缺處見樓臺負郭皆山碧水廻殘日熨潮天欲瞑風從月尾島邊來
評曰何其雄渾無斧鑿痕乎

### 南山文社韵

步々登高拾晚靑詩襟無際八[46]虛靈名園問主多新面酒國逢人有故型巖
篆斑紅初過雨庭松老碧幾周星同文一會春將暮花上墻頭柳拂亭　評曰
七律亦復奇壯瀏浣

---

46　八 : '入'의 오자로 보인다.

## 萬壽聖節慶祝頌-幷序-

聖節之有名은自唐始호야其事ㅣ流傳于我호니羅之長春과麗之千春이
是也라而其供君民之樂호며飾泰平之盛者也로다使其民으로慘焉有愁
嗷鬱悒之情이면則雖欲樂之나豈可得乎아光武十年秋七月二十五日卽
皇上陛下ㅣ第五旬有五之萬壽聖節也라是日也에自 皇室宗戚과曁政府
大小官寮와以至學校兒童과商工士女히母不張燈竪旗호며設宴邀朋호
야歡雷迸山호고喜波裂海라熙々焉于々焉或歌或謠호며或舞或蹈호야
以侈 恩天之賜而以泰南山之頌호니於乎休哉로다本社도亦蒙 聖澤之
下究호야感祝隆渥에鰲抃靡極일시謹拜手稽首以獻頌曰

| 天睠我邦 | 華虹毓禎 | 玄黙之敦 | 誕我 | 聖辟 | 日維萬壽 |
| 新命維昌 | 春氣集祥 | 大火流光 | 奠此宗祊 | 恩賜以觴 | |
| 於赫皇韓 | 南山不騫[47] | 于斯國譽 | 於乎休哉 | | |
| 獨立其長 | 漢水湯々 | | 載揚載彰 | 萬歲無疆 | |

# 小說

## (비스마룩구)의淸話

普墺의戰에佛帝(나포레온)의約을破호고中立을守호더니其後에(나포
레온)이中立의報酬를請求하야 (시아루,부라즉구) 等의褊小한地를欲
得하거늘(비스마룩구)가對호야曰予가不欲讓與하난것은아니로디我
王이恐不承諾이니寸地라도讓與키不能하깃노라當時에佛國의勢가日
熾月盛하야普國의小弱한것을暗侮하더니今에若此한傲岸不屈의答을

---

47 騫 : '騫'의 오자로 보인다.

聞ᄒ고佛帝ㅣ怒하야使者를(비公)의게致하야曰普國이若如此하면不
遠에非常한危難을遭할지니勿悔하라(비公)이冷然不顧曰汝가如此한
謬想이若有하면汝가도리혀此困難을遭할지니라(나포레온)이到此에
無復威喝하고曰汝가汝의所好만只言한다云ᄒ고去하니라

(비스마룩구)가巴里에滯在하야실제一次(倫敦)에遊한지라(사구손)公
使(비즈가무)伯이此際의事를記述하야曰倫敦內國博覽會를觀覽하기
爲하야各國紳士의來遊하난者ㅣ頗多한지라露國公使(부라노오)男이
或時大宴會를開催하고客을招請함이紳士와淑女가雲霞갓치集하얏난
디此中에普國公使(비스마룩구)가有하야食後에管理權에關한事件으
로英國宰相(지스레리一)과로長時間談話를하난디 (비스마룩구)가(지
스레리一)를向하야몬져口를開하야曰予의第一所欲爲者난我國議會의
一致與否에關치아니하고我軍隊를改造하난一事라我國現在宰相이因
循姑息하야斷行키不能한故로我王이此大事로予의게全委하시니予가
吾軍隊力을依하야今回同盟聯邦이盟約하고近隣小邦을從屬한다云하
난口實을破하고奧國에對하야宣戰한然後에日耳曼全土를我國指導下
에同盟코져하노니予가此事를英國宰相의게告하기爲하야此地에特來
하얏노라此大膽無敵의談論이大砲洪音과如하야(지스레리一)의耳朵
를驚한지라(지스레리一)가後에或人다려語함이(비스마룩구)를大加賞
讚ᄒ야曰吾人이向後에彼의行爲를注意할지니彼가반다시可히其所言
을實行할이라하더라

(비公)이倫敦으로自하야歸한後에(피레니一)山麓에欲遊하야(아빙구
논)이라하난處에到하야偶然히(후란구후오루도)의人(라닌구)라하난
者가新妻를携하고新婚旅行하난것을逢하야一場談話를하난디 (라닌
구)가몬져口를開하야曰予가(후란구후오루도)에셔閣下의게一面한것
을覺하씨노니其時〈22〉에閣下가偶然히行動하야吾等을擊刺함이都下

人士의感情이不淺한故로至今까지도忘하기不能ᄒ노라 (비公) 이聞之하
고曰其事件이何如하던지吾已怠之一로라 (라닌구) ㅣ曰是ㅣ奧伊兩國
交戰하던夕인디吾國에有名한遊戲場 (지예一루) 에셔演出한일이니當
時에予等의所憂가伊國이或貴國과同盟이無한지否한지함이在한것을
閣下가固知之라奧人과及 (후란구후오루) 人을戰慄케하기爲하야閣下
가特히伊國 (바아라루) 伯相携하야遊戲場庭中에셔逍遙하다가此行爲
가有하얏시니當時에實로吾等을驚憂케하니라 (비公) 이此言을聞하고
大笑ᄒ야曰此事가果有하니予가奧國議長 (레히볘룩구) 를驚케하기爲
하야特히此戲行을하얏노라雖然이나此時에彼等이如何한上策을抱藏
하얏난지未可知할지라何以然也오하면充分의計를出할暇가未有하야
셔予가突然히 (페뎨루부룩구) 에轉任을被命한까닭이니라

(비스마룩구)가新夫婦二人으로한가지로(비스셰지요一루)村一旅亭에
셔晝飯을喫하고馬車를共駕하야山村風景을賞覽코져하야三人이車中
에入함이(라닌구)의夫人이羞顏嬌姿로與其良人으로相對而坐라(비스
마룩구)가將次其傍에坐하려ᄒ더니偶然이電報가來하니卽是普王(우
위리야무)陛下의發한것인디(비스마룩구)다려速歸하야宰相의位를襲
하라난命令이라

當時에普國政府가議會로相與衝突하야政府에셔提出한軍備改革案이
會議의否決한바되야普王이落膽傷心하야(비公)을招하야此難局을當
케함이라(비公)이新夫婦의게此秘電을告하고且曰政府와議會의衝突
이調停之望이尙有하니不須深憂라하고悠然上車하야(론河)畔暮景을
眺望하며葡萄橄欖森林을探賞하더니此時에(라닌구)의夫人이徐々下
車하야林中에入하야手로橄欖二枝를折하야(비公)의게呈하고曰願閣
下난此榮任을因하야敵手를和親할지여다(비公)이微笑하면셔其厚意
를感謝하고其一枝만受하고一枝난夫人의게返하야曰卿等兩君의幸福

結婚을賀하노라하고三人이盡歡而別하니라

後에(비公)이(베루링)에在하야友人다려語하야曰一千八百六十二年
八月十九日에予가王命을依하야(베루링)에歸하니時에王이其希望이
不成함을憤하야決意讓位코져하야其詔勅을調印하야玉太子의게送호
려하난지라予曰王若讓位하시면臣亦相位를不襲하잇노이다王曰汝가
議會의承諾을不得하고도此事를斷行하야輩輩를左右하게는냐曰諾다
王遂止하니라

(未完)


## 謹告

本社에셔本紙刊行ᄒ지三四朔에愛讀ᄒ시ᄂ僉君子의盛意로由ᄒ야漸
次擴張할希望이有ᄒ오나至於消費ᄒ야ᄂ其代金이收回成本혼然後에
야孶殖홀前途가有ᄒ압긔玆에證期仰告ᄒ오니此回期內에本報代金을
一一交送ᄒ시되左記에方法을注意ᄒ시압

收金方法

一, 京城五署以內에ᄂ本社配達夫가領受証으로代金을要할터이오니本
　　月末日以來로交送ᄒ실일

一, 地方觀察府及郡守鄕長書記ᄂ郵便替金으로交送ᄒ시면本社에셔ᄂ
　　卽時葉書로領証을繕呈할일

一, 地方에在혼各支社에셔도上項地方々法에依ᄒ야할일

一, 外國에셔도右에方法을要할일

一, 其期限은十月以內를要홈 〈23〉

　　不及ㅎ는바ㅣ오
京城南大門內四丁目
藤田合名會社告白
(電話二三〇番)〈24〉

大韓光武十年
日本明治三十九年
丙午六月十八日第三種郵便物認可

# 朝陽報

## 第八號

**朝陽報第八號**

**新紙代金**

一部新貸　金七錢五厘

一個月　金拾五錢

半年分　金八拾錢

一個年　金壹圓四拾五錢

郵稅每一部五厘

**廣告料**

四號活字每行二十六字一回金拾五錢二號活字依四號活字之標準者

◎每月十日卄五日二回發行◎

京城南署竹洞永禧殿前八十二統十戶

發行所 朝陽報社

京城南署會洞(八十四統五戶)

　印刷所 普文館

　偏執兼發行人 沈宜性

　印刷人 金弘奎

# 目次

### 朝陽報第一卷第八號

---

\* 種參 : '種蔘'의 오자이다.
\*\* 廊淸檄 : '廓淸檄'의 오자이다.

## 注意

有志ᄒ신僉君子끠셔或本社로寄書ᄂ詞藻나論述時事等類를寄送하시
면本社主意에違反치아니할 境遇에난一々히揭記할터이오니愛讀諸君
子난照亮하시옵시고或小說갓튼것도滋味잇게지여셔寄送하시면記載
하깃ᄂ이다本社로文字를寄送하실時에著述ᄒ신主人의姓名과居住地
名統戶를詳記하야 送投하압쇼셔萬若連三次寄送한文字를記載할境遇
에난本報를無代金으로三朔을送呈할터이오니부디氏名과居住를詳錄
하시옵소셔

## 特別廣告

本報第八號를本月十日에發行ᄒ터인디印刷所의變更홈을因ᄒ야同廿
五日에發行ᄒ오니愛讀ᄒ시난 諸 君子난以此照亮ᄒ시옵〈1〉

## 論說

### 滅國新法論

　　淸國飮氷室主人梁啓超先生이眷眷以保全東洋으로立言箸論者ㅣ
　　甚多而其滅國新法論이甚悲切慷慨ᄒ야足以提響苟安之徒故로余
　　ㅣ譯述如左ᄒ야俾吾邦之人으로讀之以自哀焉爾라
今日의世界ᄂ新世界니라思想도新ᄒ고學問도新ᄒ고政軆도新ᄒ고法
律도新ᄒ고工藝도新ᄒ고軍備도新ᄒ고社會도新ᄒ고人物도新ᄒ니凡
全世界의有形無形ᄒ事物이一一히皆前古所未有홈을闢ᄒ고一個新天

地를別立ㅎ얏스니美哉라新法이여盛哉라新法이여人人이知之ㅎ며人
人이慕之홈은吾論을不俟ㅎ거니와吾의孜孜不能已ㅎ바는特히滅國新
法이라ㅎ는 것이有ㅎ니

滅國이란者는天演의公例라凡人이世間에在ㅎ야自存홈을必爭ㅎ느니
自存을爭ㅎ則優劣이有ㅎ고優劣이有ㅎ則勝敗가有ㅎ니劣而敗ㅎ者는
其權利가必優勝ㅎ者의呑倂ㅎ바될지니是는卽滅의理라自世界人類의
初有ㅎ以來로卽此天則을循ㅎ야相搏相噬ㅎ며相嬗相代ㅎ야今日짜지
迄ㅎ야全球에國ㅎ者ㅣ僅不過百數十焉已라

滅國之有新法홈도亦進化의公例에由ㅎ야使然홈이니昔者에는國으로
써一人一家의國을숨는故로滅國者ㅣ必虜其君ㅎ며瀦其宮ㅎ며毁其宗
廟ㅎ며遷其重器焉故로一人一家만滅而國滅이라ㅎ되今也에不然ㅎ야
學理大明홈으로乃知國者는一國人의公産이오其與一人一家로는關係
가甚淺薄ㅎ니苟欲滅人國者넌必其全國을滅ㅎ고不與一人一家로爲難
ㅎ며不寧惟是라常借一人一家之力ㅎ야其滅國의手段을反助ㅎ는故로
昔日의滅人國홈은以達之伐之者로滅ㅎ더니今之滅人國은以喚之咻之
로滅ㅎ며昔의滅人國은驟ㅎ더니今의滅人國은漸ㅎ며昔의滅人國은顯
ㅎ더니今의滅入國은微ㅎ며昔의滅人國은使人으로知ㅎ야備케ㅎ더니
今의滅人國은使人으로親ㅎ야引케ㅎ며昔의滅國ㅎ는者는虎狼과如ㅎ
더니今의滅國ㅎ는着는孤狸와如ㅎ야或以通商而滅之ㅎ며或以放債而
滅之ㅎ며或以代練兵으로滅之ㅎ며或以設顧問으로滅之ㅎ며或以通道
路로滅乏ㅎ며或以煽黨爭으로滅之ㅎ며或以平內亂으로滅之ㅎ며或以
助革命으로滅之ㅎ야其精華가已竭ㅎ며機會가已熟ㅎ면或一擧而易其
國名ㅎ며變其地圖之顔色焉ㅎ고其未竭未熟홈에는雖襲其名仍其色ㅎ
야以至百數十年이라도可也니鳴乎라泰西列强이以此新法으로施於弱
小之國者ㅣ不知幾何矣라謂余不信커던請擧其例ㅎ리라

一은徵諸埃及이니埃及이自蘇彝士河開通上後로始借債於外國ᄒ니其時에正値諸國物産이過度ᄒ야金價가停滯홈으로資本家가壞金無所用홀時代라乃自恃其國之强ᄒ고利埃及之弱ᄒ야以重利로行借貸之術ᄒ니一千八百六十二年에一千八百五十萬打拉(一打拉當墨銀二元)을借ᄒ고其六十四年에二千八百五十二萬打拉을借ᄒ디皆經手周旋費가有홈으로埃及政府의所得實額은僅十之七八而已라其初에多金이驟進홈이外觀으로ᄂ繁盛을忽增ᄒ지라埃及王이外債의利에心醉ᄒ야更於六十五年,六十六年에三千餘萬打拉을借ᄒ고六十八年에五千九百四十五萬打拉을借ᄒ니其時土耳其ᄂ埃及의上國이라

慮其後患ᄒ야從而禁制ᄒ즉埃王의左右에歐人이顧問官이된者ㅣ說以富國學의哲理ᄒ며惑以應時機의讕言홈으로復於一千八百七十年에更히新國債三千五百七十萬打拉을借홀시所謂周旋費란者ㅣ로千萬을除去홈이土國政府가愈益禁止ᄒ되歐人의資本家ᄂ愈趨之ᄒ야畢竟은四百五十萬打拉의重賄를行ᄒ야土廷에賂ᄒ고其埃及에封ᄒ借債의禁令을廢케ᄒ더니〈2〉其結果ᄂ埃及의政府가外債를借홈이五萬萬三千二百餘打拉에竟至ᄒ니夫英法의資本家이豈不知埃及之貧弱이不足以負擔此重債乎아마ᄂ其所謂顧問官이란者ㅣ埃及이祿을受ᄒ고埃及의事를服ᄒ며其各國의政府官吏도日로文明을言ᄒ며日로和親을講ᄒ야埃廷에相往來ᄒᄂ者덜이何故로孳孳焉懇懇焉ᄒ야甘言을獻ᄒ며重賂를行ᄒ면셔其巨萬貨財를紛濁不知ᄒᄂ地에務送ᄒᄂ고此ᄂ舊法滅國時代에在ᄒ야ᄂ百思不解ᄒ者이라

曾未幾何에一千八百七十四ᄑ표年에至ᄒ야埃及의財政이掃地하야不可收拾에及홈이債主ᄂ愈迫ᄒ고國帑은全空ᄒ지라於是에英國政府ᄂ埃王을迫ᄒ야英人을聘ᄒ야財政顧問을삼으라請ᄒ고民債를募ᄒ며租稅를加ᄒ나絲毫도無補ᄒ고其七十六年에乃有各國領事가埃王을迫ᄒ야

財政局을設立ㅎ고英法兩國人으로써局長을延聘ㅎ고外人으로歲入을
監督ㅎ며鐵道를管ㅎ며關稅를掌케ㅎ니財政全權이外人에移ㅎ지라七
十七年에又財政局에數十歐人을增聘ㅎ야俸給의支給홈이十七萬五千
打拉에至ㅎ더니未幾에又因領事之勸告ㅎ야債主까지厚祿을給ㅎ고不寧
惟是라關稅의權도外國이旣握홈이歐人在埃者數十萬이皆私自販運而不
納稅金홈으로埃廷이此事로詰責英法領事ㅎ디英法政府ᄂᆫ猶依違不答ㅎ
고經年之後에始以埃及의內欺不修로爲辭ㅎ고竟橫行無憚ㅎ지라

至七十八年에遂使埃及으로其人頭稅를二倍로營業稅쑹三倍로써徵ㅎ
야利息을償還ㅎ되每年歲入이四千七白餘萬打拉者를僅以五百三十五
萬으로本國政費에供ㅎ고其餘ᄂᆫ外人의게盡投ㅎ며全國官吏가數月을
不得支俸ㅎ되歐人의傭聘ㅎ者ᄂᆫ其厚俸이如故ㅎ고未幾에歐人이埃王
을訟ㅎ야歐人 司理ㅎᄂᆫ會審法院에裁判ㅎ다가又未幾에埃王의所有私
産을將ㅎ야歐人에게典執ㅎ고債息을償ㅎ니究其極度컨디末乃埃及의
歲入歲|出의權을將ㅎ야外人의手에全歸ㅎ고直以英法人으로政府에入
ㅎ야度支와農商部의位를任ㅎ니實千八百七十八年의事라二大臣이政
府에旣入홈이日度更新의名을借ㅎ야以謂埃及人은老杇無用이라ㅎ고
遽免其要官五百餘人而悉以歐人으로代之ㅎ며自七十九年으로至八十
二年四載之間에全國官吏를次第變易ㅎ야歐人在位者一千三百二十五
人에至ㅎ고俸給이百八十六萬五千打拉이되ᄂᆫ지라其名은曰埃及을代
ㅎ야內治를振興혼다財政을整理혼다ㅎ다가及至山窮水盡ㅎ며羅掘俱
空혼際에猶且兵士之餉물裁減하야야軍隊로無力相抗케ㅎ며貴族의稅
를增加ㅎ야使豪强으로盡鋤에無復自立케ㅎ고通國의田畝을淸査ㅎ야
使農民으로騷動ㅎ며鷄犬으로不寧케ㅎ되猶以爲未足ᄋᆞ야又小民의無
識을欺ㅎ되甘言以誘之ㅎ며威力以迫之ㅎ야使全國土地로太半이나歐
人의營業에歸케홈이民은無以得食ㅎ야至其家畜을鬻ᄋᆞ야以糊口혼다

가餓莩가載道ᄒ며囹隨가充塡ᄒ고埃王은卒乃被廢ᄒ야擁立新王의權
이債主의手에歸ᄒ며不寧惟是라埃及國民이忍之無可忍ᄒ며望之無可
望ᄒ며呼籲不聞ᄒ며生路全絶훌際에不得不群起ᄒ야與外敵으로爲難
而所謂重文明守道義ᄒᄂ大英國과所謂尊耶敎倡自由ᄒᄂ格蘭斯頓노
直以數萬雄帥로壓埃境挾埃王ᄒ야以伐埃民ᄒ니石卵이不敵홈으로義
旗遂靡ᄒ지라埃及의愛國志士가卒俯首繫頸ᄒ야流竄於異洲孤島ᄒ니
全國의生機가絶훌지라嗚呼라世有以借外債用客卿으로爲救國之策者
乎아吾ㅣ願一觀乎埃及之前途ᄒ노니雖然이나吾無怪焉卷ᄂ特滅國之
新法이然耳라

其二ᄂ徵諸波蘭이니波蘭은歐洲千年의名國이라當十七世紀初葉에波
政이始衰홈이瑙典王이廢波王ᄒ고別立新主라가未幾에前王이以俄援
으로復位홈이喘息於俄皇勢力之下ᄒ야國中이復兩大黨에分ᄒ니其一
은仰普法之庇蔭이오其一은藉俄〈3〉國後援ᄒ야於政治上宗敎上에訌
爭이不息홈이俄人이其有辭홈을利用ᄒ야表面으로ᄂ熟誠博愛ᄒᄂ체
甘言狡計로其歡心을結ᄒ고其黨爭을煽하야使日益劇烈케ᄒ고遂藉口
於扶助公義ᄒ야於波蘭境上에屯兵四萬ᄒ야以爲聲援ᄒ고俄兵이旣集
홈이乃使人脅其所庇之黨ᄒ야以二事로要ᄒ니一은曰對波王絶君臣之
分이오二ᄂ曰許俄皇以干涉內政之權이니所庇黨이旣陷術中홈이欲脫
不得이라俄軍이乃於貴族議院前에築一砲臺ᄒ고使數兵卒로立砲側□
火以侍ᄒ고迫前院議員畫諾ᄒ니此後로俄公使遂握廢置波王과生殺波
民之權者ㅣ凡數十年이러니

爾後에土耳其普魯西奧大利諸國이展轉効尤ᄒ야國內의爭이亦囂囂未
已홈이俄人이始終을挾波王ᄒ야以令波民ᄒ고其位ᄂ遽廢치아니ᄒ더
니迨國民의同盟黨이到處에蜂起홈이乃王室을藉ᄒ야以壓制之홀시一
切義士를指ᄒ야叛民이라ᄒ고殺戮流竄이無所不至ᄒ다가其國民의氣

가不可復振홈을度ᄒ고乃從而豆剖爪分[2]ᄒ다가千七百七十二年에至ᄒ
야ᄂ波蘭의名이地圖中에邃絶ᄒ지라世에有以爭黨派聯外國으로爲自
保祿位之計者乎아吾ᄂ願一覽波蘭之復轍也ᄒ노라雖然이나吾無焉者
ᄂ滅國之新法이則然耳로다 (未完)

## 論軍國主義

### 第一節

○**軍國主義의勢力** 現今軍國主義의勢力이盛大ᄒ야前古에無比ᄒ니已
達其極點이로다列國이軍備를擴張ᄒ기爲ᄒ야其精力을竭盡ᄒ고其財
力을消磨ᄒ나니是曷故焉고夫軍備者ᄂ尋常의外亂과ᄌ못內患을防禦
할而已여ᄂ何必若是其甚也오彼等이一國의有形的無形的을盡擧ᄒ야
軍備를擴張ᄒᄂ犧牲의原料를作ᄒ니是ᄂ卽其原因與目的을不省ᄒᄂ
디셔做出ᄒ야其原因된防禦와保護의二目的以外로濫出ᄒ니亦一研究
홀大問題로다

○**軍備擴張의因由** 無非一種의狂熱心과一種의虛誇心과一種의好戰的
愛國心而已니彼好事ᄒᄂ武人은欲弄其韜畧者而贊成ᄒ고彼供其軍糧
及軍需의資本家ᄂ博一摑萬金의巨利者而贊成ᄒ나니英德諸國의擴張
軍費者ㅣ實因於此者가多矣라然이나武人과資本家ᄂ所以得逞其野心
者가實爲多數故로人民의虛誇的好戰的愛國心의發越이有以應其機者
也니라

是以로甲의國民은曰我本平和를希望ᄒ다ᄒ고乙의國民은曰非望의侵
攻이有ᄒ境遇에야奈何오ᄒ며乙國이亦曰我本希望平和而甲國이有非
望의侵攻에奈何오ᄒ야世界各國이皆同一辭ᄒ니眞是噴飯之極이로다

---

2  豆剖爪分 : '豆剖瓜分'의 오자로 보인다.

○**平和는夢想中美夢**　莫魯多将軍이有言曰(世界의平和를希望하는者는
殆若夢想이니然以夢境論之면亦是美夢)吾則以爲平和의幽夢이라하
니此非將軍의不知而然者오亦非將軍의好個美夢을欲絶者也니盖將軍
이旣捷於法國하야五十億佛郎의償金을獲收하고馬路沙斯와羅林의二
州를割取홈을因하야法國의工商은都騣騣然日進於繁榮하고德義志의
市場은俄然히一大困頓挫敗를招하야怫然赫然히憤氣가四溢하니是는
將軍美夢의結果가如是者也니非幽夢也라實迷夢也로다

○**蠻人의社會學**　旣而오莫魯多將軍이再用武力하야法國을向하야一大
打擊을加하야武力의捷利로써國民의富盛을企圖하얏시니是는將軍의
政治的手腕이라若是호心術로써二十世紀의理想으로崇拜코저하니吾
恐其未可也로다然이나吾人이何時에나蠻人의倫理學과蠻人의社會學
界에始出하야抵抗할는지實用有憾者也로다

○**小莫魯多의輩出**　軍國主義의全盛호結果가莫魯多의現時理狀과다못
模型에셔莫過하거늘小莫魯多輩出이世界에徧〈4〉滿하야過江의名士가
鯽의甚多홈과如하니志士의可懼者也라


## 第二節

○**日本의馬罕大佐**　近日軍國의事로써世界에稱名하는者此馬罕만如호
者ㅣ無호디彼의著作호者가英美諸國의軍國主義를模型호者인디彼의
軍備與徵兵의功德說이甚巧하니其言을左에畧記하노라

　　軍備者는經濟上에는비록生業의萎靡가有하야人民의生命課稅에不
　　利호點이有하나國家運命에對하야는決코軍備가無하면完全치못하
　　다하얏시니
　　是는一方面에姑就하야其利益을見호者이니라
　　徵兵者는年少國民을集合하야兵役學校에入學캐하야軀體로써組織

혼共同的要素이니故로軍備와徵兵의原素로由호야軍國의主義를成
立호고此主義로써國民의精神을發達케호다호야시니自吾觀之컨디
其論의達理됨이頗多호도다

○ **戰爭은如疾病** 百年前戰爭은慢性症의疾病이러니今日戰爭은急性的
疾病이로다盖健康혼時代에急性發作에應할準備는注意者의必要혼理
由가되나然호나慢性과急性을勿論하고學理로써治療할方法만研究호
는것이適當호고決코急性的疾病을釀出홈은不可호거늘現今所謂軍國
主義는其疾病의原素를胚胎홈이恰似호도다 (未完)

## 講壇會設立再議

講壇設立의必要함이되난것은本報第一號에旣已說明하얏거기와爾來
有志의其實施를希望하단者ㅣ二三에不止하고或組織하난方法을說明
하야世界에表示까지하얏기로再次提議하야其設立호기를催促호노라
今我韓이國帑이空乏호니此時를當호야徒然히政府를向호야學校를完
備호야敎育이普及호기를責호면財力이及호기難호고國民的德性과國
民的智識의修進할것은急務中急務라一日이라도緩漫호기不可호니此
講壇設立의擧를已호기不得혼所以라
其組織홀方法은先例의可準홀것이無호지라歐米諸國에비록此擧가有
호나今에歐米의模樣을擧호야我國에擬호면不能홀뿐이아니라도리혀
切當치못호니我國은只當我國現狀을從호야其方法을講호는것이好호
니라
旣已講壇이라名호야신則每席에맛당히講師를聘호야其講論호는것을
聽홀지라凡國民的德性과國民的智識의進修호는디有補홀것은皆可講
話홀지니講호는者노此方針으로講호고聽호는者도此方針으로聽호야
講者와聽者가兩兩精神으로相擦相硏호야漸久而習則一年이나或三年

에各自進步ᄒ야必有顯效홀지라

## 講會組織

講壇會에會員이되고저ᄒᄂᆫ者ᄂᆫ其地位階級의如何ᄒ거은不問ᄒ고國
民的德性智識의進修ᄒᄂᆫ딕有志ᄒᄂᆫ다可히會員이됨을得홀지라

先於京城에模範講壇會를設立ᄒ야其成蹟을見ᄒ後에地方에波及ᄒᄂᆫ
것이似好ᄒ니라

京城各署各坊에講壇을各設ᄒ고各處講壇에셔聯絡의法을立홀지라

講壇會堂인則會員中에適當한家를擇ᄒ야姑爲代用ᄒ야經費를節約홈
이可ᄒ니라

個人의邸宅이大抵狹隘ᄒ야百人以上은到底히容ᄒ기不能홀지니故로
各署各坊의每壇會員이各其小團體를隨意別作ᄒ야或十人이一團이되
며或二十人或三十人이一團이되야會員中의家에셔輪次開講하난것이
最爲便宜하니此난某署講壇會支部라可稱홀지라〈5〉

各署講壇會中에其形便의處를擇하야講壇會總部를設立하야써京城各
署의大小講壇會를主宰할지라

所謂講師난一定ᄒ人이有ᄒ것이아니라朝野를不問ᄒ며內外를不論ᄒ
고縉紳先覺의士난皆可招聘ᄒ야其講話를聽ᄒ야智識으로一隅에偏在
케아니ᄒ되京城居住ᄒ人에不止ᄒ고海外名士의來遊ᄒᄂᆫ者도時時招
請ᄒ야使之講話ᄒᄂᆫ것이亦無妨홀지라

各署의講壇開講은每朔一回各署合同開講도亦每朔一回오各坊各支部
의會에至ᄒ야ᄂᆫ每週에一回以上으로ᄒᄂᆫ것이爲要홀지라

各署開講及各署合同開講홀際에各支部에셔代表者若干名이輪次出席
케ᄒ야使其於支部開講ᄒᄂᆫ席上에셔再爲演明케홀지라

各坊及各地部[3]講壇席上에셔各國地誌와各國近世史現代史를講究ᄒ

눈것이爲要ᄒ니此是時代的智識의根底니라

## 會員規約說明

國民的智識이國民的德性으로相待ᄒ야今日에必需홈은論ᄒ기를不待
홀것서어니와雖然이나國民的智識은現代의政治經濟와敎育形勢와及
處世作用의法만知ᄒ면足ᄒ지라普通의耳目心思가具備ᄒ니는皆能辦
得홀지니此智識은是外面으로注入ᄒ는것인故로得ᄒ기容易ᄒ거니와
國民的德性에至하야난實로自力自發에셔出하니是난自家開發的力量
이라得하기甚難할지라

歐米文明國에在하야셔도尙히此로써至大至難한問題를삼으니屈指計
之에大政治家가終生의力을效하야希望의一半도充하기不能한者가往
往히有ᄒ나其難하기비록如是ᄒ나國民的德性이發揮치아니하면此國
中興이斷斷無望할지니凡我人民은各自渾身의力을擧하야此에從事할
지라

窃想컨디講壇會成立하난日에智識과德性의問題에關하야高論名談이
日日히耳에滿할지니是固所望이어니와但多知多解만하난것보담一件
이라도躬行하난것이爲貴하니今에會員의게一規則을約하노니會員이
此를因하야相勵相警하야德性으로空論上에發揮할뿐이아니오實地上
에發揮코져홈인디其規난何耶아約諾을確守함이是也라約의可守할것
과諾의可重할것은三尺의童이라도亦能知之어니와始終一貫하야窮年
不易하난行은卽八十老翁이라도尙히難ᄒ니라

今我國이風敎廢頹ᄒ고士氣泯減ᄒ니此時를當ᄒ야一行의善이라도亦
能警世홀지니若數千數萬會員이有ᄒ야鬱然團結ᄒ야卓牢[4]操持ᄒ야써

---

3  地部: '支部'의 오자로 보인다.
4  卓牢: '卓犖'의 오자로 보인다.

眞風을發揮호則其國家的生氣를回復호기何難이有호리오

傳에日與國人交에止於信이라호니此一言이能히國民的理想과國民的

德性을說盡호얏시니守約호는一件이亦是表信에不外호니라

時間約束과貸借上約束과交涉周旋上約束等에言이口로一出호면其約

을必守호는것이人의義務라文明諸國에在호야는此約을不守호는者를

皆指彈排斥호야紳士의班에不列호는지라人人이士風을競勵호야政治

와商業과敎育의社會에總히士心이活動홈을見호깃시니其文明進涉가

固不偶然이라此等士風이國의運命이繫호빈라有호면不興호는國이無

호고無호면不敗호는國이無호나니今에我韓士風이實如何耶아瞿然히

自憂홀而已라

今에若干會員이規約으로相戒호야磨心勵行호則足히一團風氣를振起

호야國民的德性에補益이大有홀지니此l不得已會員規約을設호所以

오講壇會의組織이於此에其實心을始見홀지니라


## 英佛攻守의同盟과獨逸의窮境〈6〉

近電에頻報홈을據호즉英佛同盟이將成云호니日露戰爭以後에世界外

交社會가一時沈靜호얏더니此時에突如히此報를聞호니其驚列國이大

槼鮮少치아니홀지라

從來로世界上에三個同盟이有호니曰露 佛 同盟. 日獨, 墺, 伊, 同盟, 日

日英同盟이是也라往年獨, 佛이戰爭타가終也에佛國이獨逸의所打擊홈

이되여國力의耗損홈이甚大호지라佛國民이句賤[5]의怨를皆含호야必欲

報仇於獨逸호야數十年을忍辱休養호나其力의不足홈을尙恐호야與露國

으로相結호니所以로露佛同盟이因起호야露佛同盟이與獨, 墺, 伊三國同

---

盟으로終始對峙ᄒᆞ야今日에到ᄒᆞ더니及日露戰爭이起ᄒᆞ야露國이日本의
擊破홈이된지라露國同盟ᄒᆞᆫ基礎가薄弱홈이佛國이更히强國의後援의必
要ᄅᆞᆯ不可不恃홈을見ᄒᆞ고今春에(모로즉고)問題가動撓ᄒᆞ믹佛國이外交
的手腕을大振ᄒᆞ야一方으로ᄂᆞᆫ伊太利의力을親近히ᄒᆞ야三國同盟을瓦解
케ᄒᆞ고一方으로ᄂᆞᆫ英國에自家ᄅᆞᆯ後援홈을密接ᄒᆞ야英佛同盟의密議가蓋
始於此矣라英佛同盟홈이亦是獨逸에對ᄒᆞ야準備홈을卽知할지라
近來에獨逸行動이到處에湧躍ᄒᆞ야其於埃及과波斯와(폐루쟈)와(바루
양)半島와支那與列國이衝突角逐홈에不敢顧他感情ᄒᆞ고다만追利突進
ᄒᆞᄂᆞᆫ勢가有ᄒᆞᆫ故로英國이獨逸노써爲已敵이라ᄒᆞ야防禦홀道ᄅᆞᆯ講ᄒᆞ야
到치아니홀바無ᄒᆞ니是則所以佛國의誘引을應ᄒᆞ야同盟ᄒᆞᆫ密議ᄅᆞᆯ不避
홈인져想컨디英佛同盟이早晩의可이遂成ᄒᆞ리니此時ᄅᆞᆯ當ᄒᆞ야列國形
勢가如何ᄒᆞᆫ狀이되리오一方에旣有露佛同盟ᄒᆞ고一方에有日英同盟이
어늘英佛同盟을加ᄒᆞᆫ즉英,佛日露四個國이脉聯鎖로써緊結ᄒᆞᆫ者가되여
其進退周旋홈을四國이互相應援ᄒᆞ면其勢力이足히世界의震蕩할지라
米國이비록孤立ᄒᆞᆫ地에在ᄒᆞ다ᄒᆞ나固是與日英으로深交ᄒᆞᆫ情誼가有ᄒᆞ
니스사로國家의成敗할條件이안니라大抵與此로共進退ᄒᆞ면亦是陰然
히同盟ᄒᆞᆫ國이라獨히獨逸이全立,孤立ᄒᆞ야無援ᄒᆞᆫ地에到ᄒᆞ야眞是四面
이다楚歌가될지니不知커라獨逸國民과獨逸皇帝가장찻如何ᄒᆞᆫ奇術노
如此ᄒᆞᆫ合縱的大勢力을當ᄒᆞ리오
泰西에在ᄒᆞ야ᄂᆞᆫ姑置之어니와其於東洋列國에ᄂᆞᆫ競爭이活劇ᄒᆞ야括目
可見할者必有ᄒᆞ리니吾儕ᄂᆞᆫ獨逸皇帝의外交政策에失其機誼홈을惜ᄒᆞ
고쪼獨逸皇帝가英邁果敢ᄒᆞ야列國을敵ᄒᆞ기不憚ᄒᆞᆫ勇氣를喜할지라昔
에蘇秦은六國合縱之策을講ᄒᆞ야秦國을困迫케ᄒᆞ고張儀ᄂᆞᆫ連衡之策을
用ᄒᆞ야秦으로ᄒᆞ야금時爲覇於天下ᄒᆞ니今에獨逸이秦의窮境에在ᄒᆞ니
獨逸政治家中에誰가能히張儀의智를襲할者有ᄒᆞ리오

嗚呼라世界가是時로붓터漸爲多事할지라　論者ㅣ皆曰四國이同盟을成
할日에는卽天下太平之時也라ᄒᆞ니이는見地가可히疑할바이로다


# 敎育部

## 泰西敎育史 (續)

(武士敎育) 十字軍未興以前에有敎育之權者ㅣ作僧侶ᄒᆞ고而其所敎는非
耶蘇敎之敎義라卽羅馬之古文學也니自十字軍之興으로僧侶가不能閒
居寺內ᄒᆞ야或携兵入隊ᄒᆞ고或與世人交際에漸棄其敎育之專權而武士
平民이爲當世疆場所必需홈이旣以戰鬪로增其聲勢ᄒᆞ야遂得執敎育之
權ᄒᆞ니於是武士之敎育이敎乘馬 泗水 弓術, 擊劍, 鷹狩, 象棊, 與詩句,
요且以敬侍貴婦人으로爲武士敎育之主目ᄒᆞ니此敎育者는專行於高貴
武門王候之城中也라
敎育高貴武士子弟之法이尋常有三階緣ᄒᆞ니
第一 (侍童)　男子至七歲에在母之膝下ᄒᆞ야受其敎育호ᄃᆡ爰是就近地
城中之諸侯와或武士家ᄒᆞ야供役於其夫人與其主人〈7〉ᄒᆞ니稱之曰侍
童이라必愼動作ᄒᆞ며習言語ᄒᆞ며接賓客ᄒᆞ며侍食ᄒᆞ며侍夫人與主人之
出外ᄒᆞ야任種種役使ᄒᆞ니如日本封建時代幕府諸侯의扈從者焉이라體
操則有敎師ᄒᆞ야日日敎之호ᄃᆡ如學術之敎授는任兒童所欲云이러라
第二 (壯士)　男子十四歲에得入壯士之列ᄒᆞ야初得携帶兵器之權ᄒᆞ고
於游獵戰爭之時에實心으로隨侍主人ᄒᆞ야常敬尊貴婦人ᄒᆞ야悉力服事
之ᄒᆞ고久則證明其人之宜爲武士ᄒᆞᄂᆞ니라
第三 (武士)　得前所事者ᄒᆞ야爲之證明이니至二十一歲에備莊嚴之儀
飾而入武士行列ᄒᆞ야此時에齋戒沐浴하고通宵祈禱ᄒᆞ야自白其罪ᄒᆞ고

跪神席前ㅎ야受聖餐ㅎ고宣誓詞曰

余自今으로吐忠信之言ㅎ고棄邪惡ㅎ고依正當之權利ㅎ고崇宗教ㅎ
고保護僧侶ㅎ고守衛寺院ㅎ고懲暴助弱ㅎ고常庇護婦女ㅎ고自不犯
罪ㅎ고不爲惡事ㅎ고又盡力保貴婦人之榮譽ㅎ고且見爲基督教之敵
者ㅎ야必須以死戰與敵ㅎ리라

誓ㅎ고詞終則由貴婦人手ㅎ야授甲冑焉ㅎᄂ니

波羅因喀氏曰生徒身體가在寺院則纖弱ㅎ고在城中則强壯ㅎ니於寺院
則不見婦人之面ㅎ고於城中則盡以婦人之事로爲教育之注目ㅎ며於寺
院則有僧徒詠羅甸之詩ㅎ고於城中則詠寄情婦人之詩ㅎ며又其詩도必
和以樂器焉ㅎ니라

當武士極盛時ㅎ야苟欲爲才德兼備之武士則身體를宜壯麗輕矯요又宜
嫻於武藝ㅎ고敬神, 仁慈, 節義, 禮, 廉讓 忠君, 制欲의諸德을修ㅎ야
以養不屈撓之誠과與不可犯之氣ㅎ고以立雄豪之功業ㅎ야兼任庇護貴
婦에得其歡心이라

武士教育之立制가雖多可笑而在草昧榛狉之世ㅎ야社會積疲호風俗을
改善ㅎ야歸於强俠ㅎ니其功이亦不細라卽如擧世가以戰鬪로爲本職時
則臨陳而加以仁心ㅎ고上下人情이粗暴而愚闇時則致謙讓之風ㅎ고民
俗이浮薄ㅎ야詐僞日作則養信義之心ㅎ고又如優待婦人홈이均爲武士
教育之結果也니라

武士教育時代之女子가至七八歲則在家庭ㅎ야依保母之教育ㅎ고其後
ᄂ學裁縫ㅎ고或與男子로共習讀書唱歌ㅎ며其高貴女子ᄂ學羅甸語ㅎ
고學音樂詩ㅎ고又修動作禮儀ㅎ니然則武士教育之制가通男女而均受
感化也라盖男子欲得婦人之歡心ㅎ고婦人이亦不可不修其德ㅎ야以保
持之니能修其身則可得雄毅武士之眷戀也라當時歐洲諸國에皆有武士
教育之編制나然이나其中最盛者ᄂ日耳曼 法蘭西, 及西班牙, 而英國

이爲稍遜이니라

抑武士敎育之制가與封建之制로同其興廢ᄒᆞ니盖自火藥之制造로武戰法이一變ᄒᆞ야活版之術이起ᄒᆞ야知識이普及於遠近矣오通商之道가開ᄒᆞ야殖産生財가得其宜라故로封建이敗壞에武士敎育이亦廢絶ᄒᆞ니라 (未完)

## 敎育學問答

### 第一部 (前號續)

(問) 但有敎育之術이오必無敎育之學이라ᄒᆞ니果然否아

(答) 敎育之術을不可欠缺이니此術은一種美術에可比ᄒᆞᆯ지라請ᄀᆞᆫ디其理를先言ᄒᆞ리라

盖人智가未發達ᄒᆞᆯ時를當ᄒᆞ야所謂敎育은但有實踐一事而已니卽先進이後進을敎ᄒᆞ야幷無特別目的ᄒᆞ고偶然이訓導ᄒᆞᆯ ᄯᅡ름이라此偶然의訓導가經驗이漸多ᄒᆞᆷ을由ᄒᆞ야效力을漸見ᄒᆞᄂᆞᆫ故로人이敎育의必要를始知ᄒᆞ고因ᄒᆞ야方向을考求ᄒᆞᄂᆞ니若其旣求ᄒᆞᆫ方向이不誤ᄒᆞ면다시此方向을發達ᄒᆞᆯ方法을考求ᄒᆞᆷ을由ᄒᆞ야於是에敎導의事가或一原理를據ᄒᆞ야行ᄒᆞ고敎育의術이此를因ᄒᆞ야비로소發生ᄒᆞᄂᆞ니此非臆說이라敎育歷史에証ᄒᆞ면確據가自有ᄒᆞ니라

然則吾所謂美術者ᄂᆞᆫ何也오曰自然의原料를因ᄒᆞ야彫刻之ᄒᆞ며修理之ᄒᆞ야ᄡᅥ完全純美ᄒᆞᆫ理想的好物을製造ᄒᆞᆷ이卽是〈8〉也니라又所謂敎育術者ᄂᆞᆫ何也오曰自然의性質을因ᄒᆞ야誘掖焉ᄒᆞ며啓發焉ᄒᆞ야ᄡᅥ完全純美ᄒᆞᆫ理想的好個人을成就ᄒᆞᆷ이是也니然則敎育의術이非與一種美術로同者耶이

是故로敎育의術은不特其存在만知ᄒᆞᆯ而已라ᄯᅩ맛당이一種高尙의性質이有ᄒᆞᆫ줄을知ᄒᆞᆯ지니라

(問) 敎育術의存在ᄂᆞᆫ旣知ᄒᆞ얏거니와所謂敎育이無其學이란者ᄂᆞᆫ果然

可信乎아

**(答)** 教育의術이別노이一種高尙ㅎ性質이有ㅎ나然이나所謂教育이無
其學이론者는繼此而譬言ㅎ리라

盖美術을治ㅎ는者가種類의何를勿論ㅎ고반다시特別ㅎ才能과適
當ㅎ熟練法이有ㅎ나니教育의術도亦然ㅎ야教育家와자못教師를
養成코져할진디特別才能과適當ㅎ熟練法이有ㅎ然後에可히成就
할지오教育에對ㅎ야는더욱必要ㅎ條件이有ㅎ니卽此教育術의目
的을行ㅎ과其方法手段을研究ㅎ이是也라世之敎人者가自己의才
力만多據ㅎ고教育上規則은不知ㅎ나니雖然이나經驗이旣多ㅎ면
教育의理를徐悟ㅎ야其方法을漸得할者必有ㅎ고且或教育의理에
違背됨이有ㅎ야도其目的을能達할者ㅣ亦有ㅎ故로經驗이日多ㅎ
면正當教育과背理教育을勿論ㅎ고教育上必要되는目的地에는至
할터이나然ㅎ나彼此가衝突ㅎ고甲乙이牴牾ㅎ는一弊源이生ㅎ리
니是故로衆多ㅎ經驗을由ㅎ야或整頓ㅎ고或調査ㅎ야其至理를探
討ㅎ이必要ㅎ니라

夫欲整頓調査ㅎ야探討其至理인디반다시秩然不紊ㅎ研究方法이
有ㅎ리니此方法이亦一種學이라然則可謂教育이無學乎아且教育
學이烏可欠缺乎아

**(問)** 何謂教育學고

**(答)** 教育學의問題가頗廣ㅎ니請釋一二於左ㅎ노라

教育의原理와其方法을研究ㅎ을教育學이라謂ㅎ나니라教育學은
實노教育家와教師의學問이可謂홀지나其父兄된者도其大要는當
知홀지니라

教育學者는家庭教育으로自ㅎ야學校教育에及ㅎ도록何處를勿論
ㅎ고教育의名稱만苟附치勿ㅎ고不可不使之活動이니라

教育學者는一面으로는人의心身上活動과其組織上發達을由호야
教育의目的과其方法手段을推究호야써學理를整頓홀것이오又一
面으로는人의心身上特別호情態와其敎師及兒童의數爻適否와家
庭教育及學校教育의利害等事에就호야探討講究홀지니由前之說
은是謂推想的이오由後之說은是爲經驗的이라教育學은卽推想的
과經驗的에由호야組織而成者故로其列圖를如左호노라

**教育學圖**

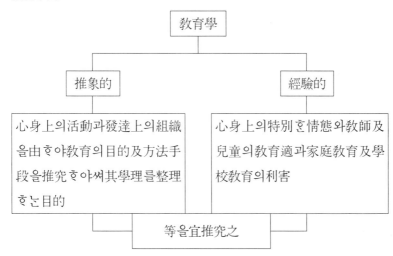

**政治學說**

近世歐洲四大家의政治學說을支那飮氷堂主人이輯譯호것을本記者
가再譯호야政治思想의一路를開導호기爲호야本紙에揭載호노라

**英人霍布士의學說(第一)**

霍布士는英人이니西曆一千五百八十八年에生호야一千六百七十九年

에卒ᄒᆞ얏ᄂᆞᆫ디英王查理士第二ᄅᆞᆯ嘗事ᄒᆞ야其師傳가되야셔當時名士倍
根으로相與友善이라항상哲學으로써應和ᄒᆞ기로一時에有名ᄒᆞ더라〈9〉
盖英國當時에哲學學風이皆實質主義와名利主義ᄅᆞᆯ趨重ᄒᆞᄂᆞᆫ디此兩人
이先導가된지라霍씨의哲學은以爲ᄒᆞ되凡物이所謂魂靈이라ᄂᆞᆫ것은無
ᄒᆞ야各其物体中所發이一切現像의一種運動에不過ᄒᆞ나니卽吾人의苦
樂도ᄯᅩ흔腦髓의一運動이라故로腦筋之動이諸体에適當흔즉樂이生ᄒᆞ
고諸体에抵觸흔즉苦가生ᄒᆞ니樂으로由ᄒᆞ야願欲이生ᄒᆞ고苦로由ᄒᆞ야
厭惡가生ᄒᆞ나니라

夫願欲者ᄂᆞᆫ運動의暢發이오厭惡者ᄂᆞᆫ運動의收縮이라然則所謂自由者
ᄂᆞᆫ形体의自由에不外흠이無疑ᄒᆞ니何者오卽我가我의願欲ᄒᆞᄂᆞᆫ바ᄅᆞᆯ實
行흘而已라其心魂의自由가實未嘗有흔故이니라霍氏ᄂᆞᆫ恒常此主義로
써根本을삼ᄂᆞᆫ故로其道德을論述흠이至ᄒᆞ야도민양驚世駭俗흔言으로
써顧忌ᄒᆞᄂᆞᆫ바가少無ᄒᆞ니其言에曰善者ᄂᆞᆫ何오快樂而已오惡者ᄂᆞᆫ何오
苦痛而已라故로凡快樂을可得흘者ᄂᆞᆫ善이오凡痛苦ᄅᆞᆯ可得흘者ᄂᆞᆫ惡이
라然則利益者ᄂᆞᆫ萬善의長이니人人이當然이務行흘者라ᄒᆞ야同氏가於
是에凡人의情形을爐擧ᄒᆞ야써發表ᄒᆞ기ᄅᆞᆯ利已一念을由ᄒᆞ야變化而來
라ᄒᆞ니卽所謂敬天神之心으로由ᄒᆞ야畏懼之情이發生ᄒᆞ고嗜文藝之心
으로自ᄒᆞ야炫惑之事가將至ᄒᆞ리니人의粗鄙失儀ᄅᆞᆯ見흔즉卽非笑而爲
樂ᄒᆞ나니是ᄂᆞᆫ自誇而以爲ᄒᆞ되我ᄂᆞᆫ此人의上에逈出ᄒᆞ얏다ᄂᆞᆫ所以오
且人의患難을義恤ᄒᆞ다ᄂᆞᆫ바도我의意氣ᄅᆞᆯ自誇흠이不過ᄒᆞ나니故로利
已一念이萬念의源素라云ᄒᆞ노라하얏더라

且霍氏가人生의職分을論ᄒᆞ야以爲ᄒᆞ되因勢利導ᄒᆞ야各各其利益의最
大者ᄅᆞᆯ求ᄒᆞ야써就樂避苦ᄒᆞᄂᆞᆫ것은卽天理自然의法律이오亦道德의極
致라ᄒᆞ야本於此旨而論其政術者一多ᄒᆞ니卽所謂人類가國家ᄅᆞᆯ說ᄒᆞ고
法律을立흔所以ᄂᆞᆫ皆是契約으로由ᄒᆞ야起因흔바이니所謂契約은一以

利益으로爲主ᄒ야서契約을保護케ᄒ야或違背ᄒᄂ者가無토록ᄒ기ᄂ
곳强大ᄒ威權으로監行ᄒᄂ디在ᄒ니此其大槪也라同氏의哲學理論이
極密ᄒ야前後呼應ᄒ바가거의盛水不漏의觀念이有ᄒ니其名利主義ᄂ
辨端斯賓塞等의先進이되고其民約新說은洛克盧斯의嚆矢가되야서비
록其持論이偏激ᄒ고其方法이流獘ᄒ나不得不政治學에有功ᄒ다可謂
홀지로다

霍布士又曰吾人의性이恒常就樂避苦ᄒᄂ情의驅使ᄒ빈되ᄂ것이機關
의運轉홈과如ᄒ야스스로懲窒케不能ᄒ者라然則此等人類가相聚ᄒ야
邦國을組織ᄒ얏신즉果然能히本性을自變ᄒ야利己之念의所役이不爲
乎아是必不能ᄒ리니何者오就利避害ᄂ自然ᄒ常情이라自稱ᄒ야固有
ᄒ本性을復코저不爲ᄒ나니故로昔者亞里士多德이以爲ᄒ되人性은本
相愛라故로其相聚而爲邦國이實로天理自然之勢라ᄒ言論을霍氏가反
之ᄒ야曰人人이皆惟務利己而已오不知其他故로其相惡가亦是天性이
니然則相聚爲邦國者도亦是其人의利益을計圖ᄒ기爲ᄒ야不得巳設ᄒ
디不過홀쑨이오決코相愛ᄒᄂ心을由ᄒ야生한者ᄂ아니라고ᄒ니라.
(未完)


# 實業部

## 我韓의種蔘方法

人蔘者ᄂ我韓産物中佳良之品이니世界各國에無如我韓之美品故로号
稱高麗蔘이播名於外國ᄒ야自新羅以來로其名이最著ᄒ니三國史에云
新羅昭聖王元年秋七月에以人參長九尺者로貢獻於唐德宗이라ᄒ고其
後凡諸外國聘幣之品에每以是充筐篚之實故로唐詩人顧况이送奉使新

羅詩에有人參長舊苗之句ᄒ니其見稱於中國이盖久矣라然而以此輸出
外國ᄒ야收貿易之鉅款者난自百餘年來로爲始ᄒ니

有湖南崔氏者ㅣ發明種參之術과與蒸造之法ᄒ야售諸遼市에能獲什倍
之利ᄒ니於是에崔氏以蒸參으로富甲湖南일싀乃以〈10〉其法으로授開
城人하야自是로開城之參이歲加藩殖而至有官定課稅之令ᄒ니開城紅
參이盖始諸此也라

盖參之種植이於國內各地에無處不宜ᄒ야所在皆産이로디最尤著名者
ᄂ曰羅參이니卽新羅時遺種也라今慶州等地에有家種者ᄂ經數十年에
乃可採故로不甚蕃ᄒ고其次ᄂ曰嶺參이니亦羅參之遺而嶺南所産也라
亦以根之不旺으로雜用他種ᄒ고其次ᄂ曰江直이니卽江原道之所産也
라以其不曲摺而直乾故로曰江直이라ᄒ고其次ᄂ曰錦參이니卽湖南之
産也라其最佳者ᄂ稱中山之種이라ᄒ고其次ᄂ曰龍參曰松參이니卽龍
仁松都之産也오又有深山自産之種은曰山參이니平安道江界等地方에
舊稱多産이러니近日은商民이每以圃參之種으로移植山中이라가經年
收採故로稱曰俗還而其藥力이亦減殺하나니此國內産參之大槪而由此
觀之則我韓土參之無處不宜를推可知矣라若能擴張其種植肥培之術而
廣加種藝ᄒ야使全國人民으로各自營蒸紅之業則不但商民之利十倍라
國家收入之稅도必年加歲增ᄒ야可收鉅額之利어ᄂ奈何被蔽於松商權
利之計ᄒ야以爲松圃之外ᄂ俱不中蒸紅之材라ᄒ고環開城以外一切禁
蒸ᄒ야只供於藥餌之用ᄒ니豈不可慨歟아藉曰松參以外ᄂ不中於蒸紅
이라ᄒ면當初蒸紅之法이創於湖南ᄒ야行之四五十年이라가移之開城
則前之所行을今豈有不中之理歟며且近日江直을亦頗試驗於蒸紅之供
則種之以宜ᄒ며培之如法이면焉有不合者哉아

盖聞近日日本與美國諸地에亦多講究於種參之法而日加發達이라ᄒ니
若使外國之人으로愈益研究而增殖其種則安知不駸駸度華留[6]前耶아

本記者ㅣ爲之慨惜ㅎ야近從滄江金澤榮氏하야得其所撰種參法一篇하
니盖開城人朴山人有哲氏所著述者而此實我邦之新發明者故乃記載於
左하야以冀有志諸君子之益加究良而擴張焉하노라

種參之法은中伏間에取種埋地하고灌之以水ㅎ야至立冬節에甲坼[7]則採
ㅎ디擇其甲高仁好者하야盛之漏水盆하고用井華水洗滌口四五然後에
交細沙埋之陰地하얏다가至春에採以下種하나니先墾地作畝ㅎ디其向
을用丑一分而兩畝之間을相去三尺二三寸케ㅎ고(以周尺計之)畝旣成
이어든逐畝四面에堅立靑石ㅎ디石巓이距畝面一尺二三寸케ㅎ야名之
曰盆이라ㅎ니爲其灌水也라盆內에充川沙高一寸ㅎ고又充體土高五寸
ㅎ며五寸之內에는藥土가爲二分케ㅎ나니藥土者는落葉腐黑者(或澆水
令腐之) 也오黃土가爲三分케ㅎ나니黃土者는山土潔白多屑者也라

三者를皆先期預備而藥土가居先ㅎ고黃土가次之오川沙가最後而藥土
黃土는必交合以用也ㅎ라體土를旣充ㅎ고用木乳(用狹長木板數尺許
多着木釘形如乳故名) 穿土作孔ㅎ야以下種ㅎ디使一孔에容一種而每
行에母過二十一二介ㅎ고因作架ㅎ되架北柱는出石巓二尺六寸케ㅎ야
南柱는出石巓九寸케ㅎ여架上에施薄葦簾一件ㅎ고名曰初簾이라ㅎ며
薄簾之上에는加厚葦簾一ㅎ고名曰加簾이라ㅎ며架北簷에又施薄葦簾
一而下垂之ㅎ고名曰面簾이라ㅎ며合而名之曰桶이라ㅎ느니桶者竟一
畝之謂也오

又預備灌水ㅎ디瓢制난其腹에鑿孔七八十ㅎ고截[8]細竹貫之然後에將朱
七[9]和油塗乾以用之也니盖畝必向丑者난取陰也오盆高者난取遠於地

6 華留 : '華驔'의 오자로 보인다.
7 甲坼 : '甲坼'의 오자이다.
8 戠 : '戩'의 오자로 보인다.
9 七 : '土'의 오자로 보인다.

濕也오川沙ᄂ取滲水也오藥土난取肥養也오黃土난取潤潔也오南柱低
者ᄂ取避陽也오瓢孔多者난取洩小遲紬也오而其浸養之妙난專在於灌
之多少와簾之卷舒ᄒ니盖下種之後에先將編藁覆畝ᄒ야以防凍燥ᄒ고
過數日日溫則卷去編藁ᄒ고始一灌水호ᄃ一擔(容水二十餘斗)에以八
九間(每間以十尺爲度)爲度ᄒ며

翌日에開加簾而夜閉晝開ᄒ고間二日復灌而日寒則待溫灌之〈11〉ᄒ며
隨用藥黃土로交加布於種上ᄒ야均之又均之ᄒ며從又灌水ᄒ고若有先
乾處則補灌ᄒ야使均洽케ᄒ며凡灌之日에ᄂ須開[10]加簾ᄒ야待翌日開
之ᄒ고雨則待晴ᄒ라又凡下種未久에加土ᄒ며體土가尙未融合而開加
簾納溫則外面에速乾ᄒᄂ니然이나不可多灌이오只宜少灌ᄒ야無至內
濕케홈은爲其種之在土皮間故也라

將近穀雨하야立種이始見則間三日하야一擔으로灌七八間(以下凡言灌
者皆以一擔爲準)ᄒ고簾則兩日은開하고兩日은閉하다가立種이稍均則
去栗短(方言指短參爲栗短)하며拔重立下種或疊故有重立)　하고而其
缺處則隨以他參補之ᄒ고隨二間(言一擔灌二間也他皆倣此)　ᄒ고待翌
日ᄒ야開加簾而倍灌之호後ᄂ間六七日ᄒ야灌七八間而開簷[11]호ᄃ夜仍
不閉者ᄂ恐其有內濕也라且久不灌而不爲妨害者ᄂ着根深故也니

若値天旱則須間三日ᄒ야灌七八間호ᄃ以二三爲度ᄒ야以至以滿ᄒᄂ
니小滿者ᄂ參葉將碧之時也라日氣益溫故로間三日ᄒ야灌六間이라야
要爲執中而亦須察葉之剛柔와與土之燥濕ᄒ야以隨時增減ᄒ고小滿
後八九日則須以日出前으로灌水而間三日灌六間ᄒ야以三四爲度ᄒ
고至芒種則葉이濃綠矣오日氣漸熱ᄒ야恐有燥炳故로倍灌四間ᄒ야止
一度ᄒ고而又間三日ᄒ야灌六間이ᄂ然이나若或受陽則倍灌이不止一

---

10　開 : '閉'의 오자로 보인다.
11　簷 : '簾'의 오자로 보인다.

度ᄒ며又或値急雨則日須少灌ᄒ야使雨晴에雨宜케ᄒ며過芒種五六日
則閉加簾ᄒ야暫避午陽而復開之ᄒ고面簾은始晝夜捲開而惟避朝陽
ᄒ야以至夏至ᄒᄂ니夏至者ᄂ一陰始生ᄒ야畏陽畏濕之時也라間三日
ᄒ야灌七八間ᄒ되或旱炎則間三日ᄒ야灌八間ᄒ고夏至後五六日則加
簾之上에又施一重加簾ᄒ야使至旱避陽雨避濕ᄒ고面簾도亦有晚開
홀지니

盖以參性이旱이면生屈病ᄒ고濕이면生枯病ᄒᄂ니屈病은可救而枯病
은難救故也라小暑之後大暑之前에小根이始生則須以手均之壓之ᄒ야
使着根固케ᄒ고伏炎之中에ᄂ二三度大灌이亦可也오霖雨之中에ᄂ面
簾開閉를尤宜致愼ᄒ야驟雨則垂之라가止則卷之ᄒ고若霖雨支離ᄒ야
晴陰交錯則其燥其濕을極難辨別이니於此時에土若燥焉이어든小小灌
之可也오及霖雨快晴ᄒ고凉風始生則灌七八間ᄒ다가至白露ᄒ야ᄂ撤
去加簷[12]ᄒ고復開加簾面簷[13]을如芒種時而只一度灌ᄒ고四五簾은盖
去濕之意也라 (未完)

## 商工業의總論 (前號續)

### 第二章 統計

### 第一節 統計의精粗

夫政策者ᄂ맛당히事實을據ᄒ야定할者이니故로行政의要務ᄂ事의順
序를隨ᄒ야其實況을明晢케홈에在ᄒ니是乃統計가必要되ᄂ所以니라
歐洲各國政府가無不以統計로爲急務故로中央에一官署를設ᄒ야採集
資料而編製ᄒ나니其官署를或稱統計院이라ᄒ고或稱統計局이라ᄒ야

---

12  加簷 : '加簾'의 오자로 보인다.
13  面簷 : '面簾'의 오자로 보인다.

其設寘ᄂᆞᆫ十九世紀에始ᄒᆞ얏고其學問은千八百五年에普國에셔硏究整
頓ᄒᆞᆫ者라今에列國統計院을叙述ᄒᆞ면其組織의冗長이稍有ᄒᆞ나若欲明
其所以然이면布羅克氏의著書에就觀홈이必要ᄒᆞ고但以一言可徵者ᄂᆞᆫ
卽統計材料를得ᄒᆞᄂᆞᆫ方法이是也라歐洲列國統計의材料ᄂᆞᆫ州郡及市鄉
의公署를由ᄒᆞ야調査送致ᄒᆞ되尤以最下級公署의所出ᄒᆞᆫ者로爲要ᄒᆞ고
且其公署의智識程度를先探ᄒᆞ야其材料를乃取ᄒᆞ나니若普通教育이未
進ᄒᆞᆫ地ᄂᆞᆫ未可盡信也라昔者德意志에셔統計ᄅᆞᆯ欲設홀ᄉᆡ先令地方으로
其事實을調査케ᄒᆞᆫᄃᆡ最僻遠ᄒᆞᆫ一地方에一戶長이有ᄒᆞ야胡桃의數를來
記ᄒᆞ거ᄂᆞᆯ高等官吏가乃怪之ᄒᆞ야當地에到ᄒᆞ야戶長더러謂ᄒᆞ야曰此地
가甚寒ᄒᆞ거날웃지胡桃를産出ᄒᆞᄂᆞ요戶長이答曰余亦知其不能産이나
然이나上之所要求를若非鬼神이면不應키難ᄒᆞᆫ故로余가胡桃를他地에
셔假借ᄒᆞ야塞責ᄒᆞ얏노라ᄒᆞ니此言이雖俚〈12〉나亦爲參考의一助也로
다是故로知識이無ᄒᆞᆫ人에게精細材料를欲求ᄒᆞ면必不能遂其志ᄒᆞ리니
宜先察其人의能力而後에使着手於調査也니라

事實을蒐集ᄒᆞ야統計ᄒᆞᄂᆞᆫ方法이有二ᄒᆞ니 一, 每年에調査編輯ᄒᆞᄂᆞᆫ法
이니此則不可無常司報告之處也오 (如商業報告之商法會議所) 一, 一
事項에專就ᄒᆞ야特別調査ᄒᆞᄂᆞᆫ法이니如人口調査之類가是也라 (人口
調査之時에亦有附査工商業者) 此二者가事雖不同이나及其整頓事實
ᄒᆞ야ᄂᆞᆫ其效ㅣ一也니統計가旣明然後에야第二의事業이亦隨而生ᄒᆞ나
니卽實況을 覈求ᄒᆞ야利害를証明홈이是也라此事則人皆知之而學問上
에亦爲甚要ᄒᆞ고惟行之爲難ᄒᆞ니計數가必完備ᄒᆞ고事實이必詳明ᄒᆞᆫ然
後에야乃可ᄒᆞ고又其利害証를明홀際에往往所見이不同ᄒᆞ고所引則不
異ᄒᆞ니如關稅의得失을論홀ᄉᆡ二說이互相絶異而可憑홀統計가一物에
同屬ᄒᆞᄂᆞᆫ者比比然也니라

學問者ᄂᆞᆫ社會事物之中에秩然有序ᄒᆞᆫ者ᄅᆞᆯ摘拔ᄒᆞ야社會實況을表示ᄒ

눈者이니學問上統計가事物에在ᄒ야互相比較의効力이有ᄒ야其比較
의方法이亦有二種ᄒ니 一. 國中同一의經濟事業을取ᄒ야其前後狀況
을比較ᄒ나니是눈竪較也오. 二世界同一의經濟事業을取ᄒ야其內外狀
況을比較ᄒ나니是눈橫較也라全[14]在東京時에新聞의銷數統計表가各
新聞銷路에揭載ᄒ바를見ᄒ則二三年前의統計表를取ᄒ야對照ᄒ者인
故로其銷數가有無增減ᄒ눈感情이有ᄒ니此눈比較의統計가無ᄒ故이
니라

比較統計學을修ᄒ눈者가常覺其難ᄒ느니盖非獨甲乙二國의比較가爲
難이라一國前後數의比較도亦正不易ᄒ고且其不可相對照者를欲令强
相對照ᄒ면亦復無益ᄒ니曾不見英德二國의收入稅者乎아其實은兩國
收入이全不相同ᄒ야非可比者而緊要之統計가往往如是ᄒ니誠遺憾者
也로다美國公報中에列記ᄒ農作幾何工作幾何者ㅣ有ᄒ니是又無用之
冗文이라故로近日各國統計家에셔改良의方法을圖謀ᄒ야ᄒ야곰各相
比較케ᄒ니是誠統計上一大進步處也로다

盖調査統計눈宜就一目瞭然이니撫拾編緝而其効가始顯ᄒ니諸曼斯波
拉氏의所定ᄒ統計法이模範이되나니一國의生産을考査(農工等)ᄒ눈
方法이卽是라其書中에第一徵候와第二徵候와第三徵候의三種을分類
ᄒ야次号에揭載ᄒ깃노라 (未完)

---

14 全 : '余'의 오자로 보인다.

# 談叢

## 本朝名臣錄의攬要

### 鄭光弼 (續)

南袞沈貞等이夜半에神武門으로由ᄒ야密啓ᄒ고趙光祖等을拿致ᄒ고光弼을召ᄒ야其罪를定ᄒ라ᄒ덕光弼이曰重罪를輕裁홈이不可ᄒ니群議를收ᄒ야定홈이可ᄒ니이다 上이敎ᄒ야曰案이已就ᄒ니光祖等八人을只囚ᄒ고餘난悉放之ᄒ라

是時에朝著가殆空ᄒ지라光弼이柳雲으로都憲을삼고李思鈞으로副學을삼으니兩人이內로난志槪가有호덕外에난拘檢이無ᄒ야光祖等의게見輕ᄒ者이니袞等이其光祖等의게見忤ᄒ故로以ᄒ야疑지아니ᄒ난지라時人이光弼의識鑑이有홈을嘆服ᄒ더라

上이承旨金謹思를命ᄒ야趙光祖等賜死ᄒ난事로賓廳에傳ᄒ덕光弼이請對ᄒ야啓호덕엇지今日에此事가有할주를料ᄒ얏시리오此人等이但愚戇ᄒ야事理를不識ᄒ야此를致ᄒ얏다ᄒ고淚가鬚로緣ᄒ야交滴ᄒ난지라 上이曰當히更思ᄒ야光祖等을決杖安置ᄒ리라光弼이又啓ᄒ야曰此人等의免死ᄒ난 것이是天地의仁이어니但此人等이皆病弱ᄒ니若杖而遠去ᄒ則中路에셔死ᄒ야朝廷이殺士의名을得홀가恐ᄒᄂ이다五啓⟨13⟩不允ᄒ다

金安老가公主의勢를藉托ᄒ야壺串牧場을割受코져ᄒ더니公이司僕提調되야執ᄒ야不可타ᄒ야曰老夫가死ᄒ後를待ᄒ야爲之ᄒ라安老가深히卿ᄒ야其後에 禧陵議遷의事로써公을搆捏ᄒ야重典에置ᄒ기를請ᄒ덕 命ᄒ야減死ᄒ고金海로流ᄒ니時에公이先已譴罷ᄒ야懷德村舍에歸ᄒ지라金吾郞이馳ᄒ야至ᄒ니家人이皆驚惶涕泣호덕公이方對客六博ᄒ야呼盧不掇ᄒ고明日에登道ᄒ야一毫도辭色에見치아니ᄒ더라

安老가敗홈이公을召還ᄒ더니洛中僮僕이朝報를持ᄒ고倍道而往ᄒ야
中夜에謫所에至ᄒ야足이繭ᄒ고口가燥ᄒ야僵臥ᄒ야能히言치못ᄒ난
지라子弟惶恐ᄒ야橐中消息을探ᄒ니乃吉語也라卽時公의게白ᄒ더公
이曰然乎아ᄒ고雷鼻甘寢ᄒ다가明朝에其書를見ᄒ니라

徵還ᄒ야入京하ᄂᆫ日에市童馬卒이欣忭치아니리無ᄒ야曰鄭相公이還
한다ᄒ며間或泣下ᄒ난者ㅣ有ᄒ더라將次復相ᄒ기를擬ᄒ더니末幾[15]에
卒ᄒ니時論이惜之ᄒ더라

公이長身美鬚ᄒ고神淸骨秀하며沉厚하야言笑가寡ᄒ고自奉이寒士와
如ᄒ지라公所로셔退홈이一室에坐ᄒ야書史를讀하고營殖을不事ᄒ며
關節을不通ᄒ고더옥聲色을不喜ᄒ고局量이恢恢ᄒ야光明正大하고非
意挫辱에ᄂᆫ不曾少撓하고忠君憂國의心이老而愈篤ᄒ야身으로安危輕
重을繫ᄒᆫ者ㅣ殆三十年이러라

李思鈞의字난重卿이오號난訥軒이니公이骯髒ᄒ야與時俯仰ᄒ기를不
肯ᄒ난지라己卯士類에容홈을不見ᄒ야全州府尹으로出補ᄒ더니及趙
金等이被罪홈이召ᄒ야副提學을拜ᄒ니時輩가公이彼人의게본다시懷
憾ᄒ리라ᄒ야進用ᄒ이러니來홈이及ᄒ야袞等의論에不附홀쑨이아니
라光祖等救ᄒ기를甚力ᄒ니正言趙琛이擊去하니라後에吏判이되엿더
니ᄶᅩ金安老의게忤ᄒ야慶尙監司를除ᄒ지라安老가時에相이되야興仁
門外에出餞ᄒ더니公이聞ᄒ고崇禮門으로由ᄒ야行ᄒ니其倔强이如此
ᄒ더라

副提學으로承召上京ᄒ다가路에셔趙光祖를遇ᄒ야手를執ᄒ고款語ᄒ
야曰子가中庸에尙히熟讀지못ᄒ니況可唐虞事業을做得乎아中庸에云
호되愚ᄒ고自用을好ᄒ며賤ᄒ고自專을好ᄒ며今의世에生ᄒ야古의道

---

15　末幾 : '未幾'의 오자이다.

로反ᄒ려ᄒ면災가其身에及지아니ᄒ리未有ᄒ다ᄒ니子의免치못홈이
宜ᄒ도다子가今年少ᄒ야讀書하기正好ᄒ니努力自愛홀지여다

## 米國大統領(루즈베도루)格言集 (續)

○品性이欠乏혼人은軍隊間이던지國民間이던지商業界던지政治界던
지摠히用키不能홀지니畢竟是不可近할人物이라

○人이비록錯雜紛擾界에處할지라도自己面目의大勇氣롤不失홀지니
吾儕가或戰場이던지商業界던지國民的生活大波瀾中이던지其所在롤
隨ᄒ야可히吾의人格을顯揚홀지라

○吾儕가德義精神과端正態度롤須有홀지오又勇氣決斷을要有홀지니
此가若無ᄒ면其人이末路可悲가必有홀지라然이나此롤有ᄒ고도常識
이無ᄒ면眞正혼人格이되지못할지라

○或事業家이던지政治家이던지腕이敏ᄒ고手가辣혼人이不少혼지라
비록然ᄒ나其事業의中에腐敗혼行爲가有ᄒ며其政治의中에腐敗혼行
爲가有ᄒ야私欲이心胸에交혼人은到底히醜劣ᄒ야可히用치못홀지라

○十日에忠實롤問하며義務롤守ᄒ고十一日에到ᄒ야熱誠이冷却하면
如此혼것을自覺悔改ᄒ난것이是於世界經營에第一必要홈이되ᄂ니라

○吾儕生活上에最爲必要혼것이天才도不是오聰明도不是오〈14〉惟日
用普通才能이最爲必要ᄒ니라

○吾儕性質中에可히自戒홀者ㅣ二가有ᄒ니不幸者롤對ᄒ야倨傲혼態
度로苛酷히待遇하던지不幸者利害關係에冷淡히看過ᄒ난것이是一이
오幸福者롤對ᄒ야怨恨嫉妬의情을抱하ᄂ것이是一이니此二性質은士
子의所恥니라

○政治經營의智識이固爲必要로디此智識에셔尤更必要혼것은吾國民
이深遠誠實혼家庭을作得ᄒ난것이是也라

○吾國民家庭이果然名實相伴ᄒ야其中에健全純良ᄒ少年이有ᄒ則吾國前途가希望이多ᄒ다可謂할지라

○心情이殘忍홈과頭腦가柔軟ᄒ것은共是文明의大惡弊니此弊를救코져홀진디圖書館을公開홀지니라

○人이其家庭에好人이되며其事業에良友가되며其國家에良政治家가되난것은怜悧智慧와天才에不在ᄒ고日用常行하난尋常ᄒ德行에在하니如此ᄒ人物은其身이如何ᄒ境遇에處홀지라도辭避치아니홀人이니라

○汗額耕地하난農夫가熱心鞅掌하야事務에勤勉ᄒ면家의幸福이繁榮홀지니卽是其國家의幸福이繁榮홀것이니라

○비록如何ᄒ光榮富貴라도其精神이腐敗ᄒ國民은救하기不能홀지니故로吾人이常히注意ᄒ야不可不國民精神의健全을圖홀지니民人의게만注意홀뿐아니라又爲政諸公生涯에注意홀지니國家의幸福根底되는普通道德을發揮ᄒ는디向ᄒ야可히心慮를傾注홀지니라　（未完）

## 日米戰爭의問答錄（一種離間策）

露國政論家（메니시고후）氏가（노－우오우레미야）紙上에日本人이今後에반다시米國을向ᄒ야大爭鬪를釀出ᄒ리라구論議ᄒ얏는디今에其要点을左와如히譯ᄒ노라

一夜에樓에上ᄒ야四方을眺望ᄒ니暗澹寂寂ᄒ야咫尺을不辨ᄒ깃는디此時에轟轟ᄒ는소리가遙聞ᄒ고火焰이天을衝ᄒ야悽然ᄒ情狀을可히言지못홀지라

予가自問ᄒ야曰是何兆耶야將次戰爭이再起ᄒ야吾人이腥風血雨의慘劇홈을再睹홀는지人이有ᄒ야予의耳에囁語ᄒ야曰勿憂할지여다戰爭이再起치아니홀지오或再起ᄒ더라도吾國을敵홀戰爭은아니니彼ㅣ解

키難호人民 (指日本)이 更히世界를驚홀日이有홈이一再뿐이아니리라

(問) 日本人이今日에堂堂호艨艟을艤裝ㅎ며孜孜히陸軍을擴張하니是何故耶아

(答) 是固戰爭準備로되露國과開戰코져하는것은아니니萬一露國과쏘開戰코져할진디海軍은全然히必要홈이無ㅎ고舊時陸兵만用하야도足할지오且吾國이復讐ㅎ기를搆思치아니ㅎ니然則戰爭이我國에關係가無홀것은可히推知홀지니라

(問) 不然하다日本人이或次回戰爭을因ㅎ야西比利亞半部를割取홀心算이有홀지로다

(答) 或有할지나然ㅎ나日露以外戰爭에彼가更히一層利益心算이有하니盖西伯利亞는日本에爲益할것이無홀지라如斯히深山幽谷에入하는者는吾輩露人無謀홀徒黨而已라西比利亞가觸目ㅎ는디마다鬱蒼호森林이아니면茫茫호沼池而已오其北極은是沍寒의地라到底히人의住着홀處所가아니오可히植民홀地는唯其南部而已니燦然호文化가永久히此地에셔發生ㅎ기를不可期홀지라日本人이樂園에셔生長하고又西比利亞의地勢를能知ㅎ니彼가이믜滿洲와朝鮮을征服ㅎ고同地方面에可取할것은悉取하엿시니日木人이西比利亞半部를割取하야白雪이皓皓한曠野에民을植이야貴重한人命을犧牲으로하난것은聰明한彼等이決코爲치아니할비라진실로野心이勃勃ㅎ야有爲코져한則彼勇武호民이반다시將次他方面을向ㅎ야其鋒芒을閃出ㅎ리니라〈15〉

(問) 是何方面耶아印度乎아淸國乎아或(인도쟈이나)乎아

(答) 日本人은熱帶群島에셔生長호人民이라熱帶地方天然의美를愛ㅎ나니(인도쟈이나)가始無防備ㅎ야襲取ㅎ기不難홀지니此地方에最近호米國을向ㅎ야戰爭이再起ㅎ리라

(問) 其故난何耶아

(答) 此난當然한理由가有ᄒᆞ니米國이往年에日本의自國領土로認定ᄒᆞᆫ島嶼圈內에侵入ᄒᆞ야日本을壓迫ᄒᆞ고且米國이布哇와及比律賓을占領ᄒᆞ야日本人의前途嗣業을先奪ᄒᆞ고天富無限ᄒᆞᆫ(즌도)諸島가亦同一運命에罹ᄒᆞ여시니日本人이엇지默視ᄒᆞ리오此等諸島가實로天富의粹를集ᄒᆞ엿시니日本이今日에畧取한즉其民族糧食과及繁殖의道가自然히安全ᄒᆞᆯ지라此群島中一島의生産하ᄂᆞᆫ物이라도尙히西比利亞全土人民을養ᄒᆞ기足ᄒᆞᆯ거시오且同群島南方의島嶼ᄂᆞᆫ是日本故土인ᄃᆡ其祖先馬萊의海賊이此地에셔出ᄒᆞ고同地方氣候가日本人의게適ᄒᆞᆫ것이西伯利亞의比할것이아니니故로日本人의最所垂涎ᄒᆞᄂᆞᆫ것이南部諸島인ᄃᆡ此群島의抵抗ᄒᆞᆯ力은又最薄弱ᄒᆞ니라

(問) 所謂霸島라ᄒᆞᄂᆞᆫ것은想是比律賓群島를指홈이니該群島가今에西班牙人의게屬지ᄋᆞ니하얏ᄂᆞ냐

(答) 然하다然이나同島가今에오히려西班牙의所領이되엿시면一擧手에能히奪할지로ᄃᆡ米國이이믜日本에셔몬저此地에指를染ᄒᆞ엿시니日本의愛國하ᄂᆞᆫ志士가噬臍의悔가必有ᄒᆞᆯ지라然이나今日에取ᄒᆞ기亦難치아니ᄒᆞ니라

(問) 同島가이믜米國人의掌握에入ᄒᆞ얏시니米國人이엇지能히放ᄒᆞ야日本을與ᄒᆞ리오

(答) 不可不放ᄒᆞᆯ情勢에迫ᄒᆞᆫ則不得已放ᄒᆞᆯ지니試思컨ᄃᆡ露國이一朝에獲得ᄒᆞᆫ것을決코放棄치아니ᄒᆞᆯ것은是世界의知하ᄂᆞᆫ비로ᄃᆡ廣漠豊富ᄒᆞᆫ滿洲를遂棄ᄒᆞ니其放棄한所以ᄂᆞᆫ永久히維持ᄒᆞᆯ方法이甚히困難ᄒᆞᆫ緣故라比律賓群島가米國의게亦如斯ᄒᆞ야征服ᄒᆞ기ᄂᆞᆫ甚易호ᄃᆡ維持ᄒᆞ기ᄂᆞᆫ甚難ᄒᆞ고且比律賓이日本의게近ᄒᆞ기가米國보담十

倍나ᄒ니라

(問) 무삼藉口가有ᄒ야事端을起ᄒ랴

(答) 是亦日露戰爭과似ᄒ지라今에日本軍備가米國보다勝ᄒ니其海軍
은形勢가裕餘ᄒ고戰ᄒᄂ더慣熟ᄒ며其陸軍인則米國陸軍보담三
倍ᄒ고又射擊ᄒᄂ더長ᄒ야士氣가極히旺盛ᄒ지라日本이본다시
(파나마)運河를開鑿지ㅇ니훔을及ᄒ야開戰ᄒ지니此時에米國艦
隊가大陸의障碍훔이될지라日露戰爭에廣漠ᄒ西伯利亞가露國軍
隊를懊惱케훔과如히茫茫ᄒ太平洋의航海가可히米國艦隊進行ᄒ
ᄂ더悶殺케ᄒ지니現在事情이其近似하기如此ᄒ則其結果도亦或
同一ᄒ지라若夫開戰口實은外交家手腕에在ᄒ니一朝에開戰宣告
를見ᄒ지라外交斷絕ᄒ電報가米國에到着ᄒ기前에日本人이亦必
旅順港을襲擊ᄒ던手段으로(마니라)를占領하야使十萬兵으로上
陸케ᄒ고米國艦隊來着ᄒ기를待ᄒ야中路에邀ᄒ야立地擊破ᄒ지
니라

(問) 若不然ᄒ야米國人이日本艦隊를擊破ᄒ면如何ᄒ요

(答) 若이란一字가大事業을企ᄒᄂ國民의取치아니ᄒᄂ비라日本人의
作戰計畫에緻密機敏ᄒ것이(나포레온)과 (모루도케) 將軍과近
似ᄒ지라日本人이若이란字를不用ᄒ고斷斷히米國人擊破ᄒ기를
吾露軍을擊碎훔과如히훔이必ᄒ니라

(問) 然이나米國人이吾露國人보담異ᄒ니彼乃堂堂한海國民이라엇지
容易히擊破ᄒ리오

(答) 通商貿易上의航海인則米人의所長이어니와海軍은其所長이아니
니西班牙戰爭과如ᄒ것은其形이雖是戰爭이나然이나是난弱國을
敵ᄒ야勝ᄒ것이니此로써足히米國海軍을稱치못ᄒ지니라

(問) 米國人이老耄하기가支那帝國과如치아니하니彼를擊破하기엇지

容易하리오〈16〉

(答)　固不容易라然이나日本人今日의勢가米國에셔優하야勝算이掌中
에在하니是난日木人이好幾<sup>16</sup>를可히逸치아니할時라萬一此好機
를逸하면日本이噬臍의悔가有할지니日本이米國을擊破할必要가
支那와露國을擊破할必要에셔一層更加하니라

(問)　何故로爲必要乎아

(答)　日本의可恐할者가米國만如홈이無하니今에米國發達이旭日과如
ᄒ고氣力旺盛홈이壯者와如ᄒ야彼가임의太平洋으로自家湖水를
삼으니露國이黃人種大陸에其爪牙를着홈과如ᄒ고米國이今에其
日本에最近ᄒᆫ二大群島를掠取ᄒ얏시니昔에(가루셰-지)가羅馬
에危險國이되얏더니米國은乃日本에危險ᄒᆫ國이라萬一日本이今
日에米國을打擊치아니ᄒ면米國이본다시日本을壓迫ᄒ야日本의
貿易과工業과植民을絶滅ᄒ기爲ᄒ야太平洋出航의途를塞ᄒ며又
其大陸雄飛의路를杜ᄒ리니故로日木이米國을擊破치아니ᄒ면日
本이到底히大陸을向ᄒ야何等大事業을企ᄒ기不能홀지라殷鑑이
遠치아니ᄒ니日露戰爭時에日本이將次光榮終局을收홀지러니米
國이突然히起ᄒ야仲裁의任에立ᄒ야遂使日本으로(포-즈마우스)
條約失體를見케ᄒ니라

(問)　비록然ᄒ나此時에日本이米國大統領의仲裁提議에贊同ᄒ지아니
ᄒ얏ᄂᆫ냐

(答)　日本이大統領仲裁가自家에有利ᄒᆫ가誤信한故로贊同홈을表ᄒ지
라其結果가反對에全出홀쥬를誰가知ᄒ리오米國의狡險陰謠홈이
此와如ᄒ지라最初에米國이一切手段으로日露戰爭을煽動ᄒᆫ것은

---

16　好幾 : '好機'의 오자로 보인다.

其心에或日本이敗衂홈을期홈이라日本軍이連戰連捷홈이及ᄒ야
翻然히態度를一變ᄒ야日本을反對ᄒ니媾和홀際에若米國大統領
이强要의勸告를ᄒ지아니ᄒ야신則日本이決코薩哈嗹島牛部를割
讓홈으로써滿足지아니홀지라當時大統領이日本皇帝의게發送ᄒ
電報가始是侮辱이라日本人이恐컨디恕치아니홀지라日本人이往
年日淸戰爭時에露國이妨碍홈을憤恨ᄒ야日露戰爭을遂起ᄒ니今
米國이實로仲裁空名을假ᄒ야써日本의滿洲를蹂躪ᄒ랴난壯圖를
中止하여시니日本이米國을怨홈이必하니라

(問) 日本人이果然米國을勝홀則如何홀態度를可預知乎아

(答) 勝者가敗者를對ᄒ며强者가弱者를對ᄒᄂ것이皆同ᄒ니日本이이본
다시比律賓群島와布哇를割取ᄒ야써米國海軍을全滅ᄒ며其貿易
을杜絶ᄒ고更히米國(가리후오루니야)州를占領홀지니라

(問) 日本이비록勝ᄒ나엇지米國大陸에兵을出ᄒ리오

(答) 何故로兵을出치못ᄒ리라云ᄒ나냐太平洋航海가西伯利亞荒野를
通行ᄒᄂ디比ᄒ면甚히容易ᄒ야百隻漁船이有ᄒ면百萬貔貅를輸
送ᄒ기不難홀지라日本이能히數十萬兵을滿洲送致ᄒ얏시니엇지
美國에送致홈을能치못ᄒ리오且日本이米國本土를攻擊ᄒ기가露
國에比ᄒ면甚히易ᄒ니露都를攻코저ᄒ則(사이베리야)荒野를跋
涉ᄒ기甚難ᄒ거니와米國을攻ᄒ랴면惟三週間만海上旅行을ᄒ면
已足ᄒ니라

(問) 비록然ᄒ나米國人도亦勇悍홀戰士니彼南北戰爭을觀홈이可히徵
驗홀지니라

(答) 或然홀듯ᄒ나日本人이如何혼勇武라도恐치아니ᄒ고日本人의恐
ᄒᄂ바는惟作戰計畫과與戰備及技術而已니此点은米國이到底히
日本에不及홈이遠ᄒ니美國의陸軍은只是國民兵而已라軍事的素

養이無하고且米國이將校幹部가無ㅎ야비록百萬兵을召集ㅎ더리
도恐컨디敎練ㅎ기不能홀지오且米國兵種이多是勞働職工인디怯
懦혼人이其三分의一을占ㅎ얏시니故로余의思ᄂ彼가一次激烈혼
戰爭을逢ㅎ면莫大혼賠償金을出ㅎ고媾和를圖ㅎ리니라〈17〉

(問) 日本이米國을勝ㅎ고數億弗償金을獲ㅎ며加ㅎ야布哇와比律賓을
占領ㅎ면應히優勢혼海軍을造ㅎ야其勢가ᄇ다시英國을壓迫ㅎ리
니英國이엇지默視ㅎ리오

(答) 勢가自然히不得不默視이니英國에惟印度가被乘ㅎ기最易혼것인
디日本과印度의距離가英國과印度의距離에比ㅎ면甚히近ㅎ고又
濠洲가有ㅎ며(가나다)가有ㅎ야皆防禦之力이欠乏혼故로海上優
勢者의出現ㅎᄂ것을英國의不喜ㅎ난비라英國도米國과갓치軍事
上準備가整齊치못ㅎ지라挽近以來에日本이亞細亞統一策을頻頻
히講論ㅎ야印度에及ㅎ야英國에셔優勢海軍을集ㅎ기前에日本人
이몬저(가루가쓰다)를占領ㅎ니라

(問) 前途가如何할요日本人이或可히印度를征服ㅎ깃나냐

(答) 是疑問也라日本人이智慮도有ㅎ며達見도有ㅎ니征服혼者를抑壓
하야其人種을殲減ㅎ난것은恐컨디彼의할비아니라印度, 支那, 亞
刺比亞, 露西亞,를一時에或征服하되永久히占領하난것은今日文
明世界에不許하난비니難爲할쑨이오니라畢竟必要혼이無하니라

(問) 然則日本이此大戰爭을企하난所以난何在耶아

(答) 其目的이無他라自國人民을爲ㅎ야其領土를準備홈이라日本이其
島嶼의狹隘홈을苦히녀기나니故로日本이附近群島를占領ㅎ야其
領土를倍取혼則其戰熱이自然히冷却ㅎ야五千萬人民을足히養홀
時에난戰局을結하고戈를擲ㅎ고鍬로代홀지오世界戰爭도恐亦終
局을見하리니라

# 寄書

## 世人이渾不識秋論

恩岡生鄭秉善

夫秋者는天地之義氣라其爲氣也ㅣ淸朗爽快ᄒ야使人으로强壯其肌膚케ᄒ며收斂其精神케ᄒ야超然有凌霄漢脫塵臼之想이라千古男兒의勵志而立懦者ㅣ逢秋則神氣가愈旺ᄒ지라方其潯暑之流行也에雲蒸雨熱ᄒ며火礫[17]而金流ᄒ야江湖爲一而涇渭不分하며天地朦朧而淸濁混淆라舟行于城郭ᄒ고蛙鳴于庭除ᄒ야菌衣가生于罍盤ᄒ며蚯蚓이行于几席ᄒ며蒼蠅이交我眉睫ᄒ며蚊虫이針我肌膚ᄒ야烟濕薪而目眩ᄒ며塗落壁而面垢ᄒ나니于斯時也에凡厥大千世界가淪入於蒸蒸毿毿之中ᄒ야令人으로醉와如히不醒ᄒ며瘖과如히不語ᄒ며病과如히不起러니及夫長庚이木末의出ᄒ며宵燭이屋角의飛ᄒ야는皎皎ᄒ者는河漢이오冷冷ᄒ者난金風이오凄凄ᄒ者는白露ㅣ오肅肅ᄒ者는寒霜이라向에華ᄒ者ㅣ實ᄒ며軟ᄒ者ㅣ硬ᄒ며膨ᄒ者ㅣ縮ᄒ며渥然ᄒ者ㅣ燥ᄒ며蒼然ᄒ者ㅣ凋ᄒ야凡厥天地間에千彙와萬類가是에至ᄒ야貞固치안일ㅂ읍ᄂ니此ㅣ天地의義氣가成熟홈에主한바이라蓋義론者난宜也라古來로烈夫와志士가隨時裁宜ᄒ야事를遇ᄒ즉釘을斬ᄒ고鐵를截ᄒ난結斷이有ᄒ며難을臨ᄒ즉天을擎ᄒ며日를捧홀智力이有ᄒ야烈烈ᄒ光과皎皎ᄒ行이可히秋色으로與ᄒ야爭홀지라噫라凡我國內에千萬同胞는循序勵氣ᄒ야風霜의志操와金鐵에肺腑로淸冷ᄒ世界에立ᄒ야山岳이雄立ᄒ야不拔홈과如홈을是에圖ᄒ며是에勉ᄒ고騷人과韻士의白頭黃葉의句로空然이秋를悲ᄒ며秋를傷홈의作홈이毋케홀지여다

---

17 火礫 : '石爍'의 오자로 보인다.

## 高明新師論　　　　　　　　　　　　　　　義州朴永運

愚난僻在一隅ᄒ야初無小中學專門之學業ᄒ고只以多少間傳聞之識見
으로況被社會頭領之任ᄒ미猥越不堪ᄒ야國家思想이倍從前日이되常
以淺見薄識으로晝夜憂懼터니幸自去月노得一高明新師하니其志也忠
厚ᄒ고其識也巨擘이라勤實ᄒ敎訓과激仰에談論이使人感服ᄒ고又其
溫良和順의表範이亦能使人悅服蹈舞러라於是乎余가其訓道論理를敬
以問之ᄒ며勤以聽之ᄒ니其宏見博識과切當至論이言言節節에能히銘
心刻〈18〉骨케ᄒ미自三代以前으로至于今日의至德要道와幷環球六洲
에經天緯地ᄒ文明新談이源源不絕ᄒ야我東半島二千萬民族에四千年
本國精神를研究磨礪케ᄒ야獨立自主의確然方針이藏在於此先生之頭
腦어늘余ㅣ回首自歎曰我韓에今日之勢가專在於未開ᄒ故이라雖以小
中學專門學者라도如此ᄒ明師의敎訓을必受ᄒ여야可이文明ᄒ國民이
될지어든惟余一人之受益으로有何幾效哉아於玆에先生이曰호디勿憂
勿憂ᄒ라余ㅣ雖定坐一處나能使三千里居民으로共受吾輩之敎導리라
ᄒ야날余聞其言에其妙術이巨匠의歡洽홈을不勝일시玆以仰佈於志僉
君子ᄒ노니惟望共受此先生之敎訓ᄒ야養成國家之精이면必我國權回
復ᄒ기를期ᄒ고自由安樂홈을興ᄒ리니幸勿泛視焉이어다若問先生姓
名來歷이면其姓曰朝陽氏오其名曰報라其父兄師友가實皆忠信慷慨之
學士也이니라


## 內地雜報

### 地方區域의整理

去月二十四日頒布ᄒ 勅令이如左ᄒ니

第一條 地方區域은別表와갓치整理홈이라

第二條 別表中飛入地는甲郡土가越在乙郡 호者를謂홈이니

仍屬土在郡 호며斗入地는丙郡土가侵入丁郡 호者를謂홈이

니移屬附近郡홈이라

第三條 本令은頒布日노붓터施行홈이라

第四條 從前地方區域에關 호諸規程中本令에抵觸되 는者 는

並廢止홈이라

## 別表

| 京畿 | | | | |
|------|------|------|------|------|
| 府郡名 | 原面 | 移去面 | 來屬面 | 現面 |
| 楊州 | 三十四 | 新穴面(高陽)山內面, 靑松面(抱川) | 廣州飛入地草阜面 | 三十二 |
| 抱川 | 十 | | 楊州斗入地山內面, 靑松面 | 十二 |
| 永平 | 七 | | | 七 |
| 漣川 | 五 | | 鐵原斗入地官仁面 | 六 |
| 麻田 | 五 | | 長湍斗入地長東面, 江東面, 積城飛入地河北面 | 八 |
| 朔寧 | 七 | | | 七 |
| 開城 | 十四 | 大南面小南面(長湍) | | 十二 |
| 豐德 | 八 | | | 八 |
| 長湍 | 二十 | 長東面江東面(麻田) | 開城斗入地大南面, 小南面 | 二十 |
| 坡州 | 十二 | | | 十二 |
| 積城 | 五 | 河北面(麻田) | 楊州斗入地神穴面 | 五 |
| 高陽 | 八 | | | 八 |
| 交河 | 八 | | | 八 |
| 金浦 | 八 | | | 八 |
| 通津 | 十二 | | | 十二 |
| 陽川 | 五 | | | 五 |

| 江華 | 十七 | | | 十七 |
|---|---|---|---|---|
| 喬桐 | 四 | | | 四 |
| 仁川 | 十二 | 梨浦面(南陽) | | 十一 |
| 富平 | 十六 | | | 十六 |
| 果川 | 七 | | | 七 |
| 安山 | 六 | | 廣州斗入地, 聲串面, 月谷面, 北方面 | 九 |
| 始興 | 六 | | | 六 |
| 南陽 | 十二 | | 水原斗入地八灘面, 汾鄉面, 長安面, 草長西, 鴨汀面, 梧井面, 仁川, 飛入地梨浦面 | 二十 |
| 水原 | 四十 | 八灘面, 汾鄉面, 長安面, 草長面, 鴨汀面, 面,[18]梧井面, (南陽)五, 타面(振威)廣德面, 之新興浦, 新星浦, 住産面, 之三島五洞, (牙山) | 陽城飛入地栗北面, 西生面, 甘味洞面, 升良面, 稷山飛入地堰里面, 外也串面, 安中面, 平澤飛入地少北面, | 四十一 |
| 振威 | 十四 | | 水原斗入地五타面, 陽城斗入地所古尼面, | 十六 |
| 陽城 | 十八 | 栗北面, 西生面, 甘味洞面, 升良面, (水原)所古尼面, (振威) | | 十三 |
| 安城 | 二十四 | | | 二十四 |
| 竹山 | 十四 | | 陽智飛入地蹄村面 | 十五 |
| 利川 | 十五 | | | 十五 |
| 陰竹 | 八 | 無極面(陰城) | | 七 |
| 呂州 | 十四 | | 原州斗入地康川面, 池內面, | 十六 |
| 楊根 | 十 | | | 十 |
| 砥平 | 八 | | | 八 |
| 龍仁 | 十六 | | | 十六 |
| 陽智 | 十一 | 蹄村面, (竹山) | | 十 |
| 廣州 | 二十一 | 草阜面(楊州)聲串面, 月谷 | | 十七 |

| | | 面, 北方面,(安山) | | |
|---|---|---|---|---|
| 加平 | 六 | | | 六〈19〉 |

(未完)

# 海外雜報

○英獨間의惡感情　英國과獨逸間에些細호事로써惡感情이再發호얏논
디其事實은獨逸快走船(메데오루)號는(보스모스)　港內에셔英國政府
의浮標에繫泊호얏더니該港官憲이商船碇泊所로移轉호기를要求호얏
거눌此事件으로關호야獨逸셔논種種을誤論發表호야(메데오루)號의
船長이侮辱을受호고暴風中에出港호기에至호얏다홈으로써新聞上에
논挑發的論說을揭호얏다더라

○東亞의大鐵道　俄國政府에셔日本의勢力이北方으로伸張홈으로現在
西伯利亞鐵道線이迫害될가호야略二千餘里의鐵道　（俄國里數니스도
레지엔스구에셔黑龍江을渡호야北方을迂回호고브구로후스가야를經
호야하로스구에至호논者라)을敷設호기로호고其材料를東西海陸에셔
輸運호야方在工役中이나設工役이極難호故로今後五六年에야竣工홀
지라該鐵道논보구로스가야北方제무河口에셔南으로分歧호야부라고
에젼스구에至호논一線을支線으로호고幹線에關호야논貝加爾湖의輪
運을便利케호기爲호야回湖鐵道의墜道[19]를複線으로호고又鐵道軌道
를廣大케호야輸送力을增加케호다논디此논將來頗히注目홀事實이라

---

18　面 : '南陽'의 '來屬面' 항목과 비교해 볼 때 잘못 들어간 활자로 판단된다.

19　墜道 : '隧道'의 오자이다.

더라

○土國의立憲消息　合爾賓報를據ᄒᆞ즉土爾其皇帝가改行立憲之說이有ᄒᆞ디其原因은國內度支의虛乏이極項에達ᄒᆞ얏고쏘民黨의變亂이有ᄒᆞ야日與軍隊衝突ᄒᆞᄂᆞᆫ지라泰西立憲諸國은皆富饒充足ᄒᆞ야國內和平ᄒᆞᆫ것이其腦筋을激刺ᄒᆞ야感觸이有ᄒᆞᆯ것이라더라

○英佛攻守의同盟　獨逸半官報에公言ᄒᆞ되英佛攻守同盟이將成ᄒᆞᆯ터인디英國이其同盟條項을佛國의示ᄒᆞ기가尙在秘密中인디.　英佛同盟이與日英同盟으로有聯鎖無論,이라ᄒᆞ고又〈20〉日歐洲或一國에셔英國를向ᄒᆞ야宣戰ᄒᆞᆯ時에ᄂᆞᆫ日本이맛당이英國을扶ᄒᆞ야敵의植民地에侵入ᄒᆞ기로ᄒᆞᆫ다더라

○日露의談判　駐露ᄒᆞᆫ日本公使가露國政府에向ᄒᆞ야三個條를要求홈이如左ᄒᆞ니

一. 黑龍江에開放事

一. 西比利亞를日本人의게土地所有權을許可ᄒᆞᆯ事

一. 遼東半島의製造ᄒᆞᆫ日本貨物은淸國의同樣關稅로써西伯利亞의輸出홈을許可ᄒᆞᆯ事此要求에對ᄒᆞ야露國政府에서右記三個條를拒絶ᄒᆞᆫ理由라

一. 黑龍江問題ᄂᆞᆫ單是露淸兩國間의關係가된밧자이오

一. 露國人이日本에土地所有權利를得홈이안인故로露國이쏘ᄒᆞᆫ日本人의土地所有룰許可홈이不能ᄒᆞᆯ事

一. 日本貨物이果是遼東의所製産者乎아又或日本內地에所製産者乎아容易히識別ᄒᆞ기不能ᄒᆞᆫ고로淸國과同樣으로許可키難ᄒᆞᆯ事

○埃及動搖의眞相　近來埃及의所名回回敎民이合一이團體를起ᄒᆞ야英國에保護權을反對ᄒᆞ고一種革命的運動을將開始ᄒᆞ야歐洲列國이其事態의容易치아니홈을見ᄒᆞ고注意不怠ᄒᆞᆫ지라埃及內閣議長(후예루미-

바시야)氏가英佛干涉을最忌ᄒ야使其機關新聞으로英佛을向ᄒ야毒筆
을頻弄ᄒ니一方은敎唆과如ᄒ나反抗의運動인지라후예루미-바시야가
反抗的態度를其幕後의獨逸外交官(오쓰벤ᄒ이무)氏의力을借ᄒ야運
動을協力ᄒ니何人이能知之리오且(바시야)의眞意가英佛에羈絆을脫
ᄒ고土耳其의附屬홈에在ᄒ지라 佛國新聞에評論ᄒ야曰후예루미-, 바
시야의反抗結果가必使英國으로一般保護國을向ᄒ야其政策을變更홈
이無疑云云이더라

○**獨逸議員의日本觀光**　獨逸國會議員若干名이來遊於日本이라가去十
日東京華族會館의歡迎會에林外務大臣及兩院議員百八十餘名이出席
ᄒ야來賓을歡待ᄒ얏다더라

# 詞藻

### 海東懷古詩　　　　　　　　　　　　　　　　　　冷齋[20]柳惠風

### 沸流

　　遼史地理志에正州ᄂ本沸流王故地니國爲公孫康所幷ᄒ고渤海에
　　置沸流郡ᄒ니라三國史에高句麗始祖二年에沸流王松讓이來降이
　　어늘以其地로爲多勿郡[21]ᄒ고封松讓ᄒ야爲主ᄒ니라麗語에謂復
　　舊土를爲多勿이라ᄒ고興地勝覽에成川府ᄂ本沸流王松讓故都라
　　ᄒ니라

劍樣靑峯一十二遊車衣水逝湯湯朱蒙不是眞豪傑欺負酸寒喫茉王
　　劍樣靑峯은興地勝覽에紇骨山은在成川府西北二里ᄒ니有攢峯十

---

二ᄒᆞ니라朴元亨詩에江上群峯劍樣尖ᄒᆞ고峯前江水正挼藍이라ᄒᆞ
니라

遊車衣水ᄂᆞᆫ輿地勝覽에沸流江은卽卒本川이니俗稱遊車衣津이라
在成川府西三十步ᄒᆞ니其源이有二ᄒᆞ니一은出陽德縣吳江山ᄒᆞ고
一은出孟山縣大母院ᄒᆞ니至府北合流ᄒᆞ야歷紇骨山ᄒᆞ고山有四石
穴ᄒᆞ니水入穴中ᄒᆞ야沸騰而出故로名을沸流江이라ᄒᆞ고又與慈山
郡禹家淵으로合流ᄒᆞ야入大同江ᄒᆞ니라

喫茱王은三國史에高麗東明王이見沸流水에有茱葉이逐流下ᄒᆞ고
知有人이在上流者ᄒᆞ고因以獵往尋홀ᄉᆡ至沸流國ᄒᆞ니其國王松讓
이出見曰寡人이僻在海隅ᄒᆞ야未嘗得見君子러니今日에相遇ᄒᆞ니
不亦幸乎아然이ᄂᆞ不識커라吾子ᄂᆞᆫ自何以來오答曰我ᄂᆞᆫ是天帝子
로徠都於某所라ᄒᆞ니松讓이曰〈21〉我는累世爲王호ᄃᆡ不容足兩主
라君은立都日淺ᄒᆞ니爲我附庸이可乎아ᄒᆞ거늘王이忿其言ᄒᆞ야與
之射ᄒᆞ야以較藝할ᄉᆡ松讓이不能抗이라古記에東明王이與沸流王
松讓으로較射ᄒᆞ야松讓은以畵虎로置百步內ᄒᆞ야不能中其臍ᄒᆞ고
朱蒙은以玉指環으로懸於百步之外ᄒᆞ야破如瓦解ᄒᆞ니松讓이大驚
ᄒᆞ야欲以立都先後로爲附庸ᄒᆞ거늘朱蒙이造宮室호ᄃᆡ以朽木爲柱
故로如千歲ᄒᆞ니松讓이不敢爭ᄒᆞ니라

## 百濟

南史에馬韓이有五十四國ᄒᆞ니百濟가卽其一也라後에漸强大ᄒᆞ야
兼諸小國ᄒᆞ니라北史에百濟之國은盖馬韓之屬也라初以百家로濟
ᄒᆞ야因號百濟라ᄒᆞ니其都曰居拔城이오亦曰固麻城이라ᄒᆞ니라三
國史에百濟始祖溫祚王이都河南慰禮城ᄒᆞ야以十臣으도爲輔翼ᄒᆞ
고國號ᄂᆞᆫ十濟라ᄒᆞ니漢成帝鴻嘉三年也라後에以百姓이樂從故로

號를百濟라ᄒᆞ고其世系ᄂᆞᆫ與高句麗로同出扶餘故로以扶餘로爲氏
ᄒᆞ다溫祚王十三年에就漢山下ᄒᆞ야立柵ᄒᆞ고十四年에遷都ᄒᆞ고蓋
婁王五年에築北漢城ᄒᆞ고近肖古王二十六年에移都漢山ᄒᆞ고文周
王元年에移都熊津ᄒᆞ고聖王十六年에移都泗沘城ᄒᆞ고國號를南扶
餘라ᄒᆞ니라文獻備考에百濟所夫里郡은一名泗沘라ᄒᆞ니今扶餘縣
이라ᄒᆞ니라

歌樓舞殿向江開半月城頭月影來紅窓橙寒眠不得君王愛在自溫臺

　　半月城은輿地勝覽에扶餘縣半月城은石築이니周가一萬三千六尺
　　이니卽古百濟都城也라抱扶蘇山而築ᄒᆞ니兩頭ᄂᆞᆫ抵白馬江ᄒᆞ고形
　　如半月ᄒᆞ니라

　　自溫臺ᄂᆞᆫ輿地勝覽에自溫臺ᄂᆞᆫ在扶餘西五里ᄒᆞ니自落花岩으로順
　　流而西ᄒᆞ야有岩이跨水渚ᄒᆞ니可坐十餘人이라俗傳호ᄃᆡ百濟王이
　　遊于此巖則岩自溫이라ᄒᆞ니라

## (비스마룩구)의淸話 (續)

(비스마룩구)가繼續談話ᄒᆞ야曰王의讓位ᄒᆞᄂᆞᆫ議ᄂᆞᆫ비록中止ᄒᆞ얏시나
國內爭擾가其跡을歛ᄒᆞ기容易치아니ᄒᆞᄂᆞᆫ지라此二週日後에王이(바
덴)에在ᄒᆞ야余의게憂悶ᄒᆞᄂᆞᆫ書를與ᄒᆞ시니余가王의게親面ᄒᆞ고意見을
陳奏코저ᄒᆞ야(잣다-브즉구)라ᄒᆞᄂᆞᆫ停車場에往ᄒᆞ야待ᄒᆞ더니此時ᄂᆞᆫ夕
刻이라場內가甚暗ᄒᆞ고且王이普通滊車를乘ᄒᆞᆫ故로滊車가이믜到着ᄒᆞ
얏시되王이何處에在ᄒᆞ신지容易히辨知치못ᄒᆞ깃ᄂᆞᆫ지라車掌을因ᄒᆞ야
王이一等室內에坐ᄒᆞ심을知ᄒᆞ고進ᄒᆞ야謁見ᄒᆞ니王이深沉憂鬱ᄒᆞ야默
然히一語도發치아니ᄒᆞ더니王이起ᄒᆞ야余의게向ᄒᆞ야歷史上事蹟을引
證ᄒᆞ야써目下形勢를說ᄒᆞ면셔爭擾를容易히鎭靜치못홀것을嘆息ᄒᆞ다
가卒然히言ᄒᆞ야曰今也에大事가將次起ᄒᆞ야汝의首級이斷頭臺上에落

홀지오朕도亦同一運命을蒙ᄒ리로다ᄒ거ᄂ늘余가慷慨홈을不禁ᄒ야王
의帶ᄒ신長劍을指ᄒ야曰此物이何所에用홀거이며且臣이戰場에如斯
ᄒ事變으로殞命ᄒ면是ᄂ無上호光榮이라臣이萬一(스도라즈도후오루
도)와如히倒호則陛下난맛당히(쟈-루스)一世와如히崩御할지니이다
王이聽ᄒ시고太히感慨ᄒ야決然히席을蹴ᄒ고起ᄒ거ᄂ늘余가亦隨ᄒ야
伯林에歸ᄒ니今日에當時를思想ᄒ면眞箇夢과如호지라我邦軍隊의基
礎가實로如此히成ᄒ얏시니其苦心호것을世人이能히知홀바아니라

## 第四 鐵血政畧

(아빙구논)에셔(라닝구)와會見호後에(비스마룩구)가議會에셔一場演
說을ᄒ야今日我國政策上에軍備改革이最急問題되난意見을論述ᄒ니
反對黨이頻頻히此說를駁斥ᄒ야我國政府가맛당히寬大호政策을用
ᄒ야道德上으로(제루만)全土〈22〉를統一홀것이라ᄒ야頗極爭擾ᄒᄂ
지라(비스마룩구)가此時에懷中手冊을探ᄒ야其中에셔二三片枯葉을
出ᄒ야議員의게示ᄒ야曰此枯葉이是平和의記號라急進主義諸君의게
呈코져ᄒ야(아빙구논)平野에셔持來호橄欖樹葉이라然이나今에持來
호것이少早홈을悔ᄒ노라ᄒ디滿瘍議員이毫도感치아니ᄒ고도로여(비
스마룩구)를嘲笑ᄒ난지라(비스마룩구)가奮然히立ᄒ야語氣를一層强
히ᄒ야曰(제루만)今日運命形便이急進主義者의知홀바아니로디(푸루
시아)가진실로不可不擧國一致할時機에在ᄒ야今日大問題가區區한演
說과及決議의力에單依ᄒ얀解決ᄒ기不能홀지라萬一此大局을處理ᄒ야
誤치아니코져ᄒ랴면不可不血과鐵의力을假할지라云ᄒ고其手中橄欖葉
을揉碎ᄒ야床上에亂散ᄒ고去ᄒ니當時演說이世界上에廣傳ᄒ니라
此後에(비스마룩구)가其舊友(오예독가一)를逢ᄒ야演說報告書中에
誤謬홈이有호것을指示ᄒ야曰見此報告에血字意味를用兵홀意味라謂

ᄒᆞ얏시니는余의本意가아니로라 (오예독가)가冷嘲ᄒᆞ난語氣로對ᄒᆞ
야曰余가亦嘗思之ᄒᆞ니鐵血이아니면到底히吾等目的을達ᄒᆞ기不能ᄒᆞᆯ
지나然이나余가更思ᄒᆞ니其血의分量을少히出ᄒᆞᆯ것이라ᄒᆞ니自已의意
見을托ᄒᆞ야 (비스마륙구)를 暗嘲홈이라(비스마륙구)가多少히忿怒ᄒᆞ
야曰余가今也에는往年에諸君과로竹馬跳躍ᄒᆞᆯ時에幼童이아니니라(오
예독가)가尙히嘲弄ᄒᆞ야ᄃᆡ余가彼 (구리유스세-당구)時代의思想으로
新宰相(비公)  의伎倆을實行코져홈을信ᄒᆞ기不能ᄒᆞ노라(구리유스재-
당누)는是〔비公〕의弱年時執筆ᄒᆞᆫ雜誌名稱이니當時에(비公)이祖國
一統論을揭載홈이筆鋒이激烈ᄒᆞ니盖靑年血氣의見地라〔오예독가—
〔乃指笑之라〕(비스마륙구)가此語를聞ᄒᆞ고憤然히絶叫ᄒᆞ야曰皇天
이實로如斯히辨論ᄒᆞᄂᆞᆫ것을不許ᄒᆞ시느니盖此新宰相의執ᄒᆞᆫ政策이或
放瞻過激에失하는故로當時頑迷守舊의士가皆 (비스마륙구)를目ᄒᆞ야
狂者라ᄒᆞ야此政策이獨逸의勃興하는ᄃᆡ利益이有ᄒᆞᆯ주를覺지못ᄒᆞ니大
聲이俚耳에不入홈은古今이皆然하니라 (未完)

## 動物談

梁啓超著

梁啓超一几에依ᄒᆞ야臥ᄒᆞ얏더니甲乙丙丁四人이有ᄒᆞ야呶呶히動物談
을ᄒᆞ거ᄂᆞᆯ客이耳를傾ᄒᆞ고聽ᄒᆞ니甲이曰吾가昔에日本北海道에遊홈이
捕鯨者로더부러居ᄒᆞ니鯨의體가其幾許里인줄은不知ᄒᆞ깃고其背의凸
ᄒᆞᆫ것이海面에暴露ᄒᆞ얏ᄂᆞᆫᄃᆡ面積이方三里라捕鯨者가其背를剞ᄒᆞ고居
ᄒᆞ야斯에셔食하며斯에셔寢ᄒᆞ고日로其肉을割ᄒᆞ야膳을ᄒᆞ고夜에其油
를然ᄒᆞ야燭을ᄒᆞ니是와如ᄒᆞᆫ者ㅣ殆五六家오此外에魚蝦鼈虫貝蛤의緣
ᄒᆞ며嘬ᄒᆞᄂᆞᆫ者ㅣ又不下千計인ᄃᆡ彼鯨은冥然히自知치못ᄒᆞ고游ᄒᆞ며泳
ᄒᆞ야偓然히自以爲海王이라ᄒᆞᄂᆞᆫ지라余가漁者다려語호ᄃᆡ是ㅣ大ᄒᆞᆫ故
로旦旦로伐호ᄃᆡ損ᄒᆞᄂᆞᆫ바無ᄒᆞ니是ㅣ北海로比ᄒᆞ야壽ᄒᆞᆯ가漁者가余다

려語호디是ㅣ腦氣筋이無호故로旦旦로伐호디覺호기不能호니是ㅣ五日이不及호야將次吾肆에陳호리라호더라乙이曰吾가昔에意大利에遊홈이意大利의歷脾多山에巨壑이有호니厥名은兀子니壑이黑暗호야天日을不通호고積水가有호니方이十數里라其中에盲魚가有호야蕃乳充斥호니生物學大儒達爾文氏가解호야曰此魚의種이本來盲홀것이아니라其壑이근본外湖로相連호얏더니後에火山의迸裂홈을因호야坼호야壑이되야絶而不通호니壑中에셔生호난魚가壑中이黑暗홈을因호야目力이無用호니其性質이子孫의게傳호야日種日遠호야其目이遂廢홈이러니十數年前에開礦호故로以호야湖壑의界가忽然히通호야盲魚가不盲호魚로雜處호야生存競爭의力이相敵호기不足호야盲種이殆將絶滅호얏〈23〉라丙이曰吾가昔에巴黎의市에遊호더니屠羊호기로業호난者ㅣ有호니其屠羊호는것이刀俎로도아니호며笠縛으로도아니호고電機에置호야電氣로써群羊을吸호니羊이一一히機의此端에自入호더니少頃에彼端으로自호야出호는더임의頭와胃와皮와肉과骨과角이各各分類호야機上에列호는지라傍觀호난人이群羊을爲호야哀憐치아니리無하거늘彼羊은前追後逐하야雍容雅步로機에入호면셔意甚自得하야其死期가己至홈을不知하더라丁이曰吾난昔에倫敦에遊하더니倫敦博物院에人이製호怪物이有하니狀이獅子와如하나然하나偃臥하야生氣가無호지라或이余다려謂하야曰子ㅣ此物을輕視치물을지라其內에機가有하니一番撥捩호則牙를張호며爪를舞호면셔摶호며噬호야千人의力으로敵지못호다호거늘余가其名을詢호니其人이曰英語로佛蘭金仙이라昔에支那人이睡獅라謂호고又先睡後醒의巨物이라謂호니라余가試호야其機를撥히니動力이發치못호야셔機가忽然히折호야余의手를螫호니盖其機가廢置호지已久호야新機로更易지아니호면此佛蘭金仙이將次長陲호야醒치못홀지니惜哉라梁啓超ㅣ其言을歷歷히聞호고默然

히思ᄒ며愀然히悲ᄒ야瞿然히興하야曰嗚呼라是ㅣ可히我四萬人을爲하야告할지라

## 廊淸檄[22]

嗚呼라我國이以爲將亡者ㅣ可乎아以爲將興者ㅣ可乎아興亡의機를可히遽決치못하깃시니伺以然也오ᄒ면人心向背가未定흔故이라若使二百萬民衆이其精神을一致ᄒ며其心血을傾注ᄒ야邁往向上ᄒ야有進無退한則비록千辛百難의後라도國之興也必矣오若自暴自棄ᄒ야左顧右眄ᄒ야自奪自强의志가無ᄒ면雖强大ᄒ던國이라도終亦歸亡而已니況我韓之弱且不伏者乎아我韓의今日時勢가直是將興將亡의岐路에立ᄒ얏시니凡我有志ᄂᆫ宜張膽明目ᄒ야君國의急에趨ᄒ야扶其將亡ᄒ야歸於將興케홀지라

은窃惟我國이百弊層發ᄒ야此悲境에到흔所以ᄂᆫ總是政治의不理흠을因흠이오政治의不理ᄒᄂᆫ것은便是公德이發揮치못흠을因흠이니是智者를不待고可知홀不易的定論이라今에百年積久ᄒᆫ舊弊를矯ᄒ고一團活潑ᄒᆫ公德을發揮코저ᄒ니固是難事라然이나與其束手不爲而坐待危亡으론孰若着着進爲ᄒ야求一安於百難之中乎아

兹에各道各郡의讚者及有志者의게檄通ᄒ오니

諸君子가萬一害世虐民의事와冤訴無地의情이有ᄒ거든其官憲이던지窮民이던지不問하고其顚末을詳記ᄒ야直筆無憚ᄒ야本社에報來ᄒ면本社로셔禿鈍의筆을呵ᄒ야其罪를世上에暴白ᄒ야써公德發揮ᄒᄂᆫ一助를供홀터이오니其在政府大臣이던지觀察郡守이던지統監府員顧問

---

22 廊淸檄 : '廓淸檄'의 오자이다.

部員이던지或軍人響官이던지或馬丁樵夫이던지皆不容躕躇홀지라天
이我韓을將興케홀느지將亡케홀느지天意느測하기不能홀것이여니와
唯在吾의道를盡ᄒ며在吾의力을效홀而已라國家社稷이固爲重이오斯
道가更爲重ᄒ니乞 諸君子느念之念之홀치여다


## 通報注意

一　各處에셔通報홀時에其姓名居住와發書時日을詳記ᄒ야使本社로其
　　事實에對ᄒ야曖昧ᄒ点이或有ᄒ거든再探ᄒ기에便敏케함
一　通報者의姓名을本社로셔秘密히他人으로知케아니홈
一　通報홀處所느左와如홈

京域竹洞永禧殿前八十二統十戶　　　　　　　　朝陽報事務所
　　　　　　　　　　　　　　　　　　　　　　本社告白〈24〉

大韓光武十年
日本明治三十九年
丙午六月十八日第三種郵便物認可

# 朝陽報

## 第九號

**朝陽報第九號**

**新紙代金**

一部新貸　金七錢五厘

一個月　金拾五錢

半年分　金八拾錢

一個年　金壹圓四拾五錢

郵稅每一部五厘

**廣告料**

四號活字每行二十六字一回金拾五錢二號活字依四號活字之標準者

◎每月十日卄五日二回發行

京城南署竹洞永禧殿前八十二統十戶

發行所　朝陽報社

京城南署會洞(八十四統五戶)

印刷所　普文館

　編輯兼發行人　沈宜性

　印刷人　金弘奎

# 目次

朝陽報第一卷第九號

---

* 種參方 : '種蔘方'의 오자이다.
** 精神訣 : '精神談'의 오자이다.

## 注意

有志하신僉君子씌셔或本社로寄書ᄂᆞ詞藻나論述時事等類를寄送하시면本社主意에違反치아니할境遇에ᄂᆞᆫ一々히揭記할터이오니愛讀諸君子난照亮하시옵시고或小說갓튼것도滋味잇게지여셔寄送하시면記載하깃ᄂᆞ이다本社로文字를寄送하실時에著述ᄒᆞ신主人의姓名과居住地名統戶를詳記하야送投하압쇼셔萬若連三次寄送한文字를記載할境遇에난本報ᄅᆞᆯ無代金으로三朔을送呈할터이오니부듸氏名과居住를詳錄하시옵소셔

## 社告

本社에셔事務를漸次擴張ᄒᆞ기爲ᄒᆞ야十月二日에社中任員을組織ᄒᆞ얏ᄉᆞᆸ기左開公佈ᄒᆞᆸ

左開

社長 張應亮

總務員 沈宜性

主筆 張志淵

會計員 朴聖欽

書記員 林斗相〈1〉

# 論說

## 滅國新法論 (續)

淸國 飮氷室主人 梁啓超 著

其三은 徵諸印度ㅎ니 印度之滅亡은 可謂千古亡國之奇聞이라 自古로聞有以國으로滅人國者오 未聞有以無國으로滅人國者러니(如古者民族遷徙ㅎ야掠居土地者ㅣ雖未成爲國而全体團結에已有國之形ㅎ고 若本國人民이起而獨立이면 又非滅國也故로印度之例ᄂᆫ實古今所無니라) 至於近世之印度ㅎ야ᄂᆫ擧其百八十萬英方里之土地와 二百九十兆之人民ㅎ야以置諸英皇維多利亞之治下者가誰乎아 則區區七萬磅小資本之東印度公司而已라

英人의經略印度之起点이 在西曆千六百三十九年ㅎ니 於其東岸에得縱六英里橫一英里之地ㅎ고 閱二十七年而始得孟買島而 每歲에納十磅於英王ㅎ고 以讓受其主權ㅎ니 由不滿方三里之地ㅎ야 衍至百八十萬方里ㅎ고 由十磅之歲入ㅎ야 增至五六千萬磅ㅎ니 英人之所以成就此偉業者ᄂᆫ果由何道乎아 以常理로論之ㅎ면 其必暴露莫大之軍隊ㅎ고耗竭無量之軍費라야 乃始及此어늘 而豈知有大不然者리오

英人之滅印度ᄂᆫ非以英國之力으로滅之라 以印度之力으로滅之者니 昔에法人焦白禮之欲吞印度也에 曾思得新法兩端ㅎ니 一曰募印度之土人ㅎ야 敎以歐洲之兵律ㅎ고 以歐人으로爲將帥而指揮之케ㅎ며 二曰欲握印度之主權인댄 當以其本國之君侯酋長으로爲傀儡ㅎ야 使率其民而服從命令케혼다ㅎ얏더니 嗚呼라 後來英人의所以吞食全印者ㅣ가皆此魔術을實行ㅎ而已니라

如此驚動天地의大業을ㅎ야도 英廷에셔末[1]嘗爲之派一兵遺一矢ㅎ며 未嘗課一錢之租稅ㅎ며 募一銖之國債ㅎ니 盖當一千七百七十三年征略之

事가旣已大定흠인實東印度公司의全盛時代나在印호英兵이九千人에
不過호고(皆公司之兵이오非國家之兵이라)其餘는皆土兵이러니至一
八五七年호야는所養印兵이多至二十三萬五千人이오盖當其侵略之時
에其攻印度者도印度人이오當其戡定흔後에監印度人者도亦印度人이
라自始事로迄今日히凡養戰兵養防兵의費와所有金穀繒帛과一絲一黍
가無非出自印度人이니

今世界上에赫赫然히五印度大后帝의名을有흔지라其大后帝의下에셔
其號稱君侯라酋長이라호야各君其國하며各子其民者ㅣ尙以萬計焉호
니彼服從於此호는萬數酋長의肘下의群氓이其謂自國口爲已滅乎아謂
爲未滅乎아是는非吾의所能知也니若此者는豈惟印度리오英之所以待
南洋群島와法之所以待安南이皆用此術焉矣라世有媚異種殘同種而自
以爲功者乎아吾願與之一游於印度之遺墟호노라雖然이나吾無怪焉은
滅國之新法이則然이로다

其四는徵諸波亞니波亞者는南阿非利加之强健民族而今與英國으로在
戰爭中者也라波亞之種이本繁殖於好望角之地호더니百年以來로爲英
人의屢次逼迫호야大去其鄕호고漸入內地호야建設杜蘭斯哇兒와及阿
郞治兩民主國於南非之中央호고父子兄弟宗族이相率而農而牧而獵호
야以優游於此小天地間호면셔謂可以安堵호야無鷄犬之驚矣라호더니
乃於一千八百六十午年에某歐人이游歷其地라가見有金鑛之跡호고乃
測製杜國地質圖호더니至八十午年에遂査出舒杭呢士布之大金穴호니
好望角之英商某가一攫而獲巨萬之利홈이於是에錐刀之徒가相率蟻至
호야前後十二年에歐人이設大公司於此間者ㅣ七十有二家라以前者에
蓬艾滿目호며麃鹿群游之地로忽成爲居民十五萬之巨鎭而杜國政府之

---

1 末: '末'의 오자이다.

財權이幾全移於此金市之域而握其樞者는實英人也라英人이乃變其前
此兵〈2〉力倂呑之謀ᄒ야改爲富力侵略之策ᄒ야乃迫杜政府ᄒ야許其
開一鐵路ᄒ야自杜京으로經金市以達好望角ᄒ니杜統領이知此擧之爲
禍胎也ᄒ고乃別自築一鐵路ᄒ야通印度洋以抵制之ᄒ야僅乃得免ᄒ니
英人之在金市者ᅵ復要求自治權利ᄒ야欲人人이得入議院ᄒ야爲議員
ᄒ야明干與杜國之內政ᄒ니彼杜國之京師는居民이不逾　萬而金市戶
口는十五倍之ᄒ고富力智力이皆集於此ᄒ니以金市猾之英商으로與杜
京質朴之波民과同上下馳驅於一議院中則全國之政權이轉瞬而歸於英
族之手라此英人所處心而積慮를亦波人所熟察而烱知也라此議開始에
杜人이堅執拒絶지러니至千八百九十五年에遂有英公司董事禪桑氏以
六百之兵으로謀襲金市之事而其主動者는實英國好望角摠督也라

此次蠻暴之擧가旣爲波亞人先發의所制ᄒ야不達其志홈이迨九十九年
에流寓杜國之英人이聯名二萬ᄒ야求英府干涉杜政ᄒ야務求得叅政權
利而英政府遂恃大國之威ᄒ고用强制手段ᄒ야限來住五年者는卽得叅
政權矣라此事之交涉이未竟ᄒ야서又忽移於主權問題ᄒ야指杜蘭斯哇
爲英之屬國矣라且也文牘往復과玉帛未渝之頃에卽爲示威運動하야陰
調兵隊에以陳境上矣라

彼英人은固不虞波亞之敢爲一戰ᄒ고更不信以蕞爾之波亞로能抗衡世
界第一雄國ᄒ야使之竭獅子搏免[2]之全力也로다於是에敢悍然以待埃及
待印度之故技로以待波人ᄒ니波亞ᅵ雖不支나要不失爲轟轟烈烈有名
譽之敗績乎ᅵ뎌然이나英人之所謂文明道德者는抑何其神鬼出沒而不
可思議耶아世有以授開礦權鐵路權及租界自治權於外國人ᄒ고도爲無
傷大体乎아吾欲與之一讀於波亞之戰史也ᄒ노라雖然이나吾無怪焉은

---

2　免 : '兎'의 오자이다.

滅國之新法이則然이로다

其五는徵諸非律賓이니非律賓者는我同洲同種之國民이라兩度與白種
戰爭ᄒ야百折而不撓者也니吾人의所嘗南望頂禮而五体投地者也라西
班牙之力이不足以滅非律賓은吾今不論ᄒ고吾將論美國與非律賓交涉
之事ᄒ리니夫美國이亦豈能滅非國之人哉아其所以滅之者는亦恃新法
而已라當美班之交戰也에非國이猶受壓於班之軛ᄒ니美人이首以兵艦
으로欲搗非島ᄒ야以牽班力而自懼其力之不逮也ᄒ야乃引非國豪傑阿
軍亞度將軍ᄒ야以自重ᄒ니阿將軍이前以革命未成으로韜迹香港이러
니新嘉坡之美領使가乃密約相會ᄒ야有所訂議ᄒ고乃電報往復於華盛
頓政府及海軍提督杜威ᄒ야卒以美兵艦으로護送阿將軍返故國ᄒ니阿
將軍之歸는爲彼全島同胞之權利義務也오非爲美國之喉犬而代之驅除
也라

美國現政府ㅣ旣已棄其祖傳之門羅主義ᄒ고易爲帝國侵略政策ᄒ야欲
求一商業兵事之根據於東洋이久矣라於是包藏禍心에以待非人ᄒ야宣
言兵艦之來는將以助非島之獨立ᄒ며脫西班之羈軛이라ᄒ니非人이以
爲美國은文明義俠之稱이久著天下라ᄒ고坦然信之에表親愛焉이러니
至千八百九十七年에非國獨立軍이旣奏成功ᄒ고民主政府가旣已建設
ᄒ니其時에非政府所轄者는有十六萬七千八百四十五方里之地오所統
治者는有九百三十九萬五千餘之民而美軍所侵略領有者는不過百四十
三方里오人不過三十萬餘耳라

非가未嘗借美之兵力ᄒ야以復國權이오美가却藉非之聲援ᄒ야以殺班
力ᄒ니兩國之關係ㅣ如是而已라豈意美人이挾大國之勢ᄒ고藉戰勝之
威ᄒ야一朝에反戈以向非人ᄒ야雖血戰三年에死傷疫癘라도其所以徵
創美人者ㅣ不可謂不劇이나然而卒至今日ᄒ야는刀缺矢絶에大將이被
俘ᄒ고百戰山河에又易新主ᄒ니天道無知에惟有强權이라世有欲借外

國之助力ㅎ야〈3〉以成維新革命之功者乎아吾願與之憑吊於非律賓之
戰場也ㅎ노라雖然이나吾無怪焉은滅國之新法이然耳로다　未完

## 論軍國主義 (前號續)

△**權力의衰微와紀綱의廢弛**　馬罕所謂權力衰微紀綱廢弛者ᄂᆞ盖社會主
義의發生을指ㅎ다ㅎ니其言의妄은固不足論이어니와借使現時와百年
以前을比較ㅎ면果孰爲紀綱廢弛也며且令今日社會主義로試欲破壞其
現社會의所謂秩序及權力인디則紀綱廢弛와宗敎衰頹의結果와徵兵의
制及軍人的敎練으로果足以防遏乎아恐未必能其實事也리라

○**革命思想의傳播**　美國獨立의戰에法國軍人의赴援者ᄂᆞ其於大革命之
事에其秩序ᄅᆞᆯ破壞ㅎᄂᆞ動機ᄅᆞᆯ反助ㅎ얏시니此非其前轍歟아嗚呼라德
意志軍人이巴黎에侵入흠이固云僥倖이나而其德意志諸邦의革命思想
이若非此動이면豈能傳播歟아現時歐洲大陸의徵兵制가諸國의兵營을
採用흥者인디常出於社會主義의一大學校라其現社會ᄅᆞᆯ對ㅎ야皆其不
平혼動機ᄅᆞᆯ養成흠이非較著혼現狀歟아吾人이社會的主義의思想隆成
을希望ㅎᄂᆞ바ᄂᆞ決코兵營을排斥ㅎᄂᆞ디有意흠이아니니馬罕大佐의言
으로論ㅎ야도兵士의敎練은僅以服從敬長으로爲美德이라ㅎ니世之君
子가自由定論ㅎ리라

○**人民이軍人的**　敎練을受ㅎᄂᆞ者의最良善혼目的은僅爲戰爭之事乎아
抑爲應其急性的疾病而治療乎아彼等百年之間에其治療의期ᄅᆞᆯ待ㅎ자
면悠然長遠ㅎ야將以敎練으로始ㅎ야亦以敎練으로終ㅎ리니果是能堪
耶아否耶아若否則必一日이라도此疾의發生이無혼後에야能히甘心ㅎ
리라

○**徵兵制와戰爭數**　國民이皆兵이면非但君主의奴隷만僅免홀ᄲᅩᆫ아니라
各國民人이互相其武力을尊敬ㅎ야則戰爭이減少혼다ㅎ니其謬妄이尤

甚ᄒᆞ도다古代希臘과伊大利者ᄂᆞᆫ非國民이皆兵이며亦非君主之奴隷乎아至若慢性症의戰爭ᄒᆞ야ᄂᆞᆫ彼傭兵으로ᄡᅥ弱國을征伐ᄒᆞᄂᆞᆫ故로到底히徵兵의便利만不如ᄒᆞ나然國民皆兵의制ᄂᆞᆫ戰爭의未發을防禦ᄒᆞᄂᆞᆫ故로戰爭이因ᄒᆞ야減少ᄒᆞᆫ다ᄒᆞ나則殊不然ᄒᆞ니拿破崙의戰으로自ᄒᆞ야徵兵이已有ᄒᆞ야近代歐洲之奧法戰爭과克利美亞戰爭과奧普戰爭과普法戰爭과俄土戰爭이非皆出於徵兵制之後而極其慘酷者歟아

○**反省利害**  至若近時ᄒᆞ야互相匹敵의國이於戰爭의事實과其終局의速力이無非國民軍人의敎練의結果也며且戰爭외慘酷과毒害의極點이未嘗不由於此ᄒᆞ니試就道理ᄒᆞ야其利害ᄅᆞᆯ反省ᄒᆞᆷ이果何如歟아

○**戰爭減少의理由**  夫自一千八百十八年以來로兩相匹敵强國의戰爭이亦殆絶迹ᄒᆞ니是皆兩國民이互相尊敬之功効力乎아其結果의恐怖가不難洞見이니惟狂愚者ᄂᆞᆫ不悟其由來也라彼等이果然强國을爲ᄒᆞ야相爭ᄒᆞᆷ이아니라徵兵의敎練으로ᄡᅥ其尊敬心을養成ᄒᆞᆫ功果也며彼等이果然其武力을亞細亞阿非利加에大用코져ᄒᆞᆷ이아니라自己의虛榮心과好戰心의野獸的天性에不過ᄒᆞ야軍人的敎練을依ᄒᆞᆫ後에야其煽揚이愈熾ᄒᆞᆷ이라

## 第三節

○**戰爭과文藝**  彼等이倡國民主義者가曰ᄒᆞ되鐵은水火의鍛鍊을經ᄒᆞᆫ後에야犀利의劍을成ᄒᆞ고人民은戰爭의鍛鍊을經ᄒᆞᆫ後에야偉大의國民을成ᄒᆞ며美術也科學也製造工業也ㅣ若非戰爭의鼓舞激刺면其高尙의發達이亦稀也라故로古代文藝興隆의時代도ᄯᅩ戰爭의結果에屬ᄒᆞᆫ時代가多有ᄒᆞ니古代歷史上에班班可考者여니와英國의主倡軍國主義에至ᄒᆞ야도皆經戰爭以後에隆盛ᄒᆞ얏고其他文學의興隆도因得戰爭의餘澤ᄒᆞ고彼等文學도亦因戰爭而急速發達故로彼等所謂文藝와戰爭이關聯

一貫ㅎ야雙行不悖라ㅎ니是則未免牽强附會之甚也로다〈4〉

○古代希臘의列邦中에好戰而長於戰者ㅣ莫如斯巴爾達而彼果有一技術,文學,哲理,等의傳播耶否아 (未完)

## 保護國論　　　　　　　　　　　　　　日本法學博士有賀長雄著

### 總論

竊按컨디國際間에保護關係의原因이四種이有ㅎ니或個個單獨의關係도有ㅎ며或二個國以上聯亙協作의關係도有ㅎ니其詳을左에述ㅎ노라

第一種保護國은

玆에一國이有ㅎ야完全호自主權을持ㅎ고其文化程度가亦列國에劣치아니호디强國의間에在ㅎ고國力이微弱ㅎ야其獨立을自持홀力이無ㅎ야萬一에一强國이併呑ㅎ면其强國의勢力이立地에澎張ㅎ야均衡호勢力이變ㅎ야此重彼輕의形을成ㅎ야其累가隣國關係에及홀患이有ㅎ리니此時를當ㅎ야其弱國獨立을維持ㅎ야自國의利益이되게ㅎ되外에在ㅎ야陰然히護衛ㅎ고內政과外交에난不必干涉이니是則歐洲學者의所稱護衛的保護國單純保護國이라ㅎ는것이오

第二種保護國은

玆에國이有ㅎ야其地域이世界交通ㅎ는要路에當ㅎ고加之交明諸國의通商交易ㅎ는道에便ㅎ나然이나歐米多數國民으로더부러其文化系統이異호故로或國土開放을拒ㅎ며或通商交易上에自處自衛의力이乏ㅎ야利害關係가最深ㅎ면一强國이아직主權一部를代握ㅎ야其國을導ㅎ야ㅎ여곰世界列國의伴侶에加ㅎ야交際上責任을完全케홈이니是則所謂後見的保護國,國際保護國,眞正保護國이라하는것이오

第三種保護國은

一强國이有ㅎ야某弱國을併呑코져ㅎ야其國의利權을恣取ㅎ야明明히

併吞ᄒ기를圖ᄒ면某弱國이반다시反抗ᄒ며或第三諸國이猜忌ᄒ야外
交上의紛撓를釀出ᄒᆯ虞가有ᄒ면此時를當ᄒ야其國主權은强國의手에
收ᄒ고아직弱國君主로其君位를保ᄒ야其空名을藉ᄒ야써其政治를施
케ᄒ나니是則獨逸學者가稱ᄒ야行政上保護國이라하난것이오

第四種保護國은

其强國이海外未開한壤土로써其殖民地를삼아一時開拓의功을求코저
ᄒ되動兵ᄒ면費用이多하깃기로漸漸蠻族을懷柔ᄒ고其歡하난物品을
與ᄒ야使其土地를讓與하고保護를承認케홈이好호되但其業이未成한
際에他强國의占領함이될가恐ᄒ야先於地圖上에其境界를劃定ᄒ야某
國保護地라ᄒ고列國의承認을豫得ᄒ나니這種保護地가亞弗加大陸에
其例甚多ᄒ니是則學者가稱ᄒ기를殖民的保護國이라하난것이니

若保護國에制ᄂᆫ是一時權宜而已니强國이弱國을制御ᄒᄂᆫ方便에不過
ᄒ고保護關係者ᄂᆫ於强者意思以外에可히標準ᄒᆯ者가更無ᄒ故로學術
上에硏鑽ᄒᆯ餘地가不存ᄒ고惟其自然必要로由ᄒ야生한것은則其保護
性質의如何ᄒᆯ것이自然ᄒᆯ法則을因ᄒ야定ᄒᆯ것이라비록保護者의强으
로도動키難ᄒᆯ者가有ᄒ니是則始可學術上으로硏究홈을得ᄒᆯ지라最近
十二三年間에歐洲學者가保護國이世界人類國際生活上에自然必要로
從ᄒ야生ᄒᆫ다ᄒ야一種學術을삼아硏究하ᄂᆫ자ㅣ不少ᄒ니此等學者의
所取가皆比較硏究ᄒᄂᆫ法으로몬저國與國의間에湊合ᄒ야保護關係의
事實를生ᄒ고硏究ᄒᆫ結果로以上四種을叙ᄒ야保護關係의起因을삼고
同一事由에셔生한數多保護國을比較ᄒ야其間普通存在한事實에歸納
ᄒ야此로써保護國本然ᄒᆯ性質을삼아써將來保護關係의標準을推定ᄒᆯ
지라

本書도亦此硏究法을取ᄒ야몬져近世의保護國事實에關ᄒ고興味가有
ᄒᆯ者를分類ᄒ야事實編에收入ᄒ야하여곰各保護國이各其種類에同一

한事由와結果가有ᄒ쥬를知케ᄒ고更於法理編에其一致事由에基ᄒ야
保護國法理를深究ᄒ야써日本이〈5〉公正確實ᄒ事由로日韓保護關係
의現在及將來에便宜ᄒ것을判斷ᄒᄂ디資賴코져ᄒᄂ것이便是全編의
趣旨綱領이니라

## 政治原論　　　　　　　　　　　　　　市島謙吉著

### 第一章 汎論政治學

萬國競爭의時代를當ᄒ야政治가無ᄒ國은固無足論이오政治가稍不完
備者도亦無足稱其立國이니故로各國學者가其可寶可貴ᄒ時日心力을
不惜ᄒ고古今의沿革과各國의得失을綜詳ᄒ야論說을著述ᄒ야叅考에
備케하니卽政治學의所由來者라然欲考究政治之學인디須先知政治之
爲何니盖政治云者ᄂ必以法律로上下의名分을定ᄒ야上有治下之權ᄒ
고下有從上之責者也라今有人於此ᄒ야孤島에栖匿ᄒ야離群獨立ᄒ야
自耕自漁ᄒ고自獵自織ᄒ면是不足謂有政治之存이오且上下의關係와
此人彼人의交涉이未起也에有親有子ᄒ고有兄有弟ᄒ야一家族을成立
ᄒ야子從親令ᄒ고弟從兄命ᄒ나亦未足謂有政治之存이니何則고此之
服從은不過發於道德之良心과與其血族之關係而已오非因定以法律而
生上下之關係者也니推此觀之면卽同一血統의族類로써一族系와一部
落을成ᄒ야其子弟가家長의指揮를從ᄒ고其部屬이族長의命令을聽ᄒ
時에其驟觀이비록政法上關係가有ᄒ과恰似ᄒ나然이나細爲考察이면
必竟道德上服從에不過ᄒ니라雖然이나一部落이旣有ᄒ면上之所以治
上[3]와下之所以服上者가血族의關이無하고道德의因이無하고皆法律로
써定ᄒ즉政治의關係가卽生ᄒ리니其社會가便是政治社會라可謂ᄒ지

---

3　上 : '下'의 오자로 보인다.

라故로其社會의大小廣狹을隨ᄒ야村, 市, 府, 縣, 州, 郡을作ᄒ니分而言
之면皆爲政治社會오總而言之면卽爲一國의政治區域이라然이나旣命
村, 市, 府, 縣, 州, 郡, ᄒ야上下의關係가有ᄒ고政治社會가有ᄒ면卽獨立
國과與其獨立國間에ᄂᆞᆫ政治의關係가自無ᄒ야卽世界萬國을合ᄒ야一
政治社會라指目ᄒ기不能ᄒ리니何則고萬國公法이雖爲一種法律이나
然此法律을實行ᄒᆯ政府가無ᄒᆫ즉其力이스스로上下名分을定케不能ᄒ
故이라由此推之면政治社會의區域은小則一部落에止ᄒ고大則一獨立
國에止ᄒ야此外社會난一無上下之關係故로政治社會라謂홈을不得ᄒ
리라

政治學者난政治社會의現狀을解釋ᄒᆫ者이나然若其學字의義를不解ᄒ
고又政治學의爲何를未能詳知ᄒ고汎然이學字의意만解釋ᄒ면卽其智
識이라稱홈에不外ᄒ고此所謂智識이란者도亦二種에不過ᄒ니一爲普
通智識이오一爲學問上智識이라普通智識을積ᄒ야學問上智識이되고
學問의智識은英語에西豐士라謂ᄒ얏시니西豐士란者ᄂᆞᆫ卽政治學의學
字也니今에例를擧ᄒ야此二種智識을明別ᄒ리라

譬之컨디一二의草木을視ᄒᄂᆞᆫ者가指紅爲花ᄒ고指綠爲葉ᄒᄂᆞᆫ것도雖
謂一種智識이나學問上智識이라구ᄂᆞᆫ不得이라가若其原動力과反動力
이本爲同一이라ᄒ고又云水求地平이니水者ᄂᆞᆫ水酸二質이相合ᄒ야成
ᄒᆫ다홈에至ᄒ야비로소學問上智識이라可謂할지니라

盖事物摠体의理를能知ᄒᆫ즉學問智識이되고一事一物의理만僅知ᄒᆫ즉
普通智識이라可謂홀지니如指花而云紅ᄒ고指葉而謂綠者ᄂᆞᆫ一事一物
의理에不過홀쑨더러且紅綠者ᄂᆞᆫ花葉의通有ᄒᆫ色이아니오水求地平이
라云ᄒᆫ者ᄂᆞᆫ是水의通有ᄒᆫ性質이라何國何地의河海를勿論ᄒ고地平을
不求ᄒ난水가無ᄒ니故로前例者ᄂᆞᆫ一事一物의就ᄒ야解見ᄒᆫ故로此를
推ᄒ야同一의事物을解키不能ᄒᆫ者이니普通智識이라謂ᄒ고後例則全

体事物에卽ᄒ야見觧혼故로此를權ᄒ야一般의事物을知키可得홀者이
니學問知識이라云ᄒ나니是兩種의智識이스스로其優劣이無ᄒ기不能
ᄒ니라

故로學이란者ᄂᆞᆫ宇宙萬物의現狀을合ᄒ야其齊一을求ᄒ야써〈6〉一定혼
規律을定ᄒᄂᆞᆫ것이亦無不可ᄒ니是政治學者所以於上下關係가有혼政
治社會에서其齊一흠을求ᄒ야一定의規律을定ᄒᄂᆞᆫ者이니라 (未完)


# 敎育

## 泰西敎育史 (續)

**(平民敎育)** 因寺院武士之勢力衰廢ᄒ야工商勢力이日增ᄒ고平民之狀
態가漸臻隆盛ᄒ야知慮開闢에乃悟日用實際의最有關係者를不可無敎
育이라ᄒ야於是에以國語로敎讀書筭術習字之學校가更建迭起ᄒ고因
之而有適宜敎師ᄒ야敎地理國史博物與社會之情狀과貿易之關係等一
切實用之學ᄒ니

**(平民學校)** ᄂᆞᆫ其初에亦惟有僧侶ᄒ야任敎師러니其後에平民이多嚮學
ᄒ야非役於官吏則雇下等學生ᄒ야以爲師나然이나學識이旣淺ᄒ야報
酬亦薄ᄒ고束修所入은祇足供日用而已요其敎授法은以諳誦與體罰로
爲主나然이나爲敎師者ㅣ以敎求食於人ᄒ야居處가漂寄無定ᄒ야其所
爲가無少異於商賈之業ᄒ야熱心으로以此自任者가無ᄒ고校舍도亦借
居寺院이나或都市之房屋ᄒ니由是로生徒가遂染游惰ᄒ야浮佻無行ᄒ
니其甚者ᄂᆞᆫ爲丐爲盜ᄒ니라

**(煩瑣理學)** 은自第十二世紀로至第十三世紀之間ᄒ야有煩瑣理學이起
ᄒ니此學派之骨髓ᄂᆞᆫ只在於爲淺薄無用之辯論ᄒ야論理學의防禦를巧

搆홈이니例如說針之尖端이可得幾何之角乎아靈魂者는無中立之媒ᄒ
고可得由甲通乙乎아以此로設爲問難ᄒ니是는近戱無益之辨論也라
當時學者가凡二百年間을費心力하야써講求하야大學校를起홈이二十
有餘라布於諸地하야學徒數千을聚하고孜孜히以免此學[4]하야稱曰司喀
兒蠻이라하니其學이不觀察於物ᄒ고但就言語思想하야以推究홈으로
於物質에는毫無所發明하고惟以詭辯으로炫俗耳라
然이나煩瑣理學은於學問進步에雖無功하나惟僧侶之徒는能籍是하야
써狹隘ᄒ宗敎에束縛을脫하고哲學에思想을起케하야折衷於亞理斯大
德之哲學과與耶蘇之敎하야務使道理로與敎法幷行ᄒ야起沈思熟察之
念ᄒ고有不能明解면不滿之意가生ᄒ고或又人間의夢寐를喚醒ᄒ야使
之於宗敎에起欲學之心ᄒ야爲近世文學再興의導其先路ᄒ니亦可謂有
功也로다
然이나此論理學은發明新事之功이少ᄒ고惟用以說明已知之事耳라在
知識狹隘ᄒ고心意不暢盛之時ᄒ야無可爲科學之根本者故로徒硏論理
ᄒ고曾無寸效也라顧當時之號爲哲學者가偏爲宗敎之奴隸ᄒ야才辨術
과論理學도亦只解釋經典으로爲亞理斯大德의敎義를解明홀而已니라
**(回敎의學問)** 回敎의祖穆罕默德이自紀元六百二十九年으로亞拉比亞
를戡定ᄒ고其後에復以兵力으로亞細亞西部와阿比利加北部와歐羅巴
東部를呑倂ᄒ니不出百年에其版圖의大가勝於羅馬末世ᄒ고回敎君長
이兼宗敎與政治ᄒ고又事保護學問ᄒ야競起學校ᄒ며奬勵學業故로第
十世紀時에其屬이內有太學校十七ᄒ야養生徒數千ᄒ고就中小亞細亞
의巴達과及西班牙의科爾豆法二學校가最爲盛大故로此時에歐洲各部
의耶蘇敎少年이科爾豆法에游學者ㅣ多ᄒ야其理學을學ᄒ고本國에歸

---

4 以免此學 : '以勉此學'의 오자로 보인다.

ㅎ야以增耶蘇教人之知識ㅎ니라

科爾豆法의學校附屬에書籍舘이有ㅎ니藏書가六十萬卷이오又專教數學, 天文, 化學, 醫學, 哲學, 等ㅎ야功効大著ㅎ니化學은本亞拉比亞人의所臆叛이니亞兒格保兒, 硫酸, 硝酸의類가皆其發明ㅎ바이라又代數三角, 及計時用搖鍾과星宿表가亦皆因於其力이니然則亞拉比亞人이於歐人의長夜漫漫ㅎ時에能히科學을硏究ㅎ며技藝를練習ㅎ니其智力이可謂歐洲諸國의先導者矣로다〈7〉

**(大學校設立)** 亞拉比亞人이於西班牙科爾豆法에硏究科學ㅎ야建大學校하니乃歐洲各國大學校의嚆矢라自餘諸地에도亦設大學하나但最初之大學校ᄂ與今之編制者도其宗旨大異하야無關於政府寺院及君主하고乃教師與生徒가相集하야授受學術ㅎ고隨意結成ㅎ團体라故로當時에惟有教師之一体와與生徒之一群ㅎ고無校舍之定立者러니至第十二世紀ㅎ야於保羅客那에起法科大學ㅎ고於沙來爾那에起醫科大學ㅎ고於巴黎及奧克司法達에起神學與哲學之大學ㅎ니皆不過專門之大學校而科學完全之大學校ᄂ則自德王維廉第二가立於尼阿培羅者로始나然니나其萌芽ᄂ在於千二百二十四年時巴黎之大學僧侶와與他教師爭論ㅎ야遂設一神學分科也오其在德意志ㅎ야ᄂ以千三百四十八年嘎羅第四가叛立栢拉克으로爲嚆矢者也니

諸大學이漸漸向盛ㅎ이昔之私立者가亦寺院與官府의關係가生ㅎ야特許를受ㅎ니盖智力의所集에各種의人事와도關涉이되야寺院과政府와君主와庶民이均各保護ㅎ야競欲藉其力也로다

## 第五章 文學再興의近代

**(意大利文學之再興)** 近世文物之開明과教育之昌盛이其源이發於十六世紀의文學再興之時故로欲述近世教育史인디須先述文學再興之情狀

也니

當中古暗世之末에幽微之光이点点發生於歐洲諸地ᄒ니如阿拉比亞人의學問은在黑闇歐洲之邊疆ᄒ야發光이頗明이나然이나爲歐洲文學再興의近因者ᄂ則不在阿拉比亞而在君士坦丁諾泊兒之亡滅하니卽第四紀君士坦丁帝의所立ᄒ東羅馬帝國이至千四百五十三年하야爲土耳其人所滅也라其時留居帝國히ᄂ希臘學者가其文學을抱하고意大利에遠遁하니是爲古代文學이再移於意大利之原因이니歐洲文學의再興之端이此에서肇하니라

當時意大利의國体가甚類古代之希臘ᄒ니非全部一統之國이오又有無數都府가獨立各處ᄒ야都府ㅣ互競ᄒ야自詡其邑居之壯麗와與其居民寓客⁵之才智故로有自希臘으로遁至學校者면豪貴가皆樂迎之而保護ᄒ고其所携來ᄒ古文을遂乃蒐輯圖書ᄒ며設置學校ᄒ며開藏書館ᄒ니如瓦的耕의圖書舘이其名이最著ᄒ니是時에敎皇尼哥拉第五의所立也러라

盖當時意太利國은旣非如今之通一而有國家之思想者오徒其都府를裝飾ᄒ며宮殿을建築ᄒ며書藉⁶을蒐集ᄒ며文學을硏修ᄒ야欲圖興復古羅馬의煊燿榮華故로意太利의文學再興은其因果가殊甚開略ᄒ야非如歐洲他國의錯綜ᄒ宗敎를含有ᄒ며與國家主義의諸元質을包홈이라其先後顯出ᄒ學人이大抵ᄂ非宗敎家오亦非愛國家오乃詩人,畵工,雕刻師,文學士의類라

時時⁷로宏大之詩를著ᄒᄂ者ᄂ有達泰氏ᄒ고美麗之詩를作ᄒᄂ者ᄂ有拉達培克氏하며其流暢ᄒ文章을綴ᄒᄂ者ᄂ有保克西奧氏ᄒ며古今無

---

5　寓客 : '寓客'의 오자이다.
6　書藉 : '書籍'의 오자로 보인다.
7　時時 : '是時'의 오자로 보인다.

雙之畵伯은有拉比伊爾氏ᄒ며丁西恩氏ᄒ고雕刻及建築家ᄂ有米基耶
爾恩顯露氏ᄒ니皆當時意大利之人物也라至李珂第十世時ᄒ야羅馬가
成爲歐洲文藝之樞極하니凡英法德人이欲得新知識者ᄂ皆逾阿耳魄士
山하야游等[8]於意大利하ᄂ니

自土耳其人之亡東羅馬帝國으로破壞希臘羅馬之文學技術을歐洲人이
再修繕之하야其間意大利人이實有保存文學之功하니可謂古今文學之
續絶者라如川谷之懸橋然하야其美術이亦多出大家하니他國之所遠不
及이로다

意大利文學焉美術이極其隆盛은在第十五第十六世紀之間하야實爲諸
國之先導也而在意大利하야爲文學之先導者ᄂ則又爲達泰氏也로다〈8〉
達泰氏ᄂ生於千二百六十五年하야沒於千三百二十一年하니然則在歐
洲에爲介中古之末과與近世之始ᄒ大學人이라當是時하야歐洲之文言
이惟羅甸文이니不習羅甸文이면不得稱爲有學하ᄂ니氏以本國文言이
曾未見用於文學으로乃以粗鄙之俗語로作高壯說話體之詩하니然則若
氏者ᄂ謂之粗造意大利文字人이라도可也라

## 敎育學問答 (前號續)

(問) 敎育學은實로敎育家와與其敎師의學만된다하얏시니何故로爲父
兄者가亦當知其大要耶아

(答) 家庭敎育과學校敎育을勿論하고胥不能外乎敎育之原理故로兒童
이最幼穉ᄒ時에ᄂ家庭애셔生活하나니此時所受하ᄂ敎化가卽敎
育의基礎가되야其影響이後來敎育에及-卽學校敎育也-ᄒ이頗大
하니是以로家庭敎育도亦當敎育原理에依하야其方法手段을立하

---

8 游等 : '遊學'의 오자로 보인다.

야兒童으로하야곰適良훈習慣을得케하나니雖然이나家庭敎育은
缺憾者ㅣ多하니若家庭敎育에셔敎育學原理를不能用하야시면必
用於學校敎育者는無他라學校敎育은家庭敎育의不足훈바를補助
하는者인故로完全히重大훈責任이有하니라

若家庭敎育과若學校敎育이皆有一定之見識者를謂之敎育家오
瞭然於學校敎育이循循善誘者를謂之敎師이니二者가不可無學은
固不待言이여니와若夫爲父兄者가對於幼兒ᄒ야家庭敎育이必有
ᄒ고幼兒가旣入學校에敎育의適宜與否와效果與否를宜察할지니
若敎育學의大要를不明ᄒ면烏乎可耶아

**(問)** 人에게敎育을施ᄒ는範圍가若何오

**(答)** 當就受敎者의年齡上과性質上ᄒ야論定할바이니請컨디年齡을先
論호리라

施敎育於人이或謂關於生活全体라하고或謂限於一部分이라하야
以爲關於生活全体者則曰호디人이墮地로自하야以及於死토록常
受種種의刺激而變化其心性하나니何時를勿論하고皆爲應受敎育
之時라하며以爲限於一部分者則曰호디人의心性發達이可以造成
獨立基礎者난六七歲로自하야成年時ᄭ지至ᄒ는故로敎育은더욱
此時로써最要点이라謂ᄒ다하니라

二說이皆有理나吾人은尤取乙說하노니何者오人生於世에無時不
受其刺激하야心性이亦隨時變化하나니故로學校敎育은但爲敎育
上一部分이오其他大部分은社會에出入을侯[9]하야비로소養成ᄒ
다는是說도吾非不謂然也나然이나若完備純良훈性質을造成코져
홀진디不可不其基礎를先立하고其基礎가旣立하면其心性이雖有

---

9  侯 : '候'의 오자이다.

隨時變化하나其前定基礎로더부러決코互相背馳홈에ᄂ不至하리니故로敎育은尤以少年時期로爲要하나니라

**(問)** 請컨디性質을更論하시오

**(答)** 敎育의道ᄂ不必合鑄其人人於一爐也니盖人의性質이外界勢力으로더부러各有殊異하니試言之호리라

人各有天稟之性質하니父母强壯者ᄂ身体亦强壯하고父母虛弱者ᄂ身体亦虛弱하야其思想이雄하고其任事가猛하며其性質이活潑하고其感覺機가神經으로더부러銳敏하고其知覺이感覺으로터부러堅確而駿快ᄒ故로其組織의發達이速하나니若此者ᄂ强壯之人也오虛弱者ᄂ此와反하야思想이薄弱故로不能任事하고性質이凝滯而其感覺機와神經이皆遲鈍故로能力이不能十分發達하나니是故로懶惰勒勉優長, 短急, 의各種殊別이遂有하니盖性質이異故로敎育의方法도亦不得不異하야各各其天稟의性質을料量하야匡之直之라야仍各遂其心性之發達하리니是ᄂ善敎育하ᄂ者에게〈9〉在하니라

受敎者ᄂ欲發達其心性하야敎育의勢力을必賴하나니然而外界勢力의影響을受하ᄂ者ㅣ亦鉅-卽平時各種動物-ᄒ故로善敎育者ᄂ如此外界勢力을利用하야써敎育勢力을補助하나니라

右에陳述ᄒ바ᄂ卽敎育範圍와又其性質與外界의勢力이有ᄒ故로敎育은본다시此範圍之外에出하기不能ᄒ者를畧說ᄒ바이니라

(未完)

## 霍布士의政治論說 (續)

霍氏所謂人各相競은專謀利己오他人의害를不顧ᄒ다하니此卽達爾文所謂生存競爭하야優勝劣敗ᄂ是動物의共公ᄒ本性而人類도亦所不免

者也니苟使人類로僅有此性하고道德의念과自由의性이絶無하면霍氏의論이完美無憾이라可謂홀지나惜乎라霍氏ᄂ知其一이오未知其二者也로다雖然이나人類中所有ᄒ實体의理論을叙述함인즉其功이固不自淺이로다

且霍氏가雖不謂人心이有自由之性이나然以契約으로爲政治之本ᄒ니是ᄂ已知其因衆人所欲하야以立邦國之理也니其所見이卓越하다可謂홀지로다同氏의此說을倡홈으로自하야後來學者가習而衍之하야其識想이愈至高尙하고其理論이益致精密하야써하되人人이各各自主의權으로써自由의德義를行ᄒᄂ것이實로立國의本意가된다하야民約의義가實로霍氏의理論을租述[10]ᄒ바이니此氏가政學界의功臣이可爲로다

以上所述ᄒ霍氏의學說이前後가完備치못홈으로今에其趣旨의矛盾된者를擧하야論하노라

霍氏의成立ᄒ學說中所以邦國을維持하ᄂ自然의法律은威力을當用홀지니所謂威力은誰能用之乎아將由官吏之專制乎아抑由人民之合議乎아同氏當時에英王의査理第二師가되야大見尊寵홀ᄉ於是乎獻媚一人이君主專制政治를倡論하얏시니是實一言의失이千古의遺恨이로다

當時此氏의意向인즉若欲建設威力ᄒ야使能統攝國人이無爭인디必使衆議로上同於一意然後에可라ᄒ니果如是즉衆人이各抛其意欲ᄒ야一人의意欲의委任ᄒ리니此亦政約所不得已者也니其相約之際에必曰吾等은各抛己權ᄒ야以託君主故로君主ᄂ要使吾等으로相安而享利益이라云ᄒ리로다

此約이一成에衆庶가皆相牽引而無分離여니와然이나霍氏가旣使臣庶로盡行束縛於君主而君主則毫無所束縛ᄒ니是ᄂ君主之於臣庶에一事

10　租述 : '祖述'의 오자이다.

라도要求치아니하ᄂᆞᆫ者가無하고臣庶之於君主則一事라도可히要求ᄒᆞᆯ 道가無하니天下에果有如是之條約乎아君主의權限이果若如此其廣大 하면行義라도亦可하고行不義라도亦可하니假使人主가使人子로殺其 父라도亦不可謂之非理也며君主가國人의生命財産을盡奪而歸於已有 라도亦爲所欲爲라ᄒᆞᆯ지니故로同氏所論則君主ᄂᆞᆫ實在世의造物主라謂 ᄒᆞᆫ바로다

或이問曰國民이旣抛棄其權而委託於君主之手라가一朝에若欲恢復인 ᄃᆡ果能達其志乎아霍氏曰不能得也니若使衆人으로得復其權이면君主 의權利ᄂᆞᆫ終不能專而條約이不能確定하고利益을不能永保하리라ᄒᆞ니 故로民約이一立하면雖歷千萬年이라도不容變更者ᄂᆞᆫ此氏의意志也니 假使我祖若父로抛棄其權하야奉於君主라가及我生長하야欲壞其變祖 與父之約이면亦有所不可하니嗟乎라我父ᄂᆞᆫ雖好自爲나我未嘗叅與其 事也여ᄂᆞᆯ若强我以必從我之約하야罔敢惑違라하며天下에豈有是理乎 아同氏가於是說에知其所窮하니라

要之컨ᄃᆡ霍氏政術의原論이與其性惡之論으로相爲表裡나然果如同氏 의所說인ᄃᆡ人人이惟利是圖하야絶無道德하리니所以로整齊ᄒᆞᆫ政術은 不必以君主專制로爲務也니盖苟人人이各知其自謀利益하야因以知謀 其全体之利益인ᄃᆡ則必以自由制度로爲長也오此自由制度가又不惟人 民全体의利라亦爲政府〈10〉主權者大利也니何者오政府의權限은國民 의自由權保을護하야旣立ᄒᆞᆫ民約을擁衛ᄒᆞᄂᆞᆫᄃᆡ在하고此外에若無所干 預則興情이自安의禍亂이亦可不萌하리니此近世政學之士가所以取同 盟民約之義의功利之說하야屛棄其專制政治之論者也라 (未完)

# 實業部

## 種蔘方 (前号續)

其後則間三日ᄒ야灌七八間而秋陽이甚溫則間二日灌八間이亦可也요
至寒露則簾을晝夜不捲ᄒ고加簾은夜閉晝開而間四五日灌八間ᄒ야使
外不燥內不濕케ᄒ고遂至立冬而加土焉ᄒ나니加土者ᄂ參葉黃落之後
에以土覆之ᄒ야使禦冬者也니此所謂一年根也요過一年則移種于上上
膏腴善滲水之地ᄒ야以養之ᄒ다가至五年則可採入藥이되六年七年者ㅣ
尤佳며要之久久라야愈好而土力이衰則腐病이生焉故로過六年則須移
就生土ㄹ爲妙而其架ᄂ亦宜避陽ᄒ고架上은惟重簾而已오無灌澆ᄒ며肥
料ᄂ用突灰니於一年根亦或少用或油糟ᄒ되比一年根에大省力矣라

## 種蔘訣

山家種蔘地法理亦奇哉　翳日架宜低遠濕盆欲高　架有三種簾曰面曰初
加　面疎加則厚初是半陰陽　盆合三種土曰沙曰藥黃　藥取陳舊葉黃用潔
白屑　擇種仁爲　最好甲善開　春氷猶未解栽種不踰時　立柱始開簾舒葉倍
灌水　將碧却嫌濕濃綠還嫌燥　欲　陰陽埋須看强柔葉　每每隨節序早晚各
不同　春寒不宜濕雨後灌何益　日旱常多燥灌餘雨不妨　苦雨若支離不如
重加簾　且晴日雨中燥濕恐見欺　待其凉風至細細灌又頻　內雖不欲濕外
亦何必燥　經冬修條理只在加土時　宛如保嬰兒誠心以求之

　盖人蔘은自新羅以來로我韓에最特種의生產品이라漢唐의人이每以
　人形蔘으로求之我國ᄒ며贈遺物에最貴重히넉이ᄂ故로新羅高麗時
　代에ᄂ其輸出貿易도亦商賈의自由에任ᄒ야擴張의術을每講究ᄒ더
　니我　英廟時에至ᄒ야偶然히蒸蔘方法을發明ᄒ고每年輸出이數百萬
　元의以上鉅額에達ᄒ니此를若獎勵ᄒ면其利益이豈可量哉아

## 商工業의總論 (續)

### 統計의精粗

第一徵候는乃現在ᄒ經濟의景況이니直接所生이오第二徵候는乃因第
一徵候하야間接所發者也오第三徵候는乃反射之徵候而第一及第二의
徵候로더부러相連치아니ᄒ고回光反映ᄒ는者也니盖第一徵候中에揭
示ᄒ生産區域과商業區域及交通區域等과第二徵候中의揭示ᄒ市價工
値의利息과公債發行의實數와合股公司의現狀과ᄌ뭇工業利益之流通
價契의行情及支付差扣倒歇의大畧等과第三徵候中에所揭ᄒ條項은甚
多ᄒ야不遑枚擧이나其大畧則人口의增減이是也라人口의增減이經濟
狀況에對ᄒ야直接에關係가固無ᄒ나然經濟의榮枯盛衰를由ᄒ야變動
을生ᄒ나니經濟의景況이佳ᄒ야結婚者ㅣ多則人口가增加ᄒ고反之則
人口가減少ᄒ리니今擧一例而明言之ᄒ리라千八百七十一年으로自ᄒ
야七十三年에至ᄒ도록歐洲의經濟가最盛ᄒ고七十四年으로自ᄒ야七
十八年에至ᄒ야는歐洲의經濟가最衰하야此二期中德意志國의結婚之
比較가其差ㅣ甚多(實數의差)故로其表를左에列ᄒ노라

| 七二年 | 千人中의 | 一〇.三 |
|---|---|---|
| 七四 -不興旺의初年- | 仝 | 九.五 |
| 七六 -商工業의 衰頹- | 仝 | 八.五 |
| 七六 -衰頹의 最甚- | 仝 | 七.五 |
| 七九 -稍回復- | 仝 | 七.七〈11〉 |
| 八〇 -仝上- | 仝 | 七.五 |

七十九年以後는其率이大槪相同ᄒ고八十二年에至ᄒ야增加의狀을稍
呈ᄒ으로人口도亦因而增進焉ᄒ니라

## 第二節 工業의統計

一國生涯[11]大小의方法을統計홈이雖似簡易ᄒ나然其實際를詳悉ᄒ기甚難ᄒ니生産原質의(若煤與鐵)多寡와生産者의人數에至ᄒ야ᄂ可約畧測이나夫生産額의大小ᄂ진실노生産者의多少를憑準ᄒ야可知훌者ㅣ幾稀(因國勢人情의不同혼結果而亦異)ᄒ나然其概況은自可畧悉이니如法國은工作採礦에從事ᄒᄂ者가百人中에二十五人이有ᄒ고德意志ᄂ三十六人에達ᄒ니以此比較ᄒ면工作採礦事業의景況을可知훌지니其詳은諸農工輸出章에讓ᄒ노라

力作者의統計ᄂ外似短簡易辦이나其實則不然ᄒ니盖職業의種類가頗多ᄒ야其所屬을詳知키不能ᄒ고且有一人이兼營數業者ᄒ니如德國之業積石者가冬時에ᄂ不得從事故로常改攻他業ᄒ야以補其乏ᄒ나니此類의人은究不知其當列於何種이오又有不事恒業ᄒ고惟賴他人之業ᄒ야以爲生活者ᄂ亦難類別이오又各業中의修習者와供人使役者ᄂ將爲特設一類乎아將從其所業而入於他類中乎아亦殊不易定也라是故로職業統計를憑準ᄒ야一國職業의景況을詳知키不可ᄒ니如某國統計中에記其無職業者가一百人中에三十六人에居ᄒ니此數之中에其人家族을併擧ᄒ면雖其法이頗善ᄒ나其職業分配와實況은終不可得而知也라

或曰躬自執業의人數에就ᄒ야其從屬者의多少를推算ᄒ면數可盡知어늘何爲而謂其不易辦也오ᄒ니是實不然ᄒ다如農業家ᄂ非徒其主家만耕耘에從事홈이아니라厥妻若子도亦皆勞働ᄒ니是則可知其數어니와至若工業ᄒ야ᄂ不然ᄒ야主從二者의分合이大相逕庭ᄒ야無職業者로ᄒ야곰强屬之ᄒ나니審有當乎아故로但其獨立經營者의現數를擧ᄒ면尙不可藉知其調製職業之統計矣리라

---

11  生涯 : '生産'의 오자로 보인다.

又有曰據其人口之調查면可得其職業의統計라ᄒ니其說이亦爲不當ᄒ
도다盖其職業의統計ᄂ人口調查以外에特別點閱ᄒ後에야可知故也니
라 (未完)


# 談叢

## 本朝名臣錄의攬要

### 李賢輔-字斐仲號聾巖-

公이生而英邁ᄒ야弋獵을好ᄒ고學에力을專치아니ᄒ더니弱冠에鄕校
에遊ᄒ다가乃發憤讀書ᄒ니라

持平이되야事를遇홈이鯁直ᄒ야撓치아니ᄒ니時人이公을號ᄒ야燒酒
陶瓶이라하니其外난黯然호되內난淸烈홈을取ᄒ야謂홈이더라

公이天性이孝友ᄒ지라親을爲ᄒ야外를乞ᄒ야奉養이備至하더라

일즉嶺南을按홈이以本道난親舊所在니私謁을一開ᄒ면政法이必壞ᄒ
리라ᄒ야於是에其防을峻立ᄒ야子弟親戚이라도敢히公舘에伺候치못
케ᄒ더라

公이佳山水를酷愛ᄒ난지라所居汾川은洛의上流라時로輕舟短棹로往
來遊賞ᄒ며侍兒로漁父詞를歌ᄒ야써興을寄ᄒ야飄然히世를遺ᄒ고獨
立하난意가有ᄒ니時人이高仰치아니리無ᄒ야過ᄒ난者ㅣ반다시門에
造ᄒ야候謁하더라年이七十에仕를致ᄒ고歸ᄒ야八十九에終ᄒ니라


### 權撥-字仲虛-

公이雅好讀書ᄒ야自警編과近思錄을懷袖間에去치아니ᄒ더니 中宗이
일즉宰執을召ᄒ야後苑에셔宴홀시各各醉ᄒ야扶腋而出홈이內小臣이

有호야小冊을拾得호지라上이曰權撥〈12〉이落혼것이라하시고命호야
還호시니라

儒生이殿講을畢홈이公이進호야曰今日殿講에仁을論호니仁은絶世를
繼호난디셔大홈이無호다호고因호야論호디 魯山과燕山을不可不立後
홀것이라호야右承旨金正國으로同辭極論호얏난디衆議紛紜호야맛참
니擧行치아니호니라

乙巳八月에李芑,鄭順朋,許磁,林百齡이政院에詣호야柳灌,尹任,柳仁
淑等의罪를啓호야 文定王后가忠順堂에御하고六卿以上을召하야議하
더니公이啓하야曰物論을臣이聞홈을得지못호야前日大小尹의說이何
로自호야出혼지不知호거니와往者에 貞熹王后게오셔 成宗을援立호심
이猶帖然無事호얏거든況今 主上은乃 仁廟嫡弟라엇지他虞가有호리
오今王子君이黨을結홈이無하고大臣이權을執홈이無호니誰가敢히陰
邪의心을有호리잇고臣意난竊謂初政에人心을務得호야맛당히大公至
正으로써行홀지니이다 中宗初에大臣이善導호기不能호야變을告호난
者ㅣ多호더니 中宗이後에其故를知호고連坐혼人을盡放홈이一國이咸
服호니此今日의戒홀바니이다是日에尹任은絶島에遠竄호고灌과仁淑
은付處호고獻納白仁傑은臺諫의不能論執홈을擊홈으로禁獄에下호야
鞫治호난지라公이復獨詣闕호야啓日 幼主卽位혼지未幾에大臣을遠竄
호니人이皆其端을莫測호고又臺諫을囚호니誰가敢히死를冒호고言을
進호리잇가臣이夜에寐홈을不能호고知死敢啓호노이다尹任은重罪를
被호나固不足惜이어니와臣은竊以 王妃가嗣王의게母의道가有호니若
此를因호야憂傷不豫호면엇지大累가되지아니호리잇고飛言이自古有
之호니明君은此로以호야人을罪치아니호나니이다柳灌은腹病이素有
호고仁淑은上氣症을得혼지今已有年이라此等老病書生이位가人臣에
極호니엇지他心이有호리오今若遠行得病而死호면人皆曰國이殺之라

ᄒ리니願上은平心察之ᄒ쇼셔三人을竟以逆謀로誅ᄒ니라

公이臨大事處大變에義形于色ᄒ야直前擔當에賁育이莫敢奪이라元衡이肘腋之地에處ᄒ야危疑之會를乘ᄒ야群奸을胸唆[12]ᄒ야宿撼[13]을以逞홈이禍機가火에셔烈ᄒ니公의明으로其縱[14]不可救홀주를非不知之로ᄃᆡ奮然不顧ᄒ니嗚呼烈矣로다

栗谷이曰觀人에先取大節이니權李二公이平日行儉[15]은權固不及於李나臨難抗節則李讓於權이니雖曰李優나吾不信也로라

## 噶蘇士-匈加利愛國者-傳

飮永室主人梁啓超卓如著

### 第一節 匈加利의國體及其歷史

匈加利人은亞洲黃種인ᄃᆡ古匈奴의遺裔라西歷四百七十二年에匈奴一部落이裏海北部로自ᄒ야玆土에西侵ᄒ얏더니紀元ᄒ지一千年에及ᄒ야王國의體ᄀ始備ᄒ니東方의强族으로西方의空氣를浴한故로其人이堅忍不拔하고自由를崇尙ᄒ난지라一千二百二十二年에憲法을始立ᄒ야軍役義務의制限과租稅條例의規定과司法裁判의制裁를一一이明定하고且言國王이若違此憲이면人民이干戈를執ᄒ고相抗할權利가有ᄒ다ᄒ니蓋匈加利立國의精神이於是乎在矣라(-卽金牛憲章이라-)

一千五百二十六年에土耳其王査理曼이匈을侵伐ᄒ니其狰獰劫掠을殆不可當이라匈王路易第二가戰死ᄒ고子가無ᄒ지라其后馬利亞ᄂ奧國王菲狄能第一妹이라凶으로써奧에合ᄒ야使之並王케ᄒ니自玆以往으

---

12  胸唆 : '眗唆'의 오자로 보인다.
13  宿撼 : '宿憾'의 오자로 보인다.
14  縱 : '終'의 오자로 보인다.
15  行儉 : '行檢'의 오자이다.

로匈이드뒤여永히奧의屬地가되니라然이나菲狄能이몬져匈民의게向
ᄒ야其憲法을守케ᄒ기를誓하고야踐位홈을得ᄒ니此後百餘年間에凶
人의干戈를執ᄒ야暴政을抗하ᄂ權利ᄂ未或失墜훈지라故로十八世紀
以前歐洲大陸各國國民中에其自由自治의幸福을享有ᄒ니난凶加利로
爲最ᄒ나니라凶加利國民은義俠의國民이라前奧女王(馬利亞的黎沙)
時代에普魯士,撒遜,法蘭西諸國이軍을聯〈13〉奧를破ᄒ니女王이凶의
(坡士孛尼)에避難ᄒ야凶加利國會를開ᄒ고其民의게救를求혼뒤凶人
이義憤에激ᄒ야聯軍을戰退ᄒ고其後에(拿破侖)이歐洲를蹂躪홈이奧
大利가受創最劇혼지라奧王(佛蘭西士第一)이亦凶民義俠의力으로僅
得自保ᄒ니凶人이奧에有造홈이一端뿐아니라及維也納會議가旣終ᄒ
고神聖同盟이斯立홈이(一千八百十五年,拿破侖之風潮旣息,各國君
主,務以鎭壓國民爲事,俄保奧三帝,創此會盟,誓相援助,以防其民)
奧人이匈民의德을不念ᄒ고日로忌而嫉之ᄒᄂ지라奧相梅特涅이絶世
의奸雄으로外로ᄂ列邦을操縱ᄒ고內로ᄂ民氣를壓制ᄒ야匈加利八百
年來의民權을摧陷殆盡ᄒ니水深火熱에哀鳴鳥之不聞이오雨橫風狂에
望潛龍之時起ᄒᄂ디時勢ㄱ英雄을造ᄒ나니噶蘇士ㄱ實로此時代의産
兒哉긴뎌

## 第二節 噶蘇士의家世及其幼年時代

千八百二年은實歐洲一最大紀念의年이라盖世怪傑(拿破侖)이是歲에
卽位ᄒ야法王이되고歐陸中心의風雲兒噶蘇士ㄱ亦以其年四月廿七日
로匈加利北方精布棱省에셔生ᄒ니라噶蘇士의名은路易이니家系가雖
非貴族이나其父ᄂ素以愛國으로知名ᄒ고其母ᄂ熱心ᄒᄂ新敎徒라少
年에受敎有方혼故로性質의高尙과熱誠의過人이偶然치아니혼者ㅣ有
혼지라噶蘇士가早慧ᄒ야年僅十六에巴特府卡文大學校에셔卒業ᄒ고

名聲이藉甚호지라常히人다려語호야曰丈夫ㅣ志가一立호면何事를可
成치못호리오聞者ㅣ嘆異치아니리업더라十七歲에비로소法律을硏究
호야某府裁判所에셔奉職호야써習練을資賴호고常히各地에遊歷호야
所至에반다시其法庭에參列호야閱歷이益深한지라千八百二十二年에
年僅弱冠에卽以法律名家로聞於國中이라乃歸故鄕호야精布棱省의名
譽裁判官이되니其天才의絶特호것이實로可驚홀만호지라此後十年間
에法律의業에從事호고또往往히山海에도跋涉호며曠野에도獨往호며
或遊獵호야心膽을練호며或演說호야雄辯을養호니鷙鳥가將擊홈이羽
翮을先守호나니偉人의所養이有自來矣라

### 第三節 噶蘇士未出以前의匈國形勢及其前輩

十九世紀의匈加利史에셔三傑을得호니前에沙志埃伯爵이有호고中의
噶蘇士가有호고後에狄渥이有호니皆國民의救主오歷史의明星이라噶
蘇士가沙志埃의養成호國力을憑藉호야一鳴驚人호고其挫敗호後未竟
호業은狄渥을賴하야功을成하니故로噶蘇士를爲호야傳을作홈이不可
不前後二傑을並호야論할지라

匈加利에國會가本有호디但神聖同盟以後에梅特涅의專制政策이日進
日甚호야匈人의毛羽未豊호時에及호야從而剪之호기를思호야七年을
不開國會하고又金牛憲章(匈國憲法)의明文을蹂躪호야軍額을添加호
며租賦를增徵호니彼義俠의匈加利人이此負恩非禮의行을豈肯束手坐
視호리오於是에國論이囂囂호야奧人의無狀호것을怨호니王이不得已
호야千八百二十五年에國會를設호얏난디此時國會의上議院에一豪傑
이出호니沙志埃가卽其人也라

國會舊例에匈加利語를許用치아니호더니沙伯이萬斛愛國의血誠을迸
호야開會호난日에匈加利語로大聲疾呼호야凶人固有의權利를申明호

고佛蘭西士第一의失政을歷數ᄒ야海潮一嗚에聲滿天地라自此以往으로十五年間에沙伯이實로凶加利全國의代表가된지라伯이일즉一書를作ᄒ야國人을獎勵ᄒ니其書에曰

　嗚呼라我同胞여疇昔光榮이赫奕ᄒ던凶加利가今에陷溺ᄒ야此에至ᄒ니吾能勿悲리오雖然이나公等은毋悲ᄒ지어다其愛國의心을奮發ᄒ야他日光榮이赫奕ᄒ新凶加利를鑄造ᄒ기又豈難也리오ᄒ엿시니此數言을讀ᄒ이가히沙伯의爲人을想見할지라凡一切國民智를〈14〉開ᄒ며公益을增ᄒ난事에力을盡치아니홈이無ᄒ야民會를設ᄒ야써聲氣를通ᄒ고高等學校를立ᄒ야써人才를養ᄒ고新式劇場을開ᄒ야써民氣를厲ᄒ고郵船과鐵路를廣ᄒ야써交通을便케ᄒ고水利를興ᄒ며海岸을築ᄒ야써民財를阜케ᄒ야溫和ᄒ手段으로俗을易ᄒ며風을移ᄒ야實力을畜養ᄒ니所謂老成謀國이固當如是ᄒ지라

而噶蘇士난日光이如電ᄒ고血誠이如燄ᄒ야民族主義ᄀ立國의本되난주를深識ᄒ고一凶加利獨立ᄒ大理想을其胸中에久懷ᄒ니沙伯의所謂가其志에滿치아니홈이亦勢使然也라

未幾에法國第二革命이起한지라電流條忽ᄒ야歐洲에偏傳ᄒ니凶加利가亦其影響을受ᄒ야急進派가興ᄒ야志士가國中에奔走號呼ᄒ야曰獨立ㅣ獨立國이라ᄒ난者ㅣ所在皆是라於是乎千八百三十二年에不得不國會를又開ᄒ니溫和派首領沙志埃伯이急激派首領威哈林男과로會議數四ᄒ고互相調和ᄒ야協議案을國會에提出ᄒ니其畧에曰

　憲法者ᄂ凶加利各種法律의源泉이라議院의承認을不經ᄒ고法律을妄布ᄒ니是奧國政府의專橫이一이오　千八百廿五年以來七年之間에國會를不開ᄒ니是政府怠慢의罪ㅣ二오　農工努力은國民의神聖이거늘今에殆以奴隷視之ᄒ고毫無保護ᄒ니是謂厲民이三이오　選擧權은天이賦與ᄒ權이라成年ᄒ民은皆當有此여늘制限을妄加ᄒ야自由□

侵害홈이四오 國會에凶加利語룰許用치아니ㅎ고拉丁語와及日耳曼
語만獎勵ㅎ야凶加利의國權을損홈이五오 國文學을不興ㅎ며學校룰
不起ㅎ야民智룰窒塞홈이六이오 內地工業이苛政에困ㅎ야日漸衰頹
ㅎ야陷民死地가七이라

國會룰旣開홈이連亘四年에日日提議ㅎ야將次改革을大行ㅎ야民의瘡
痍룰拯ㅎ려ㅎ눈디奧王이專制中에醉夢ㅎ야新政을蛇蝎갓치視ㅎ고且
諸案이旣定ㅎ면凶加利룰遂不可復制홀가恐ㅎ야悉皆駁斥에無一俯從
ㅎ니國會가失望之餘에憤激愈甚ㅎ지라威哈林男이慨然ㅎ야曰

嗚呼我同胞눈其念之어다我等의提議혼各件이진실로凶民의게有利
ㅎ고奧人의게도有害혼것은아니여늘奧王이一一이反抗ㅎ니其意룰
推컨디我의所愛ㅎ눈凶加利로永히其奴隷國을삼으려홈이니奧王이
實로凶加利의公敵이라ㅎ니라 (未完)

### 讀구로닉구루新聞의日韓關係論

日本神戶쟈팡구로닉구루新聞에韓日關係룰論ㅎ야曰若日本이明確히
決心ㅎ야韓國을合倂ㅎ기로하고且此決心을將ㅎ야全世界에發表혼則
韓國을爲ㅎ던지日本名譽룰爲ㅎ던지又東洋平和룰爲ㅎ던지ㅎ난디一
層良好홈을見홀지니如今日兩國間에責任을分擔ㅎ난結果ㄱ種種葛藤
을惹起ㅎ야兩國人民間의惡感情을釀出홈이大히可悲ㅎ다云ㅎ얏시니
日本이韓國을合倂ㅎ난일에世界各國이果然구로닉구루記者의所論과
如히其放膽的措置룰可히承認홀난지或一時看過ㅎ야使日本으로恣其
所爲케ㅎ난것은此ㄱ無ㅎ리라保치못ㅎ려니와日本이此로以ㅎ야將來
에永久히外交上壓迫을受ㅎ며四面憎惡룰招혼則所得이足히所失을償
ㅎ깃눈야往年에英國의强大로도尙히弱小혼埃及을合倂치못ㅎ고保護
下에置혼것은畢竟其外交的信用이本國運命影響에及홈이至大홈으로

以호故라今에日本이發展初步之地에立호얏시니此時를當호야其着眼
홈을宜히遠大홀것호며操心홈을宜히愼重홀것이니若自己의强勢를乘
호야驕恣無忌의擧에出호면或外交マ獨逸孤窮의境에沉淪홀マ恐호노
니其구로닉구루記者의論을不行호는것으로日本政治家에不愚한것을
可見홀지라兩國人民間惡感情을釀出혼다는디至호야는吾儕도亦記者
와如히大悲호는것이라盖世界에保護的關係에在혼國이不少홈이其能
保護國이被保護國으로〈15〉反目不相容호는者ㅣ多호니是는能保護國
이被保護國에對호는心術의如何혼디在호니其條約文面과有形的態度
를見호면一一히公法의理의合호야大義名分으로는不可爭홀者マ有호
나然이나人은法理一片으로는信服케호기不能홀지라其可怖홀野心이
不言中顔色에閃動호면犬羊도尙히敢近치아니호거든況靈覺이具혼人
民이며況畏怖滿懷혼弱國人民이냐兩國感情이融合지못호는事端이비
록一種이아니나其主因은此에不過호니我韓與日本의協約에吾의自力
自立之時로限度를호니在吾호야는此協約을宜正解信任호야國力을充
實호며國權을回復호난디勤홀지오在日本호야난宜히大信을世界에立
호야此協約을誠實履行홀지니如此則兩國感情이融合지아니코져호야
도可히得지못홀지라或曰韓人이恩誼를不解혼다호니난誣妄이甚홈
이라一面에反抗底心血이已有호고一面에信順底情操マ又有혼것은古
今人情이皆然호니日本이果然眞實扶弱의心으로我韓에對혼則我韓이
他日自立之日에日本緩急에趨홈을亦何辭避耶아眞心으로與호난者난
도로혀得호고眞心으로其國을扶立호는者는도로여其國을服호느니個
人에在호야此神機妙算을運用한者난彼聖哲有道의士ㅣ是어니와國際
間에在호야能히此大手段을活用혼者난古今東西에其人이鮮호니英國
이果然埃及倂呑홈이有意호며日本이果然韓國倂呑홈이有意호난지吾
儕マ其術을敎授코져호지久矣로라

## ○客談靑島

客이(支那)山東地方으로從ᄒ야來ᄒᄂ이有ᄒ야(德)國의靑島을經營ᄒᄂ事ᄅ談ᄒᄂ디其大略이左와如ᄒ니

(德)國이靑島ᄅ占ᄒ後로自ᄒ야苦心經營ᄒᄂ디其規模ᄀ宏大ᄒ고其設備ᄀ周到ᄒ야房屋의建築과馬路의開鑿과兵營과砲臺와船渠와倉庫와火藥庫等의工程이均稱完備ᄒ고馬路兩傍에櫻樹ᄅ列植ᄒ얏ᄂ디春間에櫻花ᄀ爛熳ᄒ야人의觀賞에怡悅케ᄒ니日本이櫻花國이라ᄒᄂ名을擅ᄒ기不得ᄒ주ᄅ可知ᄒ지라旅居商民中에德商이最多ᄒ고支那商이次之ᄒ고印度와猶太의商民이又次之하고日商이亦二百餘名이오該埠에이믜麥酒公司ᄀ有하야其資本이五十萬元이라現今에正히釀造販賣하ᄂ디麥酒의成效ᄀ稍佳하고德商店舖에列한것이雜貨ᄀ多하더라該埠要扼之地에砲臺ᄅ築造하야守備ᄀ甚嚴하고火藥庫ᄀ埠外數里의地예在ᄒ고又山上各處에도設하고此外防備의施設이皆完全無缺하고且德國官憲의戒嚴이亦極周密하야外人으로防備의內容을絲毫도知치못케하난故로英美人이던지日本人이던지無論하고砲臺附近에散步ᄒ則犯禁이라目하야毫不寬容하난지라日前에一日商이有하야禁地인주ᄅ不知하고偶然히山上에셔散步하다ᄀ逮捕ᄅ遂被ᄒ지라後에辨明ᄒ고야釋放ᄒ을始得ᄒ얏다더라

## 內地雜報

### 地方區域의整理 (續)

忠淸北道

| 一府郡一名 | 原面 | 移去面 | 來屬面 | 現面 |
|---|---|---|---|---|
| 忠州 | 三十八 | 金目面, 笙洞面, 孟洞面, 法旺面, 所呑面, 枝内面, 大鳥谷面, 豆衣谷面; 沙多山面, 川岐音面, 甘味洞面, 居谷面(陰城)佛頂面, (槐山) | | 二十五 |
| 堤川 | 八 | | | 八 |
| 清風 | 八 | | | 八 |
| 丹陽 | 八 | | | 八 |
| 永春 | 六 | | | 六〈16〉 |
| 槐山 | 十二 | | 忠州斗入地佛頂 | 十三 |
| 延豊 | 五 | | | 五 |
| 陰城 | 四 | | 忠州斗入地金目面, 笙洞面, 孟洞面, 法旺面, 所呑面, 枝内面, 大鳥谷面, 豆衣谷面, 沙多山面, 川岐音面, 甘味洞面, 居谷面, 陰竹斗入地無極面 | 十七 |
| 鎭川 | 十五 | | | 十五 |
| 清州 | 三十 | 周岸面, (懷德)修身面, (木川)德坪面(全義) | | 二十七 |
| 清安 | 六 | | | 六 |
| 文義 | 七 | 坪村(懷德) | | 七 |
| 報恩 | 十二 | | 青山飛入地酒城面 | 十三 |
| 永同 | 八 | | 沃川斗入地陽内面, 陽南面 | 十 |
| 黄澗 | 六 | 南面(金山) | 金山斗入地黄金所面, | 六 |
| 沃川 | 十一 | 陽内面, 陽南面(永同) | | 九 |
| 青山 | 六 | 酒城面, (報恩) | | 五 |
| 懷仁 | 六 | | | 六 |

○**烈哉張氏** 義州府古郡面桂川洞申以楫에妻張氏는同郡士人極善의女
也라自幼로戲言을不出於口ᄒ며戲色을不作於面ᄒ니父母親戚이敬之

如賓ᄒ야不敢以非禮之事로加之ᄒ니張氏의性行은此足槩見也라及歸
申氏홈으로老姑를孝養ᄒ미世皆以唐夫人으로擬之러니不幸今年三月
에其夫病死어늘張氏가其老母의悲懷를慰解ᄒ야若將保生而扶持門戶
러이及其卒哭를經ᄒ미暗暗이同穴홀願이有ᄒ야密密히判命홀藥을求
ᄒ거늘家人이憂懼ᄒ야激請其父而竹兜送歸ᄒ엿더니五月二十四日에
至ᄒ야夜半에投井ᄒ니時年이二十一歲라可憐令女之貞姿로翻作竇氏
之投死ᄒ니士林議擧에宜有 朝家褒闡之日이라ᄒ더라

○**西北學會** 黃平兩道에有志紳士들은西友學會를創設ᄒ고趣旨書를廣
佈하니其畧에曰

域於國中에平安黃海兩道를兩西라謂하ᄂ니年來吾兩西의憂時愛
國之士가注意時務ᄒ야所在學校가相繼而興이라然이ᄂ或敎科의
書籍도畫一ᄒ課程이未立ᄒ며或經費의資金도持久홀預算이不敷
ᄒ야有初鮮終을不免ᄒᄂ者도有ᄒ고出洋游學ᄒᄂ靑年들은有志
熱心이非無可稱이ᄂ或昨往今來에徒縻資斧ᄒᄂ者도有ᄒ니此ᄂ
中央一位에鼓動掖引ᄒᄂ機關이不立ᄒ緣故라以故로本會를漢城
中央에設置ᄒ야各私立의校務를贊成ᄒ며遊學靑年을導率獎勵ᄒ
고又每月雜誌를發刊ᄒ야學齡已過ᄒ人員을購覽을供給ᄒ야普通
智識을開牖코저홈이라ᄒ얏ᄂ디

發起人은朴殷植,金秉熹,申錫廈,張應亮,金允五,金秉一,金達河,金錫
桓,金明濬,郭允基,金基柱,金有鐸,諸氏오

咸鏡南北道有志紳士들은漢北學會를發起ᄒ고其趣旨를廣佈ᄒ니其畧
에曰

惟我關北은卽

聖祖歧豐[16]之地라啓發繁昌이厥惟舊矣라加之斯時也漏船同慘之
變은皆由我國民不得團体니所以로設漢北興學會于中央而鼓動一

省之人士하야使靑年子弟로勉進學業ㅎ되出洋赴京을俾得便利케
ㅎ야期進先步於全國ㅎ면激勵之爭趨之가安知非他日各方之模範
哉아況玆西友會之唱先이皆由是矣니勉旃哉勉旃哉어다ㅎ얏는딕
發起人은吳相奎,兪鎭浩,李儁,薛泰熙諸氏더라

○**婦人開會** 去月二十五日下午二時에女子敎育會에셔討論〈17〉會롤開
ㅎ얏는딕出席會員과及傍聽婦人이約三百名에達ㅎ얏는딕同問題는婦
人도淺色衣服보다深色을着홈이可ㅎ다홈인딕演議와續論을通暢히
ㅎ고下午五時에閉會하얏다ㅎ니女子敎育의漸進하는것이可賀홀만
하도다


# 海外雜報

○**佛國의新內閣組織** 佛國사리안內閣이去月에綛[17]히辭職하얏는딕其原
因은政敎分離法을勵行홈이在하니內務卿<u>구레만소―</u>氏가他閣僚로더
브러意見이不合하야政敎分離法을勵行홀決心이甚固하야드딕여스스
로新內閣宰相이되얏다더라

○**三國의同盟協議會** 去月에獨墺伊三國의同盟協議會롤<u>伊太利羅馬府</u>
에開하얏는딕此會議는三國同盟基礎를鞏固케함이니墺國皇帝<u>후란시
스요제우</u>陛下의力이居多하다더라

○**萬國平和會議의重要問題** 第二回萬國平和會議를明年에開會할터인딕
列國이應當히重要問題를提出하리니英國政府는軍備縮小問題를提出홀
지오伊太利佛蘭西는贊成할形勢가有하고米國政府는可히全米各政府聯

---

16 歧豐 : '岐豐'의 오자이다.
17 綛 : '忽'의 오자로 보인다.

合의名으로以하야仲裁裁判을擴張홈과及國際에關係되는問題를提出할 지며又武力으로威嚇하이不可하다는問題와公海에水雷를沈置ᄒᆞ는것이 可乎否乎問題를提出할지니何則고日露戰爭後에一年이已經하얏는디尙 히公海에水雷가浮沉ᄒᆞ야世界航海者가危險이甚ᄒᆞ故니라

○米國鑵詰도라스도組織及大統領選擧 今回米國鑵詰業에大도라스도組 織計畫이成하얏는디其後에英國大資本家가有하야十月二十日에一件 書類를整理하얏는디其書類에시각고예同業者가十億元資本金을携ᄒᆞ 고來投하니其目的이鑵詰業保護에固在하나然하나此에止ᄒᆞᆯ쑨아니라 將次次期大統領選擧에大活動을하야써現大統領一派에反對하려홈이 라더라

○婦人團의亂暴 英京倫敦도리후아릉아—街에셔婦人數千이相聚하야旋 旗를擧ᄒᆞ고衆議院議院等에게向ᄒᆞ야一小暴動을惹起ᄒᆞ얏는디其目的은 撰擧權[18]을欲得홈이라一隊警官이出張說諭하니婦人團이亦警官을向하 야侮蔑罵詈홈을無所不至하다가逮捕를被혼者ㅣ頗多하며婦人中에社交 界에有名혼者도不少혼디如此혼醜體가各新聞에게非常혼攻擊을受혼다 云하얏더라

○土耳其와日本 土都곤스단지노-푸루來電에日本東京에土者其[19]大使 館을設置하쟈는論議에官邊人이多大혼贊同을表하얏다하니盖土耳其 大使를東京에駐在케하는것이是兩國友誼的關係도되고又同盟을結코 저홈이在홈으로以홈이라더라

○排日事件[20]의調查 排日事件[20]에對하야日本態度가極히莊重혼디大統領 루-스베루도氏가此事件眞相을調查하기爲하야去廿七日에商務卿메즈

---

18 撰擧: '選擧'의 오자로 보인다.
19 土者其: '土耳其'의 오자로 보인다.
20 事件: '事件'의 오자로 보인다.

독가一우氏룰桑港에派遣하얏다더라又曰商務卿메즈독가一우氏가日人
排斥案을議會에提出홈을認치아니혼說로發表혼一公文에曰가리호오
루니야州에排日感情이議會에能히通過치못하얏시니如斯혼愚案과如
斯혼沒理法案이堂堂혼米國議會에通過혼바아니라ᄒ얏더라

○**米國排日事件의辨明**  米國政府가日本學童排斥問題에關하야日本에
駐箚혼大使라이도氏로去廿五日에林外務大臣롤訪問하고辨明하얏ᄂ
디其要領이如左하니

　　一米國中央政府가라이도氏의電報롤接하기前에ᄂ本事件의詳細홈
　　　롤一毫도不知하얏시니本件이一地方問題에止홀다름이오
　　一學校가震災혼以後에其數가太少혼故로兒童룰普收하기不能하야
　　　其結果가曩日事件롤惹起혼것이오米國政府ᄂ日本兒童에對ᄒ야
　　　待遇하ᄂ것을他國民으로더부러差違가無하다云ᄒ얏시니
要하건디米國政府가日韓兩國民利益에關하야他國民으로더〈18〉부러
同樣으로保護홀意더라


## 淸國立憲問題의經過

淸國光緖三十二年陰曆七月十三日은淸國歷史上에맛당히記念홀日이
니支那帝國千古大文字卽淸國立憲預備라ᄂ上諭가此日에宣下하니라
先是에出洋大臣端方이歸朝홈이長篇封事롤上ᄒ야左에記혼六條롤奏
請ᄒ니

(一)　全國臣民을平等으로劃一혼國法下에셔生息케ᄒ야써滿漢의一切
　　　畛域을除去홈이오
(二)　國務롤公論에決홈이오
(三)　中과外의所長을廣採홈이오
(四)　中央政府와地方政府의權限을明히홈이오

(五) 官中과府中의體制를明히홈이오

(六) 財政이든지其他一切國務를國民의게公布홈이러라

出洋大臣載澤이亦一封事를上奏ᄒ니曰

立憲政治가君主에도有利ᄒ고國民에도有利ᄒ되但官吏의게有利
치아니ᄒ니政府當道諸臣이此議에反對ᄒ야一意로沮撓ᄒᄂ것은
國利를不顧ᄒ고私利를殉ᄒᄂ鼠賊輩오國民은智識程度가未熟ᄒ
故로憲政이有終의美를足히濟치못하리라論하ᄂ者도或有하니이
다陛下ᄂ試하야思하쇼셔民智가日高하고缺望이日積ᄒ則朝廷에
對하야鬱忿ᄒ情이遣홀바無ᄒ야不測大變이輦轂의下에起하리니
此時를當하야陛下ㅣ비록立憲을宣布코저하시ᄂ엇지可히得하리
잇고又聞ᄒ니滿人이立憲하면其權利를喪失홀ᄀ憂하ᄂ者ㅣ有하
다하니其識見의鄙劣ᄒ것이眞實로可히笑홀지라願컨디陛下ᄂ廷
臣의게動하ᄂ바되지마라쇼셔

右兩大臣의封事가其設意措詞ᄒ것이明白嚴勵하야兩宮을感動홈이有
ᄒ지라一日에드듸여醇親王以下軍機大臣,政務大臣,大學士,及北洋大
臣을召하야御前會議를開하라ᄂ詔勅이有하니時ᄂ七月初七日이러라

八日로自하야十一日ᄭ지頤和園에서御前會議를開하얏ᄂ디其參列ᄒ
人員이左와如하니

醇親王(滿)慶親王(滿)鹿傳霖(漢)瞿鴻機(漢)榮慶(蒙古)徐世昌
(漢)鐵良(滿)孫家鼎(漢)張百熙(漢)王文韶(漢)世續(滿)那桐
(滿)袁世凱(漢)

合十三名인디此中에滿人이五오漢人이七이오蒙古가一이라醇親王은
現今皇帝의親弟로셔皇帝萬年後에可히攝政홀聖意가有ᄒ者라故로特
爲參列하고其他軍機大臣과大學士等은皆勅命을因하고叅列ᄒ고地方
總督의叅列ᄒ者ᄂ袁世凱一人而已오張之洞의叅議치아니홈은立憲에

熱心히 無호故오 出洋大臣中에 載澤과 端方과 如호이는 맛당히 叅列홀 것
인디 命을 不奉호니 頗爲遺憾이라

淸國萬年基礎를 可定홀 此大會議光景을 詳悉키 未由호거니와 其叅列혼
人의 各自意見에 可否난 左와 如하니

(一) 醇親王  此大會議에 宛是 名譽議長인故로 論치아니호고

(二) 慶親王  立憲을 贊成하고

(三) 王文韶  可否에 多言치아니호고 骸骨을 乞홀志가 有호고

(四) 鹿傳霖  亦王文韶와 同호고

(六) 瞿鴻機  可否如何를 慶親王意見에 隨附홈而已오

(七) 世續  多히 議치아니하고

(八) 那桐  形勢를 觀望호고

(九) 榮慶  極力反對하고

(十) 張百熙  贊成호고〈19〉

(十一) 徐世昌  贊成하며 且調停에 力호고

(十二) 鐵良  極力反對호고

(十三) 袁世凱  贊成長인디 又爲調停호야 隱然히 此會議의 牛耳를 執호얏
　　　　더라

贊成하는 者난 皆 不可不 滿漢界分을 破棄홀 것이라 主張하고 其反對者난 曰
立憲이 利漢不利滿이라하야 兩兩相持不下하야 遂北京駐屯滿洲騎兵이 漢
兵으로 組織혼 北洋練軍으로 衝突호는 變이 有호야 殺傷相擊호고 端方은 是
滿人으로 心이 立憲에 存호야써 滿人의 不利를 圖혼다호야 滿人一泒의 攻擊
을 受호고 惟袁世凱가 此機를 利用호야 滿漢兩派領袖를 自家藥籠中에 一括
驅入코저호야 運籌劃策호기를 不怠호니 於是에 兩宮의 意가 大惑혼지라
載澤殿下가 此時에 局外에 在호야 會議形勢의 如何로 爲念호더니 及滿人
排漢의 勢가 旺盛함을 聞호고 憂國하는 至情이 火의 燃홈과 如하야 乃闕下

에上奏하야曰

　滿人이立憲을不利타홈은自家의利祿을慮홀而已오至誠으로國家
　를奉ᄒᆞᄂᆞᆫ者ㅣ아니니排漢의策이行ᄒᆞ면淸朝의覆滅을見홀지니陛
　下난冀鑑之ᄒᆞ쇼셔

兩宮이感動聽納ᄒᆞ야於是乎立憲詔勅을宣布홀意가有하야御前會議에
躬臨ᄒᆞ야下問하신ᄃᆡ參列大臣이皆奉答하야曰憲政을可立이라ᄒᆞ난ᄃᆡ
獨王文詔,鹿傳霖,이對치아니ᄒᆞ난지라西太后가其意所在를再次咨詢
ᄒᆞᄃᆡ醇親王이代奏ᄒᆞ야曰王鹿二人도亦贊成ᄒᆞ나니이다反對黨首領榮
慶鐵良二人이奏請ᄒᆞ야曰臣等이窃惟컨ᄃᆡ張之洞이必有卓見이니乞張
之洞의意見이到着홈을待하야此議를決하쇼셔孫家鼎이遮止ᄒᆞ야曰憲
政을可立則立이니何必張之洞을待혼後에爲ᄒᆞ며若憲政을不可立則已
니亦何必張之洞을待ᄒᆞ리잇고於是에立憲豫備라ᄂᆞᆫ上諭를宣布ᄒᆞᄂᆞᆫ議
가決하니其諭난本報第七號海外雜報欄內에載在하니라


## 詞藻

### 海東懷古詩　　　　　　　　　　　　　　　　冷齋[21]柳惠風

### 百濟 (註見前号)

落日扶蘇數點峯天寒白馬怒濤洶奈何不用成忠策却恃江中護國龍
　扶蘇난輿地勝覺에扶蘇山이니在扶餘縣北三里ᄒᆞ니東岑언曰迎月
　臺라ᄒᆞ고西岑언曰送月臺라ᄒᆞ니라
　成忠은三國史에百濟義慈王十六年에佐平成忠이上書曰臣이觀時

---
21　冷齋 : 冷齋의 오자이다.

察變하니 必有兵革之事하리니 若外國이 來면陸路로난 不使過沈峴
하고 水軍은 不使入岐伐浦하야 據險以禦然後에 可也니이다 王이 不
省이러니 及唐兵이 乘勝迫城하니 王이 嘆曰悔不用成忠之言이로다

護國龍은 興地勝覺에 扶蘇山下에 巖이 江을跨흠이 有하야 上有龍攫
跡하니 俗傳에 蘇定方이 伐百濟하고 臨江欲渡ᄒᆞ니 風雨가 大作이어
늘 以白馬로爲餌하고 釣得一龍하니 湏臾에 開霽ᄒᆞ난지라 遂渡師하
니 江名은 白馬라하고 巖名은 釣龍臺라ᄂᆞ니라

雨冷風凄去國愁巖花落盡水悠悠泉臺寂寞誰相伴同是江南歸命侯

巖花는 興地勝覺에 落花巖이니 在扶餘縣北一里ᄒᆞ지라 俗傳에 義慈
王이 爲唐兵所敗ᄒᆞ야 宮女奔迸하야 登是巖이라가 自墜于江ᄒᆞᆫ故로
名이라하니라

歸命侯난 唐書顯慶五年에 詔左衛大將軍蘇定方ᄒᆞ야 爲神邱〈20〉道
行軍大摠管ᄒᆞ고 討百濟홀시 自城山으로 濟海ᄒᆞ니 百濟가守熊津口
어날 定方이縱擊大破ᄒᆞ고 乘潮以進ᄒᆞ야拔其城ᄒᆞ고 執義慈ᄒᆞ야送
京師ᄒᆞ고 平其國ᄒᆞ고 置熊津馬韓東明金連德安五郡都督이러니 義
慈가病死이 贈衛尉卿ᄒᆞ고 詔舊臣ᄒᆞ야 赴臨케ᄒᆞ고 詔葬孫皓陳叔寶
墓左ᄒᆞ다

浴槃零落浣臙脂石室藏書事可疑時見荒原秋草裏行人駐馬讀唐碑

浴槃은 扶餘縣志에 縣庭에 有石槃ᄒᆞ니 夜行에 或燃松明炬於其上ᄒᆞ
고 焦黑剜缺에 隱有蓮花刻紋ᄒᆞ니 傳爲百濟宮女에 浴槃ᄒᆞ니라

石室藏書난 扶餘縣志에 縣之豐田驛東에 有石壁ᄒᆞ니 巉立ᄒᆞ야 圻痕
이 如戶ᄒᆞ지라 號를 冊巖이라ᄒᆞ니 傳爲百濟時藏書處러니 舊有好事
者ᄒᆞ야 欲斲開ᄒᆞ다가 晴日大雷ᄒᆞ야 懼而止云이라

唐碑ᄂᆞᆫ 扶餘縣志에 縣南二里에 有石塔ᄒᆞ야 刻云大唐平百濟國碑라
ᄒᆞ니라 顯慶五年歲在庚申八月十五日癸未建에 陵州長史判兵曹賀

遂亮이撰洛州河南權懷素書ㅎ니盖蘇定方에紀功之辭也라文體가
騈儷ㅎ고筆法이遒勁ㅎ야當爲海東古碑第一이라縣北三里에又有
劉仁願紀功碑ㅎ야中折ㅎ고字多剜ㅎ니라

## 彌鄒忽

三國史에朱蒙이自北夫餘로逃難至卒本扶餘ㅎ니扶餘王이以女로
妻之러니扶餘王이薨이朱蒙이嗣位ㅎ야生二子ㅎ니長曰沸流요,次
曰溫祚니及朱蒙이在北扶餘에所生子徠로爲太子ㅎ니沸流溫祚가
恐爲太子所不容일마ㅎ야遂與烏干馬黎等十臣으로南行ㅎ니百姓
이從之者ㅣ多라至漢山ㅎ야登負兒岳ㅎ야望可居之地홀시沸流가
欲居海濱이어날十臣이諫曰惟此河南之地난北帶漢水ㅎ고東據高
岳ㅎ고南望沃澤ㅎ고西阻大海ㅎ니作都於斯면不亦宜乎잇까沸流
가不聽ㅎ고分其民ㅎ야歸彌鄒忽以居之어날溫祚가都河南慰禮城
이러니沸流가以彌鄒가土濕水鹹ㅎ야不得安居홈으로歸慰禮城하
야都邑이鼎定ㅎ고人民이安泰홈을見하고遂慚悔하야死하니라興
地志에今仁川府南十里海坪上에大冢[22]과墻垣舊址가有하고宛然
ㅎ石人이偃仆而甚大하니俗에傳稱하되鄒王墓云이러라

湏上悲歌別弟兄登山臨水泪南征三韓地劣姜肱被休築崢嶸恚忿城

恚忿城은興地志에今仁川府南에有山하니名은南山이니一名은文
鶴山이라山上有城하니世傳沸流所都라하는지라以王이恚忿而死
故로名을恚忿城이라하니라

## 新羅

北史에新羅者ᄂ其先은本辰韓種也라地在高麗東南하니居漢時하

---

22  大冢 : '大塚'의 오자로 보인다.

야樂浪地니其王은本百濟人이라自海로逃入新羅ᄒ야遂王其國ᄒ
니라三國史에新羅始祖에姓은朴氏요諱ᄂ赫居世니漢宣帝五鳳元
年四月丙申[23]에卽位ᄒ야號居西干이라ᄒ니時年이十三이라先是
朝鮮遺民이分居山谷間ᄒ야爲六村ᄒ니是爲辰韓六部라高墟村長
蘇伐公이望楊山麓羅井房[24]林間에有馬ᄒ야跪而嘶ᄒ고往見之ᄒ
니忽不見馬ᄒ고只有大印[25]이어날剖之ᄒ니有嬰兒出焉ᄒᄂ지라
收而養之러니及年이十餘歲에岐嶷然夙成이어날六部人이以其生
이神異홈으로推尊之ᄒ야至是에立以爲君ᄒ니辰人이謂瓠爲朴이
라ᄒ니以大卵이如瓠ᄒ故로以朴爲〈21〉姓ᄒ고居西干은辰言에王
也라文獻備考에新羅國號ᄂ徐耶伐이니或云新羅라ᄒ고或云斯盧
라ᄒ고東京雜記에慶州ᄂ本新羅古都라ᄒ니라

辰韓六部澹秋烟徐菀繁華想可憐萬萬波波加號笛橫吹三姓一千年

　辰韓六部ᄂ三國史에一은日閼川楊山村이요二은日突山高墟村이
　요三은日觜山珍支村이요四ᄂ日茂山大樹村이요五ᄂ日金山加利
　村이요六은日明活山高耶村이라ᄒ더라

　徐菀은文獻備考에新羅國號요徐耶伐은後人이稱凡京都日徐伐이
　라轉爲徐苑ᄒ니라

　萬萬波波ᄂ東京雜記에神文王時에東海中에有小山ᄒ야隨波往來
　어날王이異之ᄒ야泛海入其山ᄒ니上有竹一竿이어ᄂᆯ命作笛吹之
　ᄒ니兵退病愈ᄒ고旱雨雨晴ᄒ고風定波平ᄒ니號ᄅ萬波息笛이라
　ᄒ야歷代傳寶之러니至孝昭王ᄒ야加號萬萬波波息笛이라ᄒ니라
　三姓은三國史의新羅始祖난姓이朴氏요脫解尼斯今은姓이昔氏요

---

23　丙申 : 『삼국사기』에는 '丙辰'으로 되어 있다.
24　羅井房 : 『삼국사기』에는 '羅井傍'으로 되어 있다.
25　大印 : 『삼국사기』에는 '大卵'으로 되어 있다.

味鄒尼斯今은姓이金氏니芝峯類說에新羅난享國이幾一千年에統
合三韓ᄒᆞ야時和歲豊ᄒᆞ니號稱新羅聖代라ᄒᆞ니라
按新羅時에朴昔金三姓이相傳ᄒᆞ니凡五十九世오歷年이九百九十
二年이니라(未完)

# 小說

## (비스마룩구)의清話 (續)

一日에우루리아쿠왕이戱弄으로비公을向ᄒᆞ야揶揄ᄒᆞ야曰쇼-호오센
(비公이生ᄒᆞ地名)비스마룩구는身材가最大ᄒᆞᆫ突雲的巨漢인디其從兄
弟부리-스도는엇지倭小瘦弱ᄒᆞ뇨비스마룩구가答ᄒᆞ야曰臣의祖先은皆
軍人으로王朝에歷仕ᄒᆞ고從兄弟부리-스도의祖先은內職에多在ᄒᆞᆫ지라
所以로子孫의生ᄒᆞᆫ것이若是히異ᄒᆞ니이다부리-스도가傍에在ᄒᆞ야微笑
ᄒᆞ야曰비스마룩구가此理由로以ᄒᆞ야其子弟七人으로悉爲軍人ᄒᆞ니이
다ᄒᆞ니비스마룩구가內治의事를不好ᄒᆞᆷ이類로如此ᄒᆞ더라비스마룩구
의內治的事業을不好ᄒᆞᄂᆞᆫ것울左一書로도証ᄒᆞ기亦足ᄒᆞ니비公이일즉
議院에在ᄒᆞ야諸議員이討論方酣ᄒᆞᆷ이毫도耳를傾치아니ᄒᆞ고閑淡ᄒᆞᆫ筆
로一書를作ᄒᆞ야其舊友못도레-를與ᄒᆞ야其書에曰

予가政治學을甚히惡ᄒᆞ노니何則고這個無用的學問은使予로日日傾
聽이라도只是無用無味ᄒᆞᆫ辨論이라囂囂히蛟蠅이集來ᄒᆞᆷ과如ᄒᆞ고其
辨論의價値가無ᄒᆞᆫ것이雜貨商店에셔餘存ᄒᆞᆫ商品을賣ᄒᆞᆷ과如ᄒᆞ니噫
라予가向來에此種談話를忍聽ᄒᆞᆫ故로今에筆을執ᄒᆞ야此文을草ᄒᆞ난
際에도尙히如此ᄒᆞᆫ音聲이耳에滿ᄒᆞᆷ을覺ᄒᆞ깃는지라予가實로厭惡ᄒᆞ
노니予가平生에勿忙ᄒᆞᆷ이多ᄒᆞ야認書ᄒᆞᆯ寸暇도無ᄒᆞ나如斯히辨論ᄒᆞ

는際에在ᄒ야도리여少閑을偸得ᄒ얏노라ᄒ얏더라

一日에비스마룩구가又못도레-에게書를贈ᄒ야日予가老境에到ᄒ야此宰相의位地를脫코져ᄒ는意가切ᄒ지라議會宰相의位地와如ᄒ것은實로價値가無ᄒ職業이라予가多年에駐外公使되야外國에在ᄒ時에尙히一紳士될願欲이有ᄒ더니今爲宰相ᄒ야議會에臨ᄒ애及ᄒ얀能히奴肆의感이無치못ᄒ노라云ᄒ얏더라

千八百六十年三月포-란도人騷亂에비스마룩구가王의舞蹈會場에셔代議員으로더부러此問題를論ᄒᆞᆯ신先自爲說ᄒ야日포-란도問題에二策이有하니其一은吾國이速히露國과로協力ᄒ야叛徒를鎭定ᄒ야써西方諸國에示ᄒ야彼等으로吾保護權을承認케ᄒᆞᆷ이오第二난포-란도로ᄒ여곰露國과로互爲〈22〉鬪爭케ᄒ고吾가其疲弊ᄒᆞᆷ을乘ᄒ야波蘭을倂呑ᄒᆞᆷ이니라代議員이大驚ᄒ야日恐컨디貴下가一場詼諧而已라엇지能히實行ᄒ리오비公이日否否라元來露國이포-란도處置에對ᄒ야最히病ᄒ나니予가露都에在ᄒᆞᆯ日에露帝아례기상도루二世가語ᄒ야日日耳曼人이或能히포-란도를統御ᄒ면吾露國과如ᄒ半開國民이到底히文明的趣味로포-란도人을處ᄒ기不能ᄒ다云ᄒ니露國內容이旣如斯ᄒ니吾國下手가엇지難ᄒ리오

오예독가-가一日에비公의게忠告ᄒ야日王이與議會로軍備費豫筭案問題에必可衝突이로되否ᄒ것은貴下의責任인故로不可不此危險을避ᄒᆞᆷ이니라비公이高聲日足下所言이無理ᄒ것은아니나然하나現在議員으로使之同意케ᄒᆞᆷ은予가到底히不能ᄒᆯ지니彼等이自謂凡事가予보담多智라ᄒ고且自以爲得ᄒ니予가到底히予의政策으로此輩를服하기不能하다하야써急進主義人物을痛罵ᄒᆫ디오예독가가遮하야日閣下가忘予是急進主義人物乎아비公이日固知之로라然이나君은常識이最富ᄒ人이라其意見이始或有異하나終必同歸이어니와彼博士輩에至ᄒ야는到

底히可히度지못홀지라

비스마룩구邸의晚餐席에셔空論家가列席ᄒ야奇論을頻吐ᄒ야喧聒不
已ᄒ니同席의士가其無禮홈을憤ᄒ야將次反호려ᄒ거늘비公이止ᄒ야
曰君은心을勿勞ᄒ고數分間만姑待ᄒ면彼學者先生이반다시前後矛楯
ᄒᄂ言을自吐홀지니아직放抛홀거이ᄅᄒ더ᄅ

### 法人愛彌兒拉의愛國精神談

### 第一章 發斯伯城의淪陷

西歷一千八百七十年秋에普軍이破竹의勢로山에漫ᄒ고野에徧ᄒ야進
ᄒ야法國의一小都城發斯伯을逼ᄒ야圍ᄒ고攻城砲百門을羅列ᄒ고日
이終토록轟擊ᄒ니城中의高樓大厦가或崩頹에就ᄒ며或焚燒ᄅ被ᄒ야
百姓이落膽ᄒᄂ지ᄅ戍兵이千五百人에不過호ᄃ猶能鎗烟彈雨中에셔
奔馳ᄒ야要害ᄅ固守ᄒ야堡壘地電等을嚴設ᄒ야防禦의力을盡하더니
普軍이以爲호ᄃ黑子彈丸의地와寡小羸弱의衆으로如此ᄒ猛烈의砲擊
을當하야비록墨翟의能으로도恐컨ᄃ其守ᄅ用홀바亦無ᄒ야降旗ᄅ指
顧間에樹ᄒ리ᄅᄒ야翌日에軍使ᄅ遣ᄒ야發斯伯에入ᄒ야司令官을面
要ᄒ야其降을促ᄒ야曰公이萬一에武噐ᄅ棄ᄒ고關을開ᄒ야降을納지
아니ᄒ면恐컨ᄃ萬砲齊發ᄒᄂ下에瞬息間에全城이童粉을成ᄒ리라司
令官戴揚이泰然히答ᄒ야曰貴軍의欲ᄒ난바를任爲홀지여다吾ᄂ吾國
을爲하야吾職을盡하고決코降치아니ᄒ깃노ᄅ하고곳其使를逐回ᄒ니ᄅ
是時ᄅ當하야城中에糧秣이乏絶하고銃砲彈藥은비록稍히充盈ᄒ나然
ᄒ나練達精良ᄒ砲手가無하고惟上官의指揮를專仰하ᄂ지ᄅ可히恃홀
바ᄂ惟上下一體로報國하랴ᄂ精神이不撓不屈ᄒᄂ故로敵의攻擊이愈
厲호ᄃ我의防守ᄂ愈堅하더ᄅ

翌日에至하야普軍의攻擊이益烈하야爆裂彈의城中에落하야爆發혼者

가五千餘處ᄅ加以風伯이虐을助ㅎ야頃刻間에全城이化ㅎ야火海가되
야黑烟이橫空ㅎ고黃灰가卷地ㅎ야咫尺을莫辨이오火聲과砲聲이天地
를震動ㅎ니父老와孩童과婦女난抱頭遁竄ㅎ야哀聲이沸騰ㅎ야兄이弟를
顧치못ㅎ며父가子를救치못ㅎ고壯者ᄂ焦頭爛額ㅎ야救火에從事ㅎ더
火熱이旣熾에海를傾ㅎ야도亦其威를殺치못홀지라死傷이道에載ㅎ니
嗚呼라揚州十日과天津一月이想컨디是에過치못홀지로다
然ㅎ나成兵이能히勇을皷ㅎ고氣를作ㅎ야盡力防禦ㅎ야맛춤니敵의게
屈치아니ㅎ니是時를當ㅎ야外로援兵의望이無ㅎ고糧秣의缺乏ᄒ것은
日甚一日인디時난十月中旬이ᄅ寒氣가凜烈에白雪이飛騰ㅎ야河溝와
沼池가皆被埋汲ㅎ고朔風이如刺ㅎ야防守의策이愈艱ㅎ더ᄅ
時에糧草ᄀ缺乏ㅎ야兵士ᄀ豆茶汁과及馬骨汁을飮ㅎ고間間〈23〉히馬
肉과麭包를食홀而已오被服等類에至ㅎ야도亦破爛不堪ㅎ야兵卒이自
以敝襪窓幕으로補綴ㅎ야僅히肢體를蔽홀而已라數月의困頓疲勞로써
飢寒이交迫홈애赤痢病이隙을乘ㅎ야出ㅎ니其害가砲彈火燄보담更烈
ㅎ지라十二月三日에普營에셔使者를再遣ㅎ야戴氏를招降ㅎ거늘戴氏
가儼然히正色ㅎ야曰城中에余力이尙在ㅎ니엇지降ㅎ리오惟孤城을嬰
守ㅎ야써國을報홀而已로라普使가無顔ㅎ야去ㅎ니라
拔山ㅎ난力이殆盡ㅎ고蓋世하난氣가式微ᄒ英雄의垂暮ᄒ日과烈子의
喪魄ᄒ年에余가昔人을爲ㅎ야悲치으니ㅎ기不能ᄒ지라戴揚이發城을
困守ᄒ지四個月에野無靑草ㅎ고家畜이亦空ㅎ야成兵과府民이疲德치
으니리無홀고加之死傷이狼藉ㅎ야逐日爲甚ᄒ지ᄅ戴揚이事無可爲ᄒ
쥴를知ㅎ고思ㅎ되余가與城俱斃ㅎᄂ것이暫降ㅎ야써衆人을安全홈만
不如ㅎ다ㅎ고不得已ㅎ야城頭에旗를樹ㅎ고普軍의게納降ㅎ니라
戴氏가普軍攻城司令官의게書를致ㅎ야曰嗚呼라我軍의降난ᄂ것이實
로萬無奈何ㅎ더셔出ᄒ지라蕞爾ᄒ孤城에外援이斷絶ㅎ고滿城兵民이

飢寒勞頓ᄒ야抗戰ᄒ기不能ᄒ미오戰敗乞抗ᄒᄂᆫ것은ᄋ니니伏惟區區
ᄅᆯ鑑察ᄒ야百姓을毋傷ᄒᆯ지여다普將點斯가書ᄅᆯ得ᄒ고翌日에城에入
ᄒ야戴氏ᄅᆯ見ᄒ고懇懇히手ᄅᆯ握ᄒ야敬意ᄅᆯ深表ᄒ고其勇壯을嘆服ᄒ
더라

戴揚이臨別에部下諸兵士ᄅᆯ慰喩ᄒ야曰勇猛活潑ᄒ호余部下諸君이千五
百人의衆으로黑子彈丸의地ᄅᆯ嬰守ᄒ야 (未完)


# 廓淸檄

嗚呼라我國이以爲將亡者ㅣ可乎아以爲將興者ㅣ可乎아興亡의機ᄅᆯ可
히遽決치못ᄒ깃시니何以然也오하면人心同背가未定ᄒᆫ故이라若使二
百萬民衆이其精神을一致ᄒ며其心血을傾注ᄒ야邁往向上ᄒ야有進無
退ᄒ則에비록千辛百難의後라도國之興也必矣오若自暴自棄ᄒ야左顧
右眄ᄒ야自奮自强의志가無ᄒ면雖强大ᄒ던國이라도終亦歸亡而已니
況我韓之弱且不大者乎아我韓의今日時勢가直是將興將亡의岐路에立
ᄒ얏시니凡我有志者ᄂᆫ宜張膽明目ᄒ야君國의急에趨ᄒ야扶其將亡ᄒ
야歸於將興케ᄒᆯ지라

窃惟我國이百弊層發ᄒ야此悲境에到ᄒ所以ᄂᆫ總是政治의不理ᄒᆷ을因
ᄒ미오政治의不理ᄒᄂᆫ것은便是公德이發揮치못ᄒᆷ을因ᄒ미니是智者
ᄅᆯ不待ᄒ고可知할不易的定論이라今에百年積久ᄒ舊弊ᄅᆯ矯ᄒ고一團
活潑한公德을發揮코저ᄒ니固是難事라然이나與其束手不爲而坐待危
亡으론孰若着着進爲ᄒ야求一安於百難之中乎아

玆에各道各郡의讀者及有志者의게檄通ᄒ오니諸君子가萬一害世虐民
의事와冤訴無地의情이有ᄒ거든其官憲이던지窮民이던지不問ᄒ고其

顚末을詳記ᄒ야直筆無憚ᄒ야本社에報來ᄒ면本社로셔禿鈍의筆을呵
ᄒ야其罪룰世上에暴白ᄒ야써公德發揮ᄒᄂ一助룰供홀터이오니其在
政府大臣이던지觀察郡守이던지統監府員顧問部員이던지或軍人警官
이던지或馬丁樵夫이던지皆不容躕躇홀지라天이我韓을將興케홀ᄂ지
將亡케홀ᄂ지天意ᄂ測ᄒ기不能홀것이여니와唯在吾의道룰盡ᄒ며在
吾의力을效홀而已라國家社稷이固爲重이오斯道가更爲重ᄒ니乞 諸君
子ᄂ念之念之홀지여다

## 通報注意

一 各處에셔通報홀時에其姓名居住와發書時日을詳記ᄒ야使本社로其
　事實에對ᄒ야曖昧ᄒ点이或有ᄒ거든再探ᄒ기에便敏케홈
一 通報者의姓名을本社로셔秘密히他人으로知케아니홈
一 通報홀處所ᄂ左와如홈
京城竹洞永禧殿前八十二統十戶　朝陽報事務所
本社告白〈24〉

大韓光武十年
日本明治三十九年
丙午六月十八日第三種郵便物認可

# 朝陽報

## 第拾號

---

**朝陽報第拾號**

**新紙代金**

一部新貸　金七錢五厘

一個月　金拾五錢

半年分　金八拾錢

一個年　金壹圓四拾五錢

郵稅每一部五厘

**廣告料**

四號活字每行二十六字一回金拾五錢二號活字依四號活字之標準者

◎每月十日廿五日二回發行

京城南署竹洞永喜殿前八十二統十戶

發行所　朝陽報社

京城西署西小門內(電話三二三番)

　印刷所　日韓圖書印刷株式會社

　編輯兼發行人　沈宜性

　印刷人　小杉謹八

# 目次

朝陽報第一卷第十號

## 注意

有志하신僉君子끠셔或本社로寄書ㄴ詞藻나論述時事等類를寄送하시면本社主意에違反치아니할境遇에는一々히揭記할터이오니愛讀諸君子난照亮하시옵시고或小說갓튼것도滋味잇게지여셔寄送하시면記載하깃ㄴ이다本社로文字를寄送하실時에著述ᄒ신主人의姓名과居住地名統戶를詳記하야送投하압쇼셔萬若連三次寄送한文字를記載할境遇에난本報를無代金으로三朔을送呈할터이오니부듸氏名과居住를詳錄하시옵소셔

## 社告

本社에셔事務를漸次擴張ᄒ기爲ᄒ야十月二日에社中任員을組織ᄒ얏습기左開公佈ᄒ옵

左開

| | |
|---|---|
| 社長 | 張應亮 |
| 總務員 | 沈宜性 |
| 主筆 | 張志淵 |
| 會計員 | 朴聖欽 |
| 書記員 | 林斗相 |

贊成員

| | |
|---|---|
| 兪星濬 | 金相天 |
| 尹孝定 | 沈宜昇 |

李沂　　　　柳瑾

梁在謇　　　元永儀

柳一宣〈1〉


## 論說

### 國事犯召還問題

我國人이國事犯이라亡命客이라ᄒᄂᆫ人을視ᄒ기를窮天極地元惡大憝와如히思惟ᄒ나是를法律의公理로論ᄒ면決코如此元惡大憝가아니라卽不過國事的、政治的犯罪者니夫國事的政治的犯罪라ᄒᄂᆫ罪案은國家政治上에革新改良의主義를抱ᄒ고腦髓를枯渴ᄒ며熱血을消費ᄒ야文明의事業을成就코져ᄒ다가目的을未達ᄒ고一脉生命을釖水刀山에漏脫ᄒᆫ者를謂ᄒᆯ이라

幸히其時에目的을達ᄒ야革新의主義가着々進行ᄒ얏던들今日과如ᄒᆫ悲境慘地에不至ᄒ야슬ᄂ지未知커니와不幸히魔障이大起ᄒ고業冤이未盡ᄒ야一般國家的思想을抱ᄒ고革新的主義를齎ᄒᆫ者ᄂᆫ一切網打ᄒ야國土에難容케ᄒᆷ이로萬里海天에去國離鄉의孤蹤이되야十年寒燈에懷土戀國의羈夢을做케ᄒ니鳴乎라國步의艱難ᄒᆷ이今日의狀態에倒[1]ᄒ얏스니吾儕志士의淚가汪々히血을洒ᄒᆷ을엇지禁ᄒ리오

近日에至ᄒ야ᄂᆫ日本統監伊藤氏가國事犯召還問題에關ᄒ야或 御前에陳奏도ᄒ다ᄒ며或政府當局者間에對ᄒ야縷々勸告도有ᄒ다ᄒᆷ이此說이各新報에傳播ᄒ야日本의對韓方針이稍히變ᄒ줄로思推[2]ᄒᄂᆫ者ㅣ不

---

1 倒 : '到'의 오자로 보인다.

2 思推 : '思惟'의 오자로 보인다.

無ㅎ되吾輩ᄂ窃疑ㅎ기ᄅ此ᄂ又一種威嚇愚弄의手段에出홈이라不然
이면豈有是理哉리오此ᄂ決無是理也로다

從前으로我政府諸公은國事犯亡命者ᄅ仇讐와同視ㅎ야若其實際로渡
來홀境遇면何等勢力이有ㅎ야諸公의所好ㅎᄂ權利柄을見奪홀가恐劫
ㅎ야千方百端으로是ᄅ沮遏홈으로甚至於財産金錢을耗竭ㅎ며何許權
利ᄅ讓與ㅎ야雖國家盡賣ㅎ더라도其渡來만못ㅎ게防塞홈이第一得策
으로知ㅎᄂ緣故로彼巧猾敏謠ᄒ手段을持ᄒ者ᄂ是ᄅ利用ㅎ야甚麼要
求던지持難홀時에當ㅎ야ᄂ輒國事犯召還問題ᄅ提出ㅎ야恐喝簸弄홈
은一般世人의知悉ㅎᄂ바라豈眞召還홀意想이實有ㅎ리오由是로國事
犯亡命者ᄂ久久히他人의藥籠中奇貨ᄅ作홀ᄯ이오一步ᄅ祖國의土에
踏ㅎ기絶望ㅎ지라엇지可悲可憐치아니며可咄可惜치아니ㅎ리오

然則今日時局에至ㅎ야ᄂ尤히此問題ᄅ提出홀必要가少홀ᄯ더러假使
提出ㅎ데라도不過愚弄威嚇底手段에出홀而已오實際召還홀思想이何
故로生ㅎ깆ᄂ가若眞個召還홀意想이有홀진디下此細碎ᄒ事도干涉홀
必要가有홀時ᄂ嚴辭迫請ㅎ야直截斷行치못ㅎᄂ事이無ㅎ거늘何況此
等大關係의事件을但微微히一番諷過ㅎ며緩緩히數次提誦홈에不過홈
이리오此問題에對ㅎ야大恐慌大氣劫을懷ㅎ고絶對的로反對ㅎᄂ此政
府間에如此柔弱平和的手段을使用홈은決코眞意想에셔出홈이라고證
言키難ㅎ도다

雖然이나此에對ㅎ야我政府의失誤홈이愈往愈甚홈을略述ㅎ노니國家
의存亡이呼吸에迫在ㅎ今日을當ㅎ야奚暇에權利의爭奪을計圖ㅎ리오
此等國事犯의問題에關ㅎ야ᄂ엇지外人의勸告를待ㅎ며傍人의愚弄을
受ㅎ리오當然히閣議에提出ㅎ야自意로決定ᄒ後에正正堂堂히我
皇上陛下ᄭ入奏ㅎ고十行 恩綸을發ㅎ샤國事犯在逃者ᄅ一切召還ㅎ야
卽時司法官吏에付ㅎ야其罪犯의有無輕重을審辦케ᄒ然後에法律에照

ᄒ야處決ᄒ여야其罪犯의如何홈을可히明白分揀홀지오其人으로ᄒ야
곰罪의有無롤天下에暴白ᄒ야完全ᄒᆫ人을作케홀지라若其情原을審察
ᄒ시고時勢롤酌量ᄒ옵셔一倂罪案을蕩滌ᄒ고人材롤登庸ᄒ샤傾危ᄒᆫ
宗社롤扶케ᄒ시며腐敗ᄒᆫ政治롤刷케ᄒ샤國權恢復의基礎롤作ᄒ심은
〈2〉惟在

大皇帝陛下의寬仁ᄒ신聖德에在ᄒ신바라如此히措處ᄒᄂᆫ것이卽正堂
ᄒᆫ國家의主權을不失ᄒᄂᆫ所以라

今에但特赦召還이라홈은反히黯昧함을未免홈이니彼國事犯等이十餘
年을絶域遠島에處ᄒ야西雲을日望ᄒ고祖國을懷戀ᄒᄂᆫ耿々一念이一
時라도救還홀을豈忘ᄒ리오마ᄂᆫ若다만特赦召還이라ᄒ고罪案의輕重
을審辨昭晰ᄒᆫ後에蕩滌치아니ᄒ면反히其身分에不安의念을懷홀지라
엇지前日安權과如히暴虐處斷이不有홈을確保ᄒ리오

今에如此히正堂ᄒᆫ主權이自在ᄒ거눌何故로自國의權利롤一切抛棄ᄒ
고他人의股掌間에愚弄홀을甘心ᄒᄂᆫ지假令眞實로亡命客을引渡홀必
要가有ᄒᆫ時ᄂᆫ政府諸公이아모리限死抵抗ᄒ야도遂意홈을不得홀지니
ᄎ라리早爲之所ᄒ야國權을勿失ᄒ고處置에適合홈이可ᄒ니吾輩의忠
告롤容홈이何如ᄒᆫ고吾輩ᄂᆫ以爲ᄒ되志士로ᄒ야곰無罪히罪名을冒ᄒ
야惡逆의案에混在ᄒ야伸雪이無路홈은其徹穹의冤恨이何如ᄒ깃ᄂᆫ가

## 保護國論

昨年十一月新條約以後로我韓이保護의名을蒙ᄒ니爲吾人者ㅣ其實
際며位置며待遇며隣國의設法ᄒᄂᆫ意旨며我國의自修할方略를不可
不汲汲研究할거이니硏究ᄒ난法은所聞所見의就ᄒ야眞境를到底思
得ᄒ난外에ᄂᆫ無한지라今에日本有賀博士가保護國論를著ᄒ야一時
에刊行ᄒ니當初에右韓ᄒ난意에出함은非也라然ᄒ나善覽ᄒ면ᄯᅩ한

足히國際眞實에境遇를硏究ᄒ난一助가될지라故로今方譯載ᄒ며又
其條約이라稱하난文을並揭ᄒ니諸君子난本記者의意를誤解치말고
詳思深究ᄒ여所得이有함을不勝懇望ᄒ노이다

右論全篇이四百餘頁인ᄃᆡ追順譯出ᄒ면每朔二回式刊行하난本誌로
不知何歲月이기로先於九號에其總論를揭載ᄒ고本號以下에난몬져
韓日關係의項를譯出ᄒ야讀者로本書의要点을早知케ᄒ고以待他日
ᄒ야全部를譯述ᄒ야讀ᄒ시난諸君子에게供覽ᄒᄀᆞ노이다


## 保護國法理論

### 日韓保護條約

#### 第一節 日韓恊約形式

日淸和約과日露和約과日英同盟은只是第三諸國이日本의韓國에對한
保護權에異議가無한것을約明할이已오韓日兩國間에保護關係를設定
한것은안이니此關係난日韓議定書와及日韓恊約을待ᄒ야始爲定形한
것인ᄃᆡ就中重要한것은昨年十一月에締結한日韓恊約이是也라其文이
如左하니

第一條　日本國政府가東京에在한外務省으로由ᄒ야今後韓國의外國
　　　　에對한關係及事務를可히監理指揮할지며日本國의外交代表
　　　　者及領事가外國에在한韓國의臣民及利益을可히保護할지라

第二條　日本國政府가韓國與他國之間에現存한條約의實行을完하난
　　　　任에當하야韓國政府가今後에日本政府의仲介를由치아니하
　　　　고난國際的性質이有한條約若約束을約지못함이라

第三條　日本國政府가其代表者로統監一名을韓國　皇帝陛下의闕下
　　　　에置하야統監이外交에管한事項을專爲管理ᄒᆷ을爲하야京城
　　　　에駐在하야親히韓國　皇帝陛下에內謁하난權利를有ᄒ고日本

政府가又韓國의各開港場及其他日本政府의必要로認하난地
에理事官을置하난權利를有하고理事官은統監의指揮下에셔
從來韓國에在한日本領事에屬한一切職權을執行ᄒ며並本條
約條款을完全實行하는디必要한一切事務를可히掌理할지라

第四條　日本國과韓國의間에現存한條約及約束이本恊約의〈3〉條款
에抵觸지아니함으로限ᄒ야總히其效力을繼續함이라

第五條　日本國政府난韓國 皇室의安寧과尊嚴을維持함을保證함이라

右証據하난下名은各自本國政府로相當한委任을受하야本恊約에記名
調印할것이라

光武九年十一月十七日　　　特命外務大臣　　李齊純

明治廿八年十一月十七日　　同 全權公使　　朴權助[3]

右恊約은韓國外務大臣이與日本公使로以其平日職權으로調印한것이
니所謂同文通牒者라正式條約파로난其性質이異하니正式條約은雙方
으로全權委任을派ᄒ야議定調印ᄒ야兩國君主를經한者이니泰西諸國
의同種保護條約은大抵正式條約의體裁를取하난디但今日外交上正式
條約與略式恊定이其效力은寸毫도差違치아니하고惟其修正할際를當
하야正式條約은正式談判으로以치아니하면動키難하고略式恊定은兩
國當局官吏의同意로도自由變更함을得하ᄂ니是爲便利라最初에비록
一定한明文이無하나事實이旣成함이足히써保護權基礎를삼을지니埃
及에셔可히見할지라故로其要가合意成立을證함이在하고其形式如何
는問함을要치아니하나니라

又右恊約中에一個保護의文字를用치아니하얏거늘指目하야保護調約
이라하난것은近時保護制度沿革上에其例가多함으로以함이라泰西諸

---

3　朴權助 : '林權助'의 오자이다.

國中에韓日恊約보다綿密한者도尙히保護文字를避하난者ㅣ不尠하니
盖是保護國感情을害할가虞하야形式을省略함인뎌

一八七四年三月安南保護條約에題하야曰平和及同盟條約이라하고第
三條中에偶然히保護의字를用하고一八八一年五月지유니스保護條約
에前條約及本文에다保護의字를避하고前文에ᄂ오직舊來로和親善隣
하던것을一層緊密코져한다記하얏고又一八八五年十二月마딕가슴가
루保護條約第十一條에共和國政府에셔國防을爲하야마닥가ᄒ슴가루
女王을補助한다云하고일즉保護를言치아니하니라

## 第二節 日韓恊約의効力

一九〇六年二月國際公法一般雜誌中에巴里法科大學講師레이氏의名
으로一論文을揭載하고題야曰朝鮮國國際上地位라하고倫敦다이무스
記事에基本하야立論하야曰近報를因하야察하건듸去十一月韓日所定
한保護條約이日本과如한文明國에在하야난不可有할事니日本全權伊
藤侯와及林公使가精神上及肉體上强制를朝鮮國王과及其大臣에加하
야條約調印을始得한者라韓國內閣大臣等이二日間에抵抗하다가勢不
得已하야名을署하얏다하니

盖思十一月十七日에韓國內閣會議가五時間이亘토록決定치못하니伊
藤侯가長谷川大將을帶同하고會議席에自臨하야五時間을更過하고又
韓國大臣一人이責任이其身에及할가恐하야中途에退出하려한듸日本
全權이抑留하야條約을承認하기前은不使自由케하얏다하니倫敦다이
무스記事가此態度를指示함이不外함이라予가今에此事實의如何를論
하기不用하고一步를讓ᄒ야此事實이有하더리도是於保護條約効力에
何等影響도無할지라其理由가如左하니

(一)日韓保護를昨年十一月日條約으로因하야始爲決定한줄노見할것

이已是大錯이라日露開戰할初卽明治三十七年二月廿三日議定書에保
護意味의大體가已決하야保護關係에眼目되니國防援助와與外交監督
二事가此時에韓國政府의承認을旣得하고昨年十一月恊約은惟是日露
戰爭의結果인디一層確實保護條件에不過한것이니三十七年二月二十
三日議定書난韓日이互相安協恊함이出하고强壓手段用함을聞치못하
얏노라

## 滅國新法論 (續) 　　　　　　　　淸國 飮氷室主人 梁啓超著〈4〉

以上所論은略擧數國ᄒ야數之不徧이오語之不詳이라雖然이나近二百
年來로所謂優勝人種者ㅣ其滅國之手段은略見一班矣라莽々五洲에被滅
之國이大小毋慮百數十이로디大率은皆入此殼中ᄒ야往而不返者也라
由是觀之ᄒ면惡覩所謂文明者耶며惡覩所謂共法者耶며惡覩所謂愛人
如己ᄒ며視敵如友者耶아
西哲이有言호디兩平等者ㅣ相遇ᄒ면無所謂權力이오道理가卽權力이
라ᄒ며兩不平等者ㅣ相遇ᄒ면無所謂道理오勸力이卽道理也라ᄒ니彼
歐洲諸國이與歐洲諸國으로相遇也에ᄂ恒以道理로爲權力ᄒ다가其與
歐洲以外諸國과相遇야에ᄂ恒以權力으로爲道理ᄒ니此乃天演所必至
오物競所固然이라夫何怪焉이며夫何懟焉가마는所最難堪者ᄂ以攘々
優勝之人으로託於岌々劣敗之國ᄒ니當此將滅未滅之際에其將何以爲
情哉며其將何能己於言哉아
天下事ㅣ未有中立者也라不滋[4]則興ᄒ고不興則滅ᄒ나니何去何從이間
不容髮이라乃我四萬々人은不講所以興國之策ᄒ고竊々焉冀其免於滅
亾ᄒ니此卽滅亾之第一根源也라人之愛我가何如我之自愛오天下에豈

---

4 滋 : '滅'의 오자이다.

有犧牲己國之利益而爲他國求利益者乎아乃我四萬々人은聞列强之議
爪分中國也ㅎ고則哈然以憂ㅎ다가聞列强之議保全中國也則釋然以安
ㅎ며聞列强之協助中國也則色然以喜ㅎ니此又減区之第二根源也라吾
今不欲以危言空論으로驚駭世俗이오吾且擧近事之一二와與各区國之
成案ㅎ야比較而論之ㅎ리니

埃及之所以区이非由國債耶아中國이自光緒四年으로　　（今上十五年）
始借德國二百五十萬元ㅎ니周息이五里半이오五年에復借滙豊銀行一
千六百十五萬元ㅎ니周息이七里오十八年에又借滙豊三千萬元ㅎ고十
九年에借渣打一千萬元ㅎ고二十年에借德國一千萬元ㅎ니皆周息이六
里오廿一年에借俄法一萬々五千八百二十萬元ㅎ니周息이四里오廿二
年에借英德一萬々六千萬元ㅎ니周息이五里오廿四年에借滙豊德華正
金三銀行의一萬々六千萬元ㅎ니周息이四分五里라盖此二十年間에
（除此次團匪和議賠款은未計라）外債之數가已五萬々四千六百餘萬元
矣라大槪總計ㅎ면每年에須償息銀三千萬元이니今國帑之渴은衆所共
知라甲午以前에所有借項本息이合計每年에僅能還三百萬故로惟第一
次德債는曾還本七十五萬ㅎ고他無問[5]焉이러니自乙未和議以後로卽新
舊諸債를不還一本而其息이亦須歲出三千萬ㅎ나니南海何啓氏가曾將
還債遲速之數ㅎ야列一表如下ㅎ니

債項五萬々元에周息六里를一年不還이면其息이爲三千萬元이니
合本計면共爲五萬々三千萬元이오

使以五萬々三千萬元으로再積一年不還則其息이爲三千一百八十
萬元이니本息合計ㅎ면五萬々六千百八十萬元이오再以五萬々七[6]
千百八十萬元으로積八年不還則其息이爲三萬々三千三百萬元有

---

5　問：'聞'의 오자이다.

6　七：'六'의 오자이다.

奇니本息合計ᄒ면爲八萬々九千五百萬元有奇오

再以八萬々九千五百萬元으로積十年不還則其息이爲七萬々零八百萬元有奇니本息合計ᄒ면爲十六萬々零三百萬元有奇오

再以十六萬々零三百萬元有奇로積十年不還則其息이爲十二萬々六千八百萬元有奇니本息合計ᄒ면爲二十八萬々七千一百萬元有奇라

然則不過三十年而息之浮於本者ㅣ幾五倍니合本以計則六倍於今也라夫自光緒五年으로至十八年而不能還一千六百餘萬元之本則中東戰後三十年에其不能還五萬々元之本이明矣오在三十年以前之今日而不能還三千萬元之息則三十年後에其不能還二十三萬々元之息이又明矣라加以此次新債四萬々五〈5〉千萬兩이면又加舊債三之一有奇니若以前表之例로算之則三十年後에中國新舊債本息이合計當在六七十萬々以上ᄒ리니卽使外患不生ᄒ고內憂不起라도而三十年後ᄂᆞᆫ中國之作何局面을豈著龜哉며又豈必待三十年而已리오盖數年以後면本息이已盈十萬々이니不知今之頑固政府가何以待之오夫使外國으로借債於我而非有大慾이在其後야면何必互爭此權을如蟻付羶ᄒ며如狗奪骨ᄒ야彼此寸毫를不欲相讓也耶아試問光緒廿一年之借款俄羅廓가何故로爲我作中保며試問廿四年之借款에俄英兩國이何故로生大衝突ᄒ야幾至以干戈로相見也오

夫中國政府ᄂᆞᆫ財政이困難ᄒ야無力以擔負此重債를天下萬國이孰不知之리오旣知之而復爭之若鶩焉ᄒ니願我憂國之士ᄂᆞᆫ一思其故也ᄒ라今卽以關稅釐稅로作抵ᄒ니或未至如何啓氏之所豫算이라도中國은龐然大物이라精華未渴ᄒ니西人이未肯遽以前此之待埃及者로相待나要之債主之權이日重一日則中央財政之事를必至盡移於其手然後에快ᄒ리니是ᄂᆞᆫ埃及覆轍之無可逃避者也라然而庸腐奸險에貌託維新之疆臣이

如張之洞者는猶復以去年開督撫로自借國償之例ᄒᆞ야借五十萬於英國
ᄒᆞ고置兵備以殘同胞ᄒᆞ며又以鐵政局之名으로借外債於日本ᄒᆞ니彼其
意가豈不以但求外人之我信ᄒᆞ야驟得此額外之鉅款ᄒᆞ야以供目前之揮
霍ᄒᆞ다가及吾之死也나或去官이면則其責任이非復在我云爾而豈知其
貽禍於將來가有不可收拾者耶아使各省督撫로皆效尤張之洞ᄒᆞ야各濫
用其現在之職權ᄒᆞ야私稱貸於外國이면彼外國이豈有所憚而不敢以應
之也哉리오 (未完)

## 學會論

欲振國力인딩在發民智오欲發民智인딩在興學會니學會之於國家生靈
에其關係也可謂重且大矣라夫人而不學이면無以發達其天賦之智能이
오學而無會면其所以發達智能者不能完備有終이니今泰西之爲學也에
有學이면卽有會가良有以也라窃聞泰西에農有農學會ᄒᆞ며商有商學會
ᄒᆞ며工藝有工藝學會ᄒᆞ며以至天也地也算也化也電也聲也光也照像丹
靑之類에莫不有學ᄒᆞ며莫不有會ᄒᆞ야其會衆이至有爲數百萬人者ᄒᆞ며
其會資가至有爲數百萬金者ᄒᆞ야書籍之可考可閱者와器械之可試可驗
者를莫不廣購ᄒᆞ야以供學者之求ᄒᆞ고非師友면不可以講議며非新報면
不可以佈知일ᄉᆡ莫不有之ᄒᆞ야以便爲學之方ᄒᆞ니學術이安得不日精이
며人才가安得不日興이며其國力이安得不蒸々日振而至於今日之盛哉
아顧惟我韓이學固無據而會尤無聞이라所謂學은非記誦詩賦卑陋之習
則乃坐談性命空虛之歸니嗚呼라此可以發達其智能而進於明乎아豈惟
不進於明而已리오又從而愚之而已니其無據도甚矣라所以人材缺乏에
社會之腐敗日甚ᄒᆞ야以至於今日頹靡之境ᄒᆞ니言之安得不嘆息痛恨而
聲淚俱下哉아今文明競爭에西來風潮가社會의發達을摧促[7]ᄒᆞ니梅源[8]
之舊夢을暫醒ᄒᆞ고敎育之方針을稍變ᄒᆞ야王宮國都와州郡閭巷에學校

之興이趾踵相接ᄒᆞ야講認學部에書片이雪飛ᄒᆞ고廣佈報章에趣旨云美
ᄒᆞ니又安得不聲淚暫忕[9]而爲之拱賀也리오마는但創建新設이固非不多
나停閉休止가亦爲不少ᄒᆞ고其存焉者僅々支持에規制不備ᄒᆞ니然則民
智之不進과人才之不興이固是種豆得豆며種苽得苽니何足怪焉이리오
爲今之計컨디莫如廣設學會ᄒᆞ야糾合同志ᄒᆞ야結成團體ᄒᆞ야隨力捐輸
ᄒᆞ야以厚物力ᄒᆞ야以築學堂ᄒᆞ며以聘講師ᄒᆞ며以購書籍ᄒᆞ야以便於學
ᄒᆞ고待有餘力ᄒᆞ야如器械日報等類를又當次第備置니如是而人才不廣
ᄒᆞ며民智不發者ㅣ否矣며如是而公權不立ᄒᆞ며國力不振者ㅣ未之有也
라天이豈獨以文明富强之福으로限諸泰西而使之偏享哉아今西友旣倡
에漢北和之ᄒᆞ야聲應氣求에組織學會ᄒᆞ니吾儕之所攢賀而頌禱者이여
니〈6〉와憂國求自强之士가隨處有之則宜有不謀而同ᄒᆞ며聞風而起者
矣니愚方側耳而俟之ᄒᆞ노라

# 敎育

## 泰西敎育史 (續)

盖歐洲中古의文學之致頹廢者는原於文言之拘束ᄒᆞ야不能以本國之語
言으로爲學ᄒᆞ야或誦經典ᄒᆞ며或講學問에皆不得不依羅甸文이어늘達
泰氏ㅣ始於本國語로著書ᄒᆞ야俾國民之精神으로因之暢達ᄒᆞ니其功이
可謂偉矣로다又如培達拉克氏、保極西奧氏가繼達泰氏而興ᄒᆞ야亦以
意大利語로作詩與散文ᄒᆞ야排斥宗敎哲學而盡力以修古學ᄒᆞ야使意大

---

7 摧促 : ‘催促’의 오자이다.
8 種源 : ‘桃源’의 오자이다.
9 忕 : ‘扙’의 오자이다.

利人으로出宗教之桔轅而發揮自由ᄒ야硏究學問케ᄒᆫ者ᄂ三氏의力이
爲大ᄒ니라

**(近世文明之元質)**　自意大利人이爲文學再興之先導로開近世文明之端
緖ᄒ야歐洲人이始覺其千餘年長夜之眠ᄒ야以有今日之曉ᄅ이又有故
焉ᄒ니非僅此一事가遂足爲近世文明之原因也라盖當時에有數事ㅣ皆
可稱爲今日文明之準備助力焉일ᄉᆡ今擧大略如左ᄒ니

　一　自學希臘羅馬之古學으로人之思想이不役淺近ᄒ고遂能奮起ᄒ
　　야皆欲融液於學問ᄒ야硏究事物之動力ᄒ며

　二　從事於十字軍者ㅣ齎來東方之文物ᄒ야其知識技能을增益케
　　ᄒ며

　三　發明羅針之用ᄒ야印度와與亞美利에向ᄒ야航行ᄒ야新世界를
　　得ᄒ야海路를交通ᄒᆷ이其知識의境域을大擴ᄒ며

　四　有火器以行軍이며又有發明社會의組織ᄒ며起重大變故ᄒ야削
　　武士之權力ᄒ며高農業者之位階ᄒ야可以平均權力而大減戰
　　爭之數ᄒ야得永平和之福케ᄒ며

　五　印刷器械發明이니省煩勞之抄寫ᄒ고學士ㅣ得書甚易ᄒ며又麻
　　布造紙法이亦同時發見ᄒ야與印刷器로均能速知識之編及ᄒ며
　　印刷器ᄂ和蘭人洛稜司檻斯脫에剏ᄒ니時ᄂ一千四百四十五
　　年으로브터一千四百五十年頃이라與其弟子葛登培格으로共携
　　此器ᄒ고入德意志ᄒ니業書家가大便利之라爾後二十年間에
　　其器가遂通行全歐ᄒ니라

　六　通貿易之衢途ᄒ며開商業之都府ᄒ야增富厚之程度니爲此者ㅣ
　　可得獎勵文藝之資本ᄒ며

　七　以用於普通言語之國語로爲文章書籍이니學問之道가大爲簡便
　　이오

八 破封建之制度ᄒ고戢貴族之暴橫ᄒ고歛武士之跋扈ᄒ야平民이
　亦得受平等之權利홈으로人事의敎育을能盡케홈이오

九 歐洲諸國中央政府의權力이日盛혼故로人民의身家財產을可以
　保護無虞케홈이오

十 宗敎의改革이니從來로宗敎의束縛에蒙蔽홈을脫ᄒ고不倚賴於
　僧侶而自由任便의信敎를得ᄒ야硏究眞理홀意志를起ᄒ며智
　力의秘要를啓發홈을悟케ᄒ니於是에敎門之事를不要ᄒ고能히
　學生을造就ᄒ야人生의敎育法의求合케홈이라

**(文學이及於歐北)** 發生於意大利之文學이漸越阿爾魄士山ᄒ야行乎歐
洲北部ᄒ야入英法德荷諸國ᄒ야大變其宿昔敎育之法ᄒ야歷無數變遷
ᄒ고曲折變騰而成今時所行ᄒᄂ理論方法ᄒ니若能考其源委ᄒ면誠最
要而最增樂趣者라

當意大利文學再興時ᄒ야其人이皆具慕古之情ᄒ야於希臘羅馬文學에
醉心ᄒ야至欲復見紀元前에希臘佩爾克賴士 (雅典豪傑) 의盛時景象
ᄒ며又其時에僧侶平民이亦皆熱心於古代⟨7⟩文學而減其向宗敎之心
力ᄒ고或至不奉耶蘇敎而拜希臘之神ᄒ고或爲不歸依宗敎之人而是時
에羅馬敎皇이又習於華奢ᄒ야瓦的耕之王宮이爲恣其醜行之場ᄒ고僧
侶ᄂ皆放蕩無行ᄒ며志趣卑陋ᄒ야競爲藝薄之事ᄒ니爲平民之所不齒
오平民도亦減其往日의敬神重僧之心혼지라

耶蘇敎의中心에羅馬敎皇의現住혼意大利ᄂ其人이率皆不願束縛於宗
敎가旣如是홈으로於是尊信敎皇ᄒ며服從彼敎ᄂ別種歐洲人도其心
이亦爲大變ᄒ야阿爾魄士山以北에如德意志人도見敎皇放恣ᄒ며僧侶
無行ᄒ고心生不悅ᄒ야乃欲不賴僧侶而自誦經典ᄒ며不默從敎權而自
硏宗敎眞理ᄒ야遂知自學希伯來語ᄒ야讀舊約書ᄒ고學希臘語ᄒ야讀
新約語[10]홈이爲硏求之最要ᄒ고更修習古文學ᄒ야以硏究經典ᄒ며或

譯而傳之ᄒ야使人民으로不待僧侶講釋而能解耶蘇敎旨ᄒ며其後에乃
有改革宗敎一事ᄒ니當時碩學이輩出이라其最初出者ᄂ古文學家인ᄃᆡ
於宗敎改革에爲助力爲先導者오其後繼出者ᄂ宗敎改革家而能盡力於
敎育者가又續出而盡力於敎育之改良ᄒ니故로意大利文學再興之結果
ᄂ爲替敎皇之權力ᄒ야貶抑僧侶ᄒ야衰頹其宗敎者也라

德意志人이實當改革宗敎ᄒ며並硏究文學之任ᄒ야遂令敎育改良ᄒ고
文明益進ᄒ야馴致十九世紀之盛ᄒ니

然이나在歐洲之北部ᄒ야其文學再興ᄒ며宗敎改革이行之大不易而卒
有效者ᄂ可以見其人之堅强矣로다盖其間에有僧侶與學者之競爭ᄒ고
又有煩瑣理學과與新學之爭ᄒ야生激烈之抵抗而僧侶도覺得新學之危
已ᄒ고其抵抗이尤力ᄒ야至目爲邪敎에欲禁人學古文ᄒ니皆自希伯來
與希臘起ᄂ니라

今試擧盡力於古文學ᄒ고且於宗敎改革에開其道路者ᄂ則阿固利廓拉
氏와路徹英氏와哀拉司馬氏가爲最著名者라至十六世紀後에又有路德
氏、嘉爾文氏、美蘭其松氏、ᄒ니라 (未完)

## 敎育學의問答 (續)

(問) 敎育의主義와出其種類를請晰示ᄒ노라

(答) 施敎育於人ᄒ고人勉從其敎育者ᄂ敎育의目的也나雖然이나尤必
有確定之方針이오其確定의方針을立홈은卽敎育의主義라故로縷
擧於左ᄒ노라

敎育의方針을擧ᄒ야其主義를定ᄒᄂ者ㅣ二種이有ᄒ니 一、注入
主義 二、開發主義

---

10 語 : '書'의 오자로 보인다.

教育의結果ᄅᆞᆯ因ᄒᆞ야其主義ᄅᆞᆯ定ᄒᆞᄂᆞᆫ者ㅣ二種이有ᄒᆞ니 一、鍛鍊主義 二、實利主義

教育의性質을依ᄒᆞ야其主義ᄅᆞᆯ定ᄒᆞᄂᆞᆫ者ㅣ又二種이有ᄒᆞ니 曰、個人主義 曰、國民主義

(問) 注入主義와開發主義ᄂᆞᆫ何如오

(答) 注入主義ᄂᆞᆫ事物의困難與容易ᄅᆞᆯ不論ᄒᆞ고教師가自己의智識을極盡ᄒᆞ야ᄡᅧ受教者에게灌輸ᄒᆞᆷ이오開發主義ᄂᆞᆫ受教者의心性을諦審ᄒᆞ야其心性上으로由ᄒᆞ야其智識을誘出ᄒᆞᆫ然後에未知ᄒᆞᆫ바ᄅᆞᆯ更示ᄒᆞᆷ이라

注入主義ᄂᆞᆫ自然的教育이아니오乃勉强的教育也라心性發達의次序ᄅᆞᆯ因ᄒᆞ야順導케不能ᄒᆞ니譬컨ᄃᆡ多量物品을小囊中에貯ᄒᆞ면囊力이物量을不勝ᄒᆞ야必至破裂ᄒᆞ리니囊雖堅靭이나亦未有不滿而溢者ᄒᆞ리니吾甚惜其徒勞也로라

開發主義ᄂᆞᆫ能히受教者心性發達의次序ᄅᆞᆯ順케ᄒᆞ야徐導之ᄒᆞ나니其執行의方法은外界事物로ᄡᅧ勉强ᄒᆞ야兒童心內에注入ᄒᆞᄂᆞᆫ者가아닌故로注入主義에較ᄒᆞ야優勝ᄒᆞ나然有異說ᄒᆞ니라

開發主義ᄅᆞᆯ用ᄒᆞᄂᆞᆫ者ᄂᆞᆫ則受教者가不知所苦나然이나有時로理解케不易ᄒᆞᆫ事物로ᄡᅧ妄示ᄒᆞ며亦或其不能答ᄒᆞᆯ問〈8〉題로ᄡᅧ强答케ᄒᆞ나니此非汚闊이라乃卽棼雜ᄒᆞ야旣害腦力ᄒᆞ고又敝精神ᄒᆞ야終且無以增拓其智識ᄒᆞ나니何益이有乎아故로善教育者ᄂᆞᆫ心性內에旣發達ᄒᆞᆫ原力을因ᄒᆞ야擴而充之ᄒᆞ야ᄡᅧ其適當ᄒᆞᆫ新智識으로增進케ᄒᆞ나니라

(問) 鍛鍊主義와實利主義ᄂᆞᆫ何如오

(答) 鍛鍊主義와實利主義가如何ᄒᆞᆫ結果ᄅᆞᆯ能得고ᄒᆞ면卽其如何ᄒᆞᆫ目的에能達ᄒᆞᆯ問題에就ᄒᆞ야斷言ᄒᆞᆯ지니

盖鍛鍊主義의第一手段은心性內의諸能力을鍛鍊ᄒ야振而張之ᄒ
야其心意를强固케홈이在ᄒ니若其教育의事物이果然實地에功用
與否가有ᄒ다ᄂ問題ᄂ第二가될지니라

實利主義ᄂ其所教育之事物이實地의功用을必求ᄒ나니能力振張
과心意强固에至ᄒ야ᄂ오히려第二問題가되나니라

右二主義가各具至理ᄒ야不可偏廢니盖乏心意之鍛鍊이면雖灌輸
以有智識之材料ᄒ야强使容納이라도而其保守之能力과使用之能
力은卒難擴充ᄒ리니若無實用之智識이면ᄯ호有用藝術의發達을
阻礙홈을不免ᄒ리니故로吾謂二主義가各有至理ᄒ야不可偏廢라
ᄒ노라

要之컨딕但用鍛鍊主義ᄒ면必至鍛鍊其心力ᄒ야一個適當ᄒ學科
를墨守ᄒ야徒敝於艱澁無味之記誦ᄒ고心力發達의何似를不顧홀
것이오但用實利主義면其藝術은可至熟練이나然乏道德之力ᄒ야
判決力이必弱ᄒ리니此二者를融而化之ᄂ惟在善教育者ᄒ니라

(問) 鍛鍊主義와實利主義를旣不可偏廢나然於二者之間에亦有輕重
乎아

(答) 有之ᄒ니教育之時와教育之地가各有不同ᄒ야宜重鍛鍊者ㅣ或有
ᄒ고宜重實利者ㅣ或有ᄒ니라

初等普通教育-卽小學校-은諸種能力의基礎를鞏固케홈으로爲主
ᄒᄂ故로此時에ᄂ宜專據鍛鍊이오實利主義ᄂ可輕홀지니라

高等普通學校-卽中學校-ᄂ使人으로社會中流에立케홈이在ᄒ야
種々動作의適當ᄒ能力이皆有故로亦重鍛鍊主義나然高等普通數
育[11]을受홀時예ᄂ旣與社會로交涉이有ᄒ야普通良民由初等教育

11 數育 : '教育'의 오자이다.

養成者이되ᄂ故로實利主義를亦不可忽[12]이니라

迨入高等敎育學校ᄒ야ᄂ不但修高等學問이라以應國家之用而已
니其年齡과其能力이旣已十分鍛鍊故로宜純依實利主義ᄒ야專求
其能應國家之用이니라

(問) 個人主義及國民主義ᄂ如何오

(答) 個人主義ᄂ宗旨가一個人에在ᄒ고國民主義ᄂ宗旨가一國民에在
ᄒ니個人主義의希望은使人으로能獨立於社會上ᄒ야以營生活而
繼其先業者也오國民主義의希望은使人으로能保一國之獨立ᄒ야
써維持其安寧故로必鑄成完全國民之資格者也여늘父兄이其子弟
를敎育ᄒᆯ시個人主義를多據홈은何也오父兄於子弟에未有望其完
全人物ᄒ야有善良之習慣ᄒ며有高尙之名譽ᄒ야以先榮其家族者
故也니라

國民主義ᄂ不然ᄒ야其意가一國에普及ᄒ야疵氓이無커ᄒ야乃可
維持安寧ᄒ고乃可保守獨立코져ᄒᄂ니夫安寧獨立은雖有種々配
合原力이나其最要ᄒ者ᄂ全國人民을養成ᄒ야最良ᄒ氣質이有케
홈으로準的을ᄒ나然而國也者ᄂ本爲一個人之集合体라故로苟注
重於個人敎育ᄒ야使人人으로皆有最良之氣質則全國民의最良之
氣質이自然十分圓滿ᄒ야而安寧也而獨立也ㅣ無難矣리라故로曰
敎育之道ᄂ必先洞知其國의國俗與國体ᄒ야要素를確定〈9〉ᄒ然後
에據此以敎育國民이라ᄒ니斯言也ㅣ雖有智者라도不能易矣리라

(問) 欲使敎育之目的으로不誤ᆫ디其最要가安在오

(答) 其最要ᄂ適良ᄒ方法이有ᄒ디在ᄒ니라

適良의方法을舍ᄒ면何事를無論ᄒ고皆不能成커든何況敎育乎아

---

12 忽 : '忽'의 오자이다.

盖敎育은發揮人之精神ᄒ야使自得動作之能力ᄒ고又使逐漸ᄒ야
可以脫能力中之束縛也라故로形式上敎育도有ᄒ고精神上敎育도
有ᄒ니適良ᄒ方法을求코져ᄒᆯ진딕舍精神末由ᄒ리니是無他故라
施敎育者ㅣ自鼓其精神ᄒ야ᄊ被敎育者의精神을激發ᄒᆯ而已니라
敎育의方法을旣求於精神上則施敎育者가必先養成完全善良之
精神이라야乃能激發被敎者之精神ᄒ리니然欲激發被敎者之精神
인딕直接上으로勢力을見ᄒ기不能ᄒ니要當以適良手段으로媒介
也니라

欲達敎育의終極目的인딕必先實行第二의目的이니第二의目的은
可區爲數類이나前旣論之故로今에其方法만左에特爲備列ᄒ노라
(一)養育(一)訓鍊(一)敎授　　　(未完)

## 霍布士의政治學說 (續)

更히綜詳論之컨딕霍布士의政論을可分爲二大段이나兩段이截然히不
相聯屬ᄒ니其第一段은謂衆人이皆欲出於爭鬪之地라가乃入於平和之
域故로相約而建設邦國者也오其第二段은謂衆人이皆委棄其權而一歸
於君主之掌握者也니審如此言인딕衆人이旣擧一身ᄒ야以奉君主ᄒ고
君主ᄂ以無限之權으로肆意使用ᄒ면所謂契約者ᄂ果安在며所謂公衆
의利益者ᄂ果安在乎아故로第一段所以持論者가乃自破壞其第二段所
論也니以若霍氏의才識으로至有如此紕繆者ᄂ無他라媚其主而已로다
雖然이나民約의議論이一出以來로後之學士가往々其意ᄅ祖述ᄒ야去
瑕存瑾而發揮之光大之ᄒ야致此十九世紀의新世界新學理ᄅ開ᄒ얏시
니霍氏의功이又何沒乎아

按霍氏의學說이頗與荀子로相類ᄒ야其所言哲學이卽荀子性惡
의旨也오其所言政術이卽荀子尊君의義也라荀子禮論篇에曰ᄒ

되(人生而有欲ᄒ니欲而不得則不能無求오求而無度量分界則不能無爭이니爭則亂ᄒ고亂則窮故로先王이惡其亂而制禮義而分之ᄒ야써養人之欲ᄒ고給人之求라ᄒ니)此論은由爭鬪之人羣ᄒ야進爲平和之邦國이라其形態秩序가與霍氏說로如出一轍이나但霍氏의意則以爲所以我國者ᄂ由人民之相約而荀子ᄂ謂所以我國者ᄂ由君主之得力則此其相異ᄒ要點也라然就其理論上觀之면則霍氏의說이稍較高尙이오若就事實上驗之면則荀子의說이稍與霍高而荀子ᄂ言立國이由君意故로雖言君權而尙能自完其說이오霍氏ᄂ言立國이由民惡故로其歸宿이乃在君權ᄒ니此所謂探矛而自伐者也로다

又按霍氏의言政術이與墨子로猶爲相類ᄒ니墨子尙同篇에云ᄒ되(古者에民始生에正長이未有ᄒ고刑政이未備ᄒ야天下之人이皆有異議[13]라所以로一人이一義ᄒ고十人이十義ᄒ고百人이百義ᄒ야其人數의衆多ᄒ을隨ᄒ야其所謂義者ㅣ亦爲玆衆ᄒ야人是其義오非人之義故로互相交非也니內而父子兄弟가互作怨讎ᄒ야皆有離散之心ᄒ고不能和合ᄒ며外而天下之百姓이皆以水火毒藥으로相虧害而至若禽獸然ᄒ니此ㅣ民無正長ᄒ야欲以一同天下之義而返生天下之亂者ㅣ明矣라故로天下에賢良聖知辯慧之人을選擇ᄒ야立以爲天子ᄒ야써從事乎一同天下之義ᄒ나니是故로里長이此里民을率ᄒ야써上同於鄕長ᄒ고鄕長이此鄕民을率ᄒ야써上同於國君ᄒ고國君이此國民을率ᄒ야써上同於天子〈10〉ᄒ고天子가天下民을率ᄒ야써上同於天이라ᄒ얏시니)此其全論의條理順序라皆與霍氏로若出一吻ᄒ야其言未建國以前의情形也ㅣ

---

13 異議 : '異義'의 오자이다.

同ᄒᆞ고其言民相約而立君也 ㅣ 亦同ᄒᆞ야地之相距가數萬里也오世
之相後가數千年이로되其思想則若合符節ᄒᆞ니豈不奇哉아雖然
이나霍氏가墨氏에게不逮ᄒᆞ者 ㅣ 有一焉ᄒᆞ니何者오墨氏ᄂᆞᆫ知以天
統君之義故로尙同篇에又云(夫旣尙同於天子而未尙同乎天者ᄂᆞᆫ
卽天蕾가猶未去也라ᄒᆞ니)然則墨子의意ᄂᆞᆫ困知君主之不可以無
限制나特未得其所以制限之良法故로託天以治之ᄒᆞ니雖其術이
涉於空漠이나若至君權有限之公理ᄒᆞ야ᄂᆞᆫ卽旣得之矣오霍氏則
民賊의僻論을主張ᄒᆞ야以謂君盡吸收各人之權利而無所制裁라
ᄒᆞ니是恐虎之不噬人而傅之翼也니惜哉라

又按霍氏ᄂᆞᆫ泰西哲學界와政學界에極有名ᄒᆞᆫ人이라生於十七世
紀ᄒᆞ야其持論이與戰國諸子로相等ᄒᆞ고且其精密이更有遜焉이라
亦可見其思想發達이較吾東洋人尙早矣나但近二百年來에泰西
思想의進步가如此其驟여ᄂᆞᆯ則我韓國은雖在今日世紀ᄒᆞ야도依然
若二千年以上의睡餘[14]ᄒᆞ니是則後起者가先起者의罪人됨을未免
ᄒᆞ깃고其進步치못ᄒᆞᆷ온但其思想의硏究가無ᄒᆞᆫ故이니嗚呼惜哉라

## 實業

### 在韓國外人의商業

我韓에셔外國人의商業에從事ᄒᆞ난者ᄂᆞᆫ日淸兩國人이爲主ᄒᆞ나原來에
但開港場이나及租界內居留地에셔棧房을架設ᄒᆞ고商業에從事ᄒᆞ며我
人을紹介ᄒᆞ야貨物의販賣를行ᄒᆞ더니近時에至ᄒᆞ야我國內地各處에日
人의店肆를無碍開設ᄒᆞ고尤其鐵道停車場附近과沿岸河川不通商口岸

---

14　唾餘 : '睡餘'의 오자로 보인다.

에 日本人商業이極히擴張ᄒ야其勢ㅣ迫潮湧河決과如히滔滔莫止홈으로 本國人의商業은愈益困難ᄒ야衰退혼狀況을呈ᄒ나니盖進者의勢力이膨大ᄒ면退步者의勢力을減縮됨은卽自然혼理數라試據近年에各地 輸出入의調査表ᄒ건디全然히輸入額이輸出額에幾倍나超過혼中外國의輸出入에日本이第一이오其次ᄂ淸國이오西洋列國은其商品이少數에不過혼지라今에一斑을擧ᄒ야如左揭載ᄒ건디

**韓日貿易額**

| | (輸入) | (輸出) |
|---|---|---|
| 光武六年、 | 一一、七六一、四九四圓 | 八、九一二、一五一圓 |
| 合計 | 二千萬六十七萬三千六百四十五圓 | |

**日本에셔我國에輸出ᄒ난物品表**

| | 光武六年 | 光武五年 |
|---|---|---|
| 棉布 | 二、四〇九、〇六四圓 | 二、六六五、三六〇、圜 |
| 棉織絲 | 一、〇三〇、六六三、 | 一、三二八、一一一、 |
| 甲斐絹 | 二二、四三四、 | 二〇、九八一、 |
| 地氈 | 三、四七四、 | 一、三一八、 |
| 燐寸 | 三四四、六〇四、 | 二七二、〇三二、 |
| 磁陶器 | 二三七、七六〇、 | 二二〇、四六六、 |
| 漆器 | 一八、六六一、 | 一二、〇一五、 |
| 洋傘 | 七九、二五三、 | 五八、二八四、 |
| 製茶 | 一六、九二七、 | 一一、八七九、 |
| 米 | 一二六、八九七、 | 一四、五三〇 |
| 銅 | 一二九、三九二、 | 七六、六七七、 |
| 石炭 | 五五四、八三二、 | 四〇三、一五〇、 |
| 昆布 | 一一、三四五、 | 一三、六一一、 |

我國에셔日本으로輸出ᄒ난物品表

|  | 光武六年 | 光武五年 |
|---|---|---|
| 棉花 | 一七五、五二二、圓 | 六七、八四○、圓 |
| 米 | 四、七八一、二一七、 | 三、九六一、三一二、 |
| 豆類 | 二、二九○、一九三、 | 二、二五四、八九九、〈11〉 |
| 油糟 | 七、三九二、 | 一二、四一八、 |
| 金地及貨 | 五、四二五、一四六、 | 四、七八六、九七一、 |
| 銀地及貨 | 二、三一七、 | 一二五、九九○、 |

以上列記ᄒ統計ᄂ摠皆各開港場稅關에通過ᄒ調查ᄅ據ᄒ바오此
外不通商口岸으로密輸出輸入홈이亦不尠ᄒ나아직精密ᄒ調查가
無ᄒ고且[15]此輸出入의商品種을考ᄒ건디日本에셔輸入品은皆加
工品製造品인디我國에普通需用ᄒ난바오其我國에셔輸出ᄒᄂ品
種은製造品은絶無ᄒ고皆農產物의原料品인즉何時에나工業ᄅ擴
張ᄒ야製造品이輸出되도록發達홀ᄂ지現今은宜農產物을獎勵ᄒ
야發達이益益進步되게홈이必要ᄒ바라

我國의重要輸出品은第一米穀이니每個年產額이約一千萬石以上에達
ᄒ고輸出額이約五百萬圓에過ᄒ며其次ᄂ豆類니一個年에約五百萬石
의產額인디輸出額이二百五十萬圓에達ᄒ고其次ᄂ棉花니全羅慶尙兩
道의產品이極良ᄒ야美國보다猶勝홈으로今日人의注意홈이此에在ᄒ
니光武七年輸出額이約三萬二千一百五十三擔에價格이十七萬五千五
百二十二圓에上ᄒ니將來重要ᄒ輸出品이될것이오其次ᄂ荏子니一個
年產額이大槪四千石內外인디釜山에셔賣買價金이一石에平均六元七
十錢上下니一年輸出額이二萬七千餘元이오其次ᄂ麻布及苧布의類니

---

15　且 : '但'의 오자로 보인다.

麻布는咸鏡道元山港에셔多出ᄒ고苧布는全羅道群山地方에셔多出ᄒ
난디麻布의輸出額은約二十萬元以上이오苧布의輸出額은約二十五萬
元以上이니라

此外에又人蔘과牛皮과水物産이鉅額에達ᄒ나니釜山馬山等地에셔
米、豆、干魚、昆布、海苔、海藻等의海産物各種과生牛、牛皮、牛
骨、砂金、銅、木棉紙等이오木浦群山等地는米、穀棉花、海産物과
麥牛皮、麻、苧、五倍子、砂金等이오仁川은米、豆、牛皮、牛骨、
獸皮、人蔘、紙、金等이오平壤三和諸地는米、豆、襍穀、牛骨、金
鐵等이오元山城津等地는砂金、大豆、生牛、海産物、荒銅、牛皮、
藥品、麻布、等이오龍岩浦義州等地는金、銅、木材로大宗을슴고其
輸入品은大槪棉布、絲、食鹽、石油、燐寸、日本酒、金屬、麥粉、
烟艸、陶器、磁器、漆器、金巾、苛性曹達、麥酒、砂糖、織物、
氈、石炭、器械類、木材及其他日用雜貨니라

## 商工業의總論 (續)

### 統計의精粗

德意志가一千八百八十二年에職業統計調查에從事ᄒ시其法이頗新ᄒ
고用心이亦最能得實이러라、瑞士及澳地利가千八百八十年에人口調
查를行ᄒ시其職業點閱을兼行ᄒ야亦能近實ᄒ고、法國이亦於千八百
八十一年人口調查之時에稽其大体ᄒ야亦稍得宜ᄒ고、意大利及凶牙
利도則自千八百八十年으로同一個年間調查는舊習이尙存ᄒ야不足觀
矣터라

德意志調查職業의方法이其農業中分爲四項ᄒ니、一專業者二備於他
人而爲理事者、三自業兼被傭者、四助人經營者、러라其四項中에又
再分爲三種ᄒ니一爲主者의家屬이오二爲從僕이오三曰傭의傭工이러

라其餘諸業도亦分爲三ㅎ니一은自業者오二는被使役者오三은營業者
의家屬이러니至若工者의種類ㅎ야도亦分爲四ㅎ니一曰自業者、二曰
爲人經營者、三曰學識이有ㅎ야爲他人監督業務者、四曰應使役爲助
手者나其法이畧如是러라

職業統計의稍可信者는已述於前이여니와今에其統計를據ㅎ야一表를
揭載ㅎ야써德、瑞、奧、法、意、等의職業分配ㅎ景況을明示ㅎ노니
此ㅣ非謂各國情事가毫無所異로되不過示其大槪也니라

| | 德 | 法 | 奧 | 瑞 | 意 |
|---|---|---|---|---|---|
| 耕耘牧畜茶園의業 | 四、二〇 | 合四九 | 合五五、〇 | 四〇、〇 | 三四六 |
| 山林戰臟[16]의業 | 〇、七 | | | 合〇、三 | 不詳〈12〉 |
| 漁業 | 〇、七 | 不詳 | 不詳 | | 不詳 |
| 採礦製作의業 | 三六、〇 | 二五、〇 | 二三、〇 | 三七、〇 | 一九、〇 |
| 商業交通의業 | 一〇、〇 | 一二、〇 航海〇 | 五、六 | 一一、二 | 三、四 |
| 雜業-日雇- | 二、〇 | | 八、四 | 一、〇 | 三〇 |
| 自由職業 -公務의從事者及教師僧侶의類- | 關四、九 | 五、七 | 四、三 | 五、〇 | 一二、八 |
| 食積財의利者 | 三、五 | 五、七 | 三、二 | 二、〇 | 四、三 |
| 其餘 -學生囚徒及棄兒等- | 一、五 | 三、四 | 〇、八 | 二、〇 | 二八、〇 |

自是觀之면各國職業分配의槪況을可知矣로되其中德瑞兩國이所差無
幾者는人情風俗이相同故也라其稍怪者는則意大利全國人口中百分의
三或二十八은不詳其屬於何職이오此外凶牙利及比利時의統計도亦不
可謂適當也터라

---

16 戰臟 : '獸臟'의 오자로 보인다.

盖職業의調査ᄂ先一々算其種類然後에其人數를詳査ᄒ나니是近日德意志의統計가所以能整頓者也니라夫先知其事業의種類後에分類而問其從事者之多寡ᄒ면則獨立經營者가多能入殼ᄒ리니是乃最新之統計法也라故로千八百七十五年의調査人口者가多用此法ᄒ야分職業而爲主副二項ᄒ고又分其副ᄒ야爲指揮者補助者及大業小業의二項(大業小業의區別은據從事人數의多小)ᄒ얏시나其事業의大小를區別ᄒ者ㅣ其事甚難故로當時에强分之以五人以上從事者로爲大業ᄒ고五人以下從事者로爲小業ᄒ니是誠疏鹵而不免貽譏也로다

統計調査의方法이旣未有其完全者故로各國이不得互相比較ᄒ나니其缺點은二種이有ᄒ니各國時期의不齊가一也니盖商工事業이盛衰榮枯의差가有ᄒ야一週年間均一者ㅣ無有ᄒ니如欲各國製鐵의景況을比較ᄒ진ᄃᆡ則閱統計而點檢高爐-(풀무간)-之數나然各國之中에係於千八百七七八年[17]調査者도有ᄒ고或係於千八百八十一年及仝七百七十八年調査者도有ᄒ야鐵業極衰ᄒ時代예도各國高爐停者가不多ᄒ고極盛時代예도此爐停者가不少ᄒ故이니라

統計의類別이各國相異ᄒ야種類與廣狹이大有差別ᄒ者가二也니試以各國航海의統計로證之ᄒ리라德意志의航海에船舶이能容十噸以上이라假定ᄒ면法國則定爲一噸以上이可也라ᄒ니海兵과海商을不問ᄒ고法德兩國의航海船舶之調査를終不可比較也ㅣ明矣니라 (未完)

---

17 千八百七七八年 : '千八百七十八年'의 오자로 보인다.

# 談叢

## 本朝名臣錄의攬要

### 尙震 －字起夫號泛虛亭官至領議政謚成安－

公이年過成童에馳馬試射라가儕流의게被侮ᄒ과卽發憤勤學ᄒ야甫五月에文義ᄅ已達ᄒ고十朔이未滿ᄒ야更無滯阻라或이勸就蔭仕ᄒ디公이曰丈夫當讀書樹業이라ᄒ더라

金安老가禧陵水石之說로鄭光弼를欲陷ᄒ더니公이時爲諫長ᄒ야閉門謝客ᄒ고疏草ᄅ自具ᄒ야同僚ᄅ倡率ᄒ야셔啓ᄒ야遂得減輕ᄒ니라

薦用ᄒᆫ人이或私謝ᄒᄂᆫ者有ᄒ면公이輒不悅曰爵祿은國家之公器라私門所有가아니니愼勿復然ᄒ라ᄒ더라

自供이甚薄ᄒ야食不過數味라若疊進則其一ᄅ捨ᄒ야曰古之賢相도食不重肉컨든況我乎아衣服은朝襆外에ᄂᆫ綾緞을不用ᄒ야曰服이人에셔美ᄒ것은恥의甚ᄒ것이라ᄒ더라

일즉義州의虛弱으로셔爲憂ᄒ야曰前古麟州　抱州　義州에三鎭을置ᄒ야셔夷漢의界ᄅ防ᄒ터니今則只一義州인디城壍이又無ᄒ니鐵騎乘氷이면何似御之리오ᄒ더라

自警編을好看ᄒ더니嘗曰韓魏公의玉盞等事ᄂᆫ吾亦可及이라ᄒ더라

### 任權 －字士經官至兵曹判書謚貞憲－〈13〉

仁宗이在邸就學에公이春坊에被選ᄒ야講說이詳暢ᄒ고音吐가淸亮ᄒ니仁宗이每注聽ᄒ시ᄂᆫ지라書筵論難ᄒ辭ᄅ曰必錄啓ᄒ니　中宗이公의勸戒ᄒ語ᄅ見ᄒ고曰輔導ᄒᄂᆫ任이顧不當若是耶ᄒ시더라

嘗於經筵에時宰貪黷의狀을歷論ᄒ더니　上이其姓名을詰問ᄒ신디指斥不諱ᄒ니中外聳懼ᄒ더라

金安老之柄用也에公이禮議로써經席에셔啓ᄒᆞ야曰今安老在朝ᄒᆞ니小
人의黨附ᄂᆞᆫ固也어니와 殿下도亦此로黨ᄒᆞ야使縱其惡은何也잇고 上
이曰予가不得辭其責이라ᄒᆞ시니라

公이大官에久居ᄒᆞ얏시되家에贏貨가無ᄒᆞᆫ지라일즉子弟다려語ᄒᆞ야曰吾
豈過人이리오但獨處에自欺가無ᄒᆞ고對人에諱홀事가無홀而已라ᄒᆞ더라

### 李潤慶 -字重吉官至兵曹判書諡獻-[18]

中廟時에公이爲校理ᄒᆞ야李芑의麤險을駁論ᄒᆞ고出ᄒᆞ야星州牧이되니
士民이心服ᄒᆞ야雲間李使君이라ᄒᆞᄂᆞᆫ謠가有ᄒᆞ더라甲寅에出ᄒᆞ야完山
에尹ᄒᆞ얏더니乙卯에倭人이靈巖을迫홈이觀察使가公을牒ᄒᆞ야守城將
을삼은지라時에其弟浚慶이都巡察使가되야本城으로檄還ᄒᆞᆫ디公이答
ᄒᆞ야曰受國厚恩에當以死報라死所를不得홀가常恐ᄒᆞ노니吾不可去라
ᄒᆞ고遂赴靈巖ᄒᆞ야巡視ᄒᆞ고忠義로써勵ᄒᆞ니士卒이反홀意가無ᄒᆞᆫ지라
出兵得捷ᄒᆞ고맛참니孤城을保全ᄒᆞ니라

### 李浚慶 -字原吉官領議政諱[19]忠正-

明廟疾篤에 中殿이公을急召ᄒᆞᆫ디公이入홈이 上이已不能言이라公이
中殿의게啓ᄒᆞ야曰社稷之計를當定이여늘 主上이不能顧命ᄒᆞ시니 中殿
이當有指揮니이다 中殿이答曰乙丑年危急時에 王命으로一封書를下
ᄒᆞ엿시니當以其人으로爲嗣니라公이拜伏地曰社稷之計定矣라ᄒᆞ고賓
廳으로出ᄒᆞ니 上이已昇遐矣라遂迎入嗣子ᄒᆞ니라

公이自少로磊磈不羣ᄒᆞ고立朝에淸嚴自持ᄒᆞ야與兄潤慶으로同有時望
이라潤慶은外和而內立ᄒᆞ고浚慶은外毅而內刓ᄒᆞ야方權奸이用事에不

---

18 獻 : '正獻'의 탈자이다.
19 諱 : '諡'의 오자이다.

敢崖異ᄒᆞ되心護士類故로時望이不衰ᄒᆞ야元衡이旣破에乃得當國ᄒᆞ니
라性이高亢ᄒᆞ야不能下士ᄒᆞ고且以膠守舊轍로　上을引導ᄒᆞ야相業의可
觀이無홈으로士林이短之ᄒᆞ니遂與不協ᄒᆞ야疾病에箚子를上ᄒᆞ야論호
되朝臣이朋黨의私가有ᄒᆞ니請破之ᄒᆞ소셔　上이驚ᄒᆞ야曰若有朋黨이면
朝廷이亂矣라ᄒᆞ시니是로由ᄒᆞ야能히其名望을全치못ᄒᆞ니라

## 伊藤侯의韓國談

　　獨逸新聞記者후은부스도氏가伊藤侯와談話호것을伯林一新聞에
　　揭載홈이如左ᄒᆞ니

曰余가伊藤統監으로長時間[20]을會談ᄒᆞ얏ᄂᆞᆫᄃᆡ統監曰余의任務가甚重
且大ᄒᆞ고極爲錯雜ᄒᆞ니韓國上流社會ᄂᆞᆫ風儀가廢頹ᄒᆞ야道德의念을殆
不可見이오下流社會ᄂᆞᆫ無智織[21]而萬事에無思慮ᄒᆞ야上下가茫々然히
政府의所爲만傍觀홀而已라輿論이니公議니可謂홀者ᄂᆞᆫ毫不能見인바
其中宮中이極爲紊亂ᄒᆞ야雜輩策士가徒事陰謀故로吾儕의肅淸宮禁을
提出호者도寔出於不得已之擧也로라

且日本人中에或韓國을幷呑ᄒᆞᄌᆞᄂᆞᆫ主唱者가有ᄒᆞ나雖然ᄒᆞ나日本皇帝
及如余者ᄂᆞᆫ韓國々勢가發展ᄒᆞ야獨立經營의實力이生ᄒᆞ기를希望홀而
已로라

吾儕가於韓國內에비록外國政治的干涉을許容치아니ᄒᆞ나門戶을開放
ᄒᆞ고外人으로터부러待遇를均等케ᄒᆞᄂᆞᆫ것은固欲寄與而日夜念之ᄒᆞᄂᆞᆫ
바인故로如外國資金이輸入되ᄂᆞᆫ것을吾儕所以歡迎也라是以로日本二
三新聞이對韓措處及勢力發展의緩漫에向ᄒᆞ야論難을頻加ᄒᆞ얏시나然
一國反正의大事業을擔任호人이誰無一二過失耶아余의汲々호바ᄂᆞᆫ오

---

20　長時間 : ‘長時間’의 오자이다.
21　智織 : ‘智識’의 오자이다.

작過失을匡正〈14〉케不及홀가恐ㅎ노라唯大成은速成을不許ㅎ나니엇
지急切을可期ㅎ리오所以로吾儕於數月間에施設훈事業中에如行政及
貨幣制度의改良等者가亦爲不少ㅎ나但前途의至大至難훈事業은如山
橫途ㅎ야엇지一朝에輕議ㅎ리오만오僅可喜可賴훌者는此國下流勞働
者也니此輩는多年을暴政之下에窮苦ㅎ야오히려其勤勉正直훈마음을
維持ㅎ얏시니此一點이改善홀曙光일가認ㅎ노니余於對韓事業에唯時
間問題而已라若假之以多年이며韓國改善은余의確信ㅎ는바어니와其
間多少波瀾이有훔은到底히可免케不能云耳로라

## 歐洲의新形勢

近來墺太利에셔假戰演習을行하난디其規模가頗大하니其同盟國伊太
利軍隊가墺境에侵入하는狀態를假想함이라伊軍이몬져락구자에上陸
하야몬데네구로를侵掠하고셰루비야를誘致ㅎ야將次墺國國境을迫호
려하다가其目的이不達하야맛참니墺軍勝利에歸한組織이더라
今時墺伊獨三國同盟은天下에不知하난者ㅣ無하거늘此時를當하야墺
國이卒然히輕擧가有하야伊國을敵軍으로擬하니雖云假戰演習이라하
나伊國人의惡感情을煽出함이必不尠少할것이오歐洲外交界와及軍人
社會에疑議百端하야評論嘖嘖할것이亦其處也니라
由來兩國이비록政治上同盟이有하나侵略을互虞하야暗相警戒하난지一
日쑨아니라伊國은墺國이勢力을아루바니아에伸張하야마셰도니아에進
出할가恐ㅎ고墺國은伊國이아도리아짓구海를濟하야同海로써伊國領海
을삼을가憂하야兩國이反目嫉視하난것은歷史上事實이라今回大演習之
時에伊國艦隊가佛國마루셰-유港에蟻集하야英國及西班牙艦隊로더부
러相會하야佛國大統領후아리예-루氏의歡迎을甘受하니夫佛國大統領
후아리예-루氏난卽三國同盟의大敵이라三國同盟의情理로推하면此行

動이有하기不合하거늘伊國態度가乃如此하니彼를見하던지此를見하던
지三國同盟結合의力이漸致薄弱할것은智者를不待하고知할지니라

現時歐洲大勢를見하며外交界暗流를察함이亦與往年三國同盟하던時代
로不同한지라故로同盟性質이亦自不能不推移變轉할지니往年에と武備
를互張하야戰爭을預防하기로同盟旨意를삼더니今時則不然하야主義與
主義相合하며意思與意思相通함을見하고야始爲成立ᄒᄂ니彼佛露同盟
과如한것은一方은共和國이되고一方은專制國이되니如此한同盟은結合
條理에反하기甚한者라永續하기不能함은論할것이無하고日英同盟과英
佛協定과如한것은是舊時思潮卽武備的同盟以上에脫出하야主義와意思
가互相投合하야成立한者니可히同盟新現象이라謂할지로다

如此히觀來함이如彼英露接近도亦難實現이오伊國이三國同盟의大敵
佛國으로더부러握手하ᄂ것이是自然趨勢라不足怪也니伊佛兩國이意
氣가投合한故니라

向後에歐洲에셔同盟을結코져할者가有하면반다시其一國利害를標的
지아니하고歐洲全部에位하야所謂最高等自由主義에基하야戰爭發生
을防遏하기로國際同盟의目的을삼으리니라

## 米國大領統[22]루-즈베루도格言集 (續)

○吾人이疲勞홈도有ᄒ고或腐敗홈도有ᄒ니二者에不可不其一를撰홀
지니吾ᄂ疲勞者를撰ᄒ갓노라
○비록如何히良好혼制度라도活用이無ᄒ면何功能이有ᄒ리오理論은
비록美ᄒ나吾가貴히녀기지아니ᄒ노니理論이實際에適치아니면是ᄂ
無用長物而已니譬컨디玆에壯大美麗혼機〈15〉械가有홈이其機械가運

---

22　大領統 : '大統領'의 오류이다.

轉이無ᄒ면能히一物도作지못ᄒ나니라

○子弟를教養홈이맛당히ᄒ여곰艱難에處ᄒ야도撓치아니ᄒ며富貴에處ᄒ야도淫치아니ᄒᄂ力을養케ᄒ고且身으로國事를擔當ᄒ야自已의義務를守ᄒ야退치아니ᄒᄂ精神을鼓舞策勵ᄒᄂ것이可ᄒ니라

○英雄的大事業홀機會ᄂ或求치아니ᄒ야셔來홈도有ᄒ고或來치아니홈도有ᄒ나니斯機會의來與不來ᄂ吾人의所關이아니오吾人은日々마다오직吾의義務를盡홀機會를接着ᄒ야其義務를眞實히盡홀而已니此義務的精神이卽萬事의根底라若英雄的行動의時機가到達ᄒ야大事業을建ᄒ랴면平生義務에忠實ᄒ던人이猛然히起ᄒ야國民이되야國家를爲ᄒ야盡홀바有홈이必ᄒ니라

○大統領이一日에ᄒ一바一도大學에셔演說ᄒ야曰此校에셔出ᄒ야米國活動世界에立혼人은其雙肩에重大혼責務를擔혼者이니卽吾全國에對혼責任이是也라此責任을完全케ᄒ난法은他ㅣ無ᄒ지라自信으로最善最高혼것을삼와吾人의全力을效ᄒ야吾人이最終ᄒᄂ日에到ᄒ야其一生을自顧홈이我가實로言論上섇아니오實을其所欲을獲得ᄒ야吾心에遺憾이無케홈이在ᄒ니라

○吾人이一個人에對ᄒ야犯罪혼것은其罪ㅣ小ᄒ고若社會公衆에對ᄒ야不德行爲를行ᄒ면其罪가可容치못홀지라官衙에셔와會社中에셔狡猾혼手段을弄ᄒ야公金을消費ᄒ든지或撰擧者와議員間에請託行賂ᄒ야自己의職權을妄用ᄒ야政界의腐敗를招致ᄒ들지ᄒ면此等人은皆國民의大敵手라비록其智識이周徧ᄒ며其勢力이多大ᄒ더래도不正不德혼行爲가有ᄒ면皆是國家의賊이니라

○國民이오法律를不知혼以外에一層高尙行爲의標準이有ᄒ면社會의先覺者가맛당히其高尙標準을保持홀것이니今米國이理想的人物곽活動的人物를待ᄒᄂ지久ᄒ니라

## 隨感漫錄

○日本人이韓國에셔經營하난事業이不少ᄒ디就中에拓殖會社와興業會社의其規模가最大ᄒ나然ᄒ나道路風說를聞ᄒ즉此二大會社가從來로權利를得ᄒ바確實치못ᄒ故로今에統監의憎忌排斥ᄒ비되여其權利가다否認함를被ᄒ야多時計畫이瓦餠에歸ᄒ시라日本事業家가聞ᄒ고忿忿不平ᄒ야事業을連袂中止할勢가有ᄒ지라統監은曰호디政治公平홈을保함이라하고事業家는曰此와如ᄒ즉何로以ᄒ야韓國의實業을得하야ᄒ나니孰是孰非를知치못하깃도다

○統監府農商工部總長木內某가平生에多辨ᄒ야穿理過度함으로日人의忌ᄒ난비됨이久ᄒ지라排斥의聲이將찻漸高하더니此時에맛참日本一流財産家岩崎氏가韓에來ᄒ야盛宴를大張ᄒ고日本官憲과泥峴街의實業家를饗ᄒ는디京童이指笑ᄒ여曰是는木內某의聲援이라木內岩崎兩氏가親族의關係가有ᄒ다云ᄒ더라

◎希臘大哲쇼구라데-스가일직太息ᄒ야白天下를動亂ᄒ고生靈를殺戮ᄒ야一大帝國를爭ᄒ난것이貧賤守道ᄒ야吾心에安함만갓지못하다하니大丈夫가此見地가有ᄒ然後에政局에立하리야始로大政治家가될지니現今世界帝王將相에誰가能히此選에當하리오루-즈베루도大統領이或近之ᄒ나及지못ᄒ고其他는足히數치못할지니라

○露國文豪도루스도이伯이德名이四海에布ᄒ고理想이一世에高ᄒ니世上에셔世界第一流라推爲ᄒ는지라此翁의平生政論이一言納之ᄒ면堯舜의治를欲成함이不過할다름이라孔老의書를嘗讀ᄒ다가拍案歡喜ᄒ야曰東洋에쏘ᄒ知己가有ᄒ다ᄒ니此로由ᄒ야觀컨디도루스도이의理想이卽是論孟의理想〈16〉이라其言은二하나其致는一인쥬를知할지라도루스도이가現代에巨人이前에侏儒의前에立함에如ᄒ야頭頂이數

丈이ᄂᆞ拔ᄒᆞ니是로以ᄒᆞ야推할진딘孔孟의識見과理想이ᄯᅩ한現代文明
以上에遙在ᄒᆞ주를可知할지니吾韓儒도亦足敎敎할지로다

○大聲은里耳에能聞할비안이오大鼎은常力의能擧할비안이라孔孟의
理義를學ᄒᆞ者ㅣ高大하기ᄂᆞ비록高大타할터이나行치안이한즉何益이
有하리오儒生과諸賢이此時를當ᄒᆞ야出洋外遊ᄒᆞ기를須企할진딘英國
도亦好오日本도亦好오米佛德露도亦好ᄒᆞ지라海外에見聞과智識를吾
邦에混入乳化하라ᄒᆞ야비로소士林의生氣躍躍함를見할지니蓋彼를不知
ᄒᆞ즉能히己를行치못할지니라

○惰ᄒᆞ氣가身에滿ᄒᆞ고疑ᄒᆞ情이懷에塞ᄒᆞ야遊談徒食ᄒᆞ야時間의可貴
함을知치못ᄒᆞ고暗夜에私語와陰謀를好行ᄒᆞ니如斯ᄒᆞ國民을率ᄒᆞ야獨
立回復하기를欲議ᄒᆞ니噫라亦難矣로다如今에誰가能히長鞭를執ᄒᆞ고
若此ᄒᆞ腐敗人心를撻할눈지是ᄂᆞ急中에又急한바이니라

○南大門內朝市에內外國諸商이雜處競賣ᄒᆞᄂᆞ딘泥峴街日本人男女가
每朝에觀市ᄒᆞ다가店頭에及ᄒᆞ야日商의顏을見ᄒᆞ즉往往이價値를不問
ᄒᆞ고去ᄒᆞ야韓淸兩商店에就ᄒᆞ야購求ᄒᆞᄂᆞ者不少ᄒᆞ지라其人의게試問
ᄒᆞ되何故로同國人店에셔ᄂᆞ買치안이ᄒᆞ고韓淸의物를特買ᄒᆞᄂᆞ냐第一
則價廉也오第二則商事가正直ᄒᆞ지라日商에到ᄒᆞ야ᄂᆞ價高에止할분안
니라其設心이不直ᄒᆞ야或商品의外形를欺ᄒᆞᄂᆞ故로其顏面를對ᄒᆞ민人
의嘔吐를催하니何用買之리오ᄒᆞ니人心의影響과利害가如斯히其甚ᄒᆞ
딘及ᄒᆞ야同國人의捨ᄒᆞ비되니吾國人民도亦當知而愼之할지어다

○西鄕南洲ᄂᆞ日本近代에偉人也라往年에東京內閣에셔ᄂᆞ討韓論이起함
이南洲가自進ᄒᆞ야曰吾一先爲節使ᄒᆞ야韓國에入ᄒᆞ야與韓廷大臣으로
議論를大鬪ᄒᆞ다가彼의忌憚을致觸ᄒᆞ야暗殺를被ᄒᆞ면吾身一斃之日에
ᄂᆞ討韓之名分이始立하리니如此則征討師를可起할지라ᄒᆞ되廟議가此
豪傑를殺ᄒᆞ기惜ᄒᆞ다ᄒᆞ야議終止焉ᄒᆞ니南洲의決心이堅固如鐵이라不

是一場劇語而已니嗚呼라如南洲者ᄂᆞᆫ當時에自吾國으로見할진ᄃᆡ難容
敵臣이나試以日本으로見할진ᄃᆡ誠忠膽智가可敬不可憎할士이니可謂
國士無雙이라할지로다今也我韓이時艱를富ᄒᆞ야偉人思할時인ᄃᆡ何人
이韓廷의南洲가되야身를挺ᄒᆞ야國運를挽回할난지靜夜에眠를不就하
고寒館에셔獨自凄凄ᄒᆞ노라

○平安道ᄂᆞᆫ吾國의燕趙也라由來로慷慨悲歌士가多ᄒᆞ지라此時를當ᄒᆞ야
一個劇孟를得喚起來ᄒᆞ야國事를共語ᄒᆞᆫ즉曠世快事라死亦何惜이리오

○世人이開口則曰天下萬事가無財면不能成이라ᄒᆞ야愚夫蠢婦라도亦
能知之어니와品性人格이事業의必要가資金보다甚함을知할者ᅵ能히
幾人이有하뇨

## 寄書 養性山人

昔에吾夫子曰汝爲君子儒라ᄒᆞ시고漢史에曰通天地人曰儒라ᄒᆞ엿스니
儒ᄂᆞᆫ곳天地人을通한君子라其名을顧ᄒᆞ고其義를思ᄒᆞ면其死를豈愛ᄒᆞ
야將待於時홈이有ᄒᆞ고其身을養ᄒᆞ야將爲於世홈이有홀人이안이리오
我國人은儒字를訓ᄒᆞ여曰先輩라ᄒᆞ니先輩云者ᄂᆞᆫ亦是道義를先聞ᄒᆞ고
德行을先覺ᄒᆞᄂᆞᆫ意라然ᄒᆞ나習俗所慣에人이農工商이안니면其賢愚
文野를不論ᄒᆞ고儒라統稱ᄒᆞ야曰儒生이라曰儒林이라ᄒᆞ고其言議則曰
儒論이오其章奏ᄂᆞᆫ曰儒疏라ᄒᆞ야朝廷의待愚홈이重ᄒᆞ고人民에敬奉홈
이崇홈이진실노貴社所論과如ᄒᆞ나其昇平昔日의行己立志ᄒᆞᆫ든實事를
究ᄒᆞᆫ則開卷에理氣를强說ᄒᆞ고整襟에性命을略〈17〉道ᄒᆞ니此ᄂᆞᆫ道學儒
라謂ᄒᆞ되出仕ᄒᆞ면一小縣을能治치못ᄒᆞ며居家ᄒᆞ면一細務를能辦치못
ᄒᆞ고訓詁를粗習ᄒᆞ야陳腐로써菽粟를爲ᄒᆞ니此ᄂᆞᆫ經學儒라謂ᄒᆞ되稟質
이固滯ᄒᆞ고動止가迂怪ᄒᆞ야子莫의執中으로自謂守經ᄒᆞ고至若文詞儒

ᄒ냐는 功令의藝에心力을徒費ᄒ야無實ᄒ地에工夫룰枉用ᄒ고世家儒
ᄒ야ᄂ 臭皮俗中에一種驕人蔑物ᄒᄂᄂ氣만裏[23]得ᄒ고校院儒ᄒ야ᄂ絃
誦은笆籬邊에付ᄒ며鬻含[24]룰攘財搆人ᄒ야ᄂ城社로視ᄒ고武斷儒ᄒ야
ᄂ漁食村里ᄒ야躊跙으로ᄡ自豪ᄒ고鄙賤儒ᄒ야ᄂ權貴門의脅肩諂笑
ᄒ야覷然無恥ᄒ고饒富[25]ᄒ야ᄂ齷齪闒茸ᄒ야一錢을據手ᄒ면惟恐其
失ᄒ고放誕儒ᄒ야ᄂ一事爲에可稱이無ᄒ되危言激談으로安分를不知
ᄒ니由是로仁善之儒가家에乏ᄒ고信義之儒가邑에希ᄒ며忠勇之儒가
國에少ᄒ야不忘百姓之病者룰廖廖不見ᄒᆯ지라故로儒로ᄡ爲名ᄒ者ㅣ
世에唾點룰未免ᄒᆫ지已久ᄒ도다

今에時局이艱棘ᄒ고國權이衰弱ᄒ日룰當ᄒ되오히려執迷固陋ᄒ야無
論某郡ᄒ고六洲의名을知者가幾人이無ᄒ니歐美諸國의變弱爲强ᄒ事
實과君民政治와世界形便룰知키ᄂ勿論ᄒ고偸生苟活ᄒ야柔脆萎蕗ᄒ
미將墜之華와欲隕之葉과如ᄒ야其形이雖存ᄒ나其氣ᄂ已失ᄒ야人人
이黑人紅種의慘禍가自己身上에迫ᄒᆷ을省覺치못ᄒ니保國救民을當行
的責任으로義務의所擔인줄知ᄒ기ᄯᅩ엇지望ᄒ리오然則不聾ᄒ聾과不
瞽ᄒ瞽로國家의危殆ᄒᆷ을越視秦瘠과如ᄒ야一聽에止ᄒᆯ뿐이니此ㅣ貴
社諸公의春秋에法룰擧ᄒ야그罪을斷ᄒᆫ所以로되彼儒名者ㅣ엇지다彛
性이素蔑ᄒ고分曉가全沒ᄒ야愛國ᄒᆷ이愛身이되ᄂ줄不知ᄒ야然ᄒ리
오特이敎育를早受ᄒ야知識이開ᄒᆷ에得지못ᄒ緣故라

今에全國內의四十五十無聞ᄒ人을勵ᄒ야少壯者의入學牖蒙과如ᄒ게ᄒ
기ᄂ行不得ᄒᆯ事로貴報에도이미說明ᄒ얏슨즉貴報에議한바講壇一款이
目下의儒者룰警勵ᄒ야그品性을改ᄒ고德業에進ᄒ야ᄡ國家의根柢룰固

---

23  裏 : '裹'의 오자이다.
24  含 : '舍'의 오자이다.
25  饒富 : '饒富儒'의 탈자로 보인다.

케홀良策이안이리오愚논謂ᄒ되一社會ᄅ別立치안이ᄒ고講壇만設ᄒ면
團結ᄒ야振興ᄒ기未易홀가恐ᄒ노니皇城으로先創一會ᄒ야設壇ᄒ되東
西邦美規ᄅ倣ᄒ야細則을定ᄒ야行ᄒ고趣旨을各郡에洞示ᄒ야使一齊發
起ᄒ야討論硏究ᄒ고合力踐實ᄒ면凡國內爲儒者ㅣ必油然이感ᄒ고幡然
이悟ᄒ야功效가速就ᄒ야文明홀域에並躋ᄒ야國에已失홀權를可復홀것
이오民의將及홀禍ᄅ可銷홀것이니願諸公은其亟圖之홀지어다


## 內地雜報

### 地方區域의整理

| 忠清南道 | | | | |
|---|---|---|---|---|
| 府郡名 | 原面 | 移去面 | 來屬面 | 現面 |
| 公州 | 二十六 | 九則面、炭洞面、川內面、柳等川面、山內面、(懷德) | | 二十一 |
| 懷德 | 七 | | 公州斗入地九則面、炭洞面、川內面、柳等川面、山內面、淸州飛入地[26]周岸面、文義飛入地坪村 | 十三 |
| 鎭岑 | 五 | | | 五 |
| 恩津 | 十四 | | 礪山斗八地彩雲面、 | 十五 |
| 連山 | 十 | | 全州飛入地良陽所面、 | 十一 |
| 石城 | 九 | | | 九 |
| 魯城 | 十一 | | | 十一 |
| 扶餘 | 十 | | | 十 |
| 韓山 | 九 | | | 九 |
| 舒川 | 十一 | | | 十一 |
| 林川 | 二十 | | | 二十 |
| 鴻山 | 九 | | | 九 |

| | | | | |
|---|---|---|---|---|
| 藍浦 | 九 | | | 九〈18〉 |
| 庇仁 | 六 | | | 六 |
| 保寧 | 七 | | | 七 |
| 鰲川 | 六 | 眠上面、眠下面、(泰安) | | 四 |
| 結城 | 十 | | | 十 |
| 泰安 | 十一 | | 鰲川飛入地眠上面、眠下面、 | 十三 |
| 瑞山 | 十七 | 夫山面、(海美) | | 十六 |
| 海美 | 六 | | 瑞山飛入地夫山面、九洞洪州斗入地高北面、飛入地雲川面、及象王峯下五洞、叉[27]德山斗入地雲峴牛峴 | 九 |
| 唐津 | 八 | | | 八 |
| 沔川 | 十四 | | 洪州斗入地合南面、合北面、新北面、新南面、縣內面、牙山飛入地二西面、德山飛入地菲芳串面天安飛入地牛坪、 | 二十一 |
| 德山 | 十二 | 菲芳串面(沔川) | | 十一 |
| 洪州 | 二十七 | 高北面、雲川面(海美)合南面、合北面、新南面、新北面、縣內面、(沔川) | | 二十 |
| 定山 | 八 | | | 八 |
| 靑陽 | 九 | | | 九 |
| 禮山 | 九 | | 天安飛入地新宗面 | 十 |
| 大興 | 八 | | | 八 |
| 牙山 | 十 | 二西面(沔川) | 天安飛入地頓義面、德興面毛山面及堂后新垈水原飛入地三島五洞及新興浦新星浦 | 十二 |
| 新昌 | 七 | | | 七 |
| 平澤 | 六 | 少北面(水原) | 稷山飛入地慶陽面、 | 六 |

| 天安 | 十五 | 新宗面(禮山)頓義面、德興面、毛山面、(牙山)牛坪(沔川) | | 十一 |
|---|---|---|---|---|
| 稷山 | 十三 | 堰里面、外也串面、安中面、(水原)慶陽面(平澤) | | 九 |
| 溫陽 | 九 | | | 九 |
| 全義 | 六 | | 清州飛入地德坪面、 | 七 |
| 燕岐 | 七 | | | 七 |
| 木川 | 八 | | 清州斗入地修身面 | 九 |

○治亂通用　地方自治를爲ᄒ야官制을變革ᄒ고區域를改定ᄒ얏ᄂᆫ디自治ᄂᆫ姑舍ᄒ고自亂이反生ᄒ야區域의紛亂과官吏關係로因ᄒ야民訴가日至ᄒ고輿論이沸騰ᄒ니地方自治라ᄒᆫ治字를亂字로通用ᄒ면適當ᄒ다ᄂᆫ巷說이有ᄒ더라

○地方金融의困難　南來人의傳說를聞ᄒᆫ즉現今各地方에貨幣ᄂᆫ但銀行券而已인디其中十圜枚와五圜枚가多數에居ᄒ고補助貨가甚少ᄒᆷ으로通融이困難ᄒ야銀行券의價格이低落(紙貨十圜에銅貨九元)ᄒ다ᄒ니此亦報復之理인지ᄂᆫ不知ᄒ거이와一貨幣競爭ᄒᄂᆫ間에民情의困難은實用可惜ᄒ니金融機關部에在ᄒ度支大臣은但貨幣競爭의觀戰使만될而已라더라

○貪吏可懲　義州府尹李民溥氏가義州監理로在ᄒᆯ時에貪饕의聲이籍籍ᄒ야報章에揭載ᄒᆫ者도非一非再이어니와今聞ᄒᆫ則龍川居李涵氏ᄂᆫ志高行篤ᄒᆫ士인디宋淵齋先生門下에多年從學ᄒ고昨年太田之禍에却食盡哀ᄒ고歸葬卒哭後에間關歸家러니未幾에同民溥氏가時爲監理ᄒ야朴樑來의誣錄事件으로巡檢을派發ᄒ야李涵과及其同郡人張日甲文時

---

26　飛入 : '飛入地'의 탈자이다.

27　叉 : '又'의 오자로 보인다.

禎白學曾諸人을并爲拏致ᄒ야牢獄月餘에威脅萬端ᄒ야該署詞訟料某
人으로中裁討賂ᄒ니四人이不得已并力ᄒ야葉五千兩을納ᄒ고僅得放
免ᄒ얏ᄂᆞᆫ디諸人이非不怨入骨髓로디民溥氏의勢熖을畏劫ᄒ야不敢出
聲ᄒ고惟李涵氏가不勝憤怨ᄒ야納賂掃蕩之餘에路費를僅々債得ᄒ야
千里裏足ᄒ야本月十二日에平理院에呼訴ᄒ얏더니指令ᄒ기를被告來
待之意로發訓事라고灣尹의게刑事上有訊問事하니罔夜來待ᄒ라訓
令ᄒ얏다ᄒ니本記者도當此維新之日ᄒ야如此ᄒ貪贓官吏의行政上行
爲을明〈19〉査勘律ᄒ야懲一勵百ᄒ기를切々希望ᄒ고且遐鄕人民이官
吏殘壓制之下에셔生於長於ᄒ故로官吏畏홈을虎에셔甚ᄒ야雖蕩産納
賂ᄒ고도秘不敢發ᄒᄂᆞᆫ者가滔々皆是니明決歸貪正ᄒ야民氣를鼓勵하
ᄂᆞᆫ것이亦貪吏를禁ᄒᄂᆞᆫ一方法이라ᄒ노라


## 海外雜報

○西班牙의革命運動  西班牙에셔不遠間에革命的運動이蜂起홀慮가有
ᄒ더가一리스도黨의運動이各處에蔓延ᄒ야其勢力이日々이增加ᄒ고僧
侶中에過激派가쏘其運動을助成ᄒ다더라
○露都大學에閉校  셩도피一다一스부루구大學을閉校홈은是大學生이
革命的示威運動에一般加入홈을因홈이라더라
○米人排日運動의後報  米國商務卿멧독가루후氏가桑港當局者의게勸
告ᄒ여日日米條約의精神를可이遵守치안이치못ᄒ깃ᄂᆞᆫ故로米國市民
된者ㅣ將來에日本國民에對ᄒ야可히排擠의待遇를爲치못ᄒ깃다云ᄒ
고大統領루一즈베루도氏가日米間의惡感情을極力掃除ᄒ고져ᄒ니其
效果가有홈을可이必信홀지나勞働者ᄂᆞᆫ一時에或鎭靜홈에歸ᄒ더리도
日本學童排斥問題의到ᄒ야ᄂᆞᆫ其決着如何룰可이容易히判知치못홀지

라가리후오루니야州에 大學을 立호고 總長호이리一氏가 目下에 日本學童
排斥홀 材料를 蒐集호야 장찻 商務卿에게 提供호려 호는디 호이리一氏가루
一즈베루도 大統領으로더부러 舊交가 有호고 且其政治的 材幹이 長호니
其行動에 侮호기 難혼者 有혼지라 스단후오도 大學總長 지요루단氏가 對
抗혼 地에 立혼者인디 今回에 日本學童排斥의 擧도 쏘한 지요루단氏의 反
對에 出혼지라 兩總長의 意見이 誰가能히 大統領에 贊同를 可得홀는지 問
題決着이 此点에 存호니라

○日本學童排斥의 理由  十月十二日 桑港고一루新聞을 據혼則 桑港敎育
局에셔 昨日에 會議를 開홈이 其決議가 如左호니

　　日本學童과 白人學童이 同一學校에셔 通學호는 件은 將來에 可히 禁
　　絕홀지라 호니

何故로 此決議를 호얏는야 호면 要之컨디 亞細亞人種과 高加索人種이 雜
居홈을 不屑홈이니 乃敵愾心에 結果라 敎育局長 아루도만이 事情을 調査
호야 兩人種이 不可分離홀것이라 斷然이 決定호니

此議를 決호여쎠옴으로 桑港市 諸學校에셔 日本、朝鮮、支那、學童으
로호여곰 東洋人學校에 移轉홀터인디 此轉學홈을 十月十五日 以前에는
不可不實行혼다 云호고 桑港(구로닉구루)新聞에 曰東洋人學童은 來十
五日 以後에 到호야 東洋人學校에 不得已 轉學홀지니 其到此혼 理由는

　　白人學童과 黃人學童을 分離혼 즉 敎育上에 多大혼 便利를 得호리라
　　云호니

此理由가 滿場議員의 贊成홈을 得혼者이라 目下 桑港에 在혼 東洋人學童
이 約二千人이 有혼지라 以此多數혼 東洋學童으로 一學校에 收容호기는
到底히 能爲치 못홀지라 반다시 日韓淸三國을 從호야 抗議를 提出홀지니
結局은 可이 米國高等官衙의 累가 될지로다

○日英同盟과 米國  英國衆議院議員 베레야一스氏가 質問호야 曰日英恊

約[28]中에吾英國이日本를爲ᄒ야米國를向ᄒ야開戰치안이ᄒ다ᄂ規定이
有ᄒ냐外務大臣사一예도와一도氏가答ᄒ야曰日英恊約에大體性質이
一切國를向ᄒ야不令開戰ᄒ기로爲期ᄒ얏다더라

○丁抹國의東洋視察隊 丁抹國財政家一行代表丁抹東亞商會에셔東洋
各港의巡視홈을爲ᄒ야近日에本國의셔發程ᄒᄂ디丁抹國와루데마루親
王과밋希臘지요一지親王이쏘〈20〉ᄒ同商會에關係가有ᄒ야一行에加入
ᄒ얏ᄂ디同商所에有ᄒ바濱船(비루마)號가임의佛國마루세一유港에回
航ᄒ야一行到著ᄒ기를待ᄒ야本月十五六日頃에同港에出帆ᄒ야暹羅와
淸國及日本其他同商會에貿易關係가有ᄒ諸港에巡港ᄒ다더라

○米國人의嫉視日本人狀態 米國에在ᄒ日本人이日本報知新聞社員의
게贈ᄒ書翰中에如左ᄒ一節이有ᄒ니

> 予가往年渡米홀際에短銃를携帶코져ᄒᄂ즉一友가忠告ᄒ여曰文明
> ᄒ國에護身的武器를何에用ᄒ리오ᄒ거늘余쏘ᄒ携去치안이ᄒ엿
> 더니米國에着ᄒ기及ᄒ야武器携帶의必要를感覺ᄒ노니現下桑港
> 에日韓人排斥同盟會가有ᄒ야此黨員이日韓排斥홀志를飽藏ᄒ고
> 日夜로市中에橫行ᄒ고外他米人이黨員에셔尤甚ᄒ야新日本人町
> 계레街라標ᄒ고其四周로徘徊ᄒ면셔日韓人에對ᄒ야敵國으로視ᄒ
> 니日本人이彼等의暴行를受혼者可히指數치못ᄒ깃ᄂ디其中重傷를
> 負ᄒ야疾病이된者有ᄒ니비록留民이라ᄒ나항상敵地에在홈과如ᄒ
> 야外에出홈이護身홀武器를必携帶ᄒᄂ지라於是에日本人이一同相
> 議ᄒ고夜間에ᄂ出外치안이케ᄒ고又日本人恊議會에셔每夜에十圓
> 式出ᄒ야白人의警官數名를雇用ᄒ야警戒를自備ᄒ더라
> 彼等米人이日本人視ᄒ기를犬과猫와갓치ᄒ야日人이電車를乘코

---

져호야呼之호디車掌이不聞과如히疾馳호니元來此日本人排斥이
今日에始홈이안이라三四年來로如斯호니其原因이數種이有혼中
에其一은容貌와動作과服裝의野卑不潔홈의在호니日韓人된者此
際에맛당이紳士保持홀態度에注意홀지라

現狀이如斯홈이白人이橫行호고惡童이跋扈호야到處路上에敵對
호는行爲를見호니惡罵를蒙홈은猶是通常의事이라或瓦石를投호
야危害를加호니眞不快의極이라同地에總히同盟를組織호야만약
其同盟에加호지안이혼즉種々한不便이有혼디日本人은其同盟의
加홈를得치못호니자못其同盟의加入홀權力과資格이無혼지라今
에其一例를擧호야言호리라震災之時에日本商人이日本人工匠를
備호야一家를建設호면셔其同家室에修繕홀必要가有호야白人工
匠를備혼디彼不應호여曰此家는同盟者의手로建設치안이홀者라
云호니此로由호야一場葛藤를生호야終來에警官의命令으로써破
壞홈을被호니其屈辱홈이如此혼지라此境遇에處호야日本商人이
一切迫害를忍受호고力行奮到호는것이其志는비록可稱이라홀지
나商業發展홈은到底히可望치못홀지라미양前途의悲觀를想호고
日米를爲호야思홈이可惜호다호얏더라

## 詞藻

**海東懷古詩**　　　　　　　　　　　冷齋[29] 柳惠風

**新羅**

幾處靑山幾佛幢荒池雁鴨不成雙春風谷口松花屋時聽寥寥短尾狵

---

29　冷齋：冷齋의 오자이다.

荒池雁鴨은 輿地勝覽에 雁鴨池는 在慶州府天柱寺北ᄒᆞ니 新羅文武
王이 鑿池積石ᄒᆞ야 爲象巫山十二峯ᄒᆞ고 種花卉ᄒᆞ며 養珍禽ᄒᆞ니 其
西에 有臨海殿舊址ᄒᆞ니라

松花屋은 東京雜記에 新羅金庾信의 宗女財買夫人이 死에 葬靑淵上
谷ᄒᆞ고 因名財買谷이라ᄒᆞ고 每春月에 同宗士女가 會宴於谷之南澗
ᄒᆞᆯᄉᆡ 于時에 百卉가 敷榮ᄒᆞ고 松花가 滿谷ᄒᆞ야 架菴於谷口ᄒᆞ니 名을
松花屋이라ᄒᆞ니라

短尾狵은 東京雜記에 慶州北方이 虛缺故로 狗多短尾ᄒᆞ니 名을 東京
狗라ᄒᆞ니라〈21〉

料峭風中過上元 忉忉怛怛踏歌喧 年年糯飯無人祭 一陳寒鴉噪別村

忉忉怛怛은 輿地勝覽에 書出池가 在慶州金鰲山東ᄒᆞ니 新羅炤智王
十年正月十五日에 王이 幸天泉寺ᄒᆞᆯᄉᆡ 有烏鼠之異어늘 王이 令騎士
로 追烏ᄒᆞ야 南至避村ᄒᆞ니 兩猪相鬪어를 留連見之라가 失烏所在ᄒᆞ
지라 有老翁이 自池中出ᄒᆞ야 奉書호ᄃᆡ 題에 云開見ᄒᆞ면 二人이 死ᄒᆞ
고 不開ᄒᆞ면 一人이 死라ᄒᆞ얏거를 馳獻王ᄒᆞ니 王이 曰與其二人이 死
ᄒᆞ기론 莫若勿開ᄒᆞ야 一人이 死耳라ᄒᆞ니 日官이 奏云호ᄃᆡ 二人者는
庶人也오 一人者는 王也라ᄒᆞ거늘 王이 然之ᄒᆞ야 開見ᄒᆞ니 書中에 云
호ᄃᆡ 射琴匣ᄒᆞ라ᄒᆞ얏거늘 王이 入宮中ᄒᆞ야 見琴匣射之ᄒᆞ니 乃殿焚
修僧이 與宮主로 潛通謀逆也라 宮主與僧이 伏誅ᄒᆞ니 名其池ᄒᆞ야 曰
書出池라ᄒᆞ고 又云호ᄃᆡ 王이 旣免琴匣之禍홈으로 國人이 以爲曰 若
非烏鼠와 與龍馬猪之功則王之身이 憊矣라ᄒᆞ야 遂以正月上子上辰
上午上亥等日을 忌ᄒᆞ야 百事를 不敢動作홈으로 爲愼日이라ᄒᆞ고 俚
言에 忉怛은 謂호ᄃᆡ 悲愁而禁忌也라ᄒᆞ야 又以十六日로 爲烏忌日이
라ᄒᆞ고 以糯飯으로 祭之ᄒᆞ니 國俗이 至今ᄭᅡ지 猶然ᄒᆞ니라 佔畢齋忉
怛歌에 ᄒᆞ얏스되 怛怛復忉忉ᄒᆞ니 大家幾至不保流[30]로다 流蘇帳裡

玄鶴倒ᄒᆞ니揚且之哲[31]難偕老라ᄒᆞ니라

金鰲山色晚蒼蒼渲染鷄林一半霜萬疊伽倻人去後至今紅葉上書莊

　　金鰲山은興地勝覽에金鰲山이一名南山이니慶州府南六里에在ᄒᆞ
　　지라唐顧雲이贈崔孤雲詩에云ᄒᆞ얏스되我聞海上三金鰲金鰲頭戴
　　山高高라ᄒᆞ니高山之上兮여珠宮貝闕黃金殿이오高山之下兮여千
　　里萬里之洪濤라ᄒᆞ얏더라

　　鷄林은三國史에脫解尼斯今九年春三月에王이金城西始林에鷄鳴
　　聲이樹間에有ᄒᆞ단言을聞ᄒᆞ고瓠公을遣ᄒᆞ야視之ᄒᆞ니金色小櫝이
　　樹枝에掛ᄒᆞ고白鷄가其下에鳴ᄒᆞ거늘瓠公이還ᄒᆞ야서王께告ᄒᆞ니
　　王이使人으로櫝을取ᄒᆞ야開之ᄒᆞ니小男兒가有ᄒᆞ야其中에在ᄒᆞ엿
　　ᄂᆞᆫ듸姿容이奇偉ᄒᆞ거늘王이喜ᄒᆞ야曰此가豈非天이遺我ᄒᆞ令胤乎
　　아ᄒᆞ고收ᄒᆞ야養之ᄒᆞ얏ᄃᆞ니及長ᄒᆞᆷ이聰明多智ᄒᆞ지라乃閼智라名
　　ᄒᆞ고金櫝에出ᄒᆞᆷ이로써姓을金氏라ᄒᆞ고始林의名을改ᄒᆞ야鷄林이
　　라ᄒᆞ고因爲國號ᄒᆞ니라

　　伽倻ᄂᆞᆫ興地勝覽에伽倻山이陜川郡北三十里에在ᄒᆞ니一名은牛頭
　　山이라ᄒᆞ니라

　　上書莊은三國史에崔致遠의字난孤雲이라ᄒᆞ고或海雲이라云ᄒᆞ니
　　沙梁部에人이라年이十二에使舶을隨하야唐에入ᄒᆞ얏ᄃᆞ니乾符元
　　年에禮部侍郎裴瓚下에及第ᄒᆞ고調漂水縣尉라가考績爲承務郎侍
　　御[32]內供奉賜紫金魚袋러니黃巢가叛ᄒᆞᆷ이高騈이爲諸道行營兵馬
　　都統ᄒᆞ야以討之ᄒᆞᆯ시孤雲을辟ᄒᆞ야爲從事ᄒᆞ얏ᄃᆞ니光啓元年에詔
　　書를將ᄒᆞ고來聘ᄒᆞ야留爲侍讀兼翰林學士ᄒᆞ고出爲太山太守ᄒᆞ니

30　大家幾至不保流：『점필재집』에는 '大家幾不保'로 되어 있다.
31　哲 : '哲'의 오자이다.
32　侍御 : 『삼국사기』에는 '侍御史'로 되어 있다.

西으로唐을事ᄒ고東으로故國에歸홈이皆遭亂世ᄒ지라更히仕進
홀意가無홈으로帶家隱伽倻山海印寺ᄒ야偃仰終老ᄒ니라輿地勝
覽에上書莊은金鰲山北에在ᄒ니高麗太祖之興이孤雲이가知必受
命ᄒ고上書에鷄林黃葉과鵠嶺青松之語가有ᄒ니後人이其所居를
名ᄒ야曰上書莊이라ᄒ니라

城南城北蔚藍峯落日昌林寺裡鍾閑補東京書畵傳金生碑版率居松

金生은三國史에金生이自幼能書홈으로平生에不攻他藝ᄒ고年이
八十에踰호ᄃ猶操筆不休ᄒ야隷書行草가皆入神ᄒ지라崇寧中에
學士洪灌이隨進奉使人宋ᄒ야舘於汴京이러니翰林待詔楊球李革
이奉勅ᄒ고舘에至ᄒ야書圖簇이어늘灌이以金生行草一卷으로視
之ᄒ니二人이大駭ᄒ야曰今日〈22〉에右軍手書를得見ᄒ기不圖ᄒ
얏다ᄒ지라灌이曰此乃新羅人金生의書也라ᄒ니二人이不信之ᄒ
더라趙子昂昌林寺碑跋에云호ᄃ右唐新羅僧金生의所書라ᄒ니其
國에昌林寺碑字畵이溁[33]有典型ᄒ니雖唐人名刻이라도無以遠過
홀지라古人云호ᄃ何地不生才리오ᄒ니信然ᄒ도다輿地勝覽에昌
林寺ᄂ金鰲山에在ᄒ니今廢ᄒ고有古碑ᄒ나無字ᄒ니라

率居ᄂ三國史에率居가善畵ᄒ야嘗於皇龍寺壁에老松을畵ᄒ니體
幹이鱗皴이라烏鳶이往往望之飛入ᄒ야及到에蹭蹬而落ᄒ더니歲
久色暗ᄒ거늘寺僧이以丹青補之러니烏鳶이不復至러라又慶州芬
皇寺觀音과晉州斷俗寺維摩像이皆其筆也니라

三月初旬去踏青蚊川花柳鎖㝠々流觴曲水傷心事休上春風飽石亭

蚊川은輿地勝覽에蚊川은慶州府南五里에在ᄒ니史等川[34]下流也
라高麗金克己의蚊川秇禊詩가有ᄒ니라

---

33  溁 : 『신증동국여지승람』에는 '深'으로 되어 있다.
34  史等川 : 『신증동국여지승람』에는 '史等伊川'으로 되어 있다.

鮑石亭은輿地勝覽에在慶州府南七里金鰲山西麓ᄒᆞ니鍊石作鮑魚
形故로名이라流觴曲水의遺跡이宛然ᄒᆞ지라三國史에甄萱이猝入
新羅王都ᄒᆞ니時에王이與夫人嬪御로出遊鮑石亭ᄒᆞ야置酒娛樂ᄒᆞ
다가賊至에狼狽不知所爲ᄒᆞᆷ으로侍從臣僚와及宮女伶官이皆陷沒
ᄒᆞ니라

## 小說

### 愛國精神談 (續)

發斯伯城이旣已淪陷ᄒᆞᆷ이司令官戴揚이部下諸兵士를別路에臨ᄒᆞ야慰
諭ᄒᆞ야曰勇猛活潑ᄒᆞᆫ我部下諸君아諸君이千五百人의衆으로墨子彈丸
의地를嬰守ᄒᆞ야飢를耐ᄒᆞ며寒을忍ᄒᆞ고四月의久를亘過ᄒᆞ니本國을爲
ᄒᆞ야軍人의責任을克盡ᄒᆞᆫ者ㅣ諸君이아니오誰耶아今不得已ᄒᆞ야降旗
를樹ᄒᆞ야諸君이普國으로囚送ᄒᆞᄂᆞᆫ災를遇ᄒᆞ니不亦慘耶아然이나此ㅣ
非戰之罪也니願諸君은身體를善保ᄒᆞ야爲國家自愛홀지여다言을終ᄒᆞᆷ
이汍然下淚ᄒᆞ니部下가亦皆悄然ᄒᆞ야闃如無人ᄒᆞ더라
千八七〇年十二月十三日에法兵이皆就擒ᄒᆞ야將次普國으로囚送홀ᄉᆡ
戴揚이城門에在ᄒᆞ야見ᄒᆞ고悲憤이交集ᄒᆞ야怨氣가塡膺ᄒᆞ야以至氣絶
數次ᄒᆞ더니法兵이出城漸遠에戴揚이見之ᄒᆞ고千行紅淚가重裘에濕透
ᄒᆞᄂᆞᆫ지라淚를收ᄒᆞ고慨然히嘆ᄒᆞ야曰昊天이我法國을不祚ᄒᆞ야遂以能
戰能守ᄒᆞᄂᆞᆫ兵으로悲慘場裏에陷케ᄒᆞ다ᄒᆞ고又發斯伯城을回顧ᄒᆞ야曰
余等이法國을爲ᄒᆞ야死力을竭ᄒᆞ야써君을護ᄒᆞ더니運盡命窮에無奈ᄒᆞ
야君을始終保全ᄒᆞ기不能ᄒᆞ고惟所期者ᄂᆞᆫ他日吾軍이普軍의君을待ᄒᆞᆫ
者로써普都를待ᄒᆞ야君의憤恥들以雪홀지니君其忍辱ᄒᆞ야翼日의邂逅

를以待홀지여다

## 第二章普人의虐遇法囚

法人波德利가學術를研究ㅎ는디從事ㅎ야孜孜汲汲ㅎ더니適法普가釁
을開ㅎ지라波德利가奮然蹶起ㅎ야曰大丈夫가亂世에生ㅎ야碌碌히紙
堆中에埋沒홈더니不亦羞乎아ㅎ고乃投筆從戎ㅎ야發斯伯城에入ㅎ야
防禦에從事ㅎ더니一日에敵彈이頭上에爆裂홈을見ㅎ고怒ㅎ야曰普人
이能히砲로써我의砲壘를毁홈이我銃丸이能히制치못ㅎ니可恨이孰甚
이리오ㅎ고挺身ㅎ야城頭에立ㅎ야敵軍을橫視ㅎ니勇氣凜凜ㅎ야可히
犯치못홀지라當時波氏의側에一靑年兵이有ㅎ야年僅十八인디其勇猛
이波氏에不亞ㅎ니是即亞爾薩斯의志願兵阿巴留라敵彈이雨注ㅎ는中
에阿氏가敵狀을欲覘ㅎ야攀壁而上ㅎ더니不幸ㅎ야一彈이飛來ㅎ야頭
部를適中ㅎ야波德利의傍에셔死ㅎ니波氏가怒不可遏ㅎ야曰吾가阿氏
의仇를誓復ㅎ야써其靈를慰ㅎ리라ㅎ고翌日午後에普兵二人을遠見ㅎ
고直擊之ㅎ야〈23〉其一를斃하니라發斯伯城이陷落홈이波德利가亦被
擒ㅎ지라普國馬多舖市에至ㅎ야同囚者百餘人을土牢中에共幽ㅎ고一
束草藁도亦不給與ㅎ니其中이沮洳卑濕ㅎ고四面이皆土壁이라其天日
를獲睹홀時는惟出牢苦役홀時而已오其苦役ㅎ는時間은每日七八下鍾
인디監視兵이工事를監督홈이殘酷이異常ㅎ야一擧一動이卽生死攸關
의地라一日에普兵이法虜를聚ㅎ야工役을課호려홀셔一步兵龔瀅이天
幕側에셔信步徘徊ㅎ야伸首眺望ㅎ더니忽一普軍下士가突來ㅎ야幕內
에入ㅎ라命홈이龔瀅이其語를不解ㅎ야盤桓如故ㅎ니普下士가怒而捕
之홈디龔瀅이厲聲ㅎ야曰吾國下士는無辜者를妄撲지아니ㅎ거늘汝何
無狀이至此오普下士가以爲抗命이라ㅎ야上官에訴ㅎ야軍法會議에拘
引ㅎ야銃殺의宣告를竟受홀지라龔瀅이就刑에當ㅎ야同胞囚徒를呼ㅎ

야曰嗚呼라우리同胞여余의最後一言을聽ᄒ라余等이不幸ᄒ야今日이
有ᄒ니余今將長逝홀지라願諸君은余를爲ᄒ야勇壯活潑的法蘭西人이
라ᄒᄂ一語를唱ᄒ면余가비록死ᄒ나生홈과如ᄒ깃노라時法虜六千餘
人이刑場에臨ᄒ야視ᄒ다가其言을聞ᄒ고一時에齊聲唱之ᄒ니聲이山
岳을撼ᄒᄂ지라於是에普兵이銃을發ᄒ니轟然一聲에殘煙이繚繞홈이
可憐龔潑이遂爲泉下之客ᄒ니時年이二十二러라

刑場에臨ᄒ얏던法囚가此慘狀을忍睹치못ᄒ야首를垂ᄒ고色이寡ᄒ야
滿場이肅然ᄒ니噫라人非木石이라寧不傷心이리오含酸茹痛之餘에復
仇雪憤의念이五內에充塞ᄒ지라(未完)

## 社告(請停ᄒᄂ各郡守에게勸告文)

本社에셔褓誌發刊以後로有志諸君子의愛讀ᄒ시ᄂ熱性을被ᄒ야前途
의發展이大有漸進ᄒᄂ바어니와但十三道各郡守의購覽를請停ᄒᄂ若
干人의理由를接準ᄒᆫ죽皆是經濟上問題라其經濟에對ᄒ야愚見를略陳
ᄒ야恒於此問題에憂歎ᄒᄂ諸氏에게補充코져ᄒ노니采納ᄒ심을切望
ᄒᆸ나이다

盖經濟上酒草의用이每月個人에平均五六圜에達ᄒᄂ니如此ᄒ無用의
消耗를省略ᄒ야有益ᄒ書籍를購覽ᄒ면相當ᄒ公益思想에普洽홈이有
홀것이여날嗟呼라無用ᄒ消費計劃은日加月增ᄒ것만은有益ᄒ公利思
想은日縮月缺ᄒ니何其不思之甚也오當以請停ᄒ各郡守를揭載ᄒ야世
眼에廣佈홀터이오나但以陌惡揚善ᄒᄂ主義로前途에改過遷善홀路를
開ᄒᄂ것도亦一義務故로姑閣置之ᄒ고敢陳忠告ᄒ노니照亮ᄒ시압

# 特別廣告

晉州郡大安居閔琮鎬氏가本社에對ᄒ야熱心贊成ᄒᄂ바인디本月二十三日에義捐金貳百圜을寄附ᄒ고本誌에對ᄒ寄書가有ᄒ온디感謝ᄒ厚意를廣佈ᄒ기爲ᄒ야爲先寄附ᄒ事實만告白ᄒ옵고寄書ᄂ次號에揭載ᄒ깃숩나이다

本社告白

京城大安洞

東華書舘

本舘에셔內外國新書籍을廣求輸入ᄒ야各學校教科의用과學界諸彦의購讀을酬應ᄒ오니遠近僉君子ᄂ陸續光顧ᄒ시옵〈24〉

大韓光武十年
日本明治三十九年
丙午六月十八日第三種郵便物認可

# 朝陽報

## 第拾壹號

**朝陽報第拾壹號**

**新紙代金**

一部新貸　金七錢五厘

一個月　金拾五錢

半年分　金八拾錢

一個年　金壹圓四拾五錢

郵稅每一部五厘

**廣告料**

四號活字每行二十六字一回金拾五錢二號活字依四號活字之標準者

◎每月十日廿五日二回發行

京城南署竹洞永禧殿前八十二統十戶

發行所朝陽報社

京城西署西小門內(電話三二三番)

　印刷所 日韓圖書印刷株式會社

　編輯兼發行人 沈宜性

　印刷人 小杉謹八

# 目次

## 朝陽報第一卷第十一號

## 注意

有志하신僉君子씌셔或本社로寄書ᄂ詞藻나論述時事等類를寄送하시
면本社主意에違反치아니할境遇에ᄂ一々히揭記할터이오니愛讀諸君
子난照亮하시옵시고或小說갓튼것도滋味잇게지여셔寄送하시면記載
하깃ᄂ이다本社로文字를寄送하실時에著述ᄒ신主人의姓名과居住地
名統戶를詳記하야送投하압쇼셔萬若連三次寄送한文字를記載할境遇
에난本報룰無代金으로三朔을送呈할터이오니부디氏名과居住를詳錄
하시옵소셔

## 社告

本報愛讀ᄒ시ᄂ有志諸氏의熱誠으로읏지負擔한義務로接月交付ᄒᄂ
代金을提督ᄒ기를待ᄒ리오마ᄂ但本社經用이年終을當ᄒ야窘急혼事
情이多ᄒ오니京鄕을勿論ᄒ고陽歷本月二十日以內로代金零額을一々
送交ᄒ심을務望〈1〉

## 社說

### 告大官巨公

現今루-즈베루도大統領과獨帝가이졔루의徒가振世界的手腕을弄出ᄒ
ᄂ日룰當ᄒ야吾韓廷大官이終日戰々兢々ᄒ야오직一統監府에對立ᄒ
야小々혼葛藤을解決ᄒᄂ外에着眼이大處에及ᄒ기不能ᄒᄂ듯ᄒ니可
히愧嘆홀지라

夫一國盛衰가三軍勝敗와如ㅎ니作戰之法이一誤ㅎ則雖名將이라도亦
不能無敗인딕勝敗ᄂ兵家之常이라不必以一敗로爲恐怖ㅎ지오國家도
亦然ㅎ야施政之道가一失ㅎ則雖明主賢相이다도國運을衰亡之域에濱
케홈이亦有ㅎ지마ᄂ盛衰交謝ㅎᄂ것은世界通例니不必以一衰로爲落
膽홀지니所貴者ᄂ人傑을推選ㅎ야要路에置ㅎ야政治全權을委ㅎᄂ딕
在ㅎ니一時盛衰가엇지足히此懷를煩ㅎ리오

所謂人傑은何等力量底漢을謂홈인고ㅎ면優於百人者이던지優於千人
萬人者이던지固皆傑出之士也라吾韓國을通擧ㅎ야其中에優ㅎ者를摘
拔ㅎ면人傑을得ㅎ기不難ㅎ건마ᄂ只是我韓國的人傑이國內에在ㅎ야
ᄂ第一優者되기無慮ㅎ나使其世界臺上에立ㅎ면能히루-즈볘루도或가
의제루의徒로더부러左右周旋에劣色이無也否耶아

其國으로世界的伍班에列ㅎ야獨立의名을完全코져홀진딕其政府其民
間에반다시世界的一二流政治家外交家經濟家教育家가有ㅎ后에야始
可庶幾홀지라

吾國의士가其德性과智謀에ᄂ未必讓於他國이니一願問官[1]이일즉語ㅎ
야曰 人의智慮ᄂ日人의及홀바아니오韓人의德性도其根底가深ㅎ야可
히侮치못ㅎ리라ㅎ니此言이決非諂辭라外人의韓情을通ㅎᄂ者ㅣ往々
認識홈을如此히ㅎᄂ지라惟惜這智慮這德性이個人的에만發達ㅎ고公
人的에ᄂ發達치못ㅎᄂ故로其知慮가能히自家權勢를獲得홈이ᄂ足ㅎ
딕國權國勢를顯揚홈이ᄂ不足ㅎ고其德性이能히友愛序別를誇示홈이
ᄂ足ㅎ딕國際的同情을吸着홈이ᄂ不足ㅎ지라智德은一而已로딕其應
用上에先後輕重이誤홈으로맛참너有而如無ㅎ며實而如虛의觀을呈ㅎ
니嗚呼라苛政이全韓을淹ㅎ야써來홈으로公人的思想과國家的精神이

---

1 願問官 : '顧問官'의 오자로 보인다.

掃地ᄒᆞ지久ᄒᆞ지라今日悲運이固不偶然이라

吾儕가朝野大官巨公의게勸告코져ᄒᆞᄂᆞᆫ것은此際에맛당히海外에漫遊ᄒᆞ야歐米의風物을親訪ᄒᆞ야交際場裏에出入ᄒᆞ야彼의紳士와淑女를結交ᄒᆞ야其家庭도視察ᄒᆞ며其敎育도視察ᄒᆞ며其政治와經濟도視察ᄒᆞ면兩三年間에世界的識見을養成ᄒᆞᆯ지니現下國狀이비록朝夕을不測ᄒᆞ기시ᄂᆞ兩三年間에依然히現狀形勢를維持ᄒᆞᆯ것은吾儕가萬々證保ᄒᆞᆯ지라他日諸公이腔裏智囊을充ᄒᆞ고歸ᄒᆞᄂᆞᆫ日에庖丁의解牛ᄒᆞᄂᆞᆫ勢로積弊를革善ᄒᆞ며內政을改良ᄒᆞ면韓國中興의業이此時에可着一步니라

兩三年間에諸公이漢京에在ᄒᆞᆫ則日夕으로統監府에拜趨ᄒᆞ야他의嚬笑를見ᄒᆞ고憂喜ᄒᆞᄂᆞᆫ더不過ᄒᆞᆯ지니今에這個境遇를轉用ᄒᆞ야其耳目을放ᄒᆞ야世界列國의大勢를視察ᄒᆞ면其一身과國家에好影響이有ᄒᆞᆯ것은較ᄒᆞᆷ을不待ᄒᆞ야昭々ᄒᆞ니라

吾儕가미양伊太利와獨逸의勃興ᄒᆞᆫ史를讀ᄒᆞᆷ이未嘗不一二人傑의行藏이國家盛衰에關係가至大ᄒᆞᆫ것을感ᄒᆞ노니伊國이荒殘ᄒᆞᆫ餘에能히儼然ᄒᆞᆫ獨立旗幟를樹ᄒᆞᆫ것은가부-루와가리즈구지-二三의身을挺ᄒᆞ야國難에趍ᄒᆞᆷ이因ᄒᆞᆷ이오獨逸이式微ᄒᆞᆫ日을當ᄒᆞ야丁墺佛三國을擊敗ᄒᆞ고歐州에唱覇한것은비스마룩구와모루도계와론二三子의心을碎ᄒᆞ야國事를慮ᄒᆞᆷ이因ᄒᆞᆷ이니當時伊獨二國이此數子가若無ᄒᆞ어면其獨立中興의不可期ᄒᆞᆯ것斷々하니라〈2〉

我韓의衰弱이是天意인지是人力인지判下ᄒᆞ기未易어니와縱或天意라ᄒᆞᆯ지라도人力으로挽回ᄒᆞ기何難이有ᄒᆞ리오今에世界的識見의士一二人이有ᄒᆞ야協心戮力ᄒᆞ야廟堂之上에周旋ᄒᆞ야其所欲爲를恣케ᄒᆞ면十年之內에當年伊太利와獨逸의面目을現出ᄒᆞᆯ지라吾儕가擡頭待之하노니今諸公의게世界的識見을修發ᄒᆞ기勸告ᄒᆞᄂᆞᆫ것이其意가亦存於此而已니라

吾儕此言이諸公의게見容치못ᄒᆞ야漢城政界가依然히昔日暗夜獨行ᄒᆞ
ᄂᆞᆫ것과如ᄒᆞ야自家의權勢ᄅᆞᆯ爭ᄒᆞᆫ以外에大丈夫의氣像을猶不可復見이
면則吾儕ᄂᆞᆫ將欠東海ᄅᆞᆯ蹈破ᄒᆞ야遠去ᄒᆞᆯ지니엇지ᄶᅥ小朝廷與統監府下
에永ᄒᆞ屈기ᄅᆞᆯ樂ᄒᆞ리오噫라

## 論說

### 害韓乃忠韓

嗚呼라自昨冬의韓日間新條約이成立以來로伊藤博文氏가以統監之名
으로來駐我韓ᄒᆞ니國事之滄桑과時局之馳棘이一至於此ᄒᆞ고今星燧ㅣ
已週矣라當此之際ᄒᆞ야孰無感慨奮勵之想乎아然而令於伊藤氏之歸國
也에續有大使之行ᄒᆞ야出忽想表ᄒᆞ니閭巷博播之言은紛紜喧籍ᄒᆞ야以
爲此ㅣ伊藤氏之願留也라或曰此ㅣ出於政客之爭權策略也라ᄒᆞ야互相
瞋目睢盱에疑雲이萬疊ᄒᆞ니本記者ᄂᆞᆫ於此에不得不辨焉이로다
現今擧世之人이皆知伊藤氏之爲日本의第一勳臣이오不知實爲大韓國
之第一勳臣也ᄒᆞ나니如論其勳功인된當敍第一等勳ᄒᆞ야賜第一等章이
可也라奚止於願留請借而已乎哉아所以公告其所由然之理호리니具眼
諸君子ᄂᆞᆫ望乞細察而賜批評焉이어다
凡天下之物이久則陳ᄒᆞ고陳則腐ᄒᆞ고腐則必敗ᄂᆞᆫ理之常也라莊周ㅣ曰
毁者ᄂᆞᆫ成之始오成者ᄂᆞᆫ毁之終이라ᄒᆞ니盖敗者ᄂᆞᆫ所以成之始也오窮者
ᄂᆞᆫ所以變之端也라我韓이其政治之弊害와習慣[2]之痼閉와以曁學問也智
術也와農工商業之流가毋不到底陳腐ᄒᆞ야迨有自然澌敗之兆者ㅣ久矣

---

2 習慣 : '習慣'의 오자이다.

라譬之如大癰惡瘡之血膿肉腐ᄒᆞ야不施鍼破라도將有自潰自裂之勢矣
오又如人之家屋이年久腐朽ᄒᆞ야左支右掌에前傾後仄ᄒᆞ야岌々有將覆
之勢호ᄃᆡ其家人이習懶安逸ᄒᆞ야頓無改造修葺之念ᄒᆞ다가一遇風雨之
破壞頹倒然後에始有遑々然改新修築之思想ᄒᆞ나니彼伊藤氏ᄂᆞ乃破癰
之針師也오壞屋之風雨也라然則其有功於我者ㅣ顧何如耶아

使膿腐之瘡腫으로不施針破ᄒᆞ고待其自潰而自裂則其苦痛之支離난姑
舍ᄒᆞ고雖破潰之後라도其膿血腐肉은自在裏面ᄒᆞ야非久復發에蘇完이
無期홀지오岌々傾仄之屋을不有風雨之頹倒ᄒᆞ고因循苟安ᄒᆞ야待其自
然顚覆이면爲家人者ㅣ寧免壓傷之患乎아幸而有鍼破者頹倒者ᄒᆞ야爲
之潰膿祛腐而速於完合ᄒᆞ며爲之摧腐拉朽而急於修築ᄒᆞ니針師風雨之
功이豈可曰少乎哉아

且夫天下之理ㅣ不迫則不激ᄒᆞ고不激則不動이라故로有激動而後에야
生反動力抵抗力ᄒᆞ나니自夫昨冬條約之新成以後로於是乎激生反動之
力ᄒᆞ야前日之懦者怠者柔者弱者頑固者拗滯者醉昏者睡夢者躄跛者盲
聾者之流가始知自陷於区國之奴族ᄒᆞ며同歸於俘虜之賤地ᄒᆞ고駭々有
自動自振之生覺ᄒᆞ야或能辦敎育之義務ᄒᆞ며或能言實業之裨益ᄒᆞ며或
能奮慷慨之想ᄒᆞ며或能道忠愛之事ᄒᆞ야比之條約以前之國民컨ᄃᆡ其程
度之變遷이殆一層進步矣라然則其所以迫激震盪ᄒᆞ야倫生反動之力ᄒᆞ
며倫生抵抗之力者난豈非伊藤博文氏之所使然者乎아是知伊藤氏가實
爲韓國之勳臣也오

藉使伊藤氏로渡韓以後에果有實際扶濟之良心ᄒᆞ야痛除偏袒自私之圖
ᄒᆞ고掃蕩陰詐宵小之輩ᄒᆞ야政治焉實有改善之忠ᄒᆞ며人民焉實有公平
之愛護ᄒᆞ고又其忠我有志之士와英豪不〈3〉平之徒를一切延攬而受容
ᄒᆞ야慰悅全國之興望而計圖長久之結果런ᄃᆡ以寬柔好善之我國天性으
로不過幾月에必消釋忿怒ᄒᆞ며融解憾情ᄒᆞ야駸々然不知不覺之中에自

然馴致平和ᄒ야前日磊魂嶮巇가一倂夷爲坦道ᄒ야驪然無間에携手同
歸ᄒ면若爾則此ᄂ日本之福而韓國之不幸也라韓國이必眞作日本之韓
國ᄒ야絲毫無反動力之萌生ᄒ고洽然化之ᄒ야終無回復之餘望ᄒ리니
豈非我韓之實狀不幸者歟아

今에天佑我韓이던지幸而伊藤氏之目的이不能於是ᄒ고欲以波蘭越南
而待故로毫無改善忠告之想ᄒ고只以腐敗中에愈加腐敗ᄒ며弊害上에
愈生弊害ᄒ야隱然有奬其惡政府惡慣習之意態ᄒ니於是乎人情이愈益
忿痛ᄒ고輿論이愈益咈鬱ᄒ야皆懷不平之氣ᄒ며益竪反動之心ᄒ니此
ㅣ所以爲我韓前道ᄒ야庶幾有恢復之動機者也라然則吾輩ᄂ寧爲伊藤
氏ᄒ야猶恐其重來之不得也니若使狡獪老猾者로復來ᄒ야用撫摩駕馭
的手段이면畢竟其結果ᄂ如上所述者矣리니豈可曰韓國之福乎아子輿
氏ㅣ有言曰爲淵敺魚者ᄂ獺也오爲叢敺雀者ᄂ鸇也라ᄒ니余ᄂ以爲ㆍ韓
國敺民ᄒ야激之使生反動力者ᄂ伊藤統監也니以此觀之면伊藤統監이
豈非爲韓國之第一功臣乎아寧以一等李花章으로頒叙勳佩가可也로다

嗚乎라雖然이나其曰反動力云者ᄂ非盲動之謂也라人ㆍㆍ이皆思自奮自
勵ᄒ며自强自立ᄒ야以免脫羈絆ᄒ며挽回國權으로銘心刻骨ᄒ야誓不
服從於他人主權之下然後에是眞實反動之力也라若失我精神ᄒ고苟且
偸活ᄒ야如前自愚ᄒ면民族이將澌滅乃已리니安知已潰之癰이永絶蘇
完之望ᄒ며已壞之屋이永無修築之日乎아嗚乎勉哉者어다

## 保護國論 (續)
日本 有賀博士

昨年十一月新條約以後로我韓이保護의名을蒙ᄒ니爲吾人者ㅣ其
實際며位置며待遇며隣國의設法ᄒᄂ意旨며我國의自修ᄒᆯ方略ᄅ
不可不汲ㆍ硏究ᄒᆯ거이니硏究할方法은所聞所見의就ᄒ야眞境을
到底思得ᄒᄂ外에ᄂ無ᄒ지라今에日本有賀博士가保護國論을著

ᄒ야一時에刊行ᄒ니當時에右韓ᄒᄂᆫ意에出홈은非也라然ᄒ나善
覽ᄒ면ᄯ혼足히國際眞實에境遇ᄅᆞᆯ硏究ᄒᄂᆫ一助가될지라故로今
方譯載ᄒ며又其條約이라稱ᄒᄂᆫ文을幷揭ᄒ니諸君子ᄂᆫ本記者의
意ᄅᆞᆯ誤解치말고詳思深究ᄒ야所得이有홈을不勝懇望ᄒ노라

(二)或種强制ᄂᆫ此保護條約의成立上에可히缺치못ᄒᆯ要件이니雖或强
制로成立ᄒ야실지라도絲毫도條約上效力에無減ᄒᆯ지라世界上에何國
政府ᄅᆞᆯ勿論ᄒ고自其主權使用의能力이欠乏ᄒ다ᄒ야他國保護下에依
賴ᄒ기自好홀者無ᄒᆯ지라皆不得已ᄒᆫ勢에迫ᄒ야强國의制服ᄒᆫ바되ᄂᆞ
니其結果ᄂᆫ其主權全部을失홈두곤寧히保護ᄅᆞᆯ被ᄒᄂᆫ地位에在ᄒ기가
安利홈에至ᄒᄂᆫ故로世界上에此地位ᄅᆞᆯ擇ᄒ야處ᄒᄂᆫ者滔々皆然이니
간보지야와安南과돈긴과지유니스와마다가스가류等諸國이皆是라其
事情行動의迹을探究ᄒ면다强制에出ᄒ야스나採擇의方面으로自ᄒ야
言ᄒ면다自由意志의作用ᄒᆫ것이니故로法律上에可히無効타홀슈無ᄒ
지라一千八百八十三年八月에구-루베-提督이軍艦六隻을率ᄒ고順化
府城下에迫ᄒ야安南政府에게二十四時間休戰ᄒ기ᄅᆞᆯ許ᄒ고맛참니ᄒ
여곰保護條約을諾게ᄒ니此非强制而何오然ᄒ나世上에셔順化條約의
有效홈은確然無疑라一千八百八十一年五月의지유니스保護條約과如
ᄒ者ᄂᆫ日本全權이韓廷에加홈두곤强制壓迫이十倍나ᄒ지라當時에英
國總領事가本國政府에報告ᄒ야曰

昨日正午에부레아루將軍의率ᄒᆫ佛國隊가바루도-官舍의가스루사
이도宮殿에逼近히布陣ᄒ야包圍의勢ᄅᆞᆯᄒ고同時佛國辨理公使루-
스단氏가將軍으로더부러公然히謁見〈4〉ᄒ기ᄅᆞᆯ　要求ᄒ야　午後四
時에　公使가　先到ᄒ고　將軍은　二十分後에　多數ᄒᆫ　護衛兵과　幕僚
ᄅᆞᆯ　伴ᄒ고　來ᄒ야　大守의게　條約案으로　示ᄒ고　ᄯᅩ　佛國政府全權
資格으로　宣言ᄒ야　曰此案이現在紛議ᄒᆫ事件을決定ᄒᄂᆫ最後通

牒이라ᄒᆞ엿ᄂᆞ디其案의 要領은左와如ᄒᆞ니

(一) 佛國과지유니스의間에現存條約을確認홈

(二) 佛國에셔國境과밋海岸을保護監視ᄒᆞ며ㅛ港灣과及要地ᄅᆞᆯ占領
ᄒᆞᆯ權을有홈

(三) 二國間에지유니스의公債ᄅᆞᆯ整理ᄒᆞᄂᆞᆫ方法을定ᄒᆞ고國際의委員
을廢홈

(四) 兵器와彈藥의輸入홈을禁홈

(五) 統監을任置홈

(六) 佛國에셔지유니스의代表로外國에交涉홈

(七) 지유니스에셔ᄂᆞᆫ國際條約의調印홈과ㅛ工業을通商ᄒᆞᄂᆞᆫ特權을
附與홈이不可홈

(八) 海岸과밋國境部族으로ᄒᆞ여곰償金을支拂홈은太守가擔保홈

(九) 佛國이外襲에對ᄒᆞ야지유니스ᄅᆞᆯ保護홈

太守가이條約을聞ᄒᆞ고즐겨調印치아니ᄒᆞ고乞ᄒᆞ야曰條約書ᄅᆞᆯ飜譯ᄒᆞᆫ
後에熟廬ᄒᆞ리니其間에宜爲猶豫라ᄒᆞᆫ디將軍이午後九時ᄭᅡ지猶豫ᄒᆞ라
明約ᄒᆞ고且曰余가太守가調印홈을不見ᄒᆞ고ᄂᆞᆫ此宮殿에退치아니ᄒᆞᆯ지
라만일太守가調印을拒ᄒᆞᆯ時ᄂᆞᆫ此太守의失位ᄒᆞᄂᆞᆫ時라고脅喝의言이無
比ᄒᆞᆫ지다

太守가이 難耐ᄒᆞᆫ壓迫에 對ᄒᆞ야 數次ᄅᆞᆯ 抗議ᄒᆞ다가 午後七時에至ᄒᆞ야
ᄂᆞᆫ 到底히 可히 抗치못ᄒᆞᆯ쥬ᄅᆞᆯ知ᄒᆞ고 맛참ᄂᆡ 飮泣調印ᄒᆞ니라

當時에土耳其國이名義上에지유니스ᄅᆞᆯ宗主國으로事ᄒᆞ얏ᄂᆞᆫ故로前述
ᄒᆞᆫ强迫에藉口ᄒᆞ야右條約이無効ᄒᆞ다主張ᄒᆞ야도맛참ᄂᆡ好影響이無ᄒᆞ
니라

要ᄒᆞᆫ건ᄃᆡ今日의國際法에事情의强迫과肉體의强制가判然ᄒᆞᆫ區別이有
ᄒᆞ니主權者와밋條約締結ᄒᆞᄂᆞᆫ者의게 危害ᄅᆞᆯ加ᄒᆞ야恐喝威嚇로强迫調

印ᄒ者ᄂ其條約이無効ᄒ거니와만일不得已ᄒ情勢에被迫ᄒ야調印ᄒ者ᄂ有効ᄒ지라昨年十一月十七日事件을翻思ᄒ면是ᄂ韓國이事情의强制에被迫ᄒ야諷印ᄒ것이오韓國大臣을向ᄒ야拘禁戮殺의恐喝이有ᄒ다흠을未聞ᄒ엿노라

## 滅國新法論 (續)　　　　　　　　　　清國飮氷室主人 梁啓超著

雖政府之官吏ᄂ百變이라도民間之脂膏ᄂ固在ᄒ니彼扼我項而搎我胸이면寧憂本息之不歸趨리오此樂貸之ᄒ고彼樂予之ᄒ야一省五十萬이면二十行省이不其千萬乎아十年以後ᄂ不旣萬々乎아此事를今初起点이로되論國事者ㅣ皆熟視無覩焉而不知ᄒ니卽此一端에已足㘴中國而有餘라而作俑者之罪ᄂ盖擢髮難數矣니中央政府之有外債ᄂ是ᄂ擧中央財權ᄒ야以贈他人也오各省團体之有外債ᄂ是ᄂ並擧地方財權ᄒ야以贈他人也니吾ㅣ誠不忍見我京師之戶部內務部와及各省之布政使司善後局에其大臣長官之位를皆虛左ᄒ야以侍碧眼虯髥輩也라嗚乎라安所得吾言之幸而不中耶아吾讀埃及近世史에不覺股慄焉耳로다

不寧惟是라國家之借款은猶曰挫敗之後에爲敵所逼이면不得不然이로디乃近者疆吏政策은復有以借款ᄒ야辦維新事業으로爲得計者ᄒ니卽鐵路가是其已事耳라夫開鐵路ᄂ爲興利也니事關求利닌딘勢不可不持籌握算ᄒ야計及錙銖而凡借款者ㅣ其實收之數가不過九折而金錢이漲價ᄒ야還時에每湏添一二成ᄒ니卽以一成而論其入數也면十僅得九오其還之也에十湏十一이니是ᄂ一轉移間에已去其二成而借萬々者ㅣ短二千萬矣라此猶望金價平定ᄒ고無大漲旺然後에能之오若每至還〈4〉期에外國豪商이高招金價則不難如光緖四五年時之借項ᄒ야百萬者ㅣ幾還二百萬ᄒ니是ᄂ借款은斷無淸還之期而鐵路前道를豈堪設想也耶아夫鐵路之地ᄂ中國之地也라借洋債以作鐵路면非以鐵路作按인딘不可

오路爲中國之路나非以國家로擔債면不可리니卽今은暫不爾라도他日
稍有嫌疑則債主 l 且將執物所有主之名而國家之塡償을實不能免은以
地爲中國之地也오又使今之債主로不侵路權이라도異時一有齟齬則債
主 l 又將託辦理未善之說 ᄒ 야據路而取息은勢所必然이니以債爲外洋
之債也라以此計之 ᄒ 면凡借款所辦之路가其路必至展轉歸外人之手而
後已리니路歸外人而路所經地와及其附近處가豈復中國의所能有耶아
試觀蘇彝士河之股份컨디其關係於英國及埃及主權之嬗代者 l 何如오
此眞所謂自求禍者也라此所以蘆漢鐵路를由華俄銀行經理借款而英國
이出全力以抗之 ᄒ 고牛莊鐵路之借款於滙豐銀行而俄國이以死命相爭
也라誠如是也則中國이多開一鐵路면則多一区國之引線이오又不惟鐵
路라凡百事業을皆作如是觀矣니今擧國督撫가亦競言變法矣라卽如其
所說이면若何而通道路며若何而鍊陸軍이며若何而廣製造며若何而開
礦務라ᄒ디至叩其何所憑藉而始事 ᄒ 면度公私俱竭之際에其勢 l 又將
出於借款이니若是則文明事業이遍於國中而國卽隨之而区矣라鳴乎往
事ᄂ不可追어니와惟願後此之言維新者 l 愼勿學張之洞盛宣懷之政策
ᄒ야以毒天下也ᄒ라

俄人之区波蘭也ᄂ非俄人이能区之라波蘭之貴官豪族이三揖三讓而請
俄人之区我也니鳴乎라吾觀中國近事컨디抑何其相類耶아團匪變起에
東南疆臣이有與各으로立約互保之擧 ᄒ 고中外人士가交口贊之而不知
此實爲列國의確定勢力範圍之基礎也라張之洞의懼見忌於政府 ᄒ 야乃
至電乞各國에求保其兩湖摠督之任 ᄒ 고又恃互保之功 ᄒ 야蒙惑各領事
ᄒ야以快其仇殺異黨之意氣 ᄒ 며僚官이與已不愜者則以恐傷互保로爲
名 ᄒ 고借外人之力而排除之 ᄒ 니爲一時之私利와一已之私益而已라不
知冥冥之中에已將長江一帶의選擧黜陟生殺之權 ᄒ 야全利於外國之手
ᄒ니於是揚子江流域之督撫ᄂ生息於英國卵翼之下 ᄒ 야一如印度之酋

長이盖自此役始矣라第四次懲治罪魁名單에榮祿等이以廣大神通으로
借俄法兩使之力ᄒ야以免罪譴ᄒ니於是京師西安之大吏ᄂ生息俄人卵
翼之下를一如○○之○○이又自此役始矣라

一國之中에紛紛擾擾ᄒ야若者ㅣ爲英日黨이오若者ㅣ爲俄法黨이라ᄒ
야得附於大國에爲之奴隷則栩栩然自以爲得計ᄒ니噫噫라吾ᄂ恐非至
如俄人의築砲臺以臨波蘭議院之時라도而袞袞諸公이遂終不悟也ᄒ면
人不能爪分我로디我ㅣ先自分之ᄒ야開羣雄以利用之法門ᄒ리니彼官
吏之自爲目前計則得矣나遂使我國民으로自今以往은將爲奴隷之奴隷
ᄒ야而萬劫不復케ᄒ지라官吏ᄂ其安之矣어니와抑我國民이其將安之
乎아否乎아 (未完)

## 政治原論

### 汎論政治學 (續)

政治學의義ᄂ旣明矣여니와然於政治社會의齊一ᄒ現狀中에果有一定
之規律與否와政治의事가果能成一學術與否랄不可不一爲硏究者也니
盖其有形ᄒ物質은材料의理學化學等이有ᄒ야一種學術을旣成ᄒ얏거
니와至以人心으로材料롤삼ᄂ政治學이果能成一種의學問與아

泰西學者의議論이百出ᄒ야莫衷一是ᄒ니或云政治之科가到底히一種
學問이能成키難ᄒ다ᄒ고或云天下物事가悉有不易〈6〉之定則이여늘於
政治學에何獨不然이리오必可爲一種之學術이라ᄒ야前者의說에曰人
心之不同이一如其面ᄒ야甲欲何事하고乙欲某事ᄒ야實不可豫知ᄂ是
人心의動이毫無定則而卽無可據之憑故이니然則社會人群의心意도亦
可無憑據故로政治社會가不得有齊一之現象ᄒ고旣無齊一之現狀故로
不得爲一種之學術이라ᄒ며

後者의說에曰若旣一人而觀其思想行爲면雖甚錯綜而無規律이나然不

可以其錯綜難知로卽斷之以絶無規律也니譬看컨터山巓의飛雲이上下
東西에一無定處ᄒ니誰可曰有一定之規律哉아然以邇來經理學者의硏
究ᄒ 結果로議之면雖意外의颶風이라도亦知其一定之規矩오且氣像의
變化도亦於數刻前에可得豫知라ᄒ니政治社會의現象도亦與此同ᄒ야
若就一人而觀이면恰如山巓之飛雲ᄒ야毫無定則이나然이나如非細心
討論이면不可斷定이오且不可以一人의思想行爲가不能齊一홈으로推
論社會니何則코夫社會ᄂ各人의行爲를組織홈이니其爲齊一與否ᄂ固
未可知也여니와試看山上의草木컨띠其種萬千이紅綠繁華ᄒ야狀態不
一ᄒ나然枝則無不向上ᄒ고根則無不向下ᄂ豈非草木의固有之形狀哉
아又就其生長而觀이면雖有遲速之別이나然決無規律이니盖所謂能遲
能速者가光線溫度와水氣分量을因ᄒ야必始ᄒ나니然則草木의生長이
亦決非絶無一定之規律이ㅣ니政治社會의現狀도雖甚錯雜ᄒ야如不能
齊一이나然精細究考ᄒ면豈又草木之不如耶아人之思想이卽如千殊萬
別이나至若利欲之情ᄒ야ᄂ盡人皆然ᄒ니人々이互欲達其情慾ᄒ야至
其極處ᄒ면必相競爭ᄒ야或他人의生命財産을侵奪코져ᄒ리니此ㅣ所
以不問國之文野ᄒ고必有主治者ㅣ卽此故也라雖然이나主治者ㅣ互爭
權勢ᄂ亦人情之常이라故로不可無握大權而統率之人이니此又不問何
國ᄒ고必有一人之元首ᄒ야統轄政治者也라凡此皆政治社會의齊一ᄒ
現狀이니何必貿貿然而謂其一無定律耶아

<u>亞歷山大卑因</u>이曾曰凡硏究史學者ㅣ必湏着眼大体라ᄒ얏시니今於政
治上에求齊一之現狀者가何獨拘拘於瑣末之事而必曰無齊一之現狀也
哉아

前後二說이乃論者相爭의大略也ㅣ나然吾人은固於政治上에齊一ᄒ現
狀이有홈을主張ᄒᄂ者이니盖人人思想이苟不齊一이면則政治의現狀
도亦不能齊一이여니와然人有同心之事가誠爲不少故로試擧一二ᄒ야

以例其餘ᄒ노라

（甲）不可避의事情이니如人이不食則死ㅣ是也라人雖如何히異思想與
　　　行爲라도一遇此等難避之事면自不期而必然이라故로必同其思
　　　想行爲ᄒ나니라

（乙）習慣이니諺에曰習慣이成自然이라故로事의善惡을不問ᄒ고苟成
　　　習慣이면雖有賢者라도不能出其範圍라ᄒ니然則何國을不問ᄒ고
　　　其地에必有各種習慣故로居其地者가勢不得不從其習慣ᄒ고其
　　　習慣을旣從則其思想行爲도亦不得不自然同一ᄒ리라

（丙）教育이니盖教育은習慣에比ᄒ면更有勢力ᄒ니教育者ᄂ定式模型
　　　으로써人材를鑄冶ᄒᄂ故로同一ᄒ教育을受ᄒ者ᄂ勢不能生懸殊
　　　之思想이라其行爲가亦不得不自然齊一ᄒ리라

（丁）道理니道理則最大ᄒ勢力이有ᄒ야爲繩人思想之尺度라此尺度를
　　　苟執ᄒ면則萬人이不得有萬種之思想ᄒ리니譬余以四合四則으
　　　로爲八이면卽與余로思想極異之人이라도決不得云九云十이라是
　　　道理所以齊一人心者也로다試觀東洋學者가與西洋學者로絶不
　　　相識이로되同時에新理를發明ᄒ야新物을製造ᄒ면初非互相模倣
　　　이라도自然如出一轍ᄒ나니道理의力이所以齊一人心者ㅣ果何如
　　　也오

# 教育

## 品性修養（教師主眼）〈7〉

라즈도博士가日本에滯遊한數十旬에全國教育家를爲하야十數回를講
演하얏난디其立論한것이一々히點頭할만한지라就中教師의品性修養

을說한것이尤爲親切有味하도다

博士曰敎師修養上最重要한것은品性修養이是也니一切事業이準備가
無하고從事코져하면固不能이라事業에着手하기前에몬져其資格을養
成할것인디經驗的熟鍊과經營上資金에止함뿐안이라自己의品性을須
爲修養할지니特爲敎師者가高尙健全的思想을養成하는것이第一吃緊
處니라

品性이라稱하는것은其意味가或廣義에見하며或狹義에見할지니余今
廣義意味로說明ㅎ리라意味난人之能力의正當發達及活動에在하니古
學者의定義를考究컨디彼皆以人으로道理的動物이라하니其意가以爲
人與鳥獸로同性之点이有한데人은別히理性인者存한지라理性이旣有
한故로一種義務를做作出來하니品性修食[3]上第一必要의件이理性開發
과智能啓發이是也라若自棄를自甘하야無識에安하고活動智能을求치
아니하면엇지能히高尙健全한思想을作得하야智能으로目的을知하리
오目的을撰擇[4]한以上에는自然히品性高下를判別할지오其且方法을講
究하난手段에도亦智力을要하나니라

品性를修養코져할진디不可不自家의實情을養할지며不可不自家의意
志를習練할지니此意志가是品性의中心点也며脊髓也니라

品性의價値난如何하뇨此問題에關하야강도가鐵案을下하야曰天地間
에絶對的價値가有한것은唯善意志而已라絶對的價値라홈은何也오하
면其物에價値가有함은自身을謂함이니其物에幸福도自身이價値가有
함이오其物에苦樂도自身이價値가有함이오美的感覺도亦於其感覺에
自身이價値가有하느니此等보다尙히一層秀逸하야絶對價値가有한것
은高尙健全의品性이니卽善意志也며卽人格也라故로曰人格價値絶對

---

3 品性修食 : ‘品性修養’의 오자로 보인다.
4 撰擇 : ‘選擇’의 오자로 보인다.

也라

教師가無此價値면能히其職을盡치못할지니教師난自己의品性에依하야生徒의品性을感化하는者니라且此人格價値가不獨於教育界에샏尊貴而已라社會一般으로見하여도亦絶對한價値가有하니若於國家社會에具備健全한人格이無하면其社會가비록一切機關이具有하며비록가녜기-氏와若로즉구후예라-氏와如한大富豪가有할지라도其社會가無一價値할지니國家도亦然하니라

然則如何한方法으로以하여야高尙健全한品性을可히修得하깄는요하면此問題에關하야一定規則을指示하기난甚難하거니와普通原則으로言하면便此品性은自己의修養이안이면得할方法이更無하니衣服玩具等과如한것은皆他人의게依賴하야作得하며買得하기容易하거니와人의品性에至하야는到底히別人의援助를乞하기不能할지라血統의如何도不論하며境遇의如何도不問하고吾의意志修養에如何를因하야做得하야久而純熟ㅎ여야品性이乃成하ᄂ니一 是自修自得이結果니라

品性을教育上에活用고져할진딕如何한則可하며教師職責上品性效力의所及이如何하뇨盖品性者난種々境界에消極積極으로互爲活用하니今에消極的例를見함이品性이具備한者난一種過失을自免할지니凡一般藝術에반다시誘惑이伴하나니人이往々히此誘惑의牽한바되고教師도誘惑이亦有하니一種僞善이是也라己의不知하는事를知하노라粧飾하난것이ㅣ免키難한誘惑이라此僞善的心術이動한則教師의成功을破壊하야一簣의欠을見하고或叉[5]生徒에對하야不公平한處措도하며或冷淡不關도하ᄂ니此教師의陷하기易한弊라此等諸弊가具備한品性으로可히豫防할지오積極的說에至하야는左四点에其效力을可見할치니

---

第一  聰明健全한意志가有한敎師난自家의提出한結局目的〈8〉을達
　　　하는디順境을得할지오
第二  品性이具備한敎師난其感化力이生徒에及하난結果가甚大하니
　　　窃聞貴國의一小邊鄕<u>鹿兒島</u>에셔今日에大將六人이出하얏난디
　　　皆一人이敎育感化를受하얏다하니一人은誰耶아西鄕南洲翁인
　　　쥬를不問可知니偉大人物의感化力이眞不可測이오
第三  善良品性이有한人은敎師職責上盡力하고他必要事件을講究하
　　　는디不怠하며叉[6]自家學術硏究에不怠하며敎育上方法手段을
　　　亦能發見할지니古諺에曰意志所在에方法이亦自存이라하니라
第四  師弟關係上에所必要한信任과愛情及尊奉眞理의觀念等에品性
　　　이有한敎師야始能具備니라
最後에可히一言할者ㅣ有하니凡於大事業에組織이必要하고統一이必
要하고又全體制限과各個自由의必要가有하거니와비록嚴重한組織과
統一과規律이有하나活用하야誤치아니코져하랴면人格品性價値를斷
不可附於忽[7]諸니라

## 泰西敎育史 (續)

馬丁路德氏는生於千四百八十三年ᄒ야歿於千五百四十六年ᄒ니氏가
於宗敎改革에厥攻이偉矣라然이나於敎育의改良에도其攻이亦不細ᄒ
니盖氏가抗羅馬敎皇ᄒ고與德意志政府로爭ᄒ야辛苦艱難에終獲改革
之效ᄒ이因建人民政敎의自由ᄒ야以助敎育之事業ᄒ니其擧動이皆關
係於百事百物이라使無敎育이면宗敎의改革도莫守其成이오人民의一

---

6  叉 : '又'의 오자이다.
7  忽 : '忽'의 오자로 보인다.

切生計도終難改良也니路德이殫心瘁力ᄒ야自爲已任ᄒ고或呈書政府
ᄒ며或陳說於議員ᄒ며或勸僧侶ᄒ며或諭人民ᄒ며或著書ᄒ며或演說
ᄒ며或作報ᄒ며或編敎則而踐行之ᄒ야無遠近無親踈無險易ᄒ고奮其
熱力ᄒ야以救民爲急務而歸本於敎育ᄒ고倡言初等敎育之切要ᄒ야以
施普通敎育으로爲政府之責成ᄒ니若夫初等敎育과及强迫敎育의原起
가皆路德氏로因ᄒ야始明ᄒ얏다可謂홀진져氏之言에曰維持學校之費
ᄂ應由國庫任之而使小兒로入學ᄒ야以受敎育은乃父對其子之責也오
亦一切人民之責也라故로氏가自立學校ᄒ고致力於種々助敎育事業之
法ᄒ야千五百二十五年에氏가受<u>孟司脿立達</u>公命ᄒ야於其鄕里<u>奧司拉</u>
<u>本</u>에立一小學及一中學ᄒ니其所定學科와課程과與授業法을他學校가
多倣而行之ᄒᄂ니

氏의所新設ᄒ敎ᄂ分生徒爲三級ᄒ니第一級은令讀自己所著之讀書,
入門, 習字, 暗誦古人格言이오第二級은令讀文法ᄒ야伊曾布喩言과古
人美歌를讀케ᄒ며第三級은令讀羅馬文學書호디每日에自正午로至一
時ᄂ使習音樂ᄒ고水曜日則敎以宗敎之旨而學科中에以宗敎로爲最要
ᄒ야嘗謂一切人民이須勉讀經典譯本ᄒ야以明敎旨라ᄒ고因選擷經典
而作宜於學校之敎科書ᄒ니人民이爭購讀之ᄒ고又以歷史로爲敎科中
最必要而不可缺者라ᄒ며又貴音樂曰敎師不能敎音樂則不足置於學校
라ᄒ며又於體育에亦極致意曰運動於淸新空氣中ᄒ야行合宜之体操者
ᄂ爲兒童之急務라ᄒ고此外則獎勵數學,  理學ᄒ야爲他日에擴充學科
之用ᄒ고並望後人於敎育法中에誘起受敎者之精神ᄒ야使人以學堂으
로爲欣樂之地케ᄒ니氏의剏立普通敎育이雖非如後世의完全結搆者나
然이나可稱普通小學校剏立之人이오亦可謂現今普通敎育의基礎倡立
之人也니라

## 第六章 教育改良之近代

(當時所行敎育之缺典) 如上篇所述ᄒᆞ야文學이再興於意大利라가漸次侵入歐洲ᄒᆞ야變其從來敎育之舊法ᄒᆞ고擴張其區域ᄒᆞ야使人之身으로不爲嚴酷監督의所幽囚ᄒᆞ고其心으로又⟨9⟩不爲狹隘敎規의所縶絏ᄒᆞ며向之煩瑣理學派ᄂᆞ唯發達於推理力者라僅局促於機變之才辯ᄒᆞ더니至此에ᄂᆞ亦不爲其拘囿役使ᄒᆞ고注意於衛生体育二者ᄒᆞ야專主於心意自由之發育故로敎育理法이漸暢達於世ᄒᆞ니라

然이나敎育之改革은固由古文學之再興而起者也니故로當時學者ㅣ多講希臘羅馬之古語ᄒᆞ야愛華麗之文章ᄒᆞ며止於量慕古人ᄒᆞ야硏求[8]古人之思想ᄒᆞ고不知以己之思想으로鎔化之ᄒᆞ며且愛玩古代之死語而耻修便於當時之活語ᄒᆞ고又其時에有非常美術家出ᄒᆞ야於美術에得非常進步ᄒᆞ니爲此로擴人世生計之地平線ᄒᆞ야造高尙優美之感情이나然而於日用所需之材物則猶未見進步焉이라

及有敎蘇[9]之改革홈이於人身之思想에發自由探討之精神ᄒᆞ고因之於敎育에도亦有此精神焉ᄒᆞ니盖宗敎改良家ㅣ於敎育改良에도雖亦盡力이로디其思ㅣ未密ᄒᆞ야流於理論ᄒᆞ며加之以見誘於時尙홈으로於學古文及古語外에ᄂᆞ未能有發明完全之敎育法也로다

今擧當時所行ᄒᆞᆫ敎育之缺典컨디一則偏於文學ᄒᆞ고其餘學科ᄂᆞ付之忽略ᄒᆞ며二則於年長之人에知敎以文學호디於敎育兒童에ᄂᆞ則不加意ᄒᆞ며三則拘泥於書籍之文字而忘自然之文字ᄒᆞ고又書籍은僅有大人之讀本而不知爲兒童編書ᄒᆞ며四則僅汲汲然嘗古人之糟粕ᄒᆞ야譯古人之書ᄒᆞ며蹈古人之影ᄒᆞ야不爲自運思想에發見知識ᄒᆞ며探求眞理ᄒᆞ고五則文學도亦只一人이硏究之ᄒᆞ고不敎之於學校ᄒᆞ며卽或敎之라도亦僅誦

---

8　硏求 : '硏求'의 오자로 보인다.
9　敎蘇 : '耶蘇敎'의 오류로 보인다.

古人之文章ᄒ야以解釋文体로爲事ᄒ니因此로以本國通行之語로作文者ㅣ無ᄒ고自文學再興於意大利時로迄歐洲北部宗敎改革時ᄒ야敎育之方法이在於敎古文古語而不敎授事物國語ᄒ고徒費日力於難供實用之古書而於可助日用之業務에ᄂ則置之不顧ᄒᄂ故로學校가只爲古文講學之所而已오敎育이不外乎養成其篤信古學之人才ᄒ야終於十六世紀토록其形態가大抵如斯而已矣니라 (未完)

## 實業

### 商業槪論

現今時代난卽商業의時代라我韓人은由來習慣에傳染되야但賭技的手段으로豊腹[10]ᄒ官吏를圖得ᄒ야貪饕制割의策略이善히使用ᄒ면一朝에浮空ᄒ財産이橫得ᄒ야卒富貴ᄒ난幸福이分外에暴得홈으로第一經濟家政策은官場에賭博ᄒ난手段이오其次난浪子蕩客의生活이니一分의資本金이乏ᄒ야도欺人騙財의手段을使用ᄒ야賭博或色界場에呼朋結隊ᄒ야綺紈家의子弟와鄕富客의年少를誘引ᄒ야一朝一夕에數萬黃金을呼盧六博에劫取ᄒ야游衣游食으로一生을快活히安樂ᄒ난者오其最下等의生業은鄕曲에서農作에服事ᄒ야僅히一身의過活을營爲ᄒ난者니此等의生活은貪壞飮泉ᄒ난土虫에不過ᄒ者라其可哀可憐홈이엇지人類의生活上幸福에與齒홈을得ᄒ리오

文化의進步를隨ᄒ야時代의變遷홈이亦自然의趨勢로由홈인즉今時代에至ᄒ야난商工業의發達時代라官吏의貪饕로豊腴의利益도販得ᄒ기

---

10 豊腹 : '豊腴'의 오자로 보인다.

不可ᄒ고賭博의手段으로財産을劫取ᄒ기不能ᄒ지니不可不吾人의本
分은時勢의變遷을隨ᄒ야實業의方向에注意ᄒ야財産이優餘ᄒ然後에
萬事를經營할지라今에我韓의商業을試論ᄒ건디幼稚闇昧ᄒ이世界예
無比ᄒ지라假令資本이有ᄒ면何等商業을勿論ᄒ고能히從事ᄒ즷生覺
ᄒ거니와此는不然ᄒ것이現今世界列國이第一注力ᄒ은通商의一事라
商業上에도智術學問을硏究ᄒ야各種實業에競爭ᄒ이最劇烈ᄒ거늘我
韓商業家난但資本만得ᄒ면何種商業이던지興販에着手ᄒ으로一自開
港通商ᄒ以來로外國商民이多數輸入〈10〉되야無智術ᄒ我商과接觸ᄒ
이外商은日로發展되고我商은日로衰退ᄒ야倒産蕩業者ㅣ不尠ᄒ니此
난非他라實노商業上學術知識이不長ᄒ으로此現狀을呈ᄒ이니是亦優
勝劣敗의自然理由라近日에至ᄒ야商業界의恐慌이屢瀕ᄒ으로會議所
도設ᄒ며倉庫會社도設ᄒ며商工學校도設ᄒ다ᄒ나惟一時急ᄒ은商工
學의肄業이라ᄒ노니

大抵商業의學術은文字, 算術, 簿記, 書式, 商業에關ᄒ地理, 歷史及商
品의智識, 統計學, 經濟學, 商法律, 外國語化學及機械等學이爲要ᄒ
나枚述키不能ᄒ고第一資本上에就ᄒ야大槪說明ᄒ건디西人彌兒氏有
言ᄒ디資本이라ᄒ난것은儲蓄의結果라ᄒ니此에關ᄒ야諸家의解釋이
紛々ᄒ거니와但實際的로商人의資本이라ᄒ난것은營業에投入ᄒ난諸
般費用을云ᄒ이라大抵何如ᄒ商業을勿論ᄒ고自家의資本範圍以內에
셔만滿足ᄒ利益을收得키難ᄒ다ᄒ야資本의多少를不顧ᄒ고無理로商
賣를擴張ᄒ야分限外에經營ᄒ난것은決코不可ᄒ니近年貨幣文換[11]方
法에關ᄒ야我商의一大困難을經ᄒ고種々閉撤ᄒ에至ᄒ도此로基因ᄒ
이아닌가

---

11  文換 : '交換'의 오자로 보인다.

資本에二種이有ᄒᄂ니固定資本과流動資本이是라固定[12]資本은家屋, 土地, 船舶, 諸般機械, 器具等이오流動資本은諸般貨物, 公債, 金錢等의運用홈을因ᄒ야其利益이所持者에歸ᄒ난者니商賈의種類를因ᄒ야此兩種資本의比準을一例斷言키難ᄒ나通例로ᄂ流動資本이固定資本보다多홈이卽上着이라云ᄒᄂ니라

資本을借入ᄒ난더도二法이有ᄒ니法律上形式을從ᄒ야實印証書로借入ᄒ난者와商賈上外上으로借入ᄒ난者의區別有이ᄒ고又此外上에도約束手形을與受ᄒ난者와單只本人의信用만依賴ᄒ난者이有ᄒ나皆其信用의程度를因ᄒ야各種으로變易ᄒ난故로一々히枚擧치못ᄒ노라

스뮬돈氏有言曰大抵商務上現金賣買라ᄒ난것은莫大한正金을豫備홀지라正金을預備ᄒ랴면利息의損害가生ᄒᄂ니此損害난不可不商品原價에添入홀터인즉畢竟營業上利益이나顧客을減殺ᄒ거나不然이면適當호機會를失ᄒ난弊가生ᄒ난故로此困難을免ᄒ며兼ᄒ야支出準備ᄒ기에滿足홀時日을得ᄒ난것시니卽外上買入의一法이라此法은商品交易에正金을支出치아니ᄒ고本人의信用을依賴ᄒ거나一片約束手形을受與홈으로써其賣買가完成ᄒ거나此난營業上運動을自由活潑케홀분더러賣買兩邊이其機會를無誤홈이니라

距今二百年前에出版호某氏著書에曰有爲호靑年이分限外에商販ᄒ다가往々失敗ᄒ난者ㅣ二種이有ᄒ니一은資本에超過호商賈를經營혼者오二ᄂ他人을信用홈이過多혼者라ᄒ니資力以外의商賈를經營ᄒ난것은何人이던지自知ᄒ려니와他人을過信홈은其危險이一層更甚ᄒ니라一次라도信用을違背ᄒ난所行이有홀時난一代信任이掃地ᄒᄂ니故로商業에新入ᄒ난者난設令他人의信用을得ᄒ야도其應用에當ᄒ야난不

---

可不十分注意홀지니大利가眼前에橫過ᄒ야無比홀好機會ス타나此난
一時幻影에不過ᄒ지라大抵資力以外에巨額貨物을買入ᄒ난것이時勢
를隨ᄒ야徐々進步홈만不如ᄒ니故로賣處를未見ᄒ면設或價格이低廉
ᄒ야도買入을過分치못홀지니一次買入ᄒ다난言이口外에出ᄒ면已爲
我의責任으로歸ᄒ나니라

人이通常要用에相當ᄒ資本이無ᄒ고商業海中에投入홈이極히危險ᄒ
니實地商業을經營ᄒ기以前에智識의不足홈을補充ᄒ며相當ᄒ資金을
儲蓄ᄒ後에實業海로投ᄒ야輸贏을爭홈이可ᄒ나니라

大抵商業上에난友誼를顧慮홈이無ᄒ故로商賣上에난如何ᄒ信友間이
라도其會計等事에當ᄒ야난他人과一例로精密홈을〈11〉要홈지오且恒
常銘心홀者난自身을信用홈이라若自己를信用치안고友人에게依賴ᄒ
야金錢借入或請求及保證擔責을囑託ᄒ면如此人은決코成功ᄒ난境에
未達ᄒ나니라 (未完)

## 談叢

### 本朝名臣錄의攬要

#### 南致熏-字勤之-

中宗乙卯에倭가湖南을侵ᄒ야五城을連陷ᄒ거늘公이防禦使되야賊을
南平에셔破ᄒ고舟師로追擊ᄒ야殺ᄒ바多ᄒ지라節度使를拜ᄒ니라
强賊林巨正이其徒數十으로더부러起ᄒ야賊이되야橫行無忌ᄒ야九月
山에셔宣傳官을射殺ᄒ니海西官軍이能히支치못ᄒᄂ지라公이討捕使
되야載寧에出鎭ᄒ니賊의謀主徐林이 來降ᄒ야其虛實를盡言ᄒᄂ지라
軍을進ᄒ니諸賊은皆降ᄒ고巨正이逃去ᄒ거늘公이追斬之ᄒ니라

慶尙兵使되야鳥嶺을踰홀시嶺에石彌勒이有ᄒ니過ᄒᄂ者ㅣ皆拜禱ᄒ
고行호되不然ᄒ면人馬가必仆死혼다ᄒᄂ지라公이祠前에直到ᄒ야命
ᄒ야祠宇를毁撤ᄒ고石彌勒을撞碎ᄒ고列邑에巡ᄒ시淫祠가有ᄒ면必
夷之ᄒ더라

## 白仁傑-字士偉號休菴官至右叅贊-

金湜이大司成이됨이公이諸生으로從容問難ᄒ고學이益進홈이趙靜菴
을師ᄒ더니及靜菴이被禍에公이斯文의不幸홈을痛恨ᄒ야金剛山에入
ᄒ야歷年乃還ᄒ니라

仁順이臨朝에垂簾의久近을問ᄒ신디公이進ᄒ야曰嗣君이幼冲치이
니ᄒ시니女主가國政을久聽홈이不可ᄒ니이다仁順이未幾에簾을撤
ᄒ니라

乙巳에獻納이되야密啓혼事로獨啓ᄒ야曰任尹[13]等의事를當然히院相
에議ᄒ야處홀것이여늘尹元衡의게密旨를內降ᄒ야惟使數三宰相으로
直啓定罪케ᄒ니大失事體라元衡이受旨之初에卽當防啓홀것인디乃宰
相의게遽自私通ᄒ야使國家之事로光明正大ᄒᄃ로出혼을不得케ᄒ니
請컨디推考ᄒ쇼셔閔齊仁과金光準은面對時에元衡의失를不啓ᄒ니亦
非矣라况齊仁이憲府長官으로密旨의下홈을聞ᄒ고宰相의家에奔走ᄒ
야傳令ᄒᄂ軍卒과如ᄒ고執義宋希奎와司諫朴光佑는臣으로意同호디
不卽決啓ᄒ고未免逡巡ᄒ니請並遞ᄒ쇼셔正言柳希春이其爲를見ᄒ고
舌를吐ᄒ야曰壯哉라竟被下獄ᄒ야罪將不測이러니救ᄒᄂ者ㅣ適有ᄒ
야免罪被謫ᄒ니라

庚午에兵曹叅判으로上疏ᄒ얏ᄂ디(一)은弊政을革ᄒ기請홈이오(二)

---

13　任尹 : '尹任'의 오류이다.

는己卯乙巳의冤을雪ᄒ기請홈이오(三)은趙光祖를文廟에從祀ᄒ기請
홈이오(四)李滉을招ᄒ기請홈이오(五)는致仕ᄒ고還鄕홈을請홈이라
上이優辭獎勵ᄒ시니라

公이與許磁로里閈을同ᄒ지라許가異味를得ᄒ면必分之ᄒ니公의貧홈
을知홈이라密啓初下에人情이洶々ᄒ야朝夕을莫保ᄒ더니許가公을請
ᄒ야夕飯을具ᄒ고問ᄒ야曰明日에臺諫이密啓를將議ᄒ는지라子有老
母ᄒ니奈何오公이曰許身於君에安可顧私리오ᄒ고竟不許ᄒ니許가嘆
曰子必死矣로다公이辭出홈이許가公의手를執ᄒ고曰明日은子는君子
되고我는小人되는日이라ᄒ더라

嘗與栗谷으로靜退의優劣를議홀시栗谷이曰資禀인則靜菴이絶勝ᄒ고造
詣인則退溪가爲優ᄒ니라公이手를搖ᄒ야曰大不是ᄒ니退溪가엇지敢히
靜菴을望ᄒ리오厥后에公이牛溪와栗谷을大用홈이可ᄒ다薦ᄒ면셔栗谷
이輕率혼病이有ᄒ다云ᄒ니靜菴을退溪의下에擬홈으로以홈이라

公이好善의心과憂國의誠은至死不變이로더才非適用이오只喜慷慨言
論而已라牛溪嘗曰白公의才가圍棋로譬ᄒ면有時高着은國手를可敵이
로더有時亂着ᄒ야可히依恃홀才이니라ᄒ〈12〉니라

公이每與牛栗論學에栗谷이每曰公이識見이雖差나八十之年에仡々히
學을論ᄒ는者ㅣ只此人也라ᄒ더라


### 噶蘇士-凶加利愛國者-傳 (續)

#### 第三節

威哈林의慨然혼一語가數百萬義狹仍加利民의耳膜을激動ᄒ야且哀且
痛且憤ᄒ야一이嘯ᄒ면百이吟ᄒ며一이呻ᄒ면百이疾를問ᄒ야人々마
다心中目中口中에오직金牛憲章에所謂干戈를執ᄒ야쎄虐政을抗혼다
혼一大義를牢記ᄒ此外에는餘望이無ᄒ지라奧의政府가威哈林을甚히

仇視ᄒ야逮捕ᄒ야獄에下야쎠其餘ᄅ警호려호되壓力이愈緊ᄒᆯ수록躍
力이愈騰ᄒ야百新黨이講壇에셔演說ᄒᄂ것이一新黨이牢檻에셔伸吟
ᄒᄂ것만不如ᄒᆫ지라於是에擧國中에革命이라革命이라革命이라ᄒᄂ
聲이山岳을撼ᄒ며河海ᄅ呑ᄒᆯ듯ᄒᄂ디其聲의最大而遠ᄒᄂ者ᄂ誰乎
아ᄒ면則噶蘇士가其人이러라

## 第四節 議員之噶蘇士及其手寫報紙

噶蘇士가故鄕에在ᄒᆷ이聲望이日隆ᄒ지라强을鋤ᄒ고弱을扶ᄒ며病을
恤ᄒ고貧을憐ᄒ니闔省의人이다其德을感ᄒ야死力效ᄒ기ᄅ願ᄒᄂ者
ㅣ盖數千焉이라一八三二年國會에擧ᄅ被ᄒ야議員이되니當時國會가
急激ᄒᆫ潮流ᄅ乘ᄒ고政府의壓虐을値ᄒ야이믜飛瀑千丈의勢ᄅ成ᄒᆫ지
라비록然ᄒ나奧의政府가頑然히不顧ᄒ고其威權을猶行ᄒ야凡議院中
一切情形을各報館에登載ᄒᆷ을不許ᄒ니噶蘇士가院中에親在ᄒ야諸狀
을目擊ᄒ고深히國民이不能備知ᄒᆷ을憾恨ᄒ야於是에法律家舞文ᄒᄂ
伎倆으로政府告示의語ᄅ解釋ᄒ야曰政府에셔禁ᄒᆫ바ᄂ印板이니若點
石인則일즉禁치아니ᄒ얏다ᄒ고議會事情을將ᄒ야日로點石一紙ᄅ밍
그라쎠國民에布ᄒ니國民이旱에霓ᄅ望ᄒᆷ과如ᄒ며渴에飮을得ᄒᆷ과如
ᄒ야展轉傳誦ᄒ야脛을用치아니ᄒ고國中에徧ᄒᆫ지라奧政府가此情狀
을睹ᄒ고急히下令ᄒ야曰點石도亦印刷物이니宜一倂禁之라ᄒ니噶蘇
士의熱心은旣以壓抑으로益增ᄒ고國民의噶氏의報告ᄅ望ᄒ기ᄂ亦艱
難을隨ᄒ야愈切ᄒᆫ지라彼乃鈔胥ᄅ廣聘ᄒ야其所草ᄒᆫ議院日記ᄅ將ᄒ
야論評을加ᄒ야手로寫ᄒ야쎠求者ᄅ應ᄒ고曰是ᄂ書簡이오報章이아
니니政府가如何히橫暴ᄒ더리도엇지我ᄅ禁ᄒ야一信도發치모케ᄒᆯ權
이有ᄒ리오政府가亦如何ᄒᆯ수無ᄒᆫ지라於是에噶家의筆蹟報가드듸여
全匈을風靡ᄒ야每次發行ᄒᆷ이一萬分以上에至ᄒ니眇然ᄒᆫ一書生으로

一躍ᄒ야遂全歐奸雄<u>梅特涅</u>의大敵이된지라

此時ᄅ當ᄒ야<u>噶蘇士</u>의强毅刻苦ᄒᄂ것이人이로ᄒ여금驚絶홀者有ᄒ
니拿破侖이一晝夜에四小時만睡ᄒᆫ것을擧世가傳爲佳話ᄒᄂ딕噶蘇士
ᄂ此際에每晝夜三小時ᄅ僅睡ᄒ니嗚呼偉人이여豈徒其心力이强ᄒ며
其腦力이强홀뿐이리오盖其體魄이亦必人의게大過ᄒᆫ者有홀지며天下
事에有志ᄒᆫ者ㅣ其養ᄒᆫ바ᄅ亦可以知ᄒ리로다

奧政府가噶氏ᄅ眼釘과喉鯁으로視ᄒ지久ᄒ건마ᄂ顧컨딕衆怒犯ᄒ기
ᄅ重히녜겨敢히徑ᄒ야仇되지못ᄒ고以爲議院에셔期滿解閉會ᄒᆫ後에
其鈔報ᄅ亦當停止홀지라ᄒ야姑俟之ᄒ더니乃<u>噶蘇士</u>가閉會ᄒᆫ後에復
其報舘을<u>波期得</u>省에移ᄒ고省議會와府議會의事ᄅ廣記ᄒ야其溫犀ᄅ
燃ᄒ야禹鼎을鑄ᄒᄂ筆舌이仍旋盪而不停ᄒ고其風雨ᄅ呼ᄒ며鬼神을
泣ᄒᄂ文章이且光芒而益上ᄒ니政府가旣已騎虎難下의勢ᄅ乘ᄒ고彼
亦奇禍의不遠홀주ᄅ自知ᄒᄂ지라一日에偶然히一友ᄅ携ᄒ고布打城
外의野에散步ᄒ다가牢獄의石垣을指ᄒ면셔言ᄒ야曰

> 吾가不久에將次此中의人이될지라雖然이나我同胞가萬一我로由
> ᄒ야自由ᄅ得ᄒ면吾가此中의鬼될지라도辭치아니⟨13⟩ᄒᄂ바로
> 라ᄒ더라

時에急進黨이威哈林男을旣失홈이噶蘇士가慨然히一身을犧牲ᄒ야써
國家ᄅ供ᄒ야鼎鑊을飴보다甘히녀기니男兒男兒여不當如是耶아奧政
府가遂以一八三七年五月四日로 (未完)

## 米國大統領루-즈베루도

戰爭과政治ᄂ是地球上二大競技라云한것은<u>루-즈베루도</u>의壯語라大統
領의風丰을想像함이其威嚴勵色이使人不可犯할지오又其生涯가活氣
躍如하야名聲이盖世하고意氣가冲天하니其家庭을想컨티반다시驕奢

의美를極하며輪臭의麗를盡하야使觀者로美欽不已할지에눌其實際를
及見함이其私的生活狀態가素朴質實하야一見之價도殆無하야使訪者
로其想像하든意外를驚케하더라

氏의邸宅이오이스디-베-에在하야太西洋煙波漂渺호風光을遙臨하얏
난디白墅靑藘이淸楚閑雅하야詩人居住에近似하고其邸內난一切虛飾
을不容ᄒ고其客室은今에도古風으로粗製호洋燈을尙用하난지라電燈
濫用하난米國에在하야大統領의客室이宜乎有一無二할지여눌其卓子
와椅子에唯以普通白布로掩之하니室內裝置한것을可히推想할지라夫
人예세루가自出饗應하니其料理가夫人의手에皆成하얏는디可히注目
할것은主人의手獵한大鹿角으로刀釖懸在의具를作하야日本에셔製한
黃金으로鞘를飾한刀을懸하고又大熊의黑皮來하야가有하야床上에橫
在할而已러라其家人三歲小兒라도亦此室에來하야來客을接함이全家
가擧皆歡待하니氏의家庭的樂意난眞可美이러라氏의政敵이氏를罵ᄒ
야曰루-즈베루도가人을接ᄒ야談話함이異樣匈威가有하야可히近치못
할지라하니是난大히不然하니是或氏의潑潑活動한性이抑코져호디抑
하기難하야往々其態度에現하난것이라氏의爲人이寬厚坦平한야君子
人됨을不失할지라氏가來客과로相語한난間에夫人이傍에在하야編物
를하다가時々滿面한湛嬌色로으二語三語를出하야諧謔을弄하면主客
이捧腹歡笑하니氏의家庭이如斯하야和氣가洋々하고其間尊卑의隔이
無하야其子女가與傭人子女로同一學校에셔同學함이學校生이相與嬉
遊ᄒ야大統領의子女로觀念하난것은毫無하더라

故로大統領이其家庭에셔는是一個無垢한好爺인디世人은恐怖하야猛
獸的性格이라謂하더라或平生의唱한바奮鬪向上하난面影을不認할지
라도其一度公人의資格으로政治壇上에立홈이猛然邁往하야千萬人吾
往의槪가有하니此大勇的性格이實로團欒質素淸淨한家庭內로從한야

得한것이니라

## 隨感漫錄

○宗敎與韓國　所稱文明富强之國은皆宗敎의力이旺ᄒ니<u>英米獨露日</u>이是也라<u>埃及土耳其波斯</u>에回々敎가有ᄒ고<u>印度支那</u>에佛敎가有ᄒ나此數國은國民이宗敎에對ᄒᄂ信念이純一치못ᄒ야其力이自然히薄弱ᄒ야國運이伴之衰微ᄒ니嗚呼라宗敎의盛衰가與國家盛衰로密着關係의理가有흔則如吾韓者ㅣ宜於此点에幾多히硏究홀지니라

○追悼之感　閔泳煥氏死흔後一周年에追慕哀悼ᄒᄂ者ㅣ四方에雲集ᄒ디氏와如흔烈士를再見치못ᄒ기시니黃泉下에氏의感想이果如何홀ᄂ지

○思彼思此　日本雜新의際에志士仁人이四面에堀起ᄒ야或開國進取를唱ᄒ며或尊王攘夷를說ᄒ야日夜로激論이沸騰ᄒ고京鄕에往來如織ᄒ야捕縛을被흔者와暗殺을被흔者와義兵을擧ᄒᄂ者와脫國ᄒ기를企ᄒᄂ者와擊釖之音과讀書之聲이全國에囂々喧騷ᄒ야三千萬民衆이安眠ᄒ기未能하야此間에活氣가如火ᄒ야炎炎冲天ᄒ니興國之機가此에在흔지라吾〈14〉韓今日에國礎動搖ᄒ야數千年山河歷史가將次他人의制御가되얏ᄂ디此時에大官은猶唯自家의權勢를獲코져홀而已오小民은猶唯自家의衣食을得코져홀而已오儒生은猶唯讀書談笑로度日홀而已라其狀이刀鋸鼎鑊의前에셔悠然自若ᄒ야自己運命이何物인쥬를不知ᄒᄂ者와宛如ᄒ니是大豪傑이안이면必大白痴니思彼思此에腸斷寸々이로다

○欲燃人心　燃材가水氣의浸濕홈이됨이此를燃ᄒ고져ᄒ야百方으로燃火호디燻煙만徒揚ᄒ다가石油를一注ᄒ면寸燐으로도能히巨材를燒盡ᄒ나니今日에我韓의人心을燃코져ᄒ랴면不知커라如何흔石油를用ᄒ면可홀ᄂ지

○**復古理想** 韓國이日本의게保護를被ᄒ면日人인者ㅣ韓人의게好意로助
力ᄒ얌즉ᄒ나其實은不然ᄒ야往々히餓虎가殘肉을爭홈과如ᄒ니如此ᄒ
고도尙히韓國은吾保護國이라謂ᄒ며韓人은吾保護民이라謂ᄒ니噫라今
世帝國主義가古代所謂王道로其相距가千萬里라歐米近來에社會黨及
仲裁會議의勢가加히旺盛ᄒ니是豈復古的理想의先驅가不是耶아

○**四書效力** 四書ᄂ天下第一政治書之라吾國에셔此書를讀ᄒᄂ者ㅣ古來
로不知幾千萬이로ᄃ政治의弊가吾國에셔甚홈이無ᄒ니孔夫子가幽界에
在ᄒ야憮然曰是吾敎之誤歟아後生學者之誤歟아吾感焉이로라老子在傍
苦笑曰是夫子之誤오非後生之罪니夫子가赤子의口에滿鉢의肉을投ᄒ니
其病이何足異乎아

○**淸國弊毒** 日客이淸國에留滯ᄒ지數年에歸ᄒ야大隈伯을訪ᄒ니伯이問
ᄒ야曰淸國近狀이若何오窃推彼上下官民이儒道의苦ᄒ바되야復不能拔
이니라客이曰否라儒道가支那人心에司配ᄒ지久ᄒ지라彼輩가今에비록
權謀術數의具를삼아利用ᄒ나民心의患害됨이甚ᄒ것은未見ᄒ깃ᄂ지라
如今에萬一支那痼疾이何處에在ᄒ냐ᄒ면學問을政略의材料에供홈이在
ᄒ다홀지라彼大官進士及民衆의學問을ᄒᄂ것이修身齊家에志치아니ᄒ
고惟權勢를維持ᄒ며聲聞을要求ᄒ며虛榮을博得ᄒᄂ手段에在홀而已
라上下滔々如此ᄒ야遂至此弊의勢를應用ᄒ야政略의具에供ᄒ야世道
人心의害가不少ᄒ니淸國現狀이所謂策毒의所中이되니라大隈伯이徐
答曰策略을홈이學問을利用ᄒᄂ것은豈但淸國而已리오日木今日이亦
甚類之ᄒ니策毒이淸國의可憂가된則我國現勢가亦要大憂라ᄒ고主客
이相顧而笑ᄒ엿다ᄒ니吾儕ᄂ以爲策毒의弊가韓國에셔甚홈이無ᄒ니
日淸이비록中毒ᄒ여시나其國勢ᄂ足히見홀者有ᄒ거니와我韓에至ᄒ
야ᄂ不可不人의保護를受ᄒᄂ디까지到ᄒ여시니中毒이鄭重ᄒ다可謂
홀지로다

●**長處是短處** 日本高官이吾政府者流의術中에陷ᄒ是者ㅣ一則發怒ᄒ며一則嘆賞ᄒ야曰韓人의策智룰眞不可侮니日本人이及ᄒ기不能ᄒᆯᄲ不是라列國人士中에도無比儔라ᄒ니吾儕가此語룰每聞ᄒ고心中에誇浮의情이窃不能無ᄒ니事之善惡은姑置ᄒ고列國中一二等位地에位ᄒᄒ者가苟有ᄒ면亦多少長處라可謂ᄒᆯ지라雖然이나此術策譎智가適足嗚不信於中外而己라吾術에陷ᄒ者愈多ᄒ슈록吾에同情인者愈少ᄒᆯ지니則此一時의急을救ᄒᄂ智가所以使韓國全局運命으로危亡에自陷케홈이니噫라利口가邦家룰覆ᄒ나니可戒ᄒᆯ者策智에在ᄒ니라

## 世界叢話

○**人의呼吸空氣의分量** 某學者의說룰從ᄒ則大人은一分間에十六回以上으로二十回의空氣을呼吸ᄒ고小兒ᄂ二十五回로三十五回ᄭ지呼吸ᄒ고坐起立할時난靜臥할時보담呼吸의度數가多ᄒ고睡眠中에ᄂ分間의僅十三回을呼吸함에不過하니大人의二十四時間에呼吸하ᄂ空氣의分量은一萬고쓰〈15〉一고쓰ᄂ六合二勺九舍라에達ᄒ고一時間에呼吸한ᄂ空氣의分量은三百八十고쓰以上이니此等空氣난皆一日之間에心臟에셔肺臟에送來ᄒ난血液을純潔케하기爲하야用하ᄂ者라하엿더라

○**血의循環** 도구도루지야도손氏의試驗을依한則人身의血管에充滿한血液은脉이一動ᄒᄂ間에九呎을移動ᄒᄂ디脉의動ᄒᄂ것을一分間에六十九回로假定ᄒ면全身에通流ᄒᄂ血液의運動은一分間에二百七十야도一時間에七哩一日에百七十哩一年에六萬一千哩의長에達할지니玆에八十四歲의年齡에達한人이有하면其體內의血은五百萬哩을流動ᄒ야실터이라하엿더라

○**良人의選擇** 近日英國에有名한骨相學者가一小女子다러謂ᄒ야曰將來良人을求ᄒ려ᄒ면몬져頭顱의大한者를選할것이니普通人의頭顱가

丁年에는其周圍가二十二吋以上인디男子난頭顱의周圍가十九吋이되
면瘋癲과白痴를未免하나니世의淑女等은頭顱의大小에注意하야良人
을選擇할것이라하얏더라

## 寄書 閔琮鎬

僕이自受讀 貴報以來로悅如昏衢得燭에受益多大하니豈非幸歟아恭惟
貴社諸公이痛國權之失墜하며矜民智之野昧ㅎ야欲有以挽回國權ㅎ며
開發民智ㅎ야創刊雜誌而大書特書曰朝陽報라ㅎ니嘔滿腔之熱血ㅎ야
釁警世之晨鍾이라大放厥聲에使有耳者皆得以聞之ㅎ니其功이不亦偉
乎아古今人格言至論과東西洋時事形便을博搜摠括에瞭如指掌이라或
汪洋長篇이累纏而未完ㅎ며或寥寔短章이直揭而無隱ㅎ야使讀之者로
忘倦而起懦ㅎ야能令已死之心으로翻作方生之氣ㅎ니其能力이可謂如
何哉아惟願購覽者日衆ㅎ야社務가益々發達ㅎ야使此能力으로 注入乎
二千萬同胞腦髓之中則幸孰大焉이리오謹將金貨二百圜ㅎ야以補經費
之萬一이오니倘蒙收納이면不勝榮幸이로이다

# 內地雜報

## 地方區域의整理

| 全羅北道 | | | | |
|---|---|---|---|---|
| 府郡名 | 原面 | 移去面 | 來屬面 | 現面 |
| 全州 | 三十一 | 良陽所面(蓮山)東一面, 北一面, 南一面, 南二面, 西一面. | | 二十一 |

| | | | | |
|---|---|---|---|---|
| | | 紆北面,(益山)利東面, 利西面,利北面(萬頃) | | |
| 錦山 | 十三 | 富南面(茂朱) | | 十二 |
| 珍山 | 七 | | | 七 |
| 茂朱 | 十二 | | 錦山斗入地富南面, | 十三 |
| 龍潭 | 九 | | | 九 |
| 長水 | 八 | | 南原斗入地上봰岩面, 中봰岩面,下봰岩面,眞田面 | 十二 |
| 鎭安 | 十四 | | | 十四 |
| 高山 | 八 | | | 八 |
| 益山 | 十 | | 全州飛入地東一面, 北一面,南一面,南二面,西一面及斗入地紆北面 | 十六 |
| 龍安 | 五 | | | 五 |
| 咸悅 | 十一 | | | 十一 |
| 礪山 | 十 | 彩雲面,(恩津) | | 九 |
| 臨陂 | 十三 | | | 十三 |
| 沃溝 | 八 | | | 八 |
| 金堤 | 十七 | | | 十七 |
| 萬頃 | 七 | | 全州飛入地利東面 利西面,利北面, | 十 |
| 泰仁 | 十七 | | | 十七 |
| 金溝 | 十 | | | 十〈16〉 |
| 任實 | 十八 | | 南原斗入地屯 德面,吾支面,秣川面,石峴面,阿山面靈溪面, | 二十四 |
| 扶安 | 十七 | | | 十七 |
| 井邑 | 七 | | | 七 |
| 古阜 | 十八 | 富安面(茂長) | | 十七 |
| 茂長 | 十六 | | 高阜飛入地富安面 | 十七 |
| 高敞 | 八 | | | 八 |
| 興德 | 九 | | | 九 |

| | | | | |
|---|---|---|---|---|
| 淳昌 | 十七 | | | 十七 |
| 南原 | 四十八 | 上반岩面, 中반岩面, 下반岩面, 眞田面,(長水)屯德面, 吾支面, 秣川面, 石峴面, 阿山面, 靈溪面, (任實)古達面, 外山洞面, 內山洞面, 中方面, 所兒面(求禮) | | 三十三 |
| 雲峯 | 七 | | | 七 |

○**貪贓何多** 義州府尹李民溥氏가貪贓事로平理院에被訴ᄒᆞ야該院의刑事上有訊問事罔夜來待ᄒᆞ라ᄂᆞᆫ訓令을因ᄒᆞ야今已上京ᄒᆞ얏거니와西來人의可信ᄒᆞᆯ만ᄒᆞᆫ言을更聞ᄒᆞᆫ則本州城南居李得善이가昨年春貿太次로鹽壹佰五十石을買ᄒᆞ야自己의船四隻에分載ᄒᆞ고其同事人金吉承으로領去ᄒᆞ야慈城郡三興浦로上送ᄒᆞ얏더니金氏가中路臥病에不得自行ᄒᆞ고只使船夫로領往該浦러니適義州太商車春植이가太ᄅᆞᆯ已買ᄒᆞ고船이無ᄒᆞ야不得駄下라가右船四隻이來到ᄒᆞᆷ을見ᄒᆞ고日人을恊同ᄒᆞ야船夫ᄅᆞᆯ恐動ᄒᆞ야該鹽을勒買ᄒᆞ고該船은渠의太ᄅᆞᆯ駄下ᄒᆞ기로證書ᄶᆞ지立ᄒᆞ얏다가厥後人言이多ᄒᆞᆷ으로鹽은該證書에爻周ᄒᆞ고渠의太만駄下ᄒᆞ기로ᄒᆞ얏더니及到義州에船主李得善이가船稅ᄅᆞᆯ採根ᄒᆞᆫ則春植이가此頉彼頉ᄒᆞ고船稅中葉六千兩을終是不給ᄒᆞ니得善이가不勝憤寃ᄒᆞ야監理署에呼訴ᄒᆞᆫ則時監理李民溥氏가暗使該府主事로李得善의게言ᄒᆞ야曰葉五千兩만納ᄒᆞ면船稅六千兩을當場捧給ᄒᆞᆯ터이다得善이가不得已葉三千兩於音을書納ᄒᆞ니猶爲不足也라ᄒᆞ야葉一千兩於音을又納ᄒᆞ고猶爲不足이라ᄒᆞ야葉一千兩於音을又納ᄒᆞ니於是에李民溥氏가二人을招ᄒᆞ야對質ᄒᆞ고船貰六千兩을卽爲計報ᄒᆞ라ᄒᆞ고車春植의게考音ᄶᆞ지受ᄒᆞ야得善을與ᄒᆞ고春植을牢囚ᄒᆞ얏더니有何關節인지當夜에春植을放送ᄒᆞ고李得善의게羅卒을卽派ᄒᆞ야三片於音條葉五千兩을當場畢捧ᄒᆞᆫ

지라得善이가當捧錢船稅六千兩은一分도不捧ᄒ고監理署於音條五千
兩照數畢納ᄒ니見奪ᄒ것이合葉一萬一千兩이오此外에該署書記金用
世가葉四百兩을食ᄒ고通引林泰元이葉七十兩을食ᄒ고其他雜用이又
三百餘兩이라得善이가今者上部에셔民訴의路를洞開ᄒ야民寃을呻
雪[14]한다ᄂᆞᆫ言을聞ᄒ고呼訴次로方爲上京이라더라

○**伊藤統監歸國後의政府狀況**　去月下旬에伊藤統監의歸國ᄒ것은人所
共知어니와其內容을得聞ᄒ則其歸國ᄒ것이日本皇帝의召勅과及議會
開會東京政界에繁忙ᄒᆷ이加ᄒ야東京內閣諸員으로擬議ᄒᆯ事項이多ᄒᆷ
을因ᄒᆷ이라ᄂᆞᆫᄃᆡ統監之歸也에居留日本官民들이私語曰統監이必不復
還任이오前內閣首相桂伯이맛당히伊候를代ᄒ야統監이되리라ᄒ니恐
是想像的風說이라盡信ᄒ기不可ᄒ거니와雖然이나伊候가還任ᄒ드리
도決코速히못ᄒ고來年四月頃에在ᄒᆯ지라其間은長谷川大將이代理執
務라ᄒ니伊統監還任ᄒ기前數月之間에君漢城風雲이果得寧靜ᄒᆯᄂᆞᆫ지
否ᄒᆯᄂᆞᆫ지甚可疑也로다曾聞伊候가前軍部大臣李根澤氏를頗信ᄒ야韓
廷可語者ㅣ惟李氏一人이라ᄒ고李氏도亦伊候의勢力을暗負ᄒ야宮中
府中에縱橫振威ᄒ지라
皇上에奏請ᄒ야曰若使李根湘으로爲宮內大臣則宮禁肅淸의事를臣이
能與伊統監으로相議ᄒ고解放ᄒ리이다ᄒ니李根湘은根澤氏의弟也라
皇上게ᄋᆸ셔遂以李根湘으로爲宮內大臣〈17〉이러니久之오宮禁問題가
一無變改라　皇上이疑ᄒ샤統監의게下問ᄒ시니統監이奉答曰外臣이一
毫도其議에關치아니ᄒ니이다於是에　皇上이赫怒ᄒ시고統監도亦其不
信을惡ᄒ야其兄弟의職을罷ᄒ고統監이臨歸에朴參政의게囑ᄒ야曰余

---

14　呻雪 : '伸雪'의 오자로 보인다.

歸後에韓廷諸般事에對ᄒ야公을惟信ᄒ노니願컨디內閣으로動搖케말
지라ᄒ야늘參政이許諾ᄒ얏다ᄒ니便是政界中一片事情而已나是政府
根柢上에趨勢가暗裏變移홈이明白ᄒ지라此變移가一李氏罷免에此ᄒ
즉好ᄒ거니와或恐此以外에大變動이更無耶아曩時朴泳孝ᄅ召還ᄒᄃ
는說이有홈이 皇上이嘉納ᄒ시고現政府諸員이亦賛之ᄒ야議殆將成이
러니伊統監의所沮가되야議姑停止ᄒ야시나朴泳孝一派ᄅ召還ᄒᄂ것
은時勢趨向이使然케홈이니伊統監의沮止가恐컨디永久히有効키不能
ᄒ고朴氏一派의歸朝가想컨디不遠에在홀지라且韓日策士中에何人이
든지往來周旋ᄒᄂ者有홀지니伊候滯日ᄒ홈中에此運動이必復活來오不
獨止此라伊統監의不在로好機可乘이라ᄒ야政府의壘에肉迫홀者가一
二쑨안니니此時ᄅ臨ᄒ야現政府가動搖홈이無ᄒ기ᄅ求ᄒᄂ可히得지
못ᄒ리니意見을姑記ᄒ야後日에徵ᄒ깃노라


○**敎育妨害**　廣州郡守吳泰泳氏가敎育에熱心ᄒ야該郡居兪鎭衡氏로더
부러恊議ᄒ고境內有志紳士ᄅ會集ᄒ야敎育의必要ᄅ說明ᄒ고設校方
略을恊定ᄒ야各洞稍饒ᄒ人民의게租幾斗式收ᄒ야各其洞中에任置ᄒ
고每年利租ᄅ每石五斗式收聚ᄒ야學校에補用케ᄒ고該郡校村에學校
ᄅ設立ᄒ지不幾日에學徒가七十餘人에達ᄒ얏는디該郡居尹在政兪哲
濬兩人이倡言ᄒ기ᄅ本郡守가兪鎭衡으로더부러良民子弟ᄅ誘引ᄒ야
天主學을갈아친다구民心을煽動ᄒ야聚羣作黨ᄒ야學校任員과敎師ᄅ
結縛亂打ᄒ고該邑으로들어갓다는디下回의如何ᄂ始未詳悉이거니와
此時敎育之爲急務ᄂ婦人孺子의所共知여늘乃有此悼擧ᄒ니若不別般
嚴懲이면敎育이無由發達이라더라

# 海外雜報

○**世界의第一富國** 近時에米國々力調査會의結果를見ᄒ則米國人民의富資가計三百二十億元이러라

○**日本의近時政界** 日本에셔議會召集홀期가漸近ᄒ이現內閣反對政派가四方으로運動을開始ᄒ다ᄂ디昨年西園寺首相이政友會를率ᄒ야內閣을組織ᄒ이前內閣卽山縣系統의政客等이心中에不慊ᄒ야政友會派로ᄒ여금政權을獨擅케코져아니ᄒ야山縣侯를陰說ᄒ야使侯로西園侯首相를壓服ᄒ고自派閣僚一二人를現內閣에混入ᄒ야ᄡ時機의來홈을待ᄒ더니爾來現內閣이極力ᄒ야自黨의結果를擴張ᄒ기를謀ᄒ야山縣派의大同俱樂部를攪亂홈이不少ᄒ니於是에兩派의感情이衝突홀지라前內閣大臣大浦淸浦의徒가一方으로ᄂ貴族院을煽動ᄒ고一方으로ᄂ山縣大將의後援을求ᄒ야將次今朝議會의開홈을待ᄒ야現內閣顚覆ᄒ기를圖ᄒ니盖料現內閣은於衆議院에多數홀黨與가有ᄒ고山縣派ᄂ於貴族院에大勢力이有ᄒ則伊藤侯與山縣侯의勢方範圍가劃然히兩院으로區別홀지라所以로兩者窮達이互代ᄒ야相持不讓홈이러라

○**平和協會의設立** 今回日本基督敎徒江原素六井深梶之助本多庸一과米國人다푸리-스하리스諸氏가大隈伯寺尾博士外有力者의贊同홈을得ᄒ야平和手段으로國際爭議를解決ᄒ고世界의平和를確保홀目的으로發起ᄒ야日本平和協會를設立ᄒ고去月二十四日開會式을擧行ᄒ얏다더라

○**無政府黨의大陰謀** 去十月에米國人一團이伊太利네-푸루스에來住ᄒ야伊國社會黨으로暗地往來ᄒ더니十一月十三日에同地警官一隊가襲擊ᄒ야米人數名及無政府黨員數名을捕縛ᄒ고爆裂彈製造器와銃을收ᄒ고又得秘書ᄒ니乃伊太利〈18〉及西班牙皇帝及歐洲諸國君主를殺害

ᄒ랴ᄂ陰謀라此風說이一傳홈이歐洲人心이大爲聳動ᄒ다더라

○淸帝企自殺　淸國皇帝가官制改革을實行ᄒ기難홈을憤慨ᄒ야宮城內池中에入ᄒ야自殺ᄒ기를企ᄒ얏다ᄂ風說이十一月十七日北京電報를因ᄒ야傳播ᄒ니其眞僞를비록可知치못ᄒ기시나此風說이北京에셔起혼所以를推ᄒ건디足히改革一派가滿州守舊派에對ᄒ야心中에甚不滿ᄒᄂ狀況을知홀지라

皇帝ᄂ改革의先導者也라康有爲의變이尙히人의耳目에新ᄒ니今回官制改革의趨行이皇帝의憤慨를招홈이無足怪니自殺를企ᄒ얏다云홈은容易히信ᄒ기難ᄒ거니와情況이此否運에殆迫혼것은無疑ᄒ다더라

○獨帝政略의批評　獨逸諸新聞紙에셔一齊呵筆ᄒ야獨逸皇帝의政略을攻擊호디其個人的政略이是過去舊套而已니時勢一變혼今日를當ᄒ야맛당히國際的堂々態度를執홀것이라痛論ᄒ야忌憚이無ᄒ더라

○모로ᄌ고問題의再發　모로ᄌ고狀態가紛擾에再陷ᄒ야將次歐洲의動搖를見홀지라佛蘭西와西班牙二國이干涉ᄒ기를試驗코져ᄒ야今方準備中인디英國여亦佛西二國으로더부러共爲干涉홀意向이有ᄒ다더라

○暹羅王의旅行　暹羅치유라론구게룬王이明春에歐洲漫遊홀次로目下準備中이라더라

○英佛同盟　伯林諸新聞의所傳을據혼則英佛同盟條約이使獨逸政府로痛心을不禁ᄒ다ᄒ니但此風說이라비록容易히信치못ᄒ려니와今且此風說에就ᄒ야獨逸新聞批評를觀察컨디

伯林保守黨機關新聞포스도日英佛同盟이不日間에調印홀지니其同盟혼後에獨逸이對抗됨은論을不須홀지라其細目은雖未可知나惟英國은其海軍으로佛國을援ᄒ고佛國은其陸軍으로英國을助홈은必矣라英國陸軍이少數ᄒ니本國防備를減却ᄒ고五萬以上援兵을佛國에送ᄒ드리도近世大野戰으로論ᄒ면是有力援助라言ᄒ기不可ᄒ다ᄒ얏고

伯林즈-궁후도主筆하루뎬氏曰九月九日 부례스로우에셔獨逸皇帝의
演說이悲觀的이頗有ᄒ니足히英佛同盟締結의期가愈爲接近홈을徵ᄒ
깃다ᄒ얏고

獨逸僧侶黨機關新聞계루마니야曰英佛同盟이旣爲締結이여나或不遠
에可히締結되거나홀지니此同盟의成立은不可容疑라ᄒ고英佛同盟梗
槪를指ᄒ야曰

(一)　英佛兩國이一與獨逸開戰이면可히共同運動을홀지오

(二)　佛國이露佛兩國에存ᄒ秘密款項[15]을英國의게悉明示之며英國이亦
　　　以英日條約의秘密條項으로佛國의게悉明示之오

(三)　英佛同盟이以前에各自締結ᄒ露佛同盟과英日同盟에對ᄒ야於其
　　　不及ᄒ何等障碍의範圍에成立홈을圖ᄒ야以使日露兩國으로此新
　　　同盟에隨意加入케홀지오

(四)　不問何國ᄒ고英國에對ᄒ야攻勢的戰爭을開始ᄒᄂ國이有ᄒ면日
　　　本軍이直其殖民地에侵入ᄒ기로約ᄒ엿실지니

以上條件이一々히皆眞實ᄒ다言ᄒ기不可ᄒ나惟是雖不中이나不遠이
라云ᄒ여시니

英佛同盟의進步가昨年初春頃인지라獨逸陸軍當局者가聽之最爲憂悶
ᄒ고加ᄒ本年佛國大演習홀際에列强參列者를斥ᄒ고獨英國一將軍을
招ᄒ야叅謀本部內에招請會議홈으로大히

世上注意를惹起ᄒ엿다더라

○**日墺의大使舘**　日本과墺太利兩國의公使舘을陞格ᄒ고大使舘을置ᄒ
事件은兩國間에임의協議가有ᄒ야成立ᄒ것이라今에墺太利의匈牙利
政府에서日本政府에通牒ᄒ야來年七月보탐大使舘을改置ᄒ자說明ᄒ

---

15　款項 : '條項'의 오자로 보인다.

얏다더라

○露國의日米觀　目下米國에셔排日問題에未決호것이有호〈19〉야日米兩國政府의交涉論難이一再에不止호지라露國各新聞紙에多大호注意로此紛爭을看取不怠호는디우오우레미야氏가說호야曰日米間今日境遇가日露戰爭홀時의日露間位地와恰似호야兩國의議가合지못호야開戰홀日에는日本軍이반다시比律濱群嶋롤侵略호리라호엿더라

○獨逸丁抹의密約　獨逸國이敵國으로더부러艦隊開戰홀時에바루짓구海롤閉鎖호쟈는條約을丁抹獨逸兩國間에訂結호얏다더라

# 詞藻

## 海東懷古詩

溟州　　　　　　　　　　　　　　　冷齋[16] 柳 惠 風

　三國史에新羅宣德王이薨호고無子여눌羣臣이議欲立族子周元호니周元이宅京北二十里라會大雨호야閼川이漲홈이不得渡호니或曰天其或者不欲立周元乎아今上大等(官名)敬信은前主之弟德望이素高호며有人君之体라혼디於是에衆翕然立之라旣而雨止에國이皆呼萬歲호니라輿地志에周元이懼禍호야退居溟州호고不朝請이러니後二年에封周元爲溟州郡王호고割溟州翼嶺三陟斤乙於蔚珍　等地호야爲食邑호니文獻備考에云溟州난今江陵府라호니라

鷄林眞骨大王親九雉分供左海濱最憶如花池上女魚書遠寄倦遊人

　眞骨은三國史에新羅斯多含은系出眞骨이라호고又薛丹闍頭[17]가

---

16　冷齋 : '泠齋'의 오자이다.

17　薛丹闍頭 : 『삼국사기』에는 '薛罽頭'로 되어 있다.

言ᄒᆞ디新羅用人에論骨品이라ᄒᆞ고令狐澄이新羅國紀에其國王은
爲第一骨이오餘貴族은謂第二骨이라ᄒᆞ니라

九雉ᄂᆞᆫ文獻備考에新羅之制에王은日飯米三斗와雄雉九首라ᄒᆞ
니라

魚書난高麗史樂志에高句麗俗樂府에有溟州曲ᄒᆞ니世傳書生이游
學하다가至溟州하야見一良家女가美姿色하고頗知書여ᄂᆞᆯ生이以
詩挑之ᄒᆞ디女曰婦人이不妄從人이라待生擢第ᄒᆞ야父母有命則事
可諧矣라ᄒᆞ디生이卽歸京師ᄒᆞ야習擧子業ᄒᆞ더니女家ㅣ將納婿홀
시女ㅣ平日에臨池養魚홈으로魚ㅣ聞女의警咳聲이면必來就食ᄒᆞ
더니女ㅣ食魚ᄒᆞ고謂曰吾ㅣ養汝久ᄒᆞ니宜知我意라ᄒᆞ고將帛書投
之러니有一大魚ㅣ跳躍含書ᄒᆞ야悠然而逝여ᄂᆞᆯ生이在京師ᄒᆞ야一
日은爲父母具饌홀시市魚而歸ᄒᆞ야剝之ᄒᆞ니得帛書라驚異ᄒᆞ야卽
持帛書及文[18]書ᄒᆞ고徑詣女家ᄒᆞ니婿已及門矣라生이以書岺示女
家하고遂歌此曲ᄒᆞ니女ㅣ父母異之曰此ᄂᆞᆫ精誠所感이오非人力所
能爲也라ᄒᆞ고遣其婿而納生焉ᄒᆞ니라疆界志에新羅王弟無月郎의
二子에長曰周元이오次曰敬信이니毋난溟州人이라妃[19]居蓮花峰
下ᄒᆞ야號曰蓮花夫人이러니及周元에封於溟州에夫人이養於周元
ᄒᆞ니溟州曲은卽蓮花夫人事오書生은指無月郎也라ᄒᆞ고且溟州
曲[20]은新羅時에置오非高句麗時名則溟州曲은當屬新羅樂이라ᄒᆞ
니라

---

18  文 : 『고려사』에는 '父'로 되어 있다.
19  妃 : '始'의 오자로 보인다.
20  溟州曲 : '溟洲'의 연문으로 보인다.

## 金官

南齊書에加羅國은三韓種也라建元々年에國王荷知가遣使來聘이어늘授輔國將軍本國王이라ᄒ고北史에新羅난附庸於加羅國이라ᄒ고三國史註에伽倻난或云加羅라ᄒ고駕洛國記에後漢光武十入[21]年三月에駕洛九干에禊飲水濱ᄒ다가望見龜旨峰에有異氣ᄒ고就見ᄒ니紫繩에繫金盒而下어늘開盒ᄒ니有金色六卵이라奉置之러니翌日에六卵이剖爲六童子ᄒ야日就岐嶷이러니十餘日에身長이九尺이라奉一人爲主ᄒ니卽首露王也오生于金盒故로因姓金氏라ᄒ고國號를伽倻라ᄒ니乃新羅儒理王十八年也라餘五人은爲五伽倻主ᄒ니라東은以黃山江이오西난以海오西北은以智異山이오西[22]난伽倻山으로爲境ᄒ니라〈20〉輿地勝覺에五伽倻난高靈이爲大伽倻오周城[23]이爲小伽倻으星州가爲碧珍伽倻오咸安이爲阿那伽倻오咸昌이爲古寧伽□[24]라ᄒ고又云龜旨峯은在金海府北三里ᄒ고首露王宮遺址가在府內라ᄒ고輿地志에首露王墓난在金海府西三百步ᄒ니墓傍에有廟ᄒ고龜旨峯東에有王妃墓ᄒ니府人이竝以正五八月로祭之라ᄒ고芝峯類說에壬辰에倭賊이發首露王墓ᄒ니頭骨大如銅盆ᄒ고枢旁에有二女ᄒ니顔色이如生이라出置壙外ᄒ니卽消러라文獻備考예駕洛은作迦落이오又稱伽倻오後改爲金官ᄒ니라

訪古伽倻咽竹枝婆娑塔影虎溪湥回看落日沈西海正似紅旗入浦時

訪古伽倻난鄭圃隱金海燕子樓詩에訪古伽倻草色春與区幾度海爲塵

21　十入 : '十八'의 오자이다.
22　西 : 『삼국유사』에는 '東北'으로 되어 있다.
23　周城 : 『신증동국여지승람』에는 '固城'로 되어 있다.
24　古寧伽□ : 『신증동국여지승람』에는 '古寧伽倻'로 되어 있다.

婆娑塔은 輿地勝覽에 婆娑石塔이 在虎溪上ᄒ니 凡五層이라 其色이
皆赤斑ᄒ고 雕鏤甚奇ᄒ니 世傳許后가 自西域來時에 船中에 載此塔
ᄒ야 以鎭海濤라ᄒ니라

虎溪난 輿地勝覽에 在金海府城中ᄒ니 源出盆山ᄒ야 旁[25]流入江倉
浦ᄒ니라

紅旗入浦난 駕洛國紀에 東漢建武二十四年에 許皇后 ㅣ 自阿鍮陁國
으로 渡海而至어ᄂᆞᆯ 望見緋帆茜旗가 自海西南隅로 指北이어ᄂᆞᆯ 首露
王이 於宮西에 設幔殿候之러니 王后 ㅣ 維舟登陸ᄒ야 憩於高嶠ᄒ고
解所有綾袴ᄒ야 質于山靈이러니 及至에 王이 迎入幔殿ᄒ고 越二日
에 同輦還闕ᄒ야 立以爲王后ᄒ니 國人이 號初來維舟處曰主浦라ᄒ
고 解綾袴處曰綾峴이라ᄒ고 茜旗入海處曰旗出邊이라ᄒ니라 興地
勝覽에 許王后난 或云天竺國王의 女니 姓은 許오 名은 黃玉이오 號난
普州太后라ᄒ니라 (未完)

## 小說

### 비스마록구公의淸話 (續)

丁沫戰爭의 間이 비스마록구의 苦心最甚 한時라 此際에 비公이 英語로 一
文을 綴ᄒ야 大學舊友의게 寄ᄒ니 其文예 曰

　　足下爾來에 音信을 全絶ᄒ야 使余로 足下가 果住何地인지 從事何事
　　인지 知ᄒ기 不能케 ᄒ니 余가 足下를 見함이 一種魔物感과 殆如한지
　　라 余가 近來에 自朝至夕히 黑奴勞働과 洽似ᄒ니 願足下난 余의게 一

---

文을惠ᄒᆞ야使余로足下의近況을知得케할지여다余가目下에每日
限十五分식散步코져ᄒᆞ되得지못ᄒᆞ니足下가若同窓舊誼를尙不忘
之ᄒᆞ야時々想起ᄒᆞ면베루링에一來함을希ᄒᆞ노니來ᄒᆞ면余與足下
로相携ᄒᆞ야반다시로지-루舊寓를訪ᄒᆞ야一杯酒를共傾ᄒᆞ면셔旣往
예數瓶古酒로與數人談話ᄒᆞ던것을思ᄒᆞ면使我等으로大感愉快함
이必矣라ᄒᆞ얏더라

○ 丁沫戰爭之始에老將軍랑계루가日耳曼總督이되야將次進ᄒᆞ야젯도
랑도에入ᄒᆞ려ᄒᆞ니西方諸國이恐ᄒᆞ야拒ᄒᆞᄂᆞ지라普王이電訓을卽發ᄒᆞ
야랑계루를命ᄒᆞ야進軍을中止ᄒᆞ니랑계루가謂是必出於비스마룩구의
諫言이라ᄒᆞ야心中에甚僧之ᄒᆞ야곳返電ᄒᆞ야曰軍隊運動에妨害ᄒᆞᄂᆞ外
交家난速히處斬함이可ᄒᆞ다ᄒᆞ얏더라此後에비스마룩구가思ᄒᆞ되랑계
루가萬日余를見ᄒᆞ면반다시煩悶할지니老將軍으로煩悶케홈을不忍할
것이라ᄒᆞ고往々히避ᄒᆞ야面치아니ᄒᆞ고或時兩人이偶然히同時에王를
訪ᄒᆞ야午餐席上에셔相遭ᄒᆞ면老將軍이人을呼ᄒᆞᄂᆞᄃᆡ汝字를好用ᄒᆞ난
癖으有한지라此時에비公를顧ᄒᆞ야曰兒아汝不能忘乎아ᄒᆞ니盖前日電
報를指함이라비公이오직簡單히答ᄒᆞ야曰否라老將軍이思ᄒᆞᄂᆞ바有함
과如ᄒᆞ더니再問ᄒᆞ야曰〈21〉兒아汝不能恕乎아비公이曰然ᄒᆞ다滿腔誠
心으로恕ᄒᆞ노라盖랑계루가往時에비스마룩구의事에關ᄒᆞ야上奏한行
爲를悔ᄒᆞ난지라랑계루가此答을聞ᄒᆞ고甚喜ᄒᆞ야드듸여平生親交가되
니라

○ 丁抹戰爭의結果난維納條約을締結한功으로因함이라비公이黑鷲勳
章을被授ᄒᆞ니國中朋友親戚이贈書相賀ᄒᆞ난ᄃᆡ봉녜루博士난비公의學
生時代에寄寓ᄒᆞ든家의主人이라今에비公이其賀狀을見ᄒᆞ고心中에深
喜ᄒᆞ야其意를謝ᄒᆞ기爲ᄒᆞ야博士의邸에歷訪ᄒᆞ야半日茶話ᄒᆞ야往時를
追懷ᄒᆞ난談을ᄒᆞ얏ᄂᆞᄃᆡ此時談話中에奇夢談이最有興味ᄒᆞ니

余가비아리-즈에滯在ᄒ야실時에一夜就寢ᄒ야夢裡에何許山路로
獨登ᄒ난디其道가狹隘險阻ᄒ고加之前面에一高壁이聳立ᄒ얏는
디其側에一小徑이通한지라斷崖絶壁이暗坑으로入함과如ᄒ니余
가此時에進退殆窮ᄒ야茫然佇立ᄒ야所爲를不知ᄒ다가勇氣을更
鼓ᄒ야携來한杖으로前面高壁을試擊ᄒ니不意에其壁이忽破ᄒ야
消滅無痕ᄒ고惟余一人이茫漠한郊野에立한지라余가當時에內憂
外患이身에迫ᄒ야良計를不知ᄒ는디此奇夢를偶見ᄒ고獨自回想
함이激勵를被함이多ᄒ얏노라

○비유-스도가政治上問題로一日에비스마룩구를伯林邸에訪ᄒ고後에
此際消息을記ᄒ야曰余의好奇ᄒ는心이數月前에偶然히余를驅ᄒ야伯
林에到케ᄒ니此時에비스마룩구가待余홈을極히慇懃親切ᄒ난지라一
夕에余與彼로相伴ᄒ야와루녜류劇場의附近에曳笻趙遙ᄒ더니會에劇
場窓口로自ᄒ야余等을笑ᄒ는聲이聞ᄒ난지라余怪之ᄒ야비스마룩구
의게問한디彼가答ᄒ야曰是余等을方笑ᄒ난것이라近日에聞호니此劇
曲中에余亦其一人에加하야彼等의演戲ᄒ난바된지라俳優가余를假裝
ᄒ야云호디余가一見코져아니함이안이로되余가余自身의勇氣를見치
못ᄒ깃다더라

千八六三年에후란구후오루도에셔堨太利及삭구손王이發議ᄒ고會議
를開ᄒ야曰耳曼同盟改革을成就코져ᄒ면셔普國의鐵血政畧을依賴치
아니ᄒ고穩健手段을要執ᄒ는지라비公이冷評ᄒ기를娼婦會合이라ᄒ
더라

普王이常히比公를呼ᄒ야政治醫者라ᄒ야此老漢의助言을因ᄒ야萬事
를施行ᄒ는故로비公의指斥ᄒ는會議에出席ᄒ기를不好ᄒ는지라삭구
손王이반다시후란구후오루도에伴行코져ᄒ야道次에普王을訪할식此
時에비유-스도伯이普王들共訪한지라當時狀祝을記ᄒ야曰余가삭구손

王을從ㅎ야바면에向ㅎ야普相비스마룩구를面ㅎ고裁判코져ㅎ야余가
몬져호을로비스마룩구를訪ㅎ니비스마룩구가余를向ㅎ야晝飯을勸ㅎ
고몬져開口ㅎ야曰君이此地에來한것은余等으로全敗之地에立케코져
함이라然ㅎ나君이到底히其目的을遂ㅎ기不能할지니라ㅎ거놀余曰余
가君의語를能히解치못ㅎ깃노라若普王이余言을容ㅎ야明日에發程ㅎ
야후란구후오루도會議에誠意로加入ㅎ면君所謂失敗가自歸烏有할지
니라비公이曰其確實함을信ㅎ기未能이로다余가軟語로言ㅎ야曰余從
來로君을信用ㅎᄂᆞᆫ者로다云ㅎ고將次說明호려ㅎᄂᆞᆫ디彼가中道에遮語
ㅎ야曰君이례-푸지즉구에셔演說한것을聞한以來로君을全不信用함이
到ㅎ얏다ㅎ니비스마룩구가如此한際에도尙히猾稽를加ㅎ야人을罵倒
ㅎ니此其習慣이러라彼가余를嘲弄한後에兩王會見ᄒᆞᆫ난디對ㅎ야只簡
單히答ㅎ야曰普王이삭구손王의訪I問을接한後에頗爲頑固ㅎ다ㅎ고此
外에更不發一語ㅎ더라 (未完)

## 愛國精神談 (續)

刑場에臨한法囚가龔澱의參狀을見하고復仇雪憤코져하야〈22〉一夕에
密會一室하야互相籌畫하야普의下士를殺하야龔澱의靈을慰ㅎ려ㅎᄂᆞᆫ
지라波德利가出言ㅎ야曰今諸君이一朝의忿을忍치못하야龔澱를爲하
야復讎코져하니諸君은試思하라余等所處의境遇一朝에此擧가有하면
普人의虐待를增益함이昭昭한지라普의一下士를殺하면진실로足히吾
輩의宿怨을消하려니와輕擧誤事하면法蘭西의名譽만傷할뿐아니라死
하야도亦國家에無利할지니凡事를當然히國家大局을爲하야謀할지라
一人計를하야一下士를擊殺하는것은恐컨디龔澱이九泉之下에셔도亦
斯擧가有함을不願할지라今日余輩의急務가一人의仇를復할이不在하
고恨을飮하며怒를忍하고勇氣를鼓舞하야工役에從事하야目下의苦楚

을緩하기求하는디在할而已니今日余輩의身이捕虜의身이라余輩의性
命이余輩의有한바아니라死生勞逸의權이다彼의手中에在하니諸君은
今日의怒恨으로五內에銘하야萬一歸國之期가有하면諸君이今日의情
形으로諸君의子弟의게遍告하면諸君子弟가반다시奮發鼓舞ᄒ야諸君
을爲ᄒ야復仇할日이有하리니要하건디臥薪嘗膽하야今日의不幸한本
國으로光榮이後日에煥發케함이在할而已니諸君은試ᄒ야熟思之할지
여다波德利ᄂ威望이夙著ᄒ야衆의瞻仰ᄒᄂ바된지라大衆이聽畢에다
深謀遠慮를服ᄒ야復仇의擧가遂爲中撤ᄒ니라

爾來法虜가普兵의暴虐을蒙홈이逐日更烈ᄒ야衣則襤褸ᄒ야足히寒威
룰禦치못ᄒ고食則粗糲ᄒ야僅히生命을支ᄒ고勞役의苦ᄂ多不能堪이
라然ᄒ나大衆이다波氏의言을感ᄒ야盡心竭力ᄒ야工役에勉强치아니
리無ᄒ더니一夕에諸衆이圍坐叙話ᄒ야旣往을感慨ᄒ며將來룰嘆息ᄒ
야驤目山河에物景이全非라ᄒ야相對相憐에楚囚의淚룰泣下ᄒ더니一
人이曰西塘의戰에法人의補虜룰被ᄒ者八萬餘衆인디余가亦其一也라
本年十二月에普人이余等을衣頭半島에押送ᄒ니其時普人의凶暴룰各
히名狀치못ᄒ지라余等을遇홈이家畜과如ᄒ뿐아니라帳幕內에寸藁룰
不敷ᄒ고惟裸地露天에以渡日夜ᄒ而已인디又降雨三日에不舍晝夜ᄒ
ᄂ지라幕地가溝壑과儼若ᄒ야寒氣가凜烈ᄒ야皮膚皆裂ᄒ고又飢寒에
迫ᄒ야或麵包룰呼ᄒ며或草藁룰呼ᄒ야呻吟ᄒᄂ聲이耳에絶치아니ᄒ
니老兵이怒氣塡胸ᄒ야普兵을睥睨ᄒ면셔言ᄒ야曰其仇敵에乞憐홈으
로더부러론死홈이愈홈만不如ᄒ다ᄒ야於是에或釼에伏ᄒ며或舌룰嚼
ᄒ야自殺ᄒᄂ者ㅣ不知凡幾오幼年의兵은惟仰天籲呼홀而己라普人이
如此ᄒ慘狀을睹ᄒ고反相嘲笑ᄒᄂ지라如此ᄒ지十有五日에凍餒ᄒ야
死ᄒᄂ者ㅣ陸續不絶홈이普兵이集屍纍纍ᄒ야積高如山홈을待ᄒ야原
野에合葬ᄒ니是實余等이此地에來ᄒ기七日以前의情形이러라

麥趾의虜가有ㅎ야又其捕來ㅎ든情狀를陣述ㅎ야曰本年十二月二十八日에麥趾城이陷落홈이守兵의成擒호者ㅣ十七萬三千人이라此軍이困守日久에에粮秣이欠乏ㅎ고衣服이纜褸ㅎ고戎馬가飢餓ㅎ야鬣尾를相食ㅎ다가以至於死홈이人이死馬를爭食ㅎ며或野鼠를補食ㅎ니時에金風이肅殺에森林이凋落ㅎ야冷氣가襲人ㅎ는디防禦之術이絶無ㅎ고惟營小舍ㅎ야殘喘을僅保ㅎ다가最後에及ㅎ야不得不敵의게降服혼지라我將校가部下과로別離홈이莫不晞噓流涕ㅎ야將校의四周에圍集ㅎ에誓ㅎ야曰此恨이綿々ㅎ야盡홀期限이無ㅎ니死ㅎ야護國ㅎ는鬼가되야써今日彌天의恨을雪ㅎ리라ㅎ고遂別ㅎ니라

普人이法虜를營舍에置ㅎ니營內에糞尿가滿地ㅎ며穢氣가滿室ㅎ고霖雨가沾衣ㅎ야死者數人이오翌朝에至ㅎ야氣絶혼者ㅣ百餘人에達혼지라數日를經ㅎ야普國으로押送ㅎ니顔色이憔悴ㅎ고形容이枯槁ㅎ고行步가蹣跚ㅎ야倒地哀號ㅎ니普兵이反以爲遁逃計라ㅎ야鞭撲을交加ㅎ야人理가殆無혼지라於〈23〉是에乘間逃匿ㅎ는者도有ㅎ며或大聲一叫에法人何辜로如此혼茶毒을遭ㅎ는고ㅎ고絶ㅎ는者도有혼지라此等情形이今猶歷歷在目ㅎ니嗚呼慘矣라ㅎ더라此를繼ㅎ야言혼者는波德利이니慷慨慷愴㨫ㅎ야令人下淚라其言은次號로讓ㅎ노라

## 社告(請停ㅎ는各郡守에게勸告文)

本社에서襍誌發刊以後로有志諸君子의愛讀ㅎ시는熱性를被ㅎ야前途의發展이大有漸進ㅎ는바어니와但十三道各郡守의購覽를請停ㅎ는若干人의理由를接準혼則皆是經濟上問題라

其經濟에對ㅎ야愚見를略陳ㅎ야恒於此問題에憂歎ㅎ는諸氏에게補充

코져ᄒᆞ노니采納ᄒᆞ심을切望하ᄋᆞᆸᄂᆞ이다

盖經濟上酒草의用이每月個人에平均五六圜에達ᄒᆞᄂᆞ니如此ᄒᆞᆫ無用의消耗를省略ᄒᆞ야有益ᄒᆞᆫ書籍를購覽ᄒᆞ면相當ᄒᆞᆫ公益思想에普洽홈이有ᄒᆞᆯ것이여날嗟呼라無用ᄒᆞᆫ消費計劃은日加月增ᄒᆞᆯ것만은有益ᄒᆞᆫ公利思想은日縮月缺ᄒᆞ니何其不思之甚也오當以請停ᄒᆞᆫ各郡守를揭載ᄒᆞ야世眼에廣佈ᄒᆞᆯ터이오나但以隱惡揚善ᄒᆞᄂᆞᆫ主義로前途에改過遷善ᄒᆞᆯ路를開ᄒᆞᄂᆞᆫ것도亦一義務故로姑閣置之ᄒᆞ고敢陳忠告ᄒᆞ노니照亮ᄒᆞ시압

## 廣告

本人의季弟聖浩가性本悖亂ᄒᆞ야每囑雜人ᄒᆞ야僞造手票ᄒᆞ야欲懲本人이온바今年陰二月에同聖浩가龍岩居日人白木能一方과通辯人朴鳳瑞을付同ᄒᆞ야銀貨三千圓을欲懲本人이압기官庭裁判ᄒᆞ와已爲妥貼이압거니와同聖浩가近日에日債圖得次로又百般運動이오니內外國僉君子ᄂᆞᆫ勿爲見欺後悔홈

鐵山西林面 許聖濱 告白

## 特別廣告

晉州郡大安居閔琮鎬氏가本社에對ᄒᆞ야熱心贊成ᄒᆞᄂᆞᆫ바인디本月二十三日에義捐金貳百圜을寄附ᄒᆞ고本誌에對ᄒᆞᆫ寄書가有ᄒᆞ온디感謝ᄒᆞᆫ厚意를廣佈ᄒᆞ기爲ᄒᆞ야爲先寄附ᄒᆞᆫ事實를告白ᄒᆞᄋᆞᆸ고寄書ᄂᆞᆫ今號에揭載ᄒᆞ압ᄂᆞ이다

本社告白

本人이去夏에姓名圖章을注文하야郵便에付하엿숩다가中路에遺失ᄒ
엿ᄉ오니內外國人은照亮하시옵

義州居 趙尙鎬 告白


京城大安洞

東華書舘

本舘에셔內外國新書籍을廣求輸入ᄒ야各學校敎科의用과學界諸彦의
購讀을酬應ᄒ오니遠近僉君子ᄂᆫ陸續光顧ᄒ시옵〈24〉

# 朝陽報

## 第二卷十二號

## 目次

朝陽報第一卷第十二號

## 朝陽報第二卷第十二號

### 新紙代金

一部新貸　金拾五錢

一個月　金拾五錢

半年分　金八拾錢

一個年　金壹圓四拾五錢

郵稅　每一部五厘

### 廣告料

四號活字每行二十六字一回金拾五錢二號活字依四號活字之標準者

# 閔忠正公泳煥氏

（日韓圖書館印刷株式會社印行）

# 閔忠正公泳煥氏遺書

訣告我

大韓帝國二千萬同胞

嗚呼國恥民辱乃至於此我人民行將殄滅於生存競爭之中矣夫要生者必
死期死者得生諸公豈不諒只泳煥徒以一死仰報
皇恩以謝我二千萬同胞兄弟泳煥死而不死期助諸君於九泉之下幸我同
胞兄弟益加奮勵堅乃志氣勉其學文決心戮力復我自由獨立則死者當喜
笑於冥々之中矣嗚呼勿少失望

## 社說

本社之刱立은ᄒ在光武十年六月而每月發行者ㅣ爲二回矣라至昨年十
二月에至第十一號而終ᄒ고自今光武十一年一月爲始ᄒ야ᄂ爲謝
愛讀諸君子之盛意ᄒ야改良紙面에愈加精美ᄒ며刷新文字에愈增趣味
ᄒ고以每月一回發一冊으로改定而出刊焉ᄒ노니卽第十一號[1]之朝陽新
報也라
若其發刊之趣旨와改良之事由ᄂ已於一月一日新年頌祝之紙에略述者
어니와盖本社之目的은亶在乎啓導民智ᄒ며扶護國權ᄒ야以發揮我大
韓國光於世界列邦之間者니迨此新年新月之初ᄒ야國家維新之休命이
將屆ᄒ고
諸君子迓新之景福이無疆이라本社ᄂ不勝歡喜之拱일뿐더러且況自昨
年六月以來로至于今七八個月之間에特蒙
諸君子愛讀之盛意ᄒ시와得以發展而維持之ᄒ니本社之榮幸이顧何如
哉아所以로欲表微忱ᄒ야務圖改善而進步者也어니와本社之所祝望於
諸君子者ᄂ惟願益加愛讀ᄒ야梅花雪月之窓에酌栢葉椒香之觴ᄒ고朗
讀數葉이면則愛國精神이油然感發ᄒ야生氣勃々乎眉宇間矣리니豈不

---

1　十一號 : '十二號'의 오자이다.

快哉아有朋遠來之樂이恐無以過此矣라ᄒᆞ노니

嗚呼라國內報館之設이紛然日興然後에文明之智識을可進이오國民之

程度를可高矣니當此競爭劇烈之日ᄒᆞ야艱危岌業이不禁熱淚汪々이라

雖一日이라도宜早覺悟而前進이라야豈非免脫於劣敗之悲境者歟아所

以로本社之設立이爲全國雜志之首倡ᄒᆞ야以至今日之發展者也라若使

今年之內에愈益擴張之發展之〈1〉則窃謂文明之程度가又比昨年而加

進 一層矣ᄅ가ᄒᆞ노니 愛讀諸君子ᄂᆞᆫ其勉旃乎哉ᄂᆞ져


## 論說

### 政府與社會不宜離異

政府者ᄂᆞᆫ何自而成고則官吏之所組成者오官吏者ᄂᆞᆫ何自而生고則人民

之所産出者니不是天上落來者오不是地底湧出者라然則官吏之賢愚智

劣이皆從由乎人民之程度如何니若其人民之程度가愚昧闇劣이면官吏

之程度도亦從而愚昧闇劣矣라譬之如種苽得苽ᄒᆞ며種豆得豆ᄒᆞ야以若

人民으로得若官吏가豈不宜哉아

故로政府者ᄂᆞᆫ普通社會之影子耳라欲驗其政府之良否ᄂᆞᆫ댄必求之乎其

社會程度之如何ᄒᆞᄂᆞ니政府之腐敗ᄂᆞᆫ由乎其國民社會之腐敗也오政府

之文明도亦由乎其國民社會之文明也니未有根本이不正而求影子之得

正者也라是以政府之與社會로爲互相表裏ᄒᆞ야實有不可離異之關係焉

ᄒᆞᄂᆞ니此ᄂᆞᆫ古今邦國之通常也니라

然而我國ᄋᆞᆫ不然ᄒᆞ야政府以外에別有一種官吏底窩窟ᄒᆞ야視普通國民

的社會를認爲政府反對的人羣ᄒᆞ야岐異而分離之ᄒᆞ고所謂官吏的一種

ᄋᆞᆫ互相軋轢爭奪로爲目的故로前者倒而後者起ᄒᆞ며此者去而彼者代ᄒᆞ

야一倒一起ᄒ며一去一代가皆此窩窟爭奪中出來ᄒ니於是乎樹黨結援
ᄒ며分門裂派ᄒ야置國事於何地던지毫無思想ᄒ고惟以鞏固我勢力位
地로爲幸福焉ᄒ니欲望政治之改良이나豈可得乎며豈可得乎아

由是로今之談政術者ㅣ動曰某也ᄂ誤國之奸黨이오某也난貪饕之鄙夫
오某也ᄂ溺職者오某也ᄂ備位者니某當去之오某當斥之라ᄒ다가〈2〉及
其當去者ㅣ去ᄒ며當斥者斥이라도繼後而襲任者ㅣ不是別人이라則此
窩窟中出來故로誤國者ㅣ又復是也오貪饕者ㅣ又復是也오溺職者ㅣ又
復是也오備位者ㅣ又復是也니如演戱場中에優人之改頭換面ᄒ야前出
後出者ㅣ均是一般優人而已라如是而欲望其政治之刷新이나豈可得乎
며豈可得乎아

近日社會上에稍有新學問智識云者도其未得爲官吏之時에ᄂ往往憂時
慨世ᄒ며屢屢言論ᄒ야若將有超越之事業ᄒ다가及其求得一官ᄒ며圖
任一職ᄒ야ᄂ又與一般官吏로爛漫同歸ᄒ야只是尋常做官者而已오別
無奇特之事業者ㅣ多ᄒ니是ᄂ無他라旣得之ᄒ야ᄂ未嘗無患失之念이
萌於中故로未免於隨陂和光之態度也니嗚呼라爲貧而仕ᄂ聖人도亦不
得免焉則爲祿求官이容或可說이나如素餐其位ᄒ고不能行吾之志ㄴ딘
寧脫屣富貴ᄒ야以全吾志가可也라區區五斗折腰ᄒ야局促效轅下之駒
가豈不可耻之甚乎아

雖然이나今日刷新之道ᄂ惟在乎汰除冗汚ᄒ고選擇才能ᄒ야汲汲然改
良官吏가卽政府之最先急務也니如欲選擇才能인딘不得不從社會上ᄒ
야採取其名譽學術之著聞者然後에稍稍有磨礪進取之望矣어니와如不
然而依舊循私於賄賂黨援ᄒ야不能免脫於一種爭奪之窩窟이면將見其
窩窟도亦不能如前保有ᄒ야傍觀者ㅣ必伸臂而張手矣라豈任其勢力位
地之自固而自有歟아

近見政界之變動컨딘往往收用各社會之人ᄒ야稍見公道之端緒ᄒ니未

知其果出於實際改良的眞想인지第俟異日이어니와對此一事ㅎ야ᄂ不
容不攢賀不己ㅎ노니國力挽回之基礎가實專在於此矣라迨此萬艱之今
日ㅎ야若干國民之間에互相仇嫉ㅎ며互相岐異ㅎ야常懷〈3〉不平之憾
而俾沮發展之望이면民國이俱減矣라豈非愓然悔悟之時乎아

大抵現今國家形便은政府與國民社會之間에不可分離岐視오互相協心
戮力ㅎ야使上下意志로毋滯而融通ㅎ며使爾我精神으로一體而貫徹ㅎ
야烝々共進ㅎ며亟亟共奮ㅎ야以負擔我國家的事業然後에庶幾有恢復
之望而保存之地矣리니此ᄂ豈非智愚之所共知者乎아

吾輩ᄂ非爲社會之人²而賀其得官也오亦非爲政府而賀其得人也라社
會之有名譽者ㅣ未必皆足曰其人也로디竊想其所謂有名譽之人이雖無
優等之才能智略이라도自惜其名譽故로必不應作誤國貪饕之事홀지오
且諳鍊世故ㅎ며粗解時局則必不應作溺職備員之人矣리니此所以可賀
者오又政府與社會間에因此而有融和宣暢之望矣오因此而有團体保合
之望矣오因此而有獎勵觀感之望矣니則國家勃興之端緖也라此ㅣ所以
可賀者오又祛袪循私之舊習ㅎ고恢張用人之公道ㅎ야從此而改革窩窟
之爭奪ㅎ고政界之上에稍稍有刷新之望ㅎ니此ㅣ所以攢賀而不己者也
라如擴張此心ㅎ야益進一步則前日之誤國이變爲今日之興國이오前日
之溺職이改爲今日之盡職矣리니爲國家莫大之幸福이豈有加於此者乎
아嗚呼勉之哉ㄴ져

## 亡國志士의同盟

世界所以立國議政者ᄂ億兆民衆의安寧을欲圖홈이니此是人間世界에
一大理想이라這個理想이千秋萬古에不可變易이니曰國家曰帝王曰將

---

2  之人 : 연문으로 보인다.

相政黨、法律、軍備、經財라ᄒᆞᄂᆞᆫ것이皆是不過爲這個理想을遂行ᄒᆞᄂᆞᆫ一小機關而已오殺一不辜而得天下不爲라ᄒᆞᄂᆞᆫ語가語氣凜凜ᄒᆞ야迫於人迫於天ᄒᆞ되亦只是這個理想으로써天下의大에變하이지아님을謂홈이라〈4〉

當今列國帝王將相中에能히這大理想을操守ᄒᆞ며這大理想를實現ᄒᆞᄂᆞᆫ者何處에在ᄒᆞ뇨晨星이寥寥ᄒᆞᄂᆞ尙可指數어니와此人此國은遂不可見이여늘尙히稱ᄒᆞ야二十世紀文明이라云ᄒᆞ니噫라文明이란것은富强을結托ᄒᆞ야貧弱을凌侮홈을謂홈인가文豪도루今도이伯이彼所謂文明者流를痛罵ᄒᆞ야曰今日文明社會의聖賢을往古蒙昧時代의聖賢에比ᄒᆞ면數十段이下ᄒᆞ야殆히禽과人이相對홈과同ᄒᆞ다ᄒᆞ니言을知홈인뎌

英佛獨露와如ᄒᆞ第一流文明强大國이라推ᄒᆞᄂᆞᆫ者라도今에其施政을觀컨디自國만利케함을知ᄒᆞ고能히他國을利케못ᄒᆞ며我의人民만保護홈을知ᄒᆞ고能히彼의人民을保護치못ᄒᆞ니彼輩비록能히正義人道를說ᄒᆞ며權利義務를講ᄒᆞ나其正義人道者唯於自國人民間에普行홈을期홀而已오其權利義務者亦於自國人民에確立홈을期홀而已오其餘德을他國에波及홀意念이毫無하야或協商條約을結ᄒᆞ며或同盟條約을訂ᄒᆞᄂᆞᆫ것이皆是强國與强國이一朝利害의見으로相合ᄒᆞ야此主我的國利를協力遂行코져홈이不過홀지라是以로今日歐米 英 日諸國이비록文明理想이不無ᄒᆞ나其文明理想이惟於强國間에丁寧取與授受홀而已오亞細亞民族大部分과及亞非利加民族과如ᄒᆞ것은明之文澤[3]에浴홈을永히不能ᄒᆞ니可憫也로다埃及 印度의 英國에와安南 暹羅 모로즉고의佛國에와波蘭及猶太民族의露國에와比律賓及기유ᅳ바의米國에와南西亞非利加殖民地의獨逸에ᅳ도强國의壓迫을不蒙홀者無ᄒᆞ야社稷을有ᄒᆞ되專奉

---

3 明之文澤 : '文明之澤'의 오류로 보인다.

ᄒ기不能ᄒ며國土를有ᄒ되獨用ᄒ기不能ᄒ야骨肉이泣血ᄒ며羣臣이斷腸ᄒ야亡國幾億民衆이終年토록悲慘之境에在ᄒ야脫홈을不得ᄒ니畢竟是雖曰無智無力〈5〉招禍之罪라홀지나其一半은實로强國爭覇的高壓手段에因홈이라二十世紀文明社會에셔此現象을放置不顧ᄒ니寧非奇怪耶아而吾韓이固亦此現象中에一塊되기不免홈은論홀것이無ᄒ니라

悲觀이如斯에世事人事가一ᄼ不適意ᄒ야動起長往不悔之志라雖然이나夏傑之時에伊尹이有ᄒ고戰國之世에魯仲連이有ᄒ고現代에도亦見仁俠的思想이將漸有勢力ᄒ니彼[4]萬國平和會議와如홈이卽是也라初出於露帝主唱이오後에米國大統領의勸誘가有ᄒ고列强政府가皆能贊助ᄒ고各邦에셔數名委員派出ᄒ야往年에其第一回會議를오란다에셔開홈은世所知也라所議條項이未得適切ᄒ야雖隔靴搔痒의憾이無ᄒ기不能ᄒ나此會最終目的이國際間葛藤에干戈를不用ᄒ고平和的手段으로써鮮決[5]코져홈이在ᄒ則其平和文明을重히ᄒ며正義人道를貴히ᄒᄂ傾向은可히掩치못홀지라此勢力權能을助長ᄒ야使其國際監督의位地에立홈을昔時羅馬法皇이各國君主의上에立홈과洽如ᄒ면今日弱肉强食ᄒᄂ暴勢를制抑ᄒᄂᄃ多大ᄒ補가有홈이必홀지라惜創設ᄒ日이尙淺ᄒ야會議範圍가列强國際間問題에止ᄒ고垂亡國民에게向ᄒ야其惻怛ᄒ情을充ᄒᄂᄃ未到ᄒ니此孟子所謂恩及禽獸而功未加于民者ㅣ是亦不爲也언뎡非不能也라홈과如ᄒ니라

亡國志士同盟이於此에見必要니近來埃及波斯士民이敵愾之氣가鬱勃ᄒ야欲抑不能ᄒ니如기유一바如□로즉고如다마라랑도死士가戈를把ᄒ고强壓政府를向ᄒ니其狀이宛有怒蛙一敵之觀ᄒ니雖擧國肝腦가塗地

---

4 被 : '彼'의 오자로 보인다.
5 鮮決 : '解決'의 오자이다.

而奮이나力微財乏에是螳螂張臂耳라不久에爲列强所討滅ᄒ야其壓抑
窘迫이却加於前日이必矣니嗚〈6〉呼如斯면永不能自立ᄒ야子々孫々이
爲國奴ᄒ며爲人役ᄒ야蠢々與犬馬相伍ᄒ리니然則當如何히工夫를着
홀고戰國之時에秦獨强大ᄒ야六國이能히仰視홀者無ᄒ더니蘇秦이乃
立六國合縱之策ᄒ야以抗强秦ᄒ야使秦으로一時雄伏於關內ᄒ니盖齊
楚趙魏孤立之日은勢力이個々分散ᄒ야雖欲脫秦之强壓이나其力이固
不敵이러니及合六弱而爲一團ᄒ야ᄂ抱合之之勢가大敵을始足能制라
當今之時ᄒ야雖糾合積弱垂亡之國이나其不能動佛露英日은吾儕固知
之어니와但念幾個亡國之間에一條血管을疏通得來ᄒ야千里結義에四
方合志ᄒ야一面飛檄ᄒ야幾千萬民衆을麾來ᄒ고一面提議ᄒ야世界輿
論을訴起ᄒ야使一切國際問題로正義人道에基케ᄒ야己의富强을恃ᄒ
고他의貧弱을凌辱홈과如혼것은廿世紀文明世界에可耻혼現象이되는
쥬를知케ᄒ야十餘亡國志士가啜血爲盟ᄒ야此主張을世界에一爲發表
ᄒ야列强外交界에大問題를惹起ᄒ면如彼平和會議ᄂ吾求를不待ᄒ야
議案을編成홀지라凡事之成不成이雖半出於天命이나亦半由於人力이
니吾儕努力熱誠ᄒ야百挫不撓則幸運之神이吾儕를爲ᄒ야自來홀지니
라美國獨立戰爭時에國非有財源이며民非有兵器라人々把鋤鍬立於戰
場ᄒ니以定勢論之면精鍊無雙혼英軍에向ᄒ야萬萬可勝홀 理가無호디
獨立向上의精神이日加熱烈ᄒ야如猛火燎野ᄒ야全米士女가一齊히叫
ᄒ야曰給我以自由오不然給死라ᄒ니當此時華盛頓이振臂一呼에壯者
裹創皆起ᄒ야擧刀指敵에父老飮而進ᄒ니有天地爲搖鬼爲泣之慨라米
國獨立이實以情理的精神之勢力으로物質的富强之勢力을破碎ᄒ야爲
有史以來快擧라今吾儕所主張이非以干戈로與列强力爭이오唯欲使
〈7〉强國으로弱國과亡國에對혼行動政策이人類平等觀念에基ᄒ야正義
人道의徑路를履케홈이在ᄒ니其爲力이易ᄒ야與米國獨立으로困難이

自異其趣ᄒᆞ니라

富者之對貧者에互相合意上에ᄂᆞᆫ使役之且扶助之固無妨이오智者之對無智者에互相合意上에ᄂᆞᆫ監督之且敎誨之固無妨이오治者之對被治者互相默契上에ᄂᆞᆫ命令之且開導之固無妨이라唯使此間云爲行動이以同情與正義로爲始終이라야文明的紳士政治家本領를方始可見이니若不如斯ᄒᆞ고富者ᄂᆞᆫ自家富力을漫用ᄒᆞ야貧者를虐使ᄒᆞ며智者ᄂᆞᆫ自家智力을漫恃ᄒᆞ야無智者를欺瞞ᄒᆞ며治者ᄂᆞᆫ自家權力을漫擁ᄒᆞ야被治者를壓制ᄒᆞ면此ᄂᆞᆫ沒道沒德ᄒᆞᆫ心行이라古今東西를不問ᄒᆞ고不可容於世니歐米政界에無政府社會黨이跋扈跳梁ᄒᆞ야帝主之頭에刃을加ᄒᆞ야畏憚치아니ᄒᆞᄂᆞᆫ所以가實在此矣라國際關係도亦不異於此니優勝國之對劣敗國에宜以尊重他社稷ᄒᆞ며愛護他民族ᄒᆞᄂᆞᆫ精神으로爲主ᄒᆞᆫ後에兩者關係가爲圓滿密着ᄒᆞ야大小强弱並立ᄒᆞᄂᆞᆫ美觀를呈홀지라如斯라야可히文明的國際態度를僅見홀지여늘今也不然ᄒᆞ야弱國의可乘홀者有홈을見ᄒᆞ면列强이相競ᄒᆞ야闖然狂進하야其權利을欲食홈이虎狼이爪牙를磨ᄒᆞ야犬羊을迫홈과恰似ᄒᆞ니此野蠻的現象이라斷不可看過니라幸哉世界平和運動이日高其思潮ᄒᆞ며年增其計畫ᄒᆞ야幾多著書와幾多雜誌가此主義를極力鼓吹ᄒᆞ고各國有志의組織ᄒᆞᆫ平和協會로旣相聯合ᄒᆞ야其中央本部를瑞西國베룬府에設置ᄒᆞ고又有各國國會議員之同盟團體ᄒᆞ야與彼平和會議로並行ᄒᆞ야到今開會已十回矣라其召集於佛國巴里也에以上院으로爲會場ᄒᆞ고十九國國會議員七百餘名이參列ᄒᆞ얏ᄂᆞᆫ디〈8〉此中獨逸議員이六十人이오英國四十人이오墺國四十餘人이오베루지유ᅳ무四十人이오丁抹國은全部出席이오佛國七十人이오其他伊太利 和蘭 포루독가루 루ᅳ마니아 瑞西 노우루우예ᅳ오렌지共和國等이悉見叅列이러라客秋日本에서平和協會를組織ᄒᆞ고且國會議員會議出席之約이有ᄒᆞ다云ᄒᆞ니凡此等列國有志가平生에平和主義를抱持ᄒᆞ야國

際裁判所를設立호야使一切國際問題로於此裁判所에셔判決호야使各
其所屬國家로此大事業에盡力코져홈이此其宿志也라世界思潮傾向이
如此혼者有호니可히吾儕貧弱國前途多望이라謂홀지라雖然이나國家
存亡의機가常히自家의手에在홈을要홀지라若他國人掌裡에悉委호면
亡亦因他力이며存亦由他力이니吾儕司命之權이一々爲他所制則吾儕
弱國이始終擡頭홀일이無홀지니今日不起호고又待何時오起而與彼平
和主義者로氣脉相通호며聲息相援호야列强의無道를痛論호야文明發
展에效力을可期홀지니其所貢獻於祖國民人者ㅣ彼保護者之門에膝行
호야自家權勢를圖호는人에比호면其優劣이固不用較니라

吾儕의世界에控訴코져호는者난非欲使十餘敗亡諸國으로今遽期獨立
自治라唯思國際平和同盟或國際裁判所를成立호야有責任有權力호大
審判官을各個被保護國에派遣호야使其保護國與被保護國間에雙立호
야兩者의葛藤問題를調査호야審判홀資를作호고審判公開之日에當호
야這個調査報告를提出호야世界各新聞紙에發表홀지니如此則雖强者
라도不能恣其私曲이오雖弱者라도可得伸其寃호야倂視强弱호며一渾
貧富호야使彼我共歸於正道호야輿論의權力을除혼外에不可他求니吾
儕所以主張四邦志士同盟者亦只在於假輿〈9〉論權力호야以伸積年枉
屈호야占人類平等地步而已라使保護者以誠心實意로爲保護호고使被
保護者以誠心實意로爲提携니誠心實意卽是文明骨髓라去此心而皮相
上呈親切호며文法上示公正이면雖經千萬年이라도弱肉强食호는弊毒
을到底不可一掃니此事不止爲一二亡國悲라世界文明을爲호야深悲호
노니

吾韓諸君子는以爲若何오若或立志結社호야爲之先倡호야四方同運國
士를遊說호면페루시야 인도모로즉고 애급諸國이必連袂呼應이無疑호
니亦一世壯圖也라志旣在平和오事亦在平和호니天下有誰能妨吾儕前

程者耶아至禱至禱

## 警告郡主事

郡主事의銘心規則은昨年十二月에自內部로 業已制定頒佈ᄒ얏스니郡
主事의職權과及事務處理의方法에關ᄒ야ᄂ銘心規則에詳在ᄒ지라此
를銘心ᄒ면郡主事의職任에盡ᄒ지라架疊ᄒᆯ必要가無ᄒ거니와大抵郡
主事라고名稱剙設흠은各地方制度에對ᄒ야一層刷新ᄒ난主意라或誤
解ᄒᆯ慮가不無홈으로兹에其大槩를說明하오니郡主事諸君子ᄂ覆瓿[6]에
勿歸ᄒ고詳察홈을切望ᄒ노라

現今文明各國에셔ᄂ皆地方自治의制度를採用ᄒ난니全國內에行政區
域을各分ᄒ고該區域內의才望이有ᄒ者를選擇公薦ᄒ야地方行政에從
事케ᄒ고又其區域에議員選取ᄒ야議會를各設ᄒ고凡其所管區內의租
稅와財政과敎育과衛生과土木에關ᄒ諸般政治를施行케ᄒ나니此卽地
方自治의制度라大槩中央의政府ᄂ全國을統轄ᄒ야行政司法權을操縱
ᄒ난者어니와地方은不然ᄒ야其地方의風俗習慣와事情狀態의便宜가
各有ᄒ야此에練達이無〈10〉ᄒ者ᄂ適宜히轄治키不能홈으로必其地方
에久住ᄒ야經歷과才望이有ᄒ者로公薦選取ᄒ야其行政權을掌케홈이
則地方自治의制度라謂ᄒ난바라

雖然이나若其行政의權利를自專홈은決코公平의主義가아님으로是를
制限ᄒ기爲ᄒ야一村一鄕에各其議員을選定ᄒ고議會의制를設ᄒ야諸
般事務를人民의公權에付ᄒ야議定케홈이오一人一員의風力오로職權
을濫用케홈은아니라所謂自治의制度는只此而已나然ᄒ나目今我國現
狀으로此制度를施行不得ᄒᆯ진니一個郡主事로써能히自治의制를行ᄒ

---

6　瓿：'瓿'의 오자이다.

다謂치못홀지로다

盖我國도其規模가大綱設備됨은證之歷史ᄒ야可據가確有ᄒ니往在高麗太祖十八年에新羅王(卽敬順王)金傅가來降홈이新羅京都로爲慶州ᄒ고金傅로써本州事審知副戶長以下官職等事를숨으니於是에諸功臣等이皆效倣於此各其本州事審官을求得ᄒ니此卽鄕長의起本이라其後成宗十五年에更히定ᄒ기를凡五百丁以上州ᄂ事審官이四員이오三百丁以上州ᄂ三員으로定ᄒ고凡事審官은其人(鄕吏)과百姓의擧望에一從케ᄒ며惟朝廷顯達과累代門閥者라야奏差ᄒ고其鄕吏子孫은勿差케ᄒ더니其後에事審官의弊害가滋多홈으로忠肅王五年에詔曰事審官之設은本爲宗主人民ᄒ셔甄別流品ᄒ며均平賦役ᄒ며表正風俗이더니今則不然ᄒ야擅作威福에有害於鄕ᄒ고無補於國ᄒ니盡爲革罷ᄒ라홈이事審官이至是遂廢ᄒ얏고

國初에設置鄕任ᄒ니卽近日鄕長之制也라選本鄕中有輿望可堪邑事者를選定鄕任ᄒ야以之佐貳官長而辨理邑務케ᄒ니其任이不輕矣오又或慮有生弊ᄒ야必定三員ᄒ야以置鄕所〈11〉而俾之互相糾警ᄒ더니至于近世ᄒ야ᄂ鄕任之弊ㅣ極矣라往在宣廟祖ᄒ야西厓柳文忠公成龍이以領議政으로爲安東本郡鄕任이러니挽近以來로ᄂ邑之奸細諛媚之徒가求得鄕任ᄒ야做爲守令之奴隷而吏胥之心腹故로卑鄙冗劣ᄒ야爲紳士者ㅣ耻與其任焉ᄒ며爲官吏者ㅣ羞與爲伍焉ᄒ야認以一種使喚之類而已ᄒ나니是豈鄕長之罪哉아惟其居鄕長者ㅣ率鄙夫庸輩故로所以致此也니

今之郡主事ᄂ則古之事審官也오鄕長也라爲其地位之改良ᄒ며爲其職權之更定ᄒ며爲其人品之選擇ᄒ며爲其自治之稍行ᄒ야所以叛名而改定者也니恐其復蹈前日鄕長之弊習ᄒ야所以於銘心規則에聲言ᄒ야曰政務의刷新ᄒ난主旨를認眞實踐홀지며前日에座首와鄕長의卑陋흔心

法과行動을一切革新홀事라ᄒ고又曰官制와其他法規의付與호自已權
限을恪守勿失홀지라ᄒ얏스니

此規則에其自治의微意를示ᄒ며其付與의權限을明言혼지라從玆以後
로ᄂ已往古代의創立ᄒ던事審官、鄕長의職權을恢復홀지니此ᄂ皆自
已의心法行動에在홀而已오官制의不善홈은毫無ᄒ나니

又其規則에有曰事務를執行ᄒᄂ時에郡守의指揮를服從홀지나若或命
令이法規에抵觸ᄒ거나民情에不合혼事를思考ᄒ난時ᄂ其理由를郡守
의게一應具申ᄒ야其抵觸과不合혼事를明示야ᄒ執行을仍命ᄒ난時에
從홈이可홀事라ᄒ얏스니此ᄂ卽職務에關ᄒ야郡守를輔佐ᄒ며自己를
勿枉ᄒ고惟一公正을守行케홈이니此를服膺ᄒ야聲望이一鄕에播著홀
時ᄂ則郡守나觀察使로陞任홈을可得홀지라豈舊日鄕長에可比홀者라
謂ᄒ리오

且今我國의各地方人民이塗炭의陷ᄒ야聊活〈12〉이無路홈은擧國이均
然이니此其故ᄂ無他라一曰官吏의貪虐이오二曰民智의愚闇이니此를
若放棄不矯ᄒ며推倒不救ᄒ면全國生靈이噍類의零存이無幾홀지라豈
有志憂國之士의慷慨悲憤치아니홀者리오

郡主事ᄂ各其自家의鄕黨宗族을擔當혼責任이有혼지라祖先의鄕里와
父母의居土를宜他地보다重視홀義務가尤有혼즉銘心刻意ᄒ고一倍惕
厲ᄒ야上으로官長의恣行을糾正ᄒ며下으로人民의未開를誘導ᄒ야我
의負擔혼責任을勿墜홀지니郡主事의位地ᄂ雖微ᄒ나其責任은甚重ᄒ
나니異日에民國의安危存凶이皆郡主事의一身에繫ᄒ얏다ᄒ더라도過
言이안일쯧ᄒ니嗟夫라郡主事諸君子ᄂ吾身을自重ᄒ고吾鄕을自保ᄒ
야各其國權을挽回케務圖홈이豈非義務之當然者乎아吾輩ᄂ不得不以
此로深切祝望也ᄒ노라

## 敬告靑年諸君

噫嘻我靑年諸君아此時何時오韓國三千里土地財産이已爲人囊中之物
이오韓國二千萬士女人衆이已爲人机上之肉이니此非痛恨次骨에挽河
難洗者乎아今日之勢正如孤弱之軍이猝遇强敵이라舍生決鬪라야或有
可生之道오不然則必死乃已니寧可舍此或有可生之道而取彼必死乃已
之計乎아然而今我國이以言乎政府則桃源之舊夢을尙爾未醒ᄒ야泄々
沓々에方蹶之命을乂從而推之而已오以言乎社會則三年之乾艾를久矣
不畜ᄒ야腦腐筋敗에七年之病이日益甚焉而已라然則蹶者終於蹶病者
終於病而終無可扶可醫之良策乎아孔子曰後生이可畏라ᄒ시니以其年
富力强而足以有爲也라故로泰西先哲之言에有曰統大事業이皆成於靑
年之手라ᄒ고有曰世界事業이皆在〈13〉於靑年之學中이라ᄒ고沉船破
釜甑ᄒ고渡河破强秦之兵ᄒ야使天下諸侯로皆匍匐膝行而不敢仰視者
非時年二十四之項羽乎아拿破侖之席捲歐洲萬國震恐之豐功偉烈이亦
在乎靑年時代也라然則拏雲之手段과回天之事功과挾山超海之意氣를
舍我靑年諸君而向誰求之乎아彼面皺齒盡에白髮盈把ᄒ야日薄西山에
氣息奄々者幽鬱而已矣며悲嘆而已矣며與鬼爲隣에待死而已矣니又何
足與論天下之事乎아惟靑年者는正雄飛之時也라前程似海에來日方長
ᄒ야有乳虎嘯谷에百獸慴伏之氣ᄒ아有河出伏流에一瀉[7]汪洋之勢ᄒ니
今也欲有以復我已墜之國權ᄒ며安我已危之民生ᄒ야跳出乎爲牛爲馬
爲奴爲僕千仞悲慘之坑ᄒ야漸進乎爲富爲强爲文爲明一等快樂之地인
디所可係望者唯獨靑年而已라靑年富則國富ᄒ고靑年强則國强ᄒ고靑
年進步則國이進步니靑年擔負之任이可謂重且大矣라爲靑年者又安得
不惕然而懼ᄒ며淵然而思ᄒ야以謀其善後乎아夫前無引導ᄒ며後無援

---

7  一瀉 : '一瀉'의 오자로 보인다.

助ᄒ고匹馬單槍으로挺身獨鬪면雖或搴旗나智者不取ᄒ나니今日諸君之前導後援은果安在乎아愚請以一得之見으로爲諸君道之호리라

意志者ᄂ成功之源이오建業之基也라夫人이或誓心功名ᄒ며或矢志國家ᄒ야羣衆之中에超然獨往ᄒ야樹其標的ᄒ고勇往突進이면道路自開ᄒ며運動自捷ᄒ야許多障礙가雲消氷釋ᄒ야意無不達ᄒ며事無不遂니古今東西塵塵世界에建不世之功ᄒ며立不朽之名者何莫非決於意志之堅周乎아若使以若最靈最貴之身으로悠悠泛泛에一無所成ᄒ야生無益於時ᄒ며死無損於世ᄒ고空埋身於北邙山上ᄒ야纍纍與無名衆塚으로終古相對면豈不是痛哭流涕處乎아敬告青年은先宜振起其志意여다
〈14〉

熱誠者ᄂ萬事之資本也라必也有熱誠而後에야可以有榮光之事業이며可以有高尙之生涯며可以有美妙之豐富니有一度熱誠者不達其目的者未之有也니라曾聞美國獨立戰爭時에馬利翁將軍이嘗曰萬事皆決於心이니心以爲裕면何事不成이리오余爲國民之自由而戰이며余爲國民之安寧而鬪라劇戰奮鬪ᄒ야嚙茱根以殉國難이라도余視爲無限之幸福이로라英國一士官이聞之ᄒ고鬱鬱不樂ᄒ야知華盛頓之必破英軍ᄒ고遂解釖脫軍脫免兵役曰彼爲國家ᄒ야甘嚙茱根而爲自由而戰ᄒ니其部下士卒이孰不感其熱誠而奮死乎아後에美國이竟能獨立ᄒ니故로曰熱誠이有神力이라ᄒ고又曰熱誠感動之力이至鉅且大라ᄒ고又曰熱誠者ᄂ雖石能動之며雖獸能感之라ᄒ니敬告青年은又當熾烈其熱誠이여다

夫意志者ᄂ青年之前導也오熱誠者ᄂ青年之後援也니有此而後에可以超立乎舞臺之上而無前瞻後顧之慮矣니라

獨不見一人之家乎子弟賢이면家必興旺ᄒ고子弟不肖면家必衰替ᄒᄂ니國之有青年은猶家之有子弟也라使我青年諸君으로果能有此堅固之志意ᄒ며果能有此熾烈之熱誠이면以之學問則學問이日崇ᄒ고以之事

業則事業이日隆ᄒ야韓國之興을可計日而待니可不勉乎아噫我靑年諸
君아

## 政治原論

### 汎論政治學 (續)

果如上述이면則人心이一定ᄒ規律이有홈을可知홀바이라故로政治社
會에不易홀常則이有ᄒ다斷言ᄒ야도可ᄒ도다然이ᄂ今日政治學術이
未見進步者ᄂ其故ㅣ有三ᄒ니一은政治學의各種學術이尙未進步홈이
關홈이니何〈15〉種學問을勿論ᄒ고必與他種學問으로互相聯係ᄒ야滙
通貫串라야其堂奧를始窺ᄒ리니是以로政治의目的은人生의目的을必
因ᄒ야始能決定이나然其人生의目的은卽哲學에關ᄒ빋라人事의正邪
善惡을判斷ᄒ랴면倫理學을不可不問이오人類가相集ᄒ야社會를結合
ᄒ形成을考察ᄒ랴면社會學을不可不質이오且政治社會에人心의變化
를知코져홀진디心理學을不可不徵이오欲進而明人類之學인디生物學
을不可不溯오至若物理學ᄒ야ᄂ以圖表之ᄒ니政治學의地位가如左ᄒ
니라

　哲　學　倫理學　社會學　政治學
　心理學　生理學　物理學

政治學이與各學相關者ㅣ如此ᄒ니政治學을欲脩ᄒᄂ者ㅣ不可不涉獵
各種學問也ㅣ明矣라然이나各學中에與政治學으로最有密邇關係者ᄂ
哲學倫理學社會學이是也라ᄒ니今果何如乎아哲學은則人生의目的을
決定否耶아倫理學은則不易홀道義의大旨를確立否耶아社會學은則古
今人群의正理를證明否耶아凡玆學術이皆在襁褓ᄒ야幼穉의域을未脫
ᄒ얏시니是ᄂ根基가不固홈이라읏지枝葉의繁茂를可得乎아
二ᄂ則硏究此學에特別ᄒ困難이有ᄒ니凡學術의有進與退가其試驗에

結果를必視ㅎ느니若化學物理學等者는雖錯綜繁雜이나其學術은能히
純全無缺혼者라故其試驗의法이亦適其用이어니와至政治試驗ㅎ야는
卽爲極難ㅎ니凡欲實驗一事ㅣ딘必須待其事之起也라如新闢一殖民地
에其政府의所以建과人民의所以分等給을求코져하면政治의機會를試
驗홈이可也오又際革命變亂時ㅎ야政治의原因結果를得見코져ㅎ면政
治의材料를考求홈이可也나雖然이나殖民과變亂이自然의起를必待
〈16〉ㅎ야目擊을始能ㅎ나니故로硏究政治學者ㅣ必非人力의所能爲니
此所以比之化學物理學ㅎ야有一 特別困難者也오且人心의不能公平이
政治進步를阻碍ㅎ는一原因이되나니盖非聖人이면雖如何公平無私라
도一有利害면互相衝突ㅎ야必未免稍懷偏頗故로人生이有直接利害의
政治學ㅎ니라

盖此學을考究ㅎ는者ㅣ其所觀察이常히公平을易失故로其發達이亦所
以遲遲也니라

如彼天文學者는雖或星之地步가在左在右ㅎ고化學의原質이雖增雖減
이나其於人生에는直接의利害가必無여니와至若政治學ㅎ야는或云畫
一幣制ㅎ며或云變更政体等事가本非難決이나然仍遲又久ㅎ야莫能決
定者는各國內情이異其利害혼故이니雖聰穎의學者라도其範圍를脫ㅎ
기不能ㅎ느니라

且卽理論ㅎ야當否曲直을旣定ㅎ얏셔도若欲實施면必有甚難之事ㅎ리
니夫一國의風俗習慣이其勢力이至强ㅎ니如昔年英國政府가於印度에
累世된一夫多妻의弊俗을改正코져ㅎ다가非常혼失敗를卒致ㅎ얏시니
理論上言之면雖極正大나然非多少之裁制而加之면果難實行이온況理
論上試驗은其明効成蹟이乃非現在라必彌數十百年而後에아始可見者
乎아故로必使學者로欲求急効면至疑理論之眞否라가或因成蹟之莫覩
ㅎ야終至失望ㅎ리니是使硏究政治學者로特別혼困難이有케ㅎ는所以

니라

三은爲政治學者ㅣ與政治家로離隔이甚遠ᄒ니凡論政事者ㅣ須分政論
與政談의兩種이니라

盖政論者ᄂ直就政治學而論이니祇於政治學中에當考究其範圍ᄒ야力
爲發揮ᄒ야於人生利害에直接關係가初無者也오政談者ᄂ直就〈17〉實
政策而論이니以作事로爲目的이라有時로參考의預備를雖爲나其理論
은政治學에셔必採故로政務의如何部分을皆得爲論議也니라又政論者
ᄂ一定의目的이必無故로其議論이不必斟酌時勢也오只發公理여니와
至若政談ᄒ야ᄂ此와反ᄒ야必達其目的으로爲主故로非獨斟酌時勢라
其目的을達ᄒ기爲ᄒ야輕巧혼手段을常用ᄒᄂ지라當初에事實을不拘
ᄒ고他人의問難을應答ᄒ나니其議論이言語를文飾ᄒ야只以投合人情
으로爲目的故로爲政論者ᄂ爲政治學者ᄒ고爲政談者ᄂ卽稱爲政治家
ㅣ니甲則爲學이오乙則爲術이라此二者가雖有分別이나云學云術이俱
就事實ᄒ야或爲論究ᄒ고或爲施行故로其關係가不可離隔이오且政治
學을發達홈이極히密邇혼關係가有ᄒ니盖學之所以講究ᄂ則欲適用於
術이오術之所以實驗은則欲覆審而於學이라術而違理則術不能用이오
學而迂濶則學失其實故로政治學者ᄂ與政治家로幾如一身分体ᄒ야關
係가難密[8]이나及其實行之際ᄒ야ᄂ往往히互相離隔者ᄂ何也오彼政治
家ᄂ事際倉猝ᄒ야初無深究學理ᄒ고但其曲直의餘地만斜察ᄒᄂ니寧
稍違學理연졍斷不肯坐誤機宜故로如時計淺策疏者ㅣ卒能適中時宜ᄒ
야一時의急難을能救ᄒ고且於演說之壇에雖有梳櫛道理나能發深邃遠
大之議論ᄒ야聽ㅣ者藐藐에端倪를莫測이로되有時片言이居要하야挽
回大局ᄒ나니於是乎政治家ㅣ揚揚得意ᄒ야輒謂實際與理論이兩途ㅣ

---

8  難密 : '親密'의 오자로 보인다.

實判ㅎ야政治學者의力을藉홀必要가無ㅎ다ㅎㄴ니라

政治學者則曰政治家ㄴ眞理ㄴ不求ㅎ고事實만只泥ㅎㄴ故로其政略과
政策이皆一時에苟安ㅎ야其識見이淺陋에皆不齒於學圃라ㅎ야於是乎
二者의關係가愈疏愈遠ㅎ야遂使政治〈18〉家로精密의理論을不聞케ㅎ
나니卽政治學者가事勢變遷에踈忽ㅎ야致此發達이愈遲愈久者ㅣ一大
原因也니라 (未完)


# 教育

## 泰西教育史 (續)

是時에忽出一輩卓識者ㅎ야曰호디學死語보다亦應學活語홀지오學無
關日用之古文學보다亦應求應用之知識ㅎ며不當終日諳誦이라當練思
斷之心意홀지오敎師가不當獨敎라當令生徒로自學이라ㅎ니此說이初
甚微弱ㅎ야譬如曠野中에見一點星火ㅎ다가漸增其光力ㅎ야遂至赫然
에照見近世敎育之前路ㅎ니라是說也ㅣ正如漑油於燈火ㅎ야開近世科
學之基本ㅎ고樹實用敎育之根柢ㅎ야使敎育家로知古學을不足信이오
宗敎를不足服이오從來之敎育은其宗方法이均誤則不可不以自然之理
로爲根柢而改良之니是時에無數大思想家가出來ㅎ야於科學上에大有
發明ㅎ니

<u>歌白尼氏</u>ㄴ硏求天文學ㅎ야始發明太陽과月과地球의眞正호關係ㅎ고
<u>葛利賴奧氏</u>ㄴ造望遠鏡ㅎ야發明木星有月ㅎ며又詳明地球迴轉之理ㅎ
고其後<u>牛頓氏</u>ㄴ發明攝力之法則ㅎ고<u>達利惹利氏</u>ㄴ精造風雨針ㅎ고<u>克
利克氏</u>ㄴ作噴筒ㅎ고先是에因<u>科倫布</u>發見<u>阿美利加</u>ㅎ고<u>奧士誇他克碼
氏</u>ㄴ航海於印度洋ㅎ야增地理上之知識ㅎ고無論海陸히亦載來各種之

新識ㅎ야令人으로悟守舊之陳腐ㅎ니於是世人이不專講希臘羅馬之文
學而以研究日用資生으로爲身心性命之學ㅎ야漸生眞正之教育家矣라
(教育改良家之意見)依廓哀活之所述則教育改良家의所期望之事權이
約有如左數種ㅎ니

　一은研究事物이急於研究語言이오〈19〉
　二는知識을宜先達於官能而後에達於心意오三은凡習學言語에先宜
　　自本國語로始오
　四는希臘羅甸文學을祇可授之後日에完全卒業之生徒오
　五는体育은爲圖身体之壯健이니各種社會에均宜課習홀지오
　六은宜因自然之理ㅎ야設新教授法而教育홀지오
　七은教授法은毋論其有不同ㅎ고舉其大綱ㅎ야槪括如左ㅎ노니
　　甲은自有形으로以進無形이오
　　乙은將教育規則인딘宜先以關係此規則之知識으로漸誘而證明之오
　　丙은就生徒目前ㅎ야示物而令其剖鮮오
　　丁은與其教師之教로는寧不若令生徒로自學於教師監視之下也오
　　戊는須使生徒로起欲得知識之興味케ㅎ고不宜束制之ㅎ며且又令
　　其記憶已知之事라
自希臘羅馬古代教育史로經中古暗世而至於文學이再興ㅎ며宗教改革
ㅎ며羅甸學校와與顯司伊達派之教育ㅎ야此ㅣ可知當時情狀이니如欲
參考其法義ㅎ야以供近世教育之用則殊未當意也니現時教育의理論方
法은全由於教育改良家의研究而出來者라考其誰人之倡始則似由於十
六世紀中의毛偆耶尼氏之說而生也니及十七世紀ㅎ야廓美細司氏、陸
克氏等이大張其通義ㅎ고入於十八世紀ㅎ야는盧索氏、裴司塔若籍氏
等이益々培養ㅎ야使之壯大케ㅎ고至于十九世紀ㅎ야는更有佛羅愛卜
爾氏、顯羅柏露都氏、斯賓塞爾氏、等이出ㅎ야用力發展홈으로遂至

於完全之成果也ᄒ니故로此下略撮其近世敎育之主眼ᄒ야〈20〉以之記
載者ᄂ所以爲東西洋歷史上敎育家의一模型者也라其十九世紀以來로
敎育之進步程度ᄂ可驗於德意志、法蘭西、美利堅、英吉利諸國之敎
育方法故로又略撮大槪ᄒ야以示其一斑ᄒ노라

## 印度及比律賓遊學生의狀態

吾韓及淸國遊學生의海外에遊ᄒᄂ者ㅣ大抵政治法律을學得ᄒ니其志
가官吏되고져홈이在홈이오印度及比律賓遊學生은是에反ᄒ야ᅡ十中八
九工業을皆學ᄒ니其志가自國의工業權을回復ᄒ야他日에自國人民의
實力으로獨立을企圖코져홈이在홈이니均是留學生이로되其志向差違
가如此ᄒ야一인則自家立身홀目的으로汲汲히勉學ᄒ고一인則國力回
復할目的으로汲汲히勉學ᄒ니結果의如此ᄂ姑舍是ᄒ고其志操만視ᄒ
야도同日에可比홀바안이니可發一嘆이로다

日本通信所報에比律賓學生이現今日本에在ᄒ者三十餘名ᄒ디皆工業
을硏究ᄒ야或工業學校에入ᄒ며或實地工場에入ᄒ야專心從事ᄒ니此
人이皆自費留學生이라官費學生의米國 西班牙 佛國 英國에行ᄒᄂ者
多ᄒ니米國留學生이一千餘人이라彼等이其初에相率ᄒ야日本에留學
홀志가有ᄒ다가米國으로却行ᄒᄂ所以ᄂ日本官立學校에入홀際에ᄂ
不可不米國大使館의承認을經ᄒᄂ지라此一事가彼等의痛嫌ᄒᄂ바오
又英語를學홈이日本語를學ᄒ기보다容易혼故라試驗ᄒ야彼等의게問
ᄒ되何故로工業을學하나뇨彼等이一聲答曰吾邦工業權이皆爲外人所
握하엿스니吾儕歸國혼後에不可不回收홀計를홀지라ᄒ더라

印度學生이日本에在ᄒ者八十名許이라是亦工業을硏究홀目的으로大
學校高等學校及工〈21〉場에入하니皆自費學生인디性質이溫和하고品
行이方正ᄒ지라彼等이一堂에相會홈이반다시國家悲況을談論하면셔

英國의施政하는것을忿憤하야英國政府의無道홈을極口痛罵하고雖以
石鹼製造靴工革皮等賤職으로도尙히燕趙悲歌의態를效倣하야印度獨
立을唱導하며革命必要홈을論究하는지라彼等이英語에巧하야自國語
에셔不異혼故로英米에留學홈이困難이毫無하나然彼等이日本에好遊
하기는亦亞細亞的思想이發動홈이出홈이러라比律賓及印度의滅亡敗
蹟이吾國의下數等에在하되其民族的精神과及敵愾心의熾烈홈이如斯
니思之寧不憮然이리오

## 敎育溯源論

本社에셔救育[9]에對ᄒ야方針意見을學部協辦閔衡植氏의게懇請ᄒ엿
더니氏가敎育溯源論이라題ᄒ고一篇을制送ᄒ셧는디議論이激烈ᄒ
고辭意가通暢ᄒ야時弊를切中ᄒ니淸晨之鍾이라可謂홀지라玆에揭
載ᄒ야全國同胞에게敬告ᄒ노라

學部協辦　閔衡植

現今敎育雖急且急不可不求先後之序亦不可不辨義利之分矣若不究其
所先而趍於所利則其爲弊滋多矣吾所謂先者何也謂夫爲先進者之躬自
導率也吾所謂義者何也謂夫爲我人者之必定國是也我閾[10]舊規不屑々
於修藝則先進之素昧於此容有可議而至於治心之要五百年從事於斯父
詔子傳帥[11]敎弟受而顧今之世獨無一二治心者乎但自處以亡閾之人不
以臥薪嘗膽爲心其對學問則輒曰吾輩誦詩讀書數十年習慣尙在雖有新
學何忍舍此而就彼也且今老矣何暇更擧也遂以一功[12]敎育委之靑年曰

---

9　救育 : '敎育'의 오자로 보인다.
10　閾 : '國'의 오자로 보인다.
11　帥 : '師'의 오자로 보인다.

我無事而坐受其福爾勞力而來獻其福此出於屢世〈22〉文治之弊而委靡
不振一至於此寧不寒心哉彼靑年輩旣無先進之導率則其稍有才慧者輕
薄而無實自占豪氣者獷悍而無憚下此者又皆柔懦愚暗不分方向籍托新
學日走校塾愛洋服之侈靡好運動之戲嬉躁進之慾欺詐之謀充滿於腔子
跳踉放恣無所不至或遭其父兄之責則輒私語曰自由行動誰能禁止吾父
吾兄不識時務其於我何哉如此而曰敎育豈非釀成債國之資乎苟無德義
但益才智如敎猱升木與虎添翼異日爲患其有極哉欲抹此弊必自先進有
志者實任其責先於國中立薪膽義塾講磨倫理硏究方針然後出而臨事則
如輕車熟路恢々有餘而自爲靑年之敎育模範也今之論敎育者必先曰財
政財譬之血也天下焉有無氣之血乎故曰人氣充實則血自有餘敎育得道
則財無不足全國一心何事不濟嗚呼以今開明風俗言之凡關政治莫不官
民一致而雖有力爭必相通心歸之循例無隔絶之患矣我國專制成法官能
制民々鮮抗官而猶或效嚬外俗謾罵官人空譏官事吾不知其可也至若敎
育事務此尤不可不官民一致而現今官私判然爲二段甚可歎也若自學部
處事有不善則爲民者執言而求方務合於相濟之道公私學校渾成一團然
後大義彰明國運回復可翹足而竢矣


## 實業部

### 實業方針

　前號에도實業에對ㅎ야逐號記述ㅎ얏거니와本號로自ㅎ야는特히實
業各部分에相當혼方針을硏究ㅎ야揭載홀터인디其方針을定ㅎ랴면

---

先次方面을向ㅎ야可求ㅎ깃습긔今에我韓地理와位實를槪論ㅎ야方
針硏究에基礎를表示ㅎ노라

## 地理〈23〉

○一位實、我韓은亞細亞大陸東部의一大半島國이라其位實는北緯三
十三度十五分으로自ㅎ야四十二度二十二分에至ㅎ고東經百二十四度
三十分으로自ㅎ야百三十度三十五分에及혼故로其境界가西으로는黃
海가臨ㅎ고北으로는白頭山脉과鴨綠豆滿兩江을連ㅎ야滿洲와西比利
亞에接ㅎ고東南은日本海와朝鮮海峽을隔ㅎ야日本과相對ㅎ니라

○二面積、全國의廣袤가南北은三百十八里(英里)오東西는百三十餘
里오面積은一萬四千百四十七方里인디海岸線이八百을延長ㅎ니라

○三地勢、沿岸은山嶽이重疊ㅎ야殆히平地가少ㅎ나內地에는平地도
亦多ㅎ되廣敞[13]平坦의郊野는甚稀ㅎ고且江河가貫流ㅎ야交通의便이
有ㅎ고中部의沃壤은耕作이適當ㅎ고傾斜의狀態는蠶業과果物이最宜
ㅎ니라

○四地味、日本某博士의實査를據혼則南韓의山脉은南北을連ㅎ고北
韓의山脉은東西로走ㅎ야地形의差異가有ㅎ니其地質은總히花崗石가
如ㅎ고其地味는强粘치아니ㅎ고砂質에近ㅎ야耕耡가容易ㅎ고中等의
性이有ㅎ야膏味의米穀을産出ㅎ는디最適ㅎ나但北寒[14]의地는冱寒ㅎ
야其味가瘠薄혼個所가有ㅎ니라

○五島嶼、島嶼의最著名혼者는全羅道의濟州島、珍島、慶尙道의巨
濟島、南海島江原道의鬱陵島、京畿道의江華島、喬桐島의諸島가有
ㅎ고其他沿岸에도多數혼島嶼가有ㅎ되特히全羅慶尙兩南道에는各島

---

13 廣敞 : '廣敞'의 오자로 보인다.
14 北寒 : '北韓'의 오자로 보인다.

嶼가碁布星列ᄒ야漁鹽의利益이極大하니라

○六港灣、諸港中最重要ᄒ者ᄂ城津、元山、釜山、馬山、木浦、群山、仁川、鎭南浦等七港이니開港場이皆有하고其他沿岸에ᄂ良好ᄒ港灣이尠홈으로本國地誌에參照ᄒ기爲ᄒ야讓〈24〉ᄒ노라

○七潮汐、潮汐漲滿의度ᄂ西岸이最甚ᄒ고東岸에至ᄒ야ᄂ殆히其差別이有ᄒ니例如大同江은其度가三十尺인디榮山江은十尺이니其差가大槪如此ᄒ고至若洛東江ᄒ야ᄂ其差가其微ᄒ고蔚山灣以北은皆無ᄒ니라

○八山嶽、白頭山-山海經所謂不咸山唐史所謂長白山-은我國北境에聳出ᄒ야全國山脉의根據가되야南으로琅琳山、鐵嶺、金剛山、大關嶺、太白山에延至하도록蜿蜒起伏하야一國의脊梁을成하고地域을左右에分하야左支ᄂ東으로向走ᄒ고右支ᄂ小白山으로自하야南으로鳥嶺、俗離、德裕、智異諸山을下하야濟州島의漢羅山이聳出하야東方은土地가磽确하고西方은平坦의地가多홈으로北韓方面은南韓方面에比하면森林이多ᄒ디其中松、樺、樅等이最多産하고咸鏡道甲山地方에는樅의大森林이有하고白頭山一帶에ᄂ松樹가鬱茂하니所謂鴨綠、豆滿兩江上流에大森林이是也

○九江河、國中에最大ᄒ江이五가有하니鴨錄江、大同江、漢江、洛東江、豆滿江等이是라    此江에는巨船과小蒸滊船이來往하고其他載寧、臨津、榮山、淸川、禮成、蟾江、錦江等도亦爲巨江이니舟楫이英里로二三十里룰上下하야運輸의便이極多하니라

○十原野、全國內의最著ᄒ原野가極多하니卽平壤野、載寧野、內浦、儒城、淸州野、求禮全州羅州의野、尙州大邱、晉州의野、咸興野等이是也니其大가亘延數十英里하고特히三南地方에至하야ᄂ地味가膏沃하야耕作이最著하니라

○十一氣候、咸鏡平安黃海江原各道는冬期에는沍寒이甚하고京畿忠
淸全羅慶尙尙各道는稍히溫煖하니忠淸南道江鏡地方의冬期寒〈25〉針
이日中四十度華氏針內外에達하나니十(二月太陽曆)中旬으로自하야
二月下旬에至하는間이寒度가最高하나十度以下에達하는時가甚稀호
지라京城以北에比하면頗히溫煖하야每年最寒혼期節에 도錦江下流는
結氷時가稀尠하야舟楫의便이絶하는期限이二三週式一個月에不過하
고夏期에는平均暑針八十度에達하고七八兩朔에는九十度以上에上騰
하나니慶尙全羅兩道는或似或異혼處가各有하니라

## 大失敗에屈撓치니혼三大實業家

夫事之成敗와業之旺衰는人間常事니作爲者ㅣ不可以一敗一衰로有所
沮喪其氣力也라其爲人也ㅣ苟於困難之時에能生奮鬪之氣力하야終成
一世之富豪者는雖或一時에大失敗을當하야最初보담一層悲慘혼境遇
에陷홀지라도其固有혼奮鬪力이不惟不爲減殺라智識經驗를可因此而
得이니故로苟不失其精神之强健이면其成功之容易가又豈當初奮鬪之
時에所可比乎아數年間에美國富豪가非常혼失敗에處하야平然이以冷靜
之頭腦로講恢復之良策하야比前하면幾倍大成功을能致혼者ㅣ不少하니
此吾人所目擊者也라於其精神之强健에는雖欲不服이나得乎아今擧其
最大者三하야記之如左하노니全國之謀實業者ㅣ宜有鑒之홀지니라
지-에쓰지부라이스氏는現時美國實業家中에最剛毅혼靑年인디距今六
年前數千萬資産이有혼一 富豪라當時에某淑女와婚姻을結約하고盛大
혼結婚式를擧홀터인디不幸하야其四日前에同氏의商會가三千二百萬
圓의債務를負하야破産之境에至홀뿐아니라償債에可充홀資金도並無
혼지라同氏가卽時結婚한淑女를訪하고謂之曰余與爾로雖已結婚이나
莫要〈26〉履約이라余已破産하니今則余가百萬資産를有혼富豪안이오

乃百萬負債가有흔貧民이로라淑女가良人의破産홈을因하야改節치아
니하고도리여期日을迫近히하야二日前으로뢍뢍히結婚式를擧行하고
自是로同氏가勇를皷하야再擧의策를謀하야翌年一千九百一年에他人
의勞働者가되야數千萬의利益를得하야信用을恢復하니於是乎有力者
의後援를得하야五千萬圓의資本을募하야遂爲有名的棉花商店이라同
氏가一蹶而起하야當初보담幾倍의大資産을作하야結婚以前에셔一層
富榮혼身分이되얏고

스지루만氏는米國鐵道事業家라同氏가兩三年前에非常혼苦心으로一
千二百哩의大鐵道을建造하얏다가一朝에其管理權를쥬게-도에게被奪
하야스니엇지此와如혼苦痛이更有하리오最初同氏가赤手로起하야如
此혼大鐵道를能起혼것은同氏가剛鐵과如혼精神과勇氣로千萬無量혼
困難中에奮鬪制勝홈으로由홈이니其布設홈에對하야一呎에도非常혼
紛爭을經由치아니혼者無혼지라同氏가此大計畫을實行하려하야資本
家에議論하다가被拒되야우오루街에一笑柄이되야스되同氏가不拘하
고益益히皷勇猛進하야아무스데루다무에渡航하야株主募集홀시蘭國
의富豪等를勸喩하야數百萬의資本을得하얏ᄂ디當時商工의無勢홈을
因하야米國商工諸家가幾盡休業호되同氏ᄂ獨意氣揚揚하야工事를盛
히經營하니見者無不驚歎이러라同氏가國會의決議를得하야세-바인湖
을浚渫하는大工事를着手하야荒蕪地로一大都會를開하야百難를排하
고準備를整齊히혼後에至하야突然히裁判所에셔工事를中止케하ᄂ지
라於是에同氏가更히資本를募하야시로이七哩運河을開鑿〈27〉하얏스
니如此혼困難도實노可驚홀만하나其最終에遭遇혼困難에比하면蚊虻
이面前에過홈과如혼지라其大失敗는何也오上述홈과如혼多年苦心[15]

---

15 苦心 : '苦心'의 오자이다.

으로鐵道大事業을僅히完成하얏다가不幸히大訴訟의裁判에落科되야
其管理權을見奪된者ㅣ是也라同氏가此를因하야赤裸훈貧民이되야囊
中에一錢도無호되同氏는豪膽훈丈夫라少無屈色하고平然히他一萬哩
의大鐵道更設하기를計畫하야外國에셔資木을募集호되倍前훈勇氣를
皷出호야工事에着手호니夫米國富豪等이外資를輸入하려훌者多호되
一人도成功훈者ㅣ無훈디同氏가大無勢훈時를當하야獨能成功호야比
前幾倍의資産을致호얏스니同氏가如何히希望을失호며如何히攻擊를
被호야도剛鐵과如훈堅忍力과熱心은一分間이라도失치아니호더라
　구레맨氏는純然훈實業家는아니오雅號를마구루엔이라稱호는有名底
文士라然이나其大出版會社의大株主로見호면亦一個實業家가되는故
로玆에記호노니同氏가最初一百萬圓의大資木을儲홈은各種著作훈原
稿料를貯蓄훈結果에不外호나其後에獨力으로一大出版會社를設立호
야지야레스우에푸쓰다아氏로管理케호얏는디有名훈구란도將軍의自
叙傳을出版훌時에實노紙價를騰貴케호얏스나同氏의年年出版호는利
益은常히구란도傳의利益보담三四倍以上에達하는지라同氏의題훈하
쓰구루베리후인도라小說과如홈은一冊에二十萬圓의利益를得하얏더
니年이五十歲에達하야셔는悠悠自適의生涯을送하기로決心하얏는디
同氏資産을吸收훈出版會社가突然히世의財界恐惶의影響를蒙하야破
産됨을因하야同氏數千萬圓의富豪로忽然이一物도無한貧民이될쑨아
니라更히四十萬圓의債務〈28〉을辦償[16]치아니하면다시自由의身됨을
不得훌之境에至훈지라以常人觀之면此報告을得훈時에吃驚昏絶홈이
無疑인디同氏는剛毅한男子라毫無驚色하고依例이嘻嘻大笑하야諧謔
百出하야坐客를絶倒케하고自如훈顔色으로家人을顧하야曰法律이余

---

16　辦償 : '辨償'의 오자이다.

의有호財産은押奪하기能호거니와余의惟一資本되는腦髓는押奪키不
能홀지라余는如斯호特力이有호故로負債의義務을空免하기도不欲하
고一圓의債務를百錢以下의辦償[17]으로解除하기도不能하니余當自是
로靴紐를固結하고世界에轍環하야自己의能力으로一皆辦償[18]할策을
講求하리라하고即時旅裝을整束하야歐洲에渡港하야各地에講筵을開
하니不出五年에四十萬圓의大負債全額을辦償[19]하얏고六年前에故國
에歸하얏는디破産以前과同樣호富豪가되얏더라

## 談叢

### 本朝名臣錄의攬要

#### 李浚慶-號東皐- (前十號續)

公이從兄灘叟의게學하야年이十七八에行成德立이라壬午上庠에學業
德望이爲多士所推러라

明廟昇遐에明使許國 魏時亮이安州에至하야大行王의訃를聞하고國中
에變이有홀가疑하야問首相이爲誰오曰李浚慶也니라曰國人이以爲賢
而信之乎아曰賢相也라國人이信之하나니라兩使曰然則無虞矣라하
더라

公이資稟이旣高에學問이有方하야儉約을守하며玩好를絶하고小學과
近思錄을几上에常置하고凡人有喪에竭力救之하며第宅을起하며田園
을置홈을不肯하고凡紛華名勢를避之〈29〉若浼하니人不敢干私라門庭

---

17 辦償 : '辨償'의 오자이다.
18 辦償 : '辨償'의 오자이다.
19 辦償 : '辨償'의 오자이다.

이有同寒素러라公이自少로重名을負하야<u>鄭文翼</u>과<u>金慕齋</u>의所重이된
지라正色獨立하야以一身으로爲一國安危하야危疑之際에色을不動하
고國勢를泰山의安에措하니眞可謂社稷之臣이로다

## 鄭宗榮 ─字仁吉號恒齋官至右賛成─

<u>中宗</u>[20]壬戌에公이<u>慶尙</u>監司된니時에<u>尹元衡</u>의切屬과門生이該道守令
이되야特勢貪饕하난지라<u>元衡</u>이爲하야盛餞을排設하고囑托하거늘公
이撓치안이하고다法에置하니라

癸亥에<u>關西</u>伯이되야西方에弓馬를專尙하고學問에無意홈을見하고至
誠으로訓誨하야印書局을設하 고又書院을<u>平壤</u>에立하니數年後에司馬
文科에登하난者多하더라

公이從帥<u>慕齋金</u>先生이러니及慕齋卒에其夫人의게拜覲하야已親에셔
無異하며其子를愛홈으로已子에셔無異하고每先生忌日에祭需를必送
하더라

## 朴淳 ─字和叔號思庵官至領議政謚文忠─

<u>明宗</u>乙丑에諫院長이되야慨然曰劾冀斬憲하야世道를挽回하난것이吾
之責也라하고因하야大司憲<u>李鐸</u>을訪하야曰吾가元衡의罪를欲正하노
니公이須賛成홀지여다鐸이頸을縮하야曰公이老夫의族을赤코져하나
냐公이徐徐히譬喩혼디鐸이許하난지라公이喜甚馳還하야解衣를不暇
하고燭下에셔彈辭를起草하야翌日에兩司並劾하야愈允을竟得하니라
<u>宣廟</u>元年에公이大提學이되야啓曰大提學과提學이雖同是舘職이나提
學의任이大提學의重혼것만不如혼지라今臣이主文이되고<u>李滉</u>이提學

---

이되니高年碩儒가反居小任이오後進初學이乃處重地라請遞其任以授
之하쇼셔於是相換하니라

公이淸介有志操하야爲善類宗主而於流俗에〈30〉視之蔑如하니大臣이
頗不悅이라金繼輝謂李珥曰當今朝臣에可當大事者爲誰오珥曰朴和叔
爲人이表裏[21]潔白에憂國以誠하니朝臣無比인디只恨精神氣魄이禀得
弱하야大事를不能當홀가恐하노라

公이經筵에셔力言호디北道飢荒하니當先綢繆홀지라하야數策을發하
니人이以爲迂라하더니及癸未之變에軍興粮乏이라公의遠見을始服하
더라

公이自幼로以文行著라在舘閣에權臣의게見忤하야罷免하고末年에復
被擢用하야兩權臣을劾出하니士論이始伸에朝廷이肅淸이러라公이自
以才短於經濟라하야薦賢讓能을專務하야李珥와成渾을力薦하야終始
協濟하더라嘗聞成渾入城하고喜語人曰吾王이不亦爲豪傑之主乎아密
密結綱[22]하야網得牛翁來라하니時에傅[23]以爲美談이러라

## 金繼輝 －字重晦號黃岡－

時(明宗朝)에權奸이當國에以言爲諱하야經筵進講에惟以分章折句로
泛然塞責而已오無復啓沃之實이러니及公登筵에援引經傳하며出入古
今하야專以格君心으로爲務하더라

癸酉에慶尙監司되니嶺南이地大物象[24]에簿牒이如山이라公이口로酬
하며手로題하야剖決이如流하니嶺南人至今까지其神明을稱하더라

---

21 表裏 : '表裏'의 오자이다.
22 結綱 : '結網'의 오자이다.
23 傅 : '傳'의 오자이다.
24 物象 : '物衆'의 오자이다.

公이天資超卓에不拘小節하고容貌坦率에不事檢束하고言語豪放에間
以詼諧하고德量이閎深하야有不可涯者라栗谷이嘗稱重晦學識이該通
하고德量이恢弘하야經濟를可任이라하야執政大臣에게屢言호대竟不
能用하니識者恨之러라

### 朴應男 -字柔仲號退庵官至大司憲-

公이幼不喜狎弄하고儼然若成人하니人이已〈31〉知其遠器러니弱冠에
學益成하야聲聞이藹蔚이러라

大司諫을拜홈이與大司憲奇大恒으로李樑專擅의罪를劾奏하야遠竄을
請하야允許를得하니士林이爲之增氣하더라

明廟大漸에領議政李浚慶이尙未及入闕이라公이以宋朝文彦博直宿禁
中故事로馳書責之하니李公이大驚卽入하야是夜에顧命을受하다當時
에國勞[25]抗捏하고機務輕轇하야人이所措를不知하난디公이方在政院
하야遇事處變에曲盡情禮러라

公이自治嚴正하고警省切至하야芬華聲色은一無所近이러라

登對之日에必齋心宿戒하고及其進講에出入諸書하며明白典則하야慷
慨直截하야不避忌諱하야知無不言하며言無不盡이러라後以寶釰으로
上을侍홈이諸大夫난終日迭休호더公은獨鵠立不動이라每値朝會에衆
或諠譁無禮라가公若在座하면垂紳正笏하야聲色不加호더同輩皆憚之
肅然하더라

### 李後白 -字季眞號靑蓮官至吏曹判書-

公이爲銓長하야不受請托이라每除一官에必遍問其人之可否하야若所

---

25  國勞 : '國勢'의 오자로 보인다.

除不合則輒曰我誤國事라하야終夜不能眠하더러一日에族人이有하야
往見하고語次에求官홀意를示혼더公이變色하야一小冊子를示하야曰
吾錄子名하야將以擬望이러니今子有求官語하니若求者得之則非公道
也라惜乎子若不言터면可以得官矣러니라其人이慚而退하니라

## 世界叢詁[26]

○ **空中決鬪** 凡世界歷史에最爲奇觀者는普佛兩國의空中決鬪가是也라
巴里戰爭에一日은샤란돈城上萬餘尺空中에佛國의軍用輕氣〈32〉球가
顯하더니少頃에又一個輕氣球가來하야互相接近에爆聲이連聞하는지
라巴里城中人이何事신지不知하고皆天空만凝視注目홀뿐인더初에는
距離가相遠하야分明치아니하더니漸次下降함이見혼즉後現혼輕球에
셔普國々旗가翻하는지라普佛兩國이서로短銃으로格鬪홈인쥴를始知
하고佛國市民이氣高萬丈하야비록窮聲怒號하야도終無効力이라已而
오佛國輕氣球가銃丸에被中하야處々破綻하야速히地上에下降하얏는
더乘手는幸不見傷하고輕氣球의破綻도小々혼孔隙에不過혼지라急히
修繕하야復讐홀目的으로다시空中에高飛하야普國의輕氣球를見하고
連發銃를連發하니普國에셔抵當키未能하야輕氣球가打破되야非常혼
速度로下降홀시時에南風이正急하기로巴里城中에는墮落치아니하고
北方遠處로運去혼지라佛軍이此를見하고豈肯默止하리오派送一隊兵
하야우란스의野에追及捕獲하니라
○ **犬과貴女의智慧比較** 某夏에英國의知名하는某貴女가避暑하기爲하야
某別莊을借居하는더常히 一個安樂椅子에倚하야淸風을迎受하기로無上
의樂를숨더니此別莊에一犬이有하야此貴女의不在홀隙를伺하야這椅子

---

26 世界叢詁 : '世界叢話'의 오자이다.

에上하야亦安樂호心地로太平의夢을結하더니貴女가見하고叱咤하야逐
하려하다가又思하기를此犬이姑不馴熟인則或咆嘷홀가慮하야向陽處에
셔眠하는猫를呼入하니犬이猫의影을見하고椅子에飛下하야窓下로吠回
하는際에貴女가微笑하면셔椅子를無事히占領하고自後로는犬이椅子에
셔眠홀時는常히此詭計를用더니一日에貴女가此椅子에臥하야小說를讀
하다가戶外에犬이喧吠하는聲을聞하고椅子에下하야戶를開하고視하는
際에犬이〈33〉逶迤히潛行하야貴女의椅子를占領하고得意호色이頗有하
더라

○ **精神的旅行의可驚奇談** 오쑤가루-레유紙上에博士**후란쓰하루도만**氏
가遙遠호距離를瞬息間에旅行하는神秘호方法을講述하는디其中如左
호可驚事實이有하니**도구도루제쓰도**氏가體格이健康호壯年으로特別
한精神的組織이有하야伊太利의**리우오루노**-에셔**후로렌스**의間數百里
를十五分間에達하얏는디同氏의記호小說이如左하니

余가**리우오루노**-地方에셔二日間을滯在하는際에極히奇妙호事는午後
九時에**후루렌스**에居호友가緊急호面議가有하니速來하라는消息이有
혼지라卽時上衣을着하고自轉車을駕하야停車場으로向하야**후로렌스**
滊車에投하려하야直走홀시速力을自制키不能하야右로折하야**피자**의
方으로進하니當時余의自轉車가遽然히非常호速度를加하는지라余眩
暈하야脛不伴回하기로卽時休踏하야도自轉車는不知自止하고益々加
速호는지라余가恰然히足不着地호고空中에飛行호는듯瞬息間에**피자**
의火光을見호니此時를當호야余速度의壓力을不勝호야呼息이遂止에
知覺을皆失호얏다가蘇復호則友人의處에至호야客室에在혼지라友
人이大驚호니未知커라余何若是速來인지此時間에는滊車도無矣라
於心益怪호야懷中時計을出見호則午後九時三十分이라上衣를着호
고自轉車를乘호時를除호면數百里의距離를二十五分內에飛來호얏

다ㅎ야스니同氏가如何히彼室에入ㅎ얏는지可怪處也라同氏의所記
가又如左ㅎ니

余가友人等의所云을聞ㅎ則砲丸이街에面ㅎ窓을破裂ㅎ는듯ㅎ더니少
焉椅子上에셔人體가落ㅎ는듯ㅎ는音響이又聞ㅎ는지라擧火見〈34〉之
則人體는卽汝身인디汝方熟眠中이더라正히談ㅎ는際에夜番이急히戶
鈴을鳴ㅎ야報호되何者가窓으로侵入ㅎ는고恐是盜賊이라ㅎ니是盖余
身의入홈을見홈이라余友가告之以無事ㅎ디夜番이雖退去나疑團이未
消에多少未安ㅎ意를懷ㅎ는지라余友가夜番다려語ㅎ려ㅎ야戶을開홀
시戶內에余의自轉車有홈을見ㅎ지라由是觀之컨딘余와自轉車가皆戶
를不開ㅎ고自入ㅎ야스니此一千九百二年三月의事라當時에余가리우
오루노-에出ㅎ야피자을過홀時ᄭ지는知覺이完全ㅎ더니其後에全혀知
覺을失ㅎ얏다가후로렌스友의處에至ㅎ後에야始蘇復ㅎ얏다ㅎ니如此
者ㅣ殆不可信也로되精神的旅行의 速度는雖最速ㅎ滊車라도莫能追矣
라此에對ㅎ야記述者가試解之日

人이問호되人의身體가寸隙도無ㅎ硬壁을通過ㅎ고通過ㅎ後에更히原
形身體를復홀슈□ㅎ리오ㅎ니此疑問을解釋ㅎ랴면爲先物質과靈力의
神秘ㅎ關係를理解홀것이니元來人體는一種靈力의組織홈이니此力이
精氣의振動홈에出ㅎ야漸々物質을形成ㅎᄂ니物質과靈力은原是一物
而已라大可以制小ㅎ며靜可以制動ㅎ는디卽ㅎ야心은身體의運動을司
宰ㅎ고精神은心의感動을司宰홈인쥬를知홀지라故로若使吾의靈性으
로十分發達ㅎ랴면吾의 精神的意志의力에依ㅎ야形成ㅎ身體의振動을
變ㅎ야作用을化作ㅎ면精神司令下에此物質的身體를驅ㅎ야世界中所
欲의境에送致홈이豈有難爲之理리오夫此心의勢力이漸次로身體를變
化ㅎ는것은吾人所知라此勢力이更히强大ㅎ則物質形體를變홈에及ㅎ
고其勢力이愈大ㅎ면此時에及ㅎ야今日奇怪事件이或普通容易ㅎ事가

될는지未可知也니라〈35〉

○ **二十八個月의睡眠** 醫學의本元되는獨逸伯林에古今無類호病人이有
호니同人은伯林近地에住居 호는<u>아룬하이</u>모라呼호는人인디本年이四
十五歲라元來體格이至健康호더니再昨年六月十日에電車 에飛下호는
際에誤踏호야傍의切石에頭部를觸打호原因으로至今二十八個月間을
昏々호야熟眠홈과如호야一語도未嘗發호고日々家人의與호는食物을
受호야生命을延호는지라此事가內外各新聞紙 에揭載되얏는디醫學의
博士가千里를不遠호고連續來聚호야此病을治호려호야도療治의法을
未得호야研究焉窮其道호며手術焉盡其妙호야도病狀은依然未快라英
國某新聞의特派員<u>유룬베루비</u>博士가親히同人의所에往호야診察호것
을據호則運動神經도毫無異狀호고手足作用도幾於常人인디知覺神經
이頗爲遲鈍이라호야試於耳邊에喇叭를急吹호며皮下에長鍼을深刺호
야도一向如前호더니唯最强호電氣燈을眼前에近示홈에至호여야感應
의兆候가微有하다하엿더라

○ **女房綵票** 露國<u>스모레스구</u>地方에女房을綵票로得하는奇妙호習慣이
有호니此綵票를每年四回식擧行하는디萬一得中하면多數持金호女房
을得홀슈有호지라一票에約一圓二三十錢인디一回賣出의數가五千本
이니若當得홀女가於心에未滿호則友人의게任意轉賣호다더라

○ **鳥의合唱隊** 伊國<u>후로렌스</u>의聖彼得寺院에鳥의合唱隊가有하니合三
百餘鳥가各居一籠하야神卓의左右에排列하얏는디此合唱隊의指揮官
은一小女子라二年間을此를訓練하얏는디小女가起立하야歌를暫唱하
면三百餘鳥가此를追從하야張聲合唱호다더라

○ **蟻의運動陣** 美國華盛頓府에一動物學者〈36〉가馬來半島에旅行하다
가一種奇異호蟻軍을發見호지라該蟻는灰白色이니其形이小호디幾千
萬匹이長列을作하야徐々히進行하는디該軍의先頭는蟻一匹이其中形

體가稍大하고步行이迅速호者를乘하고蟻軍의前後左右에奔馳하야該
軍의運動을指揮하는디動物學者의說을據호則此를人의軍隊에比하면
其形體稍大호者는馬오乘호者는指揮官이라더라

○ **西班牙人의時間** 西班牙人은時間의觀念이缺乏하야恒常明日이有하
다하야歲月을虛送하는習이有호지라西班牙에滯在호英國人이某西班
牙人의違約홈으로許多호經費와三日의光陰을空費하얏다하야損害賠
償의訴를裁判所에提起하얏는디原彼兩造[27]를判決호後에判事가原告
英人에게詰하야曰汝가懇切히時間의必要호事를論하야旣失호三日의
時間은終生토록挽回홀슈更無하다하니若三日만延生하면補充하기不
亦無慮乎아하니英人이此無理之言에對하야何喙를更容하리오

○ **獨逸皇帝의惡戱** 距今數年前에獨逸皇帝가某日早朝에伯林에駐在호
英國大使사후란구라쓰세루氏를訪問홀시引導者도不請하고直히大使
의寢室에闖入하야愉快히眠하는大使를搖起하니大使는 오히려夜半의
夢이未覺하야以爲如此히人의寢室에無難入來하니必是平生親密호佛
國大使노에루氏라하야不平호辭氣로睡眼을拭하면셔寢臺의上에起上
호則노에루氏는不在하고獨逸皇帝가寢臺의 側에含笑而立호지라大使
는恐懼狼狽하야不知所措하고惟於寢臺上에跪坐唯々而已어늘皇帝는
窘窮치아니하고大使를顧하야好心地로數分間을談話호後에寢室을辭
하고速히廊下에梯로降하니大使는衣服도換着無暇하야寢衣디로出하
야奉餞하는지라皇帝가梯下에〈37〉到하야伺候하는侍從武官을麾하야
疾馳幾許에見호則寢衣를着호大使가茫然佇立호지라武官이噴飯大笑
하니皇帝以爲寢衣大使는近來初出이라고拍手供笑[28]하더라

---

27  原彼兩造 : '原彼兩告'의 오자로 보인다.
28  供笑 : '共笑'의 오자로 보인다.

## 七十八歲老婦人의時局感念

○漢城東村駱山下에居生하는一婦人이年今七十八이라一日은其長子
를警戒하야曰汝今成年에達하야官職이將校之列에在하니汝가果然韓
國恥辱을伸雪홀精神이有훈가否훈가吾語余以平生經驗之事하리니愼
勿泛聽하라

○余가十八歲에汝父의게出嫁하니家計가至貧하야經濟가困難훈디汝
에父親은生活的方針은全無하고但壺洞李判書의愛護홈을依賴하야一
月에或米豆柴駄을與하면食하고不給하면不得食하는지라當時生活界
에恐荒이果當何如哉아

○一日은汝의父親의게말하되우리夫妻가平生를他人의게依托하야此
世에苟生하는것은차라리決死하는것만不如하니今日爲始하야는李大
臣家에來往하는힘를代하야勞働으로食力하면他人의身世 도不負하고
自家의羞恥도必無하리니以此決心하는것시如何오

○夫曰決不可行이니兩班이寧死언정엇지勞働ᄒᆞᆫ生涯을하리오

○余答曰然則사랑의셔는任意로兩班노릇할지라도吾則何業를經營하
든지食力홀方便을研究홀터인디其方便은無他라家後山麓에茉田이나
新起하야花卉와果木과各色茉種을爲業하고一邊으로는育畜의動物를
養成하야一家에經濟을補用하겟노라

○夫曰其亦不可하니우리夫妻가勞働을要치안이하야도壺洞大監이餓
死凍斃하도록은두지안이하리니念慮치말고且吾於平日에親切호〈38〉
宰相이多홈즉內外職間에不久하야可得홀지니夫人은安心하라

○余가歎曰余則平生에他人의게依賴하야生活하는것은功憎하는터이
니古語에女必從夫라하여스되至於此事하야는夫言을從치못하것ᄉᆞ오
니壺洞大監이義恤혼柴粮은決不入口하고余則自意로力를鬻하야肉身
을自奉하것노라

○夫가大怒하야烟竹를擧하야威脅하면셔言하기을牝雞晨鳴은惟家之索이라하더니今日吾家에復見이라하고推戶卽出하는지라

○余가不得已하야更히一舌를不得伸하고其意을順케하야䰟々혼李大臣의柴粮을得食하고十有二年을生活하다가其年春에李大臣이熱病을得하야不幸혼시其時汝의父親이李氏의恩澤를多蒙혼지라엇지患難이有혼時에相救치안이하리오此時熱病이傳染되야二十一日만에汝父가不幸하니라

○其後로는李氏家에셔도頓然히不顧하니生活홀計畫이無혼지라夜으로는針工을雇傭하고晝間에는春榮을稼穡하야一日一食를恒業하나但汝年이幼稚혼지라無時로庚을呼하는것이果不忍見이러라

○右와如히困難혼情況으로三年을經過하니비로소後園에植物과前庭의育畜이並皆繁殖하야居然히資生하기가稍饒혼지라汝을指導하야學堂에보니여敎育하고雇軍年備하야治産ᄒ야漸漸不貧혼家勢을保持하야今日에至하얏더니今日我韓局勢을살피건디特別혼感念이有하기로汝을敎하야我의感念을一雪하기望하노라

○大抵一國를治홈도一家을治홈과無異하니他人의게家事를委任하면其家의困境이必有홀것슬立待홀것이오外人의게國事을委囑하〈39〉면其國이必衰하리니

◎故로善齊家者는女子는居內而內政을整理하고男子는居外而外務을執行하는것이各各天賦한責任이거늘吾家初年은是와反하야全家生活를第三者되는他人(壺洞大臣)에게委托하고지니시니엇지困難혼刧運이無하리오

○今我韓도吾家와如하야外交을第三者되는他人의게委托혼故로內政도第三者에干涉이必起하ᄂ니其衰亡은必隨라엇지寒心치아니하며엇지痛恨치안니하리오

○推此觀之면吾家初年에는壺洞大臣이吾家에男子가되고汝의父親은女子가되고余는汝家에饌婢가된모양이라엇지其家政이紊亂치안이하리오

○然則我韓現狀은日本이男子가되고主權者가女子가되고政府는饌婢에不過하니體裁을論하면婦人國體이오性質를論하며奴隸政治이니自古로國未有不亡之國이라하되엇지此와如히其國家의体裁와性質이一時에俱滅흔者야잇스리오

## 廓淸欄

○田稅의弊瘼  嶺南人來書를據흔則田稅之紊亂이莫如我國이오我國之中에尤莫如嶺南이라過往之事는已矣莫論하고至於今秋하야嶺南之各郡郡守가聞稅務官之派遣하고擧懷鬼胎하야罔知收措타가或依度訓하야初不開捧者는是依山之數郡이오或開捧未幾에旋卽停捧者는是僻遠之殘郡이오至於沿海之郡하야는無不星火督捧인디就中昌原咸安兩郡이尤甚이라九十兩朔之間에所捧이爲二十餘萬兩則上納實總에已居五之四하니苟使該郡郡守로果爲公納之所重하야出於秉彝之良心則雖有違訓越權之嫌이나可恕也오可賞也로되〈40〉今也不然하야以每結葉錢八十兩으로二十餘萬兩을收捧하야自十九割五六步로至二十割까지紙貨를貿하야以一結十二圓으로馬山支金庫에輸納하얏슨즉其餘剩을槪算하면已捧之錢二十餘萬를以二十萬으로槪定하야平均以十九割八步로作紙貨則三萬九千六百圓이오以八十兩으로爲一結則二千五百結이라今也以一結十二圓으로計之면是三萬圓인즉原貿紙貨三萬九千六百圓內에上納紙貨三萬圓을扣除하면九千六百圓之餘剩이不其昭然乎아

嗚呼라至愚者는民이오可矜者는民이라一結에十二圓인지八十兩인지
不知하고十二圓이利호지八十兩이害호지亦不知하고惟官令一出하면
是驚是慟하야禾穀이猶未登場에吏卒이先爲喝門이라靑穀을預賣하며
重債를立辦²⁹하야所謂考卜債并하야每結에八十五兩式准納하는지라
或有黠民이聞十二圓之說하고問之於吏則吏는與官朋奸하야互爲掩諱
뿐더러且隱結를原納보다速捧하는것시必要호지라若民言이胥動하면
恐爲妨害홀가하야糊塗答曰此는官之獨知오非渠之所與問이라하며問
之於官則曰初無京訓이라하고且潛謂黠民曰爾之所納은我姑緩徐니緘
口退去하라하니是以로民皆不知就裏라가近日則或有京來人之傳語하
며或有新聞說之漸播하야轉相告訴하야無人不知로되猶未信其的否하
야姑不敢發一言하고只待稅務官措處之如何러니及其稅務官之下來發
令에初無十二圓及八十兩之說하고只謂稅簿를引繼則趁限亟納하라하
얏스니何其囫圇糢糊인지探其內容則已捧之剩餘는歸之於郡守하고未
捧之餘剩은將歸於稅務官이라는디恐民之不以八十兩而以十二圓來納
일가하야暗結農工銀行하야以十五割노捧結民之錢而給票하라하고如
有以紙貨欲納〈41〉者면只以農工銀行票만施行하고現貨는不捧하짓다
하야上部令飭이如是를磨鍊이라하니未□□訓及磨鍊之如何어니와巧矣
라此說이여盖以十五割노計之면紙貨一圓에是六兩六錢六分六厘也라
一結에十二圓이나八十兩이나彼此相當하지만은現今時況이是十九割
有餘則豈有背時況而强定以十五割者乎아只施行農工銀行票而不捧現
貨則豈有以現行紙貨而反不如農工票者乎究厥所爲에不過其已捧條之
剩餘之跡를掩코자홈이오未捧條之又爲濫索之計를行코자홈이라噫라
今日之國勢民情이殆如日薄西山에云亡云亡이어늘所謂官吏輩는國도

---

29 立辦 : '立辨'의 오자이다.

不知하고民도不知하고惟肥己之計만獨知하니國亡民亡之後에葉輩눈
獨亨富貴룰能如今日乎아하얏더라

○**日本人黃州田畓買收의事實顚末** 黃州人來書룰據호즉去甲辰陰九月頃
에兼二浦駐紮運輸班長加藤勇氏가木谷坊九林坊淸源坊慕聖坊松林坊
五坊々首와各里頭民을招致하야言하기룰田畓結數룰今月二十一日內
로修成冊報來하라하고再次德水坊永豊坊三田坊々首頭民를亦爲招致
하야如前指揮則此日은卽開戰之時也小民이莫敢誰何하야成冊을依指
揮修呈而右坊內에耶蘇敎人이不少故로僕이其時에爲本郡助事하야與
美國宣敎師李吉咸氏와皇城兪星濬氏로偕往兼二浦하야訪見加藤하고
問答호것시如左홈

美宣敎師李吉咸問黃州路下各坊에田畓을成冊報來하라고指揮호事가
　有하뇨

加藤答曰有하오

宣敎師問此係軍用所關否아

加藤氏答此非軍用所關也라本國實業家幾人이韓國에農業未開호것슬
　見하고改良發達하기爲하야田畓을買收호後農器와肥科와〈42〉灌漑
　하눈法를改良호즉秋收가倍蓰룰可致홀지니如此則兩國之福利也라
　是以買收홈

宣敎師問然則田畓價눈依例出給乎아

加藤答然

宣敎師問此非軍用則賣與不賣룰民可自由否아

加藤答雖不可勒買나此事係是兩國之公益則吾聞耶蘇敎信者눈有益호
　事눈贊成하야期於成就云하니此事룰公이亦爲善言于耶蘇敎人하야
　期於順成을切託云

　同年陰十二月二十八日에李載重이與興業會社主務員太田勤問答

問貴社에셔自九月노買收爲言而土價를尙不出給하며且我政府에셔此
　事에對하야如何흔措處를行흘는지요

大田勤答目黑銀次通辯買賣事는當日間出末이며且此事는非隱微之事
　라日本政府男爵澁澤榮一이主管하고住韓日公使도相關하고且本社
　에셔田畓買收하는것슨韓民農業을改良發達코져흠인즉韓國政府에
　셔도阻止흘事는必無흘것시오

問間有不願賣者면奈何오

太田勤答不可抑買나然而改良時에或築堡或屈浦之際에間有私土則有
　彼此不便之端也니是以로毋論田畓之好不好하고一通買收爲計云

及其契約買收之時하야는五十年間地上畊作權만買收之意로契約하니
此時皇城人沈宜昇氏도叅見하얏는디至于今日하야는田畓은不爲改良
하고上田一負에日本升으로十一升中田一負에六升下田에四升式以太
定賭沒捧하는디間或未墾者를耕作權이旣無흔賣主處의白地寃徵하니
是何法外理外也며且昨年보다今年은每一斗에一升을더바드니此는斗
量를〈43〉不平하게하고斗上에넘치게밧는緣故라百姓中一人이(慕聖坊
韓正善)斗量不平하다고言하다가詬辱毆打[30]를當하엿스며一人은卽(永
豊坊金澤善)陳田에寃徵흔다고言하다가終日토록結手하야事務所退樑
에다라민두민日寒身痛하야將死홀境에至흔지라勢不得已하야徵納하
기로흔지라

以上耕作權을買收하고渠不畊作而賣主의게賭地勒徵事와斗量不平하
야每一斗一升式濫捧事는興業會社의所爲也오外他에도亦有濟民農會
明治農會諸般會社하야各有買收田畓而已前三分一秋收者를不給種穀
而勒收二分一者하며亦有三分秋收契約而依興業會社例定賭勒捧者하

---

30　毆打 : 毆打의 오자이다.

며亦有今春作人處로農債分給而大小米間秋收後十升에十四升달나고
定約하엿다가今秋에穀價가低落하니쌔穀價롤春間分給時高價로勒捧
하니荒民의難保□情이若是切迫인디尙此田畓롤願賣者多하니此ᄂ實
狀을不知ᄒ故니라貴社에셔此事狀을細諒ᄒ後全國同胞의게此苦況을
佈告하야日人의게更不賣土ᄒ事로勸告하시고日人의不法行爲롤聲罪
하야已賣ᄒ同胞의寃徵를免하도록勉力하오며且日人은此事에도理事
官까지證明書롤繕給하ᄂ디我政府에셔ᄂ此事롤不知ᄒ理由ᄂ無ᄒ터
인디重大ᄒ交涉을全然히殘弱ᄒ百姓의게一任하고置而不問하니彼我
間强弱之勢가懸殊하민何能無弊於其間哉貴社에셔쏘ᄒ政府當局者의
게勸告하야外交의嫺熟ᄒ人를派送于日人買土地各郡하야民間弊害도
除給하고日後還退하깃다는證書도該會社에밧게하시기롤千萬顚祝이
라하얏더라〈44〉

# 內地雜報

## 地域區域의 整理

| 全羅南道 | | | | |
|---|---|---|---|---|
| 郡府名 | 原面 | 移去面 | 來屬面 | 現面 |
| 光州 | 四十一 | | | 四十一 |
| 綾州 | 十四 | | | 十四 |
| 南平 | 十二 | | | 十二 |
| 羅州 | 三十八 | 終南面、非音面元亭面、金磨面(靈岩)望雲面、三卿面[31]、(務安)大化面、장本面鳥山面、여황면赤梁面、(咸平) | | 二十七 |

| 靈巖 | 十八 | 玉泉面、松旨始面、松旨終面、北平始面、北平終面、(海南) | 羅州斗入地終南面、非音面、元亭面、金磨面、琉島[32]飛入地命山面 | 十八 |
|---|---|---|---|---|
| 務安 | 十四 | | 咸平飛入地多慶面、海際面、羅州飛入地三鄉面、望雲面 靈光飛入地望雲面、珍下山面 多慶浦 | 二十 |
| 咸平 | 十四 | 多慶面 海際面(務安) | 羅州斗入地大 化面、장本面 鳥山面、여황面、赤梁面 | 十六 |
| 潭陽 | 十六 | | | 十六 |
| 昌平 | 十 | 甲鄉面、(長城) | | 九 |
| 長城 | 十五 | | 昌平斗入地甲鄉面 | 十六 |
| 靈光 | 二十八 | 望雲面、珍下山面、多慶面(務安) | | 二十六 |
| 同輻 | 七 | | | 七 |
| 和順 | 三 | | | 三 |
| 寶城 | 十四 | | | 十四 |
| 樂安 | 七 | | | 七 |
| 順天 | 十四 | | | 十四 |
| 麗水 | 四 | | | 四 |
| 谷城 | 八 | | | 八〈45〉 |
| 玉果 | 六 | | | 六 |
| 求禮 | 八 | | 南原斗入地古達面、中方面、外山洞面、內山洞面、所兒面 | 十三 |
| 光陽 | 十二 | | | 十二 |
| 康津 | 十八 | | | 十八 |
| 長興 | 二十 | | | 二十 |
| 興陽 | 十三 | | | 十三 |
| 海南 | 十七 | | 珍島飛入地三寸面、靈巖飛入地玉泉面、松旨始面松旨終面、北平始面、北平終面 | 二十三 |
| 珍島 | 十三 | 三寸面、(海南) | | 十一 |

| | | 命山面(靈岩) | | |
|---|---|---|---|---|
| 智島 | 十一 | | | 十一 |
| 莞島 | 二十二 | | | 二十二 |
| 突山 | 八 | | | 八 |
| 濟州 | 五 | | | 五 |
| 大靜 | 三 | | | 三 |
| 旌義 | 四 | | | 四 |

○**郡守熱心** 中和郡守申大均氏가敎育**熱誠**으로該郡敎會中設立ᄒᆞᆫ學校에義捐金도不少히寄附ᄒᆞ고行政餘暇에반다시學校에出席ᄒᆞ야勸勉도ᄒᆞ고每日語學一課程을擔任敎授라더라

○**日本義士** 日本人西坂豐氏가東洋平和를主唱ᄒᆞ야通信事業을韓國에計圖ᄒᆞ다가伊藤博文氏와意見이不合홈으로去十一月頃에泥峴某旅舘에셔同志幾人을會同ᄒᆞ야平和主義로一場演說ᄒᆞ고直時割腹自裁라더라

○**自治行政** 洪川郡守金英鎭氏가自治制度를擬倣ᄒᆞ야行政區域을各面各洞으로區分ᄒᆞ고郡會를實行ᄒᆞ며義務敎育으로各里에學校를設立ᄒᆞ야國民을養成ᄒᆞᆫ다贊頌之聲이藉藉러라〈46〉

○**詔勅槪意** (十二月十三日)府中諸般事務를朴桼政齊純氏의게委任ᄒᆞ라신 詔勅이下ᄒᆞ얏다더라

○**恤金特下** (同十八日)忠淸南北道京畿各郡의水災被ᄒᆞᆫ事로恤金二千圜이內下ᄒᆞ다

○**派兵鎭壓** (同二十日)江原道寧越郡에義兵이蜂起ᄒᆞ야官兵二名을砲殺ᄒᆞ고慶尙道禮安郡에셔又兵丁二名을銃殺ᄒᆞ고奉化三陟寧海英陽等郡에義兵이橫行ᄒᆞ야村落을强掠ᄒᆞ며軍器兵粮을奪取ᄒᆞᆫ事로軍部에報

---

31  三卿面 : '三鄕面'의 오자로 보인다.

32  琉島 : '珍島'의 오자로 보인다.

告가來ᄒ지라軍部大臣權重顯氏가上奏하고鎭衛隊兵丁一百名을左各郡에派遣하기로定하다

○**學生團體** (同日)去十月頃에日本一般留學生이團體를合成하야大韓留學生會를組織하고每月一 回月報刊行하기로趣旨書를廣佈하다

○**敎育說明** (同日)學務局長兪星濬氏가本日上午十時에各學校長及敎員을學部에會同ᄒ야敎授誠勤에對하야一場演說하엿더라

○**龜山言論** (同二十三日)內部叅與官龜山氏가韓國財政의窘絀홈을爲하야雇聘月俸를不受하고統監府月銀만受하더니甞曰日本冗官을逐歸ᄒ然後에야韓國政府가刷新하리라하얏다더라

○**政府會議** (同二十四日)本日上午十二時에各部大臣이政府에會同하야工業傳習所官制請議件等으로會議하얏다더라

○**校校盛況** (同日)各普通學校를新建築하얏ᄂ디本日學部大臣李完用氏가該建築ᄒ學校를一一視察ᄒ後에校洞日語學校內宴會에出席하고學部一般官吏가一齊進叅하고各學校敎員이該學徒十餘名式帶同叅席하야盛況을呈하니라

○**連山賊警** (同二十七日)連山郡場谷에賊〈47〉漢數十名이突入하야貧富不計하고居人의財産을掠奪하거늘該洞民百餘名이相約突起하야賊黨을擊退하얏다더라

○**日人侵權** (同二十八日)三昨日匿名投函을據ᄒ則懷德郡私立學校가成立ᄒ지已有年所인디經濟上問題로有志人士의憂嘆하ᄂ바러니該郡守柳鳳根氏의熱心으로太田市場에셔收入하는米監稅와庖肆稅의剩餘額을該學校에寄附하얏더니庖稅ᄂ地方警務所々管이라稱하고米監稅ᄂ日本商民이妨害하ᄂ故로該校에셔總代를派遣하야日警視의게質問ᄒ則巡査部長小田原이答曰吾之所請은郡守가依例히聽施하려니와吾所欲爲를郡守가何敢携貳리오하고該郡守의公函은覆函도無ᄒ지라該

郡守가時局을慨嘆하야含淚度日이라하엿스니巡査部長의無理行動은
已無可論이거니와該郡守의落膽도亦非贊成者也로다本記者의思想으
로눈該郡守가該巡査部長에게其理由를痛快說明하야若猶不聽이면職
權으로相當흔防衛를行흠이良好하다하노라

○**花草大臣** 昨年中에地方局長兪星濬氏의轉任흔事에對하야署理大臣
閔泳綺氏눈轉任되눈쥴도不知하고瞥眼間當하얏다하니是눈一部中에
花草盆과如하다눈巷議가有하더라

○**天下無不對** 內部눈花草大臣이有하다드니軍部에눈花草恊辦이有하다
눈디其花草되눈理由을得聞흔즉去年十一月頃軍大權重顯氏가領尉官任
免奏本을上흘時에自家食口을區處하기爲하야恊辦과各局長은通知도안
이하고自意擅行흠으로全部將校가齊聲質問ᄒᆞᆫ際에恊辦李熙斗氏가將
校會議時에曰吾눈寧爲辭職이언졍不敢質問于大臣이라聲言ᄒᆞ얏다하니
十年前外國遊學흔効力은今日花草〈48〉恊辦에不過하다더라

○**義士長逝** 本月一日에義兵으로主倡ᄒᆞ든前叅政崔益鉉氏가日本對馬
島에셔病卒ᄒᆞ얏눈디崔氏의肉身은與草木同歸어니와先生의精神은並
日月爭光흘터이니此肉身을監囚ᄒᆞ든日本對馬島눈此精神으로從ᄒᆞ야
見ᄒᆞ면領土로認做흘旣得權이有ᄒᆞ다눈理學家의議論이有ᄒᆞ더라

○**會社匪行** 黃州에在흔日本興業會社에셔該郡各坊에民有地을設計買
收ᄒᆞᆫ디地段에對ᄒᆞ야價格를論치안이ᄒᆞ고結卜에照ᄒᆞ야定價買入ᄒᆞ
고其秋收도每結에太幾許式收入ᄒᆞ기로酌定ᄒᆞ얏다가今年에눈所捧太
를每結에對ᄒᆞ야加歛勒捧흔다고某人寄書가來ᄒᆞ엿스니記者눈以爲該
地人民은愚昧을未免하야朝三暮四의術中에陷落ᄒᆞ여거니와該會社로
論ᄒᆞ면文明國人種으로無理흔匪行을使用ᄒᆞ야
利益을圖謀코져ᄒᆞ니其契約이雙方合意로成立흔것이아니면決코法律
上効力은無흔쥴노確認ᄒᆞ노라

○樞院組織　去月末頃政府에셔中樞院을新組織ᄒ얏ᄂᆞᆫ디社會上名譽諸氏와鄕曲間巨儒碩士를叙任ᄒ고圵郡守幾人을作窠하기爲하야移轉하야스니一邊은見ᄒᆞ면議事機關을刷新코자홈도如ᄒ고一邊으로見ᄒᆞ면郡守作窠하ᄂᆞᆫ機關을刷新홈과도如하다고一般疑雲이未消라더라

○蜜啞子開口

世念를謝絶하고開城府에隱居하야密啞子로自處하든劉元杓는一代에有志才士인디去月末에大韓自强會에셔三寸舌를始伸하야大言論을公衆發表ᄒᆞᆼ以後로徽文義塾과靑年會에種々出席開口하ᄂᆞᆫ디其言論은西國의比斯麥拿巴崙의口氣가畧有ᄒᆞ고其辯辭ᄂᆞᆫ漢土蘇秦張儀의風範에不讓ᄒᆞ깃다ᄂᆞᆫ〈49〉輿論이有ᄒᆞ더라

○樞院開會　本月九日十二時 中樞院議長以下諸議員이會同ᄒ야開會하고政府에셔諮詢한五個條項를議決하얏ᄂᆞᆫ디可決된事件은大韓自强會長尹致昊氏의建議ᄒᆞᆫ義務敎育은不日實施하기로可決되고會長의建議中巫卜相地等禁止事件은審査議決ᄒ기로可決ᄒᆞᆫ後審査委員은金思默呂炳鉉沈宜性三氏가被選하얏다더라

○自强質問　本月十日에自强會摠代薛泰熙氏가學部에專往ᄒ야大臣을接見ᄒ고義務敎育의實施與否을質問ᄒᆞᆫ즉大臣이可否間確言도안이ᄒ고但以因循苟容ᄒᆞᆫᆫ辭意로表示ᄒᆞᆫ故로該摠代가定議로抗論退歸ᄒ얏다더라

○嘉禮定期　皇太子嘉禮ᄂᆞᆫ陰十二月十一日에設行ᄒᆞᆫ다더라

○賀使來韓　今番嘉禮時日本皇室에셔宮內大臣을特派하야賀式을表ᄒᆞᆫ다더라

○去十二月三十一日上午七時에政界斥侯將校의報告書라

○局地戰의不利ᄒᆞᆫ陸軍大臣木艮副長은後衛을計圖하기爲ᄒ야多數의動員을召集ᄒ고有力ᄒᆞᆫ友軍의援助을密求ᄒᆞᆫ中

○攻戰의軍畧를衆謀ᄒᆞ든卜杻將軍은戰畧上得中ᄒᆞ戰功의優勢을占有ᄒᆞ야團隊의氣焰이猛烈ᄒᆞ고 且混成隊을編成ᄒᆞᆯ計畫으로部下將校을常備로募集ᄒᆞ노라고戰局에高地에出沒中인디其部下을極히愼密하게戒嚴ᄒᆞᄂᆞᆫ狀況中

○作戰命令에服務하든種顜將軍의部隊ᄂᆞᆫ戰後結局를繕了ᄒᆞᆫ後에功勳을論ᄒᆞᆯ시充分不公ᄒᆞᆫ制裁가有ᄒᆞᆷ으로部下가倒戈ᄒᆞᆯ氣焰이彭脹하야其位置가不穩를呈하ᄂᆞᆫ中

○作戰時에南軍一支隊의指揮官으로守城ᄒᆞ〈50〉든山支將軍은戰畧上秘密偵探의戰功이有ᄒᆞᆷ으로卜杻大將의爪牙之將이되야軍隊根居地에第一軍工兵隊長이되야服務하ᄂᆞᆫ디其責任은秘密ᄒᆞᆫ斥候로戰局를監視하ᄂᆞᆫ中

○作戰地에警衛로司令하든字榎憲兵隊長은警衛에勤務을不審하야其時敵情의不穩ᄒᆞᆫ狀態을呈出ᄒᆞᆷ으로軍法으로相當ᄒᆞᆫ罰를搆成ᄒᆞᆯ터이나實地戰術에ᄂᆞᆫ損害가無ᄒᆞᆷ으로今에도衛成司令官에服務하나將次不穩ᄒᆞᆫ情態을釀出하기로決心中

其外斥候區域이第三獨立下士哨에屬ᄒᆞ얏습기狀況이未詳ᄒᆞᆷ

## 海外雜報

### 日米衝突問題 (反感愈甚)

十一月米國가리후오루니야州學校에서日本學童排斥ᄒᆞᄂᆞᆫ事件이發端以來로葛藤이相結不解하야兩國의反目嫉視하ᄂᆞᆫ態度가漸見愈加라其事貫眞相은只以白人兒童이校舍狹隘ᄒᆞᆫ故로日本學童二百名을隔離하야別的校舍에收容ᄒᆞᆷ이不過하니其事件이似甚單純이여늘所以兩國이

反感却大호者ᄂ盖是黃色人種을排斥하ᄂ感情에셔出홈인디其端을學
童隔離하ᄂ데發홈이라가리후오루니야州廳當局者가頑强호態度ᄅ執
持ᄒ야寸步도不讓ᄒ야訴訟結果에雖或見敗라도高等法院의判決를不
服호다云하야公言不憚하ᄂᄃ到하고排日思想이同州에止홀쑨안이라
各州代議士와及勞働者間에瀰漫호지라華盛頓府勞働者一群이十二月
五日에日本勞働者ᄅ突然襲擊ᄒ야其財物를掠奪하얏다ᄒ고又聞가리
후오루니야州代議士헤-스氏가於레파부리간黨大會席上에야此問題로
演說하야曰日米戰爭은到〈51〉底不可避라兩國이太平洋航海權問題가
必有홀지오二十五年以內에干戈相見홀것은無疑하다하니此言이米國
人心을大動하ᄂ지라大統領루-베루도氏가氏ᄅ向하야其激語를削除하
기請求홈이到ᄒ얏다더라

大統領이事態가容易치안이홈을知하고議會에敎書를下하야排斥事件
이國際情誼에背하고又日米條約의旨意ᄅ蹂躪홈이라ᄒ고且曰國際條
約을行하기爲하야行政權을使用홈이止홀쑨안이라或可軍事的權利ᄅ
用홀지라하니盖가리후오루니야政廳에셔頑强호態度ᄅ永久不改하면
大統領이其職權으로兵力을用하야壓服홀것을謂홈이라

此敎書가一傳홈이全米國人民이非常激昂하야議會에셔도亦以惡感으
로迎之ᄒ고가리후오루니야州人民이特以强梗히反對하ᄂ態度로宣言
하고데몽구라쓰도黨이亦對此宣言하야囂囂抗論하고南部諸州代議士
가亦聲言하야曰루-즈베루도氏가雖合衆國大統領이나各州自治權에干
涉홀權能은不有하니大統領一派가若此州權利ᄅ妨害홀法律ᄅ制定하
면則吾黨은可히極力反對홀지라하니此種反抗의聲이不獨民黨에止홀
而已라元老院諸氏가大統領의게向하야右件調査報告書全部提供을要
求하니其事態가此에到호시라大統領이憂慮驚愕하ᄂ色이有ᄒ다ᄒ니
元來米國各州에自治ᄒᄂ行政權限이有ᄒ야雖中央政府라도容易히動

호기難호지라故로今回問題에桑港裁判所에訴告호야判決호기롤要求
호니其訴訟이方在裁判中이라더라

此些小問題가日米兩國의葛藤을生호고又米國中央政府與가리후오루
니야州行政上紛議롤釀出호所以는各州法律權能이獨立홈으로由홈이
라故로大統領이次期議會에憲法改〈52〉正案을提出호야各州權限을統
一홀意가有호지라大統領敎書中에有曰正當行動호는外國民에對호야
萬一凌辱호거느或區別호면徒然히自國文明을辱홀而已니故로今回에
日本人을敵視호는것이亦米國々民全體의名을辱홈이라호고又云日本
人이米國人待遇홈을甚厚호야能히禮節를知호며情誼룰尙호거늘今日
本人을排斥호야學校롤隔離호니是悖理背義의所爲라米國이東洋을向
호야商業을發展홀希望이有호니外國人을優待치안이홈이不宜호니라
大統領이熱心周旋호니或能奏功호야此學校問題가不遠에決着호야兩
國人民의感情이永久히無事홈을得홀는지是爲疑問耳라由來米國人이
日本에不慊호것은勞働者侵入홈이在호니日本勞働者가賃銀이低廉호
故로米國農場과及其他에往々히日本人과支那人을採用호니其結果가
米國勞働者의職業을減却홈인則生存競爭上에看過키難호問題라日本
政府가此事情을預知호고渡航호는者롤嚴重히檢査호야漫然히渡米치
못케호나然日本勞働者의米國에入호는者ㅣ年增歲加호야減少홈을未
曾見之라然則將來永久히日米葛藤롤釀出호야兩者感情을反撥홀者는
此勞働者問題에惟在홀줄를可知홀지니今回事件과如호것은其泡沫에
不過홀而已니라(十二月十日記)

○排日派의氣焰 桑港排日運動이益熾호야오구란도市에셔는日本學童을
排斥호고米國代議院의加里福尼亞州選出議員은日本勞働者排斥案을
促迫호다는디桑港各新聞에는萬一聯邦政府에셔大統領의態度룰認與홀
지라도加里福尼亞州에셔는公然背叛호깃다는意味로脅嚇호다호엿더라

(一月一　日)

○**桑港排日問題** 米國大統領루―스우에루〈53〉도氏의聲望이漸衰ᄒ야其
行動으로壓制的이라ᄒᄂᆫ非難이漸高ᄒ다ᄂᆫ說이有ᄒ고排日運動은依
然繼續ᄒ야桑港市長은日本人이白人勞働者에對ᄒ야危險홈이支那人
보다一層尤ᄒ다聲言ᄒ야人心을激動ᄒᄂᆫᄃᆡ倫敦다이무스난現在時形
에對ᄒ야幾分不滿ᄒᄂᆫ心이有ᄒ고且以爲米國人은排日運動에對ᄒ야
百損이有ᄒ고一得도無ᄒ다더라(十二月二十六日)

○**伊藤統監의去就**　昨年末에伊藤統監이歸國홀時ᄅᆯ當ᄒ야京童이風說
을傳ᄒ야曰伊藤氏ᄂᆫ再還치아니ᄒ고統監은桂伯이被任되리라ᄒ더니
其後에日本新聞에伊統監이不爲辭職ᄒᄂᆫ意ᄅᆯ詳報ᄒ니風說이姑停ᄒ
고官民이伊監의還任홈을皆信호ᄃᆡ吾儕의探聞으로ᄂᆫ伊監이到底不還
ᄒ야京童風說이日後爲讖홀줄노確信ᄒ노라

○**袁世亂의失意** 直隸總督袁世凱氏가過日쏬內陛見홀時에兩宮게셔舊章
을擅改ᄒ고祖宗의制度ᄅᆯ變更ᄒ니專權跋扈라ᄂᆫ各京官의袁氏ᄅᆯ彈劾ᄒᆫ
奏狀을示ᄒ고披閱홀後에照例ᄒ야叩頭陳謝ᄒ라ᄒᄃᆡ袁이以爲新政을辦
理ᄒᄂᆫ者人의彈劾을畏ᄒ면一切政治ᄅᆯ必難改革이라ᄒ야意氣甚히激昂
ᄒᆫ지라兩宮이不懌의色을深有ᄒ더니袁이退出홀後에西太后가某親王을
召見ᄒ고謂ᄒ야曰屢次人이彼의跋扈ᄅᆯ言호ᄃᆡ姑未深信이러니今에야人
言의不誣ᄅᆯ可知로다陛見홀時에尙敢如此ᄒ니退朝ᄒᆫ後에其跋扈홈을更
可想見이라ᄒᆫ지라故로袁이歸津後에卽히各項의兼職을請辭ᄒ엿다ᄒ니
上으로如斯ᄒᆫ主ᄅᆯ戴ᄒ고下에ᄂᆫ權勢ᄅᆯ嫉ᄒ야相陷相擠홀者多ᄒ니雖百
袁이有홀지라도淸國革新의難홀줄ᄅᆯ可知로다

○**埃及의排英熱心** 埃及에在ᄒᆫ回々敎徒의〈54〉排英熱心이漸次昂進ᄒᄂᆫ
狀態가有ᄒᄃᆡ同地에在留ᄒᄂᆫ英國人이內亂의起홈이在近이라고恐ᄒ다
더라

○**大統領의決斷** 桑港學童問題에對ᄒ야論爭이今甚激烈ᄒ야上院共和黨員間에重大ᄒᆫ分裂이生ᄒᆫ지라大統領이上院에至ᄒ야攻擊을不拘ᄒ고唯以自己處置로正當이라ᄒ야決心甚牢ᄒ야向時敎書보다一層强力이更有ᄒᆫ新敎書를出ᄒ야日本의位地를辯護ᄒ고州法은中央政府에總集ᄒᆯ것이라說明ᄒ야目下起草中인딕上院中多數名士가宣言ᄒ기를若大統領이州權을干涉ᄒ랴면到底히反對ᄒᆯ지라ᄒ얏다더라

○**米國排日事件의續報-(昨年十二月十三日)-** 元老院議員레나一氏가元老院에셔演說ᄒ야曰大統領이州學校事件에關ᄒ야干涉ᄒᆯ權利가無ᄒ다ᄒ엿고又下院議員가ㅇ氏가니유요룩구에셔演說ᄒ야曰中央政府에셔雖或軍事的權利를使用ᄒᆯ지라도가이후오루니야州에셔난決斷코日本人을隔離學校에入치안이ᄒᆯ지라ᄒ얏고又元老院議員지여-링氏가決議案을提出ᄒ야日米兩國勞働者出入을可互相排斥이라난條約改正ᄒ기를要求ᄒ얏고又同院議員레-데루氏가大統領攻擊ᄒᄂᆫ演說를ᄒ야一大物議를惹起ᄒ니東部及中央諸州新聞紙ᄂᆫ大統領을應援ᄒ고南方及西方諸州新聞紙ᄂᆫ攻擊ᄒᄂᆫ聲이甚高ᄒ다더라

○**佛國政敎의分離** 佛國이羅馬法皇廳에셔派出ᄒᆫ代表者를放逐ᄒ니是實佛國宗敎의危機이라首相구레만소-氏가下院에셔放逐ᄒᆫ理由를演說ᄒ야曰彼代表者가羅馬法皇의命令書를吾國僧正에交附ᄒ야佛國々法에背戾ᄒᆷ이一再쑨안이라其專橫ᄒᆷ을看過커難ᄒ니羅馬法皇이何物이뇨是一個外國人에不過ᄒᆯ〈55〉而已라ᄒ얏다더라

○**露國政界의暗澹** 露國政界暗澹의如何ᄂᆫ外電을依ᄒ야稔知ᄒ려니와最近露國一新聞의所報를據ᄒ則去年에在野人士가露國政府에反抗ᄒᆫ結果로受刑ᄒᆫ者의多數ᄂᆫ實로可驚ᄒᆯ지라其數字ᄂᆫ確信커不能ᄒ거니와其槪算을擧ᄒ면暴動에被殪ᄒᆫ者와執行官에被殺ᄒᆫ者二萬四千二百三十九名이니世界視聽을聳動케ᄒᆫ露國內亂은此等者의計畫ᄒ것이오

此外數千名에達흔猶太人의殺戮이有흔디官憲의手에被殺흔者가一千五百十八名이로되國論의沸騰을制裁홈에는死刑도効力이殆無흔지라同國論을鎭壓ᄒ기爲ᄒ야發行停止를命흔新聞紙와及雜誌가五百二十三種인디處刑흔新聞雜誌記者가六百四十七名이오各州를通흔全部에非常흔法令을布흔것이三十一州오各地方에셔散々히同樣의壓迫을受흔것이四十六州라하엿고更히一新聞에擧흔統計를見흔則農民中에起흔者一千六百二十九名이오秘密出版事務所의發見된者百八十三個所오武器貯藏所의探知되者百五十個所니武器ᄂ小銃拳銃及火藥等이不可勝數오政府官憲에對ᄒ야爆藥을投흔者二百四十四次오兇器를持ᄒ고掠奪을逞흔者一千九百五十五人에達ᄒ엿다더라

○**摩洛哥賊魁의決心**　모로쓰고에賊魁라이스리ᄂ列國에對ᄒ야公然抵抗ᄒ기로決心ᄒ고佛蘭西西班牙兩國遠征隊에게戰을挑ᄒ야戰爭에宣言된多數迷信者를麾下에集合ᄒᄂ지라英獨兩國이大히憂慮ᄒ야與佛西兩國으로四國의聯合討伐隊를上陸케ᄒᄂ디列國은居留民을保護ᄒ기爲ᄒ야軍隊를增遣ᄒᄂ中이라더라(十二月十八日)

○**江西의匪徒**　江西巡撫吳重熹가電奏ᄒ기〈56〉를萍鄕地方의暴徒ᄂ孫文逸仙의革命派라其軍器ᄂ香港及漢口等各地에在흔孫의黨類에셔供給흔것인디官軍의武器보담도優等흔지라匪徒가萍醴鐵道를破壞흔다聲言ᄒ야勢極猖獗ᄒ니各督撫를命ᄒ야鎭定의策을講케ᄒ라야ᄒ엿더라(十二月二十日)

○**南淸匪徒의猖獗**　南淸萍鄕及醴陵附近에匪徒가蜂起ᄒ야其勢가極히猖獗흔지라討伐ᄒᄂ官兵은자조敗北ᄒ고外國人避亂ᄒ기爲ᄒ야長沙로引去ᄒ고玉利南淸艦隊日本司令官은居留民을保護ᄒ기爲ᄒ야伏見隅田兩艦를漢口에急行케ᄒ야事態가頗爲重大흔지라醴陵은湖南省에屬ᄒ얏고萍鄕은江西省에屬ᄒ야스나此兩地ᄂ山을隔ᄒ야互爲腹背ᄒ

니實노倔强之地라彼等이此險要호地에旗를揚호니大期望의事가必有
홀지라近來同地方에海外諸國에遊學호야文明혼制度와人物에心醉혼
靑年은皆自國의現狀을慣慨호야急進的革命의**熱**을鼓吹호눈中인디匪
徒를附和電同호눈者不少홀지라過般北京政府에셔多時內外의期待호
눈官制改革을發表호야憲政實行의步를進호나彼等靑年은此姑息의改
革에不拘호고終始爆發호니此變亂은彼南昌敎案事件과如히非基督敎
排外**熱**에基因치아니호고一種革命的暴動의事됨은諸般情報를據호야
確信無疑호니其鎭壓方法을如何호면大事가될는지도不知라고觀察호
눈者의言이有호더라(十二月二十日)

○**湖南大騷亂** 湖南의暴徒가醴陵湘潭瀏陽等地를占領호야長沙에迫호
니其目的은武昌漢口에出호려호눈디兵士學生等加盟者의多혼岳州附
近의動搖가最甚호다더라 (十二月二十日)

○**四個所開放의通知** 淸國政府가露國政府〈57〉와議論호기畢홈에一月
十四日보탐長春吉林哈爾賓滿州里四個所를開放호기로通知호얏더라

○**露國總督의暗殺** 露國前기예후總督아레기스시이구나지후伯은이바
에셔暗殺을被호얏다더라

○**日字新聞의妄論** 加里福尼亞州바-구례-에셔發刊호눈日本字新聞이
大統領루즈우에루도氏의暗殺을要求호엿다호야全米의大激昂을惹起
호엿눈디該論文을米國新聞에轉載호되皆社說에揭호야此를論議호야
日本人에對호야甚혼惡感情을發生호지라靑木大使가此惡意論文에對
호야誰가眞實호責任者가되눈지日本政府를爲호야嚴正호調査를始호
엿고又一方에셔눈米國人이非常히激怒호야日本印刷所와印刷機械를
共히破壞不遣호랴눈勢가有호고또該新聞社의幹部를毀罷無餘케호랴
눈徵이有홈으로特務警官을派遣호야該新聞社의事務所를保護호눈中
이라더라(十二月二十一日)

# 詞藻

## 海東懷古詩 (續)　　　　　　　　　　　　　　　冷齋[33]柳惠風

### 大伽倻

三國史眞興王二十三年에命異斯夫ᄒ야討伽倻ᄒᆞ실ᄉᆡ斯多含이爲副
라가領五千騎ᄒᆞ고馳入旃檀門ᄒᆞ야立白旗ᄒ니城中이恐懼不知所
爲라異斯夫ㅣ引兵臨之ᄒᆞᆫ대一時盡降ᄒᆞ니라輿地志에大伽倻ᄂᆞᆫ今
高霊縣[34]이니縣南一里에有宮闕[35]遺址ᄒᆞ고又有石井ᄒ니號를御井
이라ᄒᆞ고文獻備考에大伽倻始祖ᄂᆞᆫ伊珍阿鼓王이니至道〈58〉設智
王히凡十六世라ᄒ니라

千載高山流水音泠々々十二絃琴凄泠[36]往事無人問紅葉迎霜作錦林

一十二絃琴을輿地勝覽에伽倻國嘉悉王의樂師于勒이象中國秦箏
而制琴ᄒ니號를伽倻琴이라高靈縣北三里地名琴谷이니世傳勒이
率工人隷琴處라ᄒᆞ고芝峰類說에伽倻國王이制十二絃琴ᄒ니今所
謂伽倻琴이卽是라ᄒ니라

錦林은輿地勝覽에高靈縣西二里에有古藏ᄒ니俗稱錦林王陵이라
ᄒ니라

### 甘文

三國史에新羅助賁王二年에以伊湌于老로爲大將軍ᄒᆞ야討破甘文
國ᄒᆞ고以其地로爲郡ᄒ니라輿地志에甘文은今開寧縣也니甘文山
이在縣北二里ᄒᆞ고又柳山은在縣東二里ᄒ니柳山北에甘文國遺址

---

33　冷齋 : '泠齋'의 오자이다.
34　高霊縣 : '高靈縣'의 오자이다.
35　宮闕 : '宮闕'의 오자이다.
36　凄泠 : 『泠齋集』에는 '凄涼'으로 되어 있다.

가尙存ᄒ니라

獐姬一去野花香埋沒殘碑古孝王三十雄兵曾大發蝸牛角上鬪千場

獐姬는 興地勝覽에 漳陵은 在開寧縣西熊峴ᄒ니 俗稱甘文國獐夫人
陵이라ᄒ고

孝王은 興地勝覽에 開寧縣北二十里에 有大冢ᄒ니 俗傳甘文金孝王
陵이라ᄒ고

三十兵은 東史에 甘文國이 大發兵三十이라ᄒ고 文獻備考에 甘文은
盖國之至小者也라ᄒ니라

## 雪 夜 採桑子

馮夷剪破澄溪練、飛下同雲、着地無痕、柳絮梅花處々春、山陰此夜
明如畫、月滿前村莫掩溪門、恐有扁舟乘興人、

評曰淸婉可誦〈59〉

# 小說

## 愛國精神談 (續)

西塘의 捕虜者와 麥趾의 捕虜者가 各其情狀을 陳述ᄒ이 波德利가 繼起而
言曰普國에 在ᄒ 法囚가 約四十萬人인디 其中疾病에 罹ᄒ며 苛刑을 遭ᄒ
야 死ᄒ者가 凡萬八千人이라 余一日에 法人의 送葬ᄒ을 逢ᄒ야 最悲慘ᄒ
言을 接ᄒ엿노니 願컨디 一次陳述ᄒ리라 爰此葬式이 法蘭西軍隊의 儀式
을 不從ᄒ고 惟以農夫數十百人으로 普兵의 監視에 屬ᄒ야 葬送ᄒᄂ디 其
中數人이 衰老頹弱ᄒ야 顔色이 憔悴ᄒ고 鬢髮이 如雪ᄒ야 勞役을 殆不堪
之라 余가 就近問之ᄒ고야 被葬者是法人이오 送葬者도 亦捕虜인쥬를 始

知ᄒᆞ고又問「旣非兵卒에何爲補虜오」答曰「普軍이當日에吾鄕에侵入ᄒᆞ야亂暴狼藉에無所不至ᄒᆞ야財貨를掠奪ᄒᆞ며婦女를姦淫ᄒᆞ고該鄕에掠取홀바無혼則巨額의償金을强徵ᄒᆞ고武器를貯藏ᄒᆞ者有ᄒᆞ면事의虛實은不問ᄒᆞ고一皆捕擒ᄒᆞᄂᆞ지라余와갓치衰老혼것이엇지能히抗敵홀力이有方리오乃普兵이罪業을橫加ᄒᆞ야身遂遭虜ᄒᆞ니不亦冤乎아」ᄒᆞ고言竟에潸然泣下ᄒᆞᄂᆞ지라余가聞之憤懣ᄒᆞ야失聲大呼曰「普人所爲가直禽獸만不若ᄒᆞ도다」其時普의監視兵이余에게注目ᄒᆞ더니某가余다려謂ᄒᆞ야曰足下ᄂᆞᆫ戒心홀지여다否則不測之禍에將罹ᄒᆞ리라沿途가低聲告曰「此送葬者ᄂᆞᆫ<u>那勒</u>人과<u>英勒</u>人이니該地에셔被捕혼者三十七人인디其中一家에서七人이被囚혼者有ᄒᆞ고博學士<u>方德那</u>가亦捕虜에在ᄒᆞ니方氏가容貌嚴正ᄒᆞ고名聲이鄕黨에高혼故로普人의注目혼바되야因而被捕라我等이法境에初出혼이同行四十八人이一列車中에堆積ᄒᆞ야立錐〈60〉홀餘地도更無혼지라<u>互相壓迫ᄒᆞ며互相擁擠</u>ᄒᆞ야空氣敗壞에致斃數人이라中有一老人이車隅에屛息하야二晝夜에粒漿을不入於口ᄒᆞ니衆虜가莫不垂憐ᄒᆞ야看護不怠ᄒᆞᄂᆞᆫ디衛兵은毫不顧念ᄒᆞ더라<u>夫郞火德</u>에到達혼夕에二老囚가有ᄒᆞ야停車場에셔突然히其妻를邂逅ᄒᆞ야欣喜之餘에不覺失聲呼曰吾人이已爲虜에普人이將次家宅에侵入하야貨財를掠取ᄒᆞ리니汝等은警戒홀지여다普兵이聞고偶語를禁ᄒᆞ야以槍擊之ᄒᆞ거늘二人이雖老나尙히崛强ᄒᆞ야擧拳反擊하니普兵이大怒ᄒᆞ야其鞋帽를跣ᄒᆞ며其手足을縛ᄒᆞ고或槍釖으로擬ᄒᆞ며或劍鞘를投ᄒᆞ며乂或貨車下에仰而臥之ᄒᆞ고鉅砲로其胸을壓ᄒᆞ니二老가頭髮이散亂ᄒᆞ고衣服이破裂ᄒᆞ며手足이繩索에創ᄒᆞ야膿血이狼藉ᄒᆞ고斑痕이滿面에氣息이奄々ᄒᆞ야其死에不至혼者亦幾希矣라步行旬日에<u>斯得廳</u>에到着ᄒᆞ니時ᄂᆞᆫ十月二十二日也라二老가首不笠帽ᄒᆞ며足不履靴ᄒᆞ며顔爲瘡蔽인디又朝風이颯々에寒氣가徹骨ᄒᆞ니卽壯者라도亦不堪其苦커든況

風燭殘年半生半死之老乎아遁逃之力이旣無ᄒ고又邁步爭先도不能ᄒ고惟擒虜의列에追尾ᄒ야써普兵의叱咤搥撲을供ᄒ而已러니後에又監視兵의所惡가되야抗命罪로<u>斯得廳</u>要塞司令官에誣訴ᄒ야竟以不堪匈殘으로一睡不起에至ᄒ니哀哉라」余聽之ᄒ고憤氣雲踵ᄒ야淚下不能禁이라墓地에及達홈이壘壘者皆法人遺骸所在러라葬事를畢ᄒ고互相吁嗟ᄒ야低回不能去ᄒ더니忽聞霹靂一聲에普兵이叱曰汝等이不速歸오死者를地下에從코져ᄒᄂ냐於是에皆慆然[37]喪氣而返ᄒ니라

### 第三章 波德利歸國鼓吹靑年之愛國心

戰爭이已久에普法의和局이漸成ᄒ야法囚를放還ᄒ라난令이下ᄒ지라諸囚가皆手舞足蹈〈61〉에九死餘生을相慶ᄒ야翌日에卽由鐵道歸國홀ᄉ|沿道耳目所觸이渾皆戰場이라昔日增闠繁盛之區와四會五達之地에오직荒葛이途에冒ᄒ고驚塵이目에蔽홈을見홈而已인디極目千里에蕭條遼闊ᄒ야鷄犬之聲이寡聞ᄒ고愁雲慘憺에腥風이撲鼻라<u>波德利</u>가於此에安得不黯然傷神이리오荏苒數日에<u>梓里</u>에到達ᄒ니別僅數月에慈母已亡이라<u>波德利</u>日夜哀痛에呼籲無地러니勤苦之餘에<u>波浦</u>의敎習이되야敎育에熱心ᄒ야靑年을皷勵ᄒ더라 (未完)

### 世界著名ᄒ暗殺奇術

西曆紀元前後稗史中에暗殺案으로血史를成ᄒ者ㅣ頗多ᄒ니盖其事案은國家的思想으로一代革命精神을呈出ᄒ고其奇術은暗殺的機關으로當時英雄手段을奄護故로特히小說部에編入ᄒ야我韓英雄豪傑之士의叅照를供給코져ᄒ노라

○西曆紀元前三百三十六年에馬其頓王菲臘이刺客에게被狙ᄒ엿ᄂ디

---

37 慆然 : '嗒然'의 오자로 보인다.

菲臘의 爲人이 當時 英雄의 風範이 多ᄒ고 刺客의 行事가 一時 影響이 頗大 故로 其 事實을 略記ᄒ노라

○ 同三百三十八年 加倫尼亞戰役으로 自ᄒ야 菲臘이 希臘의 將軍이 되야 武功이 日著ᄒ더니 希臘의 聯邦問題를 當ᄒ야 大元帥를 乃拜혼지라 大權을 總制ᄒ야 其 兵力으로써 波斯를 征服ᄒ야 一大帝國을 建設코져 ᄒ엿시니 以若 菲臘의 才略으로 如此 宏大ᄒᆫ 計畫을 算出ᄒ니 天假之以年이런들 不知커라 大業을 竟成ᄒ엿실ᄂ지 惜乎라 所志未成ᄒ고 這 刺客을 猝遇로다

○ 菲臘이 波斯의 大業을 計畫ᄒᄂ 故로 平時에 常히 在外ᄒ야 家居 甚稀혼지라 家庭之間에 ᄯᅩ혼 不穩혼 這意가 多有ᄒ더니라

○ 其妻 阿林比亞ᄂ 卽 亞力山大의 母라 彼 甚惡〈62〉其夫ᄒ니 菲臘이 乃 通一情婦於外ᄒ고 且有 私生兒 數人이라 彼常居에 撫之若嫡子어늘 阿林比亞가 每見 屢宿於外ᄒ고 常疑之而有怨言이라 彼益不耐ᄒ야 遂與 其妻로 離緣ᄒ니 於是에 阿林比亞가 乃 大歸於伊北拉士혼시 亞力山大ᄂ 其父의 所爲가 人道에 戾홈을 見ᄒ고 心窃恨焉ᄒ야 家庭의 缺憾이 於是乎 生ᄒ더라

○ 菲臘이 乃 續娶 克里阿巴的拉ᄒ야 爲婦ᄒ니 其部將 厄他拉士의 姪女러라

○ 一日은 菲臘이 與 厄他拉士로 會宴홀시 酒至半酣이라 厄他拉士가 言於衆曰 他日에 克里阿巴的拉의 所生兒가 於法律上에 馬其頓王位를 繼續홀 資格이 有ᄒ다ᄒ니 時에 亞力山大가 亦在座라 此言을 聞ᄒ고 大怒ᄒ야 擧杯以擊 厄他拉士之首ᄒ고 罵之曰 鄙夫라 此言이여 吾豈 私生兒耶아

○ 當時 菲臘이 突氣[38]ᄒ야 欲拔劍而斬 亞力山大러니 彼已大醉라 甫起輒仆어늘 亞力山大가 乃 顧而笑曰 噫라 此將이어 欲擧重兵ᄒ야 亞細亞를 襲

---

38　突氣 : '突起'의 오자로 보인다.

擊할大將乎아胡爲乎蹶於地를如嬰兒之失助乎아於是예父子의勃谿가
乃生ᄒ니라

○從此로亞力山大의母가伊北拉士에獨居ᄒ고亞力山大ᄂ伊里利亞에
出奔ᄒ지라其後에菲臘의友人的馬辣的은乃可連人이라菲臘에게諫ᄒ
야亞力山大를使招歸國케ᄒ지라亞力山大가於是에馬其頓京城에復居
ᄒ지未幾에克里阿巴的拉이又生一子어늘亞力山大가自己를猜忌ᄒ야
風波를再生할가大恐ᄒ야居常恒怖에不能自安ᄒ더라

○是로由ᄒ야菲臘의被刺를阿林比亞의主謀인가多疑ᄒ니此事가雖無
實據이나阿林比亞의憾恨은 一日이라도未嘗忘也오且續娶에妻가又已
生子ᄒ야시니馬其頓王位ᄂ爲其後子의所奪홀가更恐ᄒᄂ故로復仇의
念이更切ᄒ〈63〉더라

○會에事有巧合ᄒ야適有一少年ᄒ니名은破沙尼亞오住所ᄂ馬其頓이
라其時厄他拉士와克里阿巴的의被辱을屢經ᄒ지라彼가其忿恨心을菲
臘에게逡移ᄒ야乃殺之以洩其憤ᄒ니此事를與阿林比亞로同謀與否ᄂ
史家所不得實証이라未嘗斷言故로一疑惑ᄒ問題를歷史上에長留ᄒ니
噫라此疑案이여

○謀殺ᄒᄃ事實을略記ᄒ야其奇術情節을叅考케ᄒ노라

○未幾에菲臘의女后娶과與其前妻阿林比亞의弟로結婚ᄒ니此人도亦
名亞力山大而埃比拉士의國王이라菲臘此擧가盖欲藉此ᄒ야以釋其妻
族之前嫌ᄒ고且欲國際上得一友邦也니故로于歸之日에菲臘에隆重ᄒ
儀式과華麗ᄒ妝奩으로相陪ᄒ니當時各小王國이亦屈於菲臘之威ᄒ야
欲結其歡故로 各贈以金銀珠寶ᄒ야以爲賀儀ᄒ고各文學家가皆作詩歌
ᄒ야菲臘의武功을頌揚ᄒ며新人의華麗를讚美ᄒ야當時歷史家의舖叙
와詞章家의謳歌가空前ᄒ盛典이라고云ᄒ더라

○劇場의得意 開演之日에菲臘이與其臣庶及希臘名流로同至劇場홀시

甫及其門ᄒ야菲臘이諸人을命ᄒ야先行케ᄒ고近衛兵으로써其後를隨
刊ᄒ고高僧十餘人을擇選ᄒ야當時希臘의崇祀ᄒᄂᆫ바十二神聖의偶像
을各奉ᄒ고先入ᄒᄂᆫ디第十三의高僧所持ᄒᆫ像이尤爲莊麗ᄒ니彼何人
斯오卽菲臘의肖像이러라

○大變이乃起 斯時가卽菲臘平生에最尊榮ᄒᆫ時期오亦最後의時期라當
時各臣庶ᄂᆫᄒᆯ已入ᄒ고衛兵은門外에留守ᄒ얏ᄂᆫ디菲臘이行於中ᄒ야
一小門을纒過ᄒᆯᄉᆡ忽有一人이從廻廊突進ᄒ야以短劍으로揸菲臘胸部
어늘菲臘〈64〉卽隨仆於地라於是에衆人이大亂ᄒ거늘刺客이卽乘亂而
遁ᄒ고其同謀者ᄂᆫ一騎를準備ᄒ야門外에適竢ᄒ다가刺客이出ᄒᆷ을見
ᄒ고跨騎而馳ᄒ더니不圖進中에忽爲橫藤의所挂ᄒ야人墜馬逸이라進
者ㅣ及而熱之ᄒ고卽以亂刀로臠割而爲肉糜ᄒ니慘哉라

○嗚呼라此案이여其事實이與林肯案으로極相類ᄒ니刺客一人이同ᄒ
고刺之於稠人廣座中이同ᄒ 고同在劇場이同ᄒ고刺後刺客이乘騎逃走
가同ᄒ고卒爲追者所獲而被殺이亦類로되但其少異者ᄂᆫ史筆中最早ᄒ
暗殺案이러라

## 外交時談

○世界一大外交家가有ᄒ야一平生交際手叚과交際價格을自誇ᄒ야自
分의能力을世人에게播傳ᄒ니
○其外觀的形容은淸烈澹泊[39]ᄒ고其內應的性質은溫柔和平ᄒ야一見
에輒親密ᄒ고再見에難別離러라
○其外際의價格은若非英雄豪傑이면密接을不要ᄒ고又非風流男子면
面會를謝絶ᄒ더라

---

39 澹泊 : 澹泊의 오자이다.

○其手段은能使不平者嗚[40]ᄒᆞ고能使殘劣者로活潑ᄒᆞ고能使壯者로益壯ᄒᆞ고能使憂愁者로和平ᄒᆞ고能使慷慨者로悲憾케ᄒᆞᄂᆞᆫ等種々手段이敏滑ᄒᆞ더라

○一日은호豪傑이有ᄒᆞ야此交際家를訪問홀ᄉᆡ其時ᄂᆞᆫ太陰曆九月九日이라黃菊은東籬에爛熳ᄒᆞ고丹楓은南山에照繞호디半輪秋月은目官을撼發ᄒᆞ고雙聲夜杵ᄂᆞᆫ耳官이觸感ᄒᆞ더라

○外交家와豪傑이互相叙禮畢에豪傑더려말ᄒᆞ되君의學識이든지品行이든지志慨든지皆吾가感服ᄒᆞᄂᆞᆫ바여니와但其氣質의稟賦가殘拙ᄒᆞ야居常에憂歎ᄒᆞᄂᆞᆫ비로라〈65〉

○豪傑이말하되吾亦知之나天賦호氣質이야엇지變通ᄒᆞ리오或良好호方法을硏究호者有ᄒᆞ거든君請詳敎ᄒᆞ라

○曰然則吾의指導를受ᄒᆞ라ᄒᆞ고卽時指導ᄒᆞᄂᆞᆫ事實을行ᄒᆞ니果然効力이生ᄒᆞ야活潑호氣像과勇壯호品格이顯ᄒᆞ더라

○而已[41]오一場談會를閉ᄒᆞ고所謂豪傑이라自稱ᄒᆞ든者가歸家ᄒᆞ야精神을가다듬고自己一身의所有物品을調査ᄒᆞ니有호者가無호者보담多ᄒᆞ더라

○翌日에家庭婦妻가相告曰兒童은學校에간다고朝飯을催促ᄒᆞᄂᆞᆫ디柴粮이俱乏ᄒᆞ야措手無策이여늘家長되ᄂᆞᆫ니ᄂᆞᆫ一毫도顧念ᄒᆞᄂᆞᆫ비無ᄒᆞ고다만昏々大夢中에長臥ᄒᆞ엿다ᄒᆞᄂᆞᆫ嘆息聲을聞ᄒᆞ고豪傑이床에起ᄒᆞ야默然히南山만見ᄒᆞ더라

○豪傑이비로소自己가外交家의手段에陷落된쥴을ᄭᆡ닷고後悔ᄒᆞ야慘毒哉라外交家여今日我家庭에情形을不顧ᄒᆞ고自己의手段만活用ᄒᆞ엿시니決코此家와交際를拒絶ᄒᆞ다大盟을家中에聲明ᄒᆞ엿시니此外交家

---

40  嗚 : '鳴'의 오자이다.
41  而已 : '已而'의 오류이다.

의 姓은 淸이오 名은 酒오 別號는 狂藥이라더라

## 別報

### 輔國閔泳徽氏의 疏本

邦籙滋至

東宮大禮儀節次第順成納徵已行

聖心嘉悅臣民慶忭曷有其極仍伏念臣於見職辭解屬耳旋又伏承

恩命臣誠惝悅莫省所以非徒磨驢之跡有愧廉維其在官方恐無如是苟簡

矣伏願

劃賜遞改焉窃有時政急務之冒陳愚見而尾附焉我朝文明之治逈越前古學

校庠塾之制未始不備也縫掖絃誦之風未始不盛也但近來規模〈66〉隳廢趍

向浮虛馴致國勢萎靡至於今日而極矣現今各國學術日新爭自研究於實用

之地西人所以富强於天下雄誇於一世者其道靡他寔在教育人民男女無不

歸學而已由是其智慮日長工藝日興政治法律理財足兵靡不刷新發達能化

弱爲强回亡爲存其在東洋則日本先覺乎此孜孜以教育爲務故三四十年之

間卒能致如彼之强其實近事之章章可見者也夫環球萬國各自區分種族互

殊風土不齊而人物謠俗文字聲氣相同壤地相接交隣偪仄其關係與他邦絶

殊者惟我國與日淸是已凡此三國實有輔車唇齒之勢連合則强分離則孤此

不待智者而可籌也以故有深憂遠慮者莫不以鼎峙聯盟爲保全東洋之大計

而欲其共力奮發以鞏固我平和者亦惟曰教育而已惟我

陛下洞觀宇內之大勢深軫時措之急務曩者十行丹綸春春致意於植蓄庇

養之方內自京師外而道郡公私學校之設稍稍繼起於此而可以見人心之

興感也若因其端緒益加獎勵鼓舞而振發之則將見風草之化捷於桴鼓矣

臣愚以爲欲使全國之內振興學校宜倣各國義務敎育之制强制施行然後
乃可普及於全國也若不如是而全國學校悉欲以國帑措辦則必不可得矣
宜令各道各郡各坊各面市場劃定學區各立一學校隨其方面大小合之分
之聽其自便其經費皆由該區內自籌支辦又令每區公擧其有志有聲望之
人任其財政及庶務之管理另設一敎育社選定社員若干以爲會辦事務官
吏但行其監督而已此則不消公帑而能廣興敎育之良法也且養士將以致
用而一自科擧廢後幷無選士之法雖有卒業而學成者亦無所用故士皆解
體多至羊塗而廢絶無卓然成材爲國用者可勝嘆哉自今俟其卒業每年自
道郡試選優等生送至京師銓考試取凡奏判任官依才需用著爲定章其不
由〈67〉學校卒業而以他道進者不許任職其他外國留學者母論官私費生
考其卒業証狀亦宜特別收用以示獎勵之意則靑年聰俊磨礪修鍊興起學
業不幾年敎育之效必彬彬然大著矣此乃當今振敎育之第一先務也苟不
能及今奮勵則雖欲與三國幷峙將無以自立矣夫我國人民之聰敏英俊豈
讓於他國哉特敎育未興智識未發故坐此闇昧耳發達之術惟在勸導之如
何使惕念猛省靡然從之則十年而佇見兎置作成濟々楨幹國家維新之基
實於斯乎在矣玆敢冒陳管見伏願
皇上特加採納令學部 奏裁施行使人無不學々無不成以致敎育之盛以爲
重恢之基國家幸甚
批旨省疏具悉所帶諸務俱係緊幹不必爲辭爾來公私立學校之設稍々振
起可以佇見人材之蔚興而欲其朝夕汲々然使至閭巷婦孺人無不學一新
斯民鞏固我磐泰基礎則宜又有另樣方畧導牖之速圖作成之効朕宵旰憂
勤所以專精注意者在此而今見卿疏尾陳款款切中於時措其聯合形勢與
敎育發達必如所論然後民國可得全安雖蚩愚不解文字者耳其說亦將猛
省而惕勸各自奮勵於爲國爲身家之計矣且自今內外奏判任官非學校卒
業人母得差擬著爲定式事令學部幷原疏措辭布諭於都下及各該府都坊

曲令民知方有所就嚮

## 社告

本誌本號로自아야一層擴張아야印刷와製本이舊態와特異하고記事와
論述이前樣과顯殊하야最新面目으로改良하압고且特別훈價値로閔忠
正公泳煥氏肖像과遺書를篇首에高揭하얏사오니有志하신僉君子난陸
續購覽하심을務望흠〈68〉

## 特別社告

木報愛讀하시난有志諸氏의**熱誠**으로接月交付하난代金을提督하기룰
何待하리오만난但本社經營이窘急한事情이多하오니代金을已送하신
이난感謝無比이웁거니와未送하신諸氏도代金零額陸續送交하시기를
千萬切仰흠
朝陽報社

## 廣告

前叅判金道濯氏가本社에對하야熱心替成하기爲하야紙貨**十圓**을捐助

하얏스기不勝感謝하야玆에告白홈

○每月十月廿五日一回發行

京城南署竹洞永禧殿前八十二統十戶

　發行所 朝陽報社

京城西署西小門內(電話三二三番)

　印刷所 日韓圖書印刷株式會社

　編輯兼發行人 沈宜性

　印刷人 小杉謹八〈69〉


## 特別廣告

恭賀新年

今日敎育擴張의時機을當하야學問界의程度가愈益澎漲호바本書店은

斯業에多年經歷으로一層銳意前進하야各項新舊書籍를出版、蒐集하

고江湖諸彦의眷住하심을報酬코져하오니幸湏倍舊光顧하심을伏望

○宗敎書類　○語學書類

○歷史書類　○地誌及地圖書類

○法律及政治書類　○算術及理科書類

○小說及文藝書類　○小學敎科書類

其他國內新聞雜誌會報等一切取次

各外方學校에셔請求하ᄂ듸ᄂ郵送費를本舖에셔特當홈

皇城中署罷朝橋越邊 朱翰榮/金相萬 書舖

大韓光武十年/日本明治三十九年　丙午六月十八日第三種郵便物認可

〈70〉

## 편집 및 교열

이강석 李江碩
부산대학교 한문학과 석사졸업

전지원 田千媛
부산대학교 한문학과 박사과정

## 교감

손성준 孫成俊
성균관대학교 동아시아학술원 HK연구교수.

신지연 申智妍
부산대 점필재연구소 전임연구원.

이남면 李南面
부산대 점필재연구소 전임연구원.

이태희 李泰熙
부산대 점필재연구소 전임연구원.

대한제국기번역총서

**원문교감 朝陽報 2**

2019년 2월 28일 초판 1쇄 펴냄

**편집 및 교열** 이강석·전지원
**교감자** 손성준·신지연·이남면·이태희
**발행인** 김흥국
**발행처** 보고사

**책임편집** 이경민
**표지디자인** 손정자

**등록** 1990년 12월 13일 제6-0429호
**주소** 경기도 파주시 회동길 337-15 보고사 2층
**전화** 031-955-9797(대표)
      02-922-5120~1(편집), 02-922-2246(영업)
**팩스** 02-922-6990
**메일** kanapub3@naver.com / bogosabooks@naver.com
http://www.bogosabooks.co.kr

ISBN 979-11-5516-901-8
      979-11-5516-897-4 94810 (세트)
ⓒ이강석·전지원·손성준·신지연·이남면·이태희, 2019

정가 28,000원
사전 동의 없는 무단 전재 및 복제를 금합니다.
잘못 만들어진 책은 바꾸어 드립니다.

┌─────────────────────────────────────────────────┐
│ 이 저서는 2017년 대한민국 교육부와 한국학중앙연구원(한국학진흥사업단)의 │
│ 한국학분야 토대연구지원사업의 지원을 받아 수행된 연구임(AKS-2017-KFR-1230013) │
└─────────────────────────────────────────────────┘